KB129979

La Peste

알베르 카뮈 장편소설 최윤주 옮김

**LA PESTE**
**by ALBERT CAMUS (1947)**

이 책은 실로 꿰매어 제본하는 정통적인 사철 방식으로 만들어졌습니다.
사철 방식으로 제본된 책은 오랫동안 보관해도 손상되지 않습니다.

감금 상태와 유사한 것을 다른 무언가로 재현함은 무엇이 되었든 실제로 존재하는 것을 존재하지 않는 무언가를 빌어 표현하는 것만큼이나 이치에 맞는다.

대니얼 디포

# 제1부

본 기록의 대상이 되는 기이한 사건들은 194X년 오랑에서 일어났다. 일반적인 여론에 따르면, 일상에서 좀 벗어난 그 사건들이 일어날 곳은 아니었다. 실제로 오랑은 언뜻 보기에도 평범한 도시이며 알제리 해안에 위치한 그저 그런 프랑스의 도청 소재지[1]에 불과하다.

도시 자체는 솔직히 말해 볼품이 없다. 평온한 외관 때문인지 이 도시가 수많은 다른 상업 도시들과 어떻게 다른지 여러 차원에서 알아보는 데는 얼마간의 시간이 필요하다. 예를 들어, 비둘기 없고 나무 없고 정원 없는 도시, 새들의 날갯짓 소리도 나뭇잎 바스락거리는 소리도 들리지 않는 곳, 한마디로 말해서 특징이 없는 장소를 어떻게 상상하도록 한단 말인가. 이곳에서 계절의 변화는 단지 하늘에서만 나타난다. 봄은 쾌적한 공기나 노점상들이 교외에서 따 오는 꽃 바구니

1 1848년 알제리는 프랑스에 합병되어 프랑스 영토가 된다. 이후 알제리는 프랑스 본토와 동일한 행정 구역 단위인 도(道)로 분할되는데, 북아프리카 지중해 연안에 위치한 알제리의 주요 도시, 알제, 오랑, 콘스탄틴 등 3개의 도(道)가 그것이다. 본 소설의 배경이 되는 오랑은 동명인 오랑 도(道)의 도청 소재지로, 당시 〈성벽으로 둘러싸여〉 있던 〈인구 20만 명의 항구 도시〉를 말한다. 시청 건물은 1886년 세워졌다.

들로 자신의 도착을 알릴 뿐이다. 봄이란 장에다 내다 파는 것이다. 여름 내내 태양이 바싹 마른 집들을 태워 버릴 듯 내리쬐면, 집집마다 벽들은 칙칙한 재들로 뒤덮인다. 그래서 사람들은 덧문을 닫아걸고 그 그늘 안에서 지낼 수밖에 없다. 반면에 가을이 되면 쏟아지는 비에 진흙탕으로 온통 난리가 난다. 화창한 날은 겨울에나 비로소 찾아온다.

어떤 도시 하나를 아는 데 손쉬운 방법이란 사람들이 그곳에서 어떻게 일하고 어떻게 사랑하며 어떻게 죽는지를 알아보는 것이다. 작은 우리 도시에서는 기후의 영향인지도 모르지만 이 모든 일들이 한꺼번에, 그것도 우열을 가릴 길 없는 열광적이고도 공허한 분위기 속에서 벌어진다. 이를테면 사람들은 따분해하다가 익숙해지려 애를 쓴다. 우리 시민들은 일을 많이 하지만 그 이유는 언제나 부자가 되기 위해서다. 그들은 특히 장사에 관심을 쏟으며, 그들의 표현을 따르자면 우선은 사업을 한다며 시간을 보낸다. 물론 그들 역시 소소한 즐거움에 취미가 있는지라, 여자, 영화, 그리고 해수욕을 좋아한다. 그러나 분별력 있게도 그들은 이러한 즐거움을 토요일 저녁이나 일요일로 미루어 두고서 주 중의 다른 날들은 돈을 많이 벌려고 노력한다. 저녁에 일이 끝나면 모두들 정해진 시간에 카페로 모여들거나 언제나 똑같은 거리를 거닐거나 자기 집 발코니에 나와 앉는다. 욕망이란 젊을수록 한때의 격렬함이지만 나이 든 노인네들의 취미야 고작 페탕크 동호회라든가, 친목 단체들끼리의 회식 또는 판돈이 제법 오가는 카드놀이 모임을 벗어나지 않는다.

어쩌면 혹자는 그것이 우리 도시에서만의 고유함은 아니며 결국 모든 동시대인들의 특징이라고 말할지도 모른다.

하기야 사람들이 아침에서 저녁까지 일하고, 그러고 나서 카페에서 벌이는 카드놀이며 쓸데없는 잡담에 자신들의 남은 시간을 작정이라도 한 듯 허비하는 모습을 보게 되는 경우보다 더 자연스러운 일이 과연 있을까. 하지만 이따금은 뭔가 다른 낌새를 맡은 사람들이 살고 있는 나라들이나 도시들이 있기도 하다. 물론 그렇다고 해서 그들의 인생이 달라지지는 않는다. 단지 낌새가 있었을 뿐이고, 어쨌든 전혀 없었던 것보다야 낫다. 한데 반대로 오랑은, 그런 낌새조차 보이지 않는 도시, 이를테면 완전히 현대적인 도시다. 따라서 이곳에서 사람들이 어떻게 사랑하는지에 관해서라면 구태여 정확하게 언급할 필요가 없다. 남자들과 여자들은 서로를 집어삼킬 듯 우리가 흔히 성행위라 부르는 것 안으로 허겁지겁 뛰어들거나, 아니면 둘씩 짝을 지어 지루한 습관 속에 서로를 얽어맨다. 이 양극단 사이에 흔히 중간이란 없다. 이 역시 그리 새로운 것은 아니다. 다른 곳에서와 마찬가지로 오랑에서도 사람들은 시간도 없고 생각도 짧아 사랑하는지도 모르면서 서로 사랑하지 않을 수는 없는 것이다.

우리 도시가 지닌 보다 더 특이한 점은 죽음에 이르러 사람들이 처하게 되는 어려움이다. 하기야 어려움이란 적절한 표현이 아니고, 무언가 불편하다는 말이 더 옳을지도 모른다. 아프다면 결코 기분 좋을 리야 없지만, 어떤 도시나 나라들에서는 병에 걸렸을 때 의지가 되고, 어찌 보면 환자가 마음 푹 놓고 쉴 수 있다. 아픈 사람은 온정을 필요로 하고 무언가에 의지하고 싶어 하는데, 이는 지극히 당연하다. 하지만 오랑에서는 극단적인 날씨, 이곳에서 사람들이 다루는 사업의 중요성, 보잘것없는 도시 환경, 짧은 석양, 오락거리들의 수준 등 모든 상황이 건강할 것을 요구한다. 아픈 사람이라면 이곳에서 자신이 정말 혼자라고 느끼게 된다. 그러니 전 주민이 어음이니 뱃짐 증권[2]이니 빚 차감 액수니 하며 카페에서 또는 전화로 떠들어 대는 바로 그 시각에, 더위로 이글거리는 수많은 벽돌들이 겹겹이 쌓인 담장 뒤로 마치 덫에 걸린 짐승인 양 죽어 가는 사람을 생각해 보라. 아무리 현대적인 곳이라 할지라도 죽음이 이렇듯 메마른 장소에 갑자기 들이닥칠 때 그로 인해서 있을 수 있는 불편함이 어느 정도일지는 짐작할 수 있을 것이다.

이러한 몇 가지 사항들이 우리 도시에 대해 개괄적이나마 충분한 이해를 제공하리라 본다. 그렇지만 그 무엇도 과장해서는 안 된다. 분명히 짚고 넘어가야 했던 점은, 다름 아니라 우리 도시와 이곳에서의 생활이 갖는 진부한 측면이다. 하지만 사람들이란 일단 습관을 붙이고 나면 곧 별문제 없이 하루하루를 보낸다. 더욱이 우리 도시가 바로 이 습관을 조성하고 있는 이상, 모든 것이 최고라 할 수 있다. 이런 측면에서 보면 산다는 건 분명 그리 열정적이지 않다. 그래서인지 우리 시민들은 적어도 무질서를 모르고 지낸다. 솔직하고 우호적이며 활동적인 우리 시민들은 여행객들에게 늘 합당한 평판을 불러일으킨다. 생기 없고 초목 없고 더군다나 영혼마저 없는 이 도시가 휴식을 주는 듯 보이고, 사람들은 결국 이곳에서 고이 잠든다. 그렇지만 한 가지 덧붙여 말하자면, 드넓은 고지대의 한가운데 자리 잡고 있는 우리 도시가 마치 그림을 그린 듯 더할 나위 없이 멋진 만을 앞에 두고

2 선박편으로 화물을 운송하는 경우 사용되는 유가 증권. 20세기 초엽 오랑은 프랑스 본토를 포함해서 다섯 번째로 큰 도시였다.

있고 뒤로는 빛을 받아 눈부시게 찬란한 언덕들로 둘러싸여 있어서 그 무엇과도 비할 수 없는 장관을 이루고 있다는 사실이다. 물론 해안가를 등지고 있어서 바다가 조금도 보이지 않기에 언제나 찾으러 가야 볼 수 있다는 애석함이 있기는 하지만 말이다.

이 정도 이야기면 그해 봄에 일어난 혼란들, 다시 말해 본 기록에서 서술하고자 하는 일련의 중대한 사태들의 첫 조짐들을 우리 시민들이 — 후에야 그 영문을 알게 됐지만 — 당시에는 짐작조차 할 수 없었다는 사실을 충분히 납득할 수 있을 것이다. 사건의 추이가 어떤 사람들에게는 매우 자연스러울 테고, 다른 사람들에게는 그와는 반대로 말도 안 되는 것으로 보일지 모른다. 그러나 결국 기록하는 사람은 이러한 모순들 하나하나에 신경 쓸 수가 없다. 그 사람의 일이란, 그런 일이 실제로 일어났고, 주민 전체의 생명과 직결되었으며, 따라서 그가 언급할 내용의 진위에 대해 수천의 증인들이 자신들의 가슴으로 판단하리라는 사실을 알고 있는 이상, 오로지 〈그런 일이 일어났다〉라고 말하는 것뿐이다.

게다가, 우연이 개입하여 서술자로 하여금 상당한 분량의 진술서들을 한데 모으도록 하지 않았더라면, 그리고 저항할 수 없는 힘이 감히 서술하려는 그 모든 사건으로 그를 끌어들이지 않았더라면, 본 기록의 서술자는 — 물론 그가 누구인지야 적절한 시기에 알게 되겠지만 — 이런 종류의 일에 무언가 내세울 만한 자격을 어쩌면 갖지 못했을지도 모른다. 바로 그런 이유 때문에 그는 역사가로서 작업을 하고자 한다. 물론, 역사가란 아마추어라도 항상 사료들을 가지고 있다. 이 역사를 이야기할 서술자 역시도 사료들을 가지고 있다. 자신의 증언이 우선 있고, 다음은 그가 자신의 역할로 인하여 본 기록에 등장하는 모든 인물들의 속내를 들을 수 있었기에 가능했던 다른 사람들의 증언이 있으며, 마지막으로는 그의 손에 결국 들어오게 됐던 문서들이다. 그는 타당하다고 생각할 때 거기에서 자료들을 끄집어내고 마음에 드는 내용이 있다면 인용도 할 생각이다. 다른 계획들도 있기는 하지만…… 이제 장황한 설명이나 주의 사항들은 이 정도에서 그치고, 본론으로 바로 들어가야 할 때인 듯싶다. 처음 며칠간에 대한 진술은 다소 세심함을 요한다.

4월 16일 아침, 의사 베르나르 리유는 자신의 진료실에서 나오다가 계단참 한복판에서 죽은 쥐 한 마리에 발이 부딪쳤다. 그 순간 그는 별생각 없이 죽은 짐승을 옆으로 걷어치우고 계단을 내려왔다. 그러나 길로 나오자 그 쥐가 있어서는 안 될 곳에 있었다는 생각이 불현듯 머리를 스쳤고, 수위에게 알리고자 발걸음을 돌렸다. 미셸 노인의 반응을 대하자, 그는 자신의 발견에 무언가 예사롭지 않은 점이 있음을 더욱 분명히 할 수 있었다. 죽은 쥐가 있다는 사실이 그에게는 그저 이상하게 보였던 반면, 수위에게 그것은 있을 수 없는 수치스러운 사건에 해당했던 것이다. 더욱이 수위의 입장은 단호했다. 건물에는 쥐가 없다는 것이었다. 건물 2층의 계단참에, 그것도 죽은 것이 분명한 쥐 한 마리가 있었다고 그에게 아무리 말을 해보았자 별 소용이 없었다. 미셸 씨의 신념은 확고했다. 건물에는 쥐가 없으며, 따라서 누군가 밖에서 가져다 놓았음이 틀림없다는 것이었다. 여러 말 할 필요 없이 장난이라는 얘기였다.

같은 날 저녁에 집으로 올라가기 전, 베르나르 리유는 건물의 1층 통로에 서서 집 열쇠를 찾고 있었다. 그런데 바로 그때, 움직임이 불안정하고 털이 축축이 젖은 큼직한 쥐 한 마리가 복도 끝 어둠침침한 구석에서 느닷없이 나타났다. 짐승은 그 자리에 멈춰서 균형을 잡으려는 듯했지만 의사를 향해 돌진하다가 다시 한 번 멈춰 섰고 짧은 소리를 내지르며 제자리에서 빙그르 돌더니 반쯤 벌린 주둥이에서 피를 쏟으며 고꾸라지고 말았다. 의사는 그 광경을 잠시 바라보다가 집으로 올라갔다.

그가 쥐를 생각했던 것은 아니다. 다름 아닌 바로 그 피가 그로 하여금 자신의 근심으로 되돌아가게 했던 것이다. 1년 전부터 앓아누워 있는 아내가 다음 날 산에 있는 요양원으로 떠나야 했다. 침실로 가보니 아내는 그가 하라는 대로 누워 있었다. 이동으로 생길 피로에 대비하려는 것이었다. 아내가 미소를 지으며 말했다.

「기분이 참 좋아요.」

의사는 침대 머리맡의 램프 빛을 받으며 그를 향해 얼굴을 돌리고 있는 그녀를 바라보았다. 서른의 나이에다 짙은 병색에도 불구하고 아내의 얼굴은 리유에게 젊은 시절 그대로였는데, 어쩌면 다른 모든 걸 잊어버리게 하는 그 미소 때문이었을 것이다.

「가능하면 좀 더 자도록 해봐요. 간호사가 오전 11시에 올 테고, 내가 12시 출발 기차에 당신을 데려다 주리다.」 그가 말했다.

그는 땀으로 살짝 젖은 아내의 이마에 입을 맞추었다. 그가 방을 나갈 때까지 그녀의 미소는 계속 이어졌다.

다음 날인 4월 17일 아침 8시에 수위가 지나가는 의사를 멈춰 세우더니 어떤 놈들이 건물의 1층 통로 한복판에다가 죽은 쥐 세 마리를 갖다 놓았다면서 고약한 장난질에 불평을 늘어놓았다. 쥐들이 온통 피투성이인 걸 보니, 누군가 아마도 큼직한 덫으로 잡았을 것 같다는 말이었다. 수위는 쥐들의 발을 잡은 채로 좀 빈정거리며 놀리다 보면 범인들이 모습을 드러내고 싶어 하지나 않을까 기대하며 대문턱에 서 있었다고 했다.

「그놈들, 내가 놈들을 잡고야 말 겁니다.」 수위가 말했다.

불현듯 이상하다는 생각이 든 리유는 자신의 환자들 가운데 생활이 가장 어려운 이들이 살고 있는 변두리 동네부터 왕진을 시작하기로 했다. 그곳에서는 쓰레기 수거가 훨씬 더 늦게 진행되고 있었고, 그래서 그의 자동차는 곧게 뻗은 먼지투성이의 도로를 따라 구르다가 도로변에 내다 놓은 쓰레기 궤짝들에 거의 닿을 뻔했다. 그가 지나던 도로의 어떤 곳에서는 더러운 넝마 쪼가리들이며 채소 쓰레기 더미 위로 내팽개쳐진 쥐들이 어림잡아 열 마리가량이나 눈에 띄었다.

왕진을 가서 제일 먼저 만난 환자는 창문이 길로 나 있고 침실로도 쓰이고 식사를 하기도 하는 방 안에서 침대에 누운 채로 그를 맞았다. 무뚝뚝한 인상에다 주름이 깊게 파인 얼굴을 한 스페인 노인이었다. 환자는 덮고 있는 이불 위에 완두콩으로 가득 찬 냄비 두 개를 올려놓고 있었다. 의사가 방에 들어갔을 때, 환자는 침대에서 반쯤 몸을 일으킨 채 오래된 천식으로 마치 자갈이 구르는 듯한 거친 숨을 진정시키고자 몸을 뒤로 젖히고 있었다. 그의 아내가 대야를 하나 가지고 왔다.

「의사 선생님, 그것들이 쏟아져 나오는데, 보셨나요?」 주사를 맞는 동안 그가 말했다.

「맞아요.」 그의 아내가 거들었다. 「옆집에서는 세 마리나 쓸어 냈어요.」

노인은 두 손바닥을 맞대고 비벼 댔다.

「고 녀석들이 몰려나온다니까, 쓰레기통이란 쓰레기통에는 죄다 보이거든. 배가 고픈 게야.」

이어서 동네 전체가 쥐에 대해 떠들어 댄다는 사실을 확인하는 데는 별다른 어려움이 없었다. 왕진이 끝나자 그는 집으로 돌아왔다.

「선생님 댁에 전보가 하나 와 있습니다.」 수위가 말했다.

의사는 그에게 쥐를 또 보았는지 물었다.

「아뇨, 천만에요.」 그러더니 그는 곧이어 이렇게 말했다. 「제가 이렇게 망을 보고 있는데 그럴 리가요. 그 못돼 먹은 녀석들이 감히 그러진 못하죠.」

전보는 그의 어머니가 다음 날 도착한다는 내용을 전하고 있었다. 병석의 며느리가 집을 비우는 동안 아들네 집안일을 봐주러 오는 것이었다. 의사가 집으로 들어가 보니, 간호사는 이미 와 있었다. 아내는 투피스 차림에 얼굴에는 분을 화사하게 바르고 서 있었다. 그가 아내에게 미소를 지으며 말했다.

「근사한데. 아주 좋아.」

잠시 후 기차역에서 그는 침대 객차에 자리 잡는 아내를 돕고 있었다. 아내는 객차 내부를 둘러보았다.

「우리에게 너무 과한 것 아니에요?」

「쓸 때는 써야지.」 그가 말했다.

「쥐 때문에 문제라는데, 도대체 무슨 일이죠?」

「나도 잘은 몰라. 이상하긴 하지만, 뭐 그러다 말겠지.」

그러고 나서 그는 서둘러 아내에게 용서를 구하며, 그녀를 돌보았어야 했는데 너무 무심했었다고 말했다. 그녀는 아무 말도 말라는 듯 고개를 설레설레 흔들었다. 그러나 그는 계속 말을 이었다.

「당신이 돌아올 때면 모든 일이 다 잘될 거야. 우리는 다시 시작할 수 있을 거요.」

「그래요.」 그녀가 눈을 반짝이며 말했다. 「우리는 다시 시작할 수 있을 거예요.」

잠시 후 그녀는 그에게 등을 돌리더니 차창 밖을 바라보았다. 플랫폼에는 사람들이 밀려들며 서로 부딪치고 있었다. 기관차 소리가 그들에게까지 들려왔다. 그가 아내의 이름을 부르자 그녀는 몸을 돌렸는데 얼굴이 눈물로 젖어 있었다.

「그러지 말아요.」 그가 부드럽게 말했다.

눈물 뒤로 살짝 어색한 듯 미소가 다시 떠올랐다. 아내가 깊은 숨을 내쉬었다.

「이제 가봐요. 다 잘될 거예요.」

그는 아내를 꼭 안아 주었고, 이제는 차창 반대편 플랫폼에 서서 오로지 아내의 미소만을 바라보고 있었다.

「제발 부탁이니 건강에 신경을 쓰도록 해요.」

하지만 아내에게는 그의 말이 들리지 않았다.

리유는 기차역 출구 근처의 플랫폼에서 예심 판사인 오통 씨와 마주쳤는데, 그는 어린 아들의 손을 잡고 있었다. 의사는 그에게 여행을 떠나느냐고 물었다. 키가 크고 머리 색이 검은 오통 씨는 한편으로는 흔히들 하는 말로 왕년에 잘나가던 사교계 인사 같았고, 다른 한편으로는 마치 장의사처럼 보였다. 그는 상냥하지만 또렷한 음성으로 대답했다.

「제 가족에게 인사를 다녀오는 오통 부인을 기다리고 있습니다.」

기관차가 경적을 울렸다.

「한데…… 쥐들이…….」 판사가 말했다.

리유는 기차가 가는 방향으로 움직이다가 출구 쪽으로 몸을 돌렸다.

「네, 별일 아닙니다.」 그가 말했다.

그 순간 어떤 역무원이 죽은 쥐들로 가득 찬 궤짝 하나를 겨드랑이에다 끼고 지나가는 모습이 그의 눈에 들어왔다.

같은 날 오후, 리유는 진찰을 시작하고 얼마 지나지 않아 자신이 기자이고 아침에 벌써 한 번 왔었다는 어떤 젊은이의 내방을 받았다. 이름은 레이몽 랑베르라고 했다. 작달막한 키에 듬직한 어깨하며 다부지게 생긴 얼굴에 맑고 총명한 눈빛을 지닌 랑베르는 활동적인 차림이었는데 자심감 있어 보였다. 그는 단도직입적으로 말했다. 자신은 파리의 유명한 신문사 소속 기자인데, 아랍인들의 생활 환경에 관한 조사를 하고 있으며 그들의 위생 상태에 관한 정보를 원한다고 했다. 리유는 그 상태라고 하는 것이 썩 좋지 못하다고 그에게 말했다. 그러나 본격적인 대화로 들어가기에 앞서서, 기자가 과연 진실을 말할 수 있는지 알고 싶다고 했다.

「물론이죠.」 랑베르가 답했다.

「제 말은 선생께서 철저히 고발하실 수 있느냐는 겁니다.」

「철저하게는, 아닙니다. 그 점은 분명히 해야겠죠. 하지만 제가 가정해 보건대 그런 고발이라면 증거 불충분으로 기각될 테죠.」

그러자 리유는 천천히, 그와 같은 고발은 실제로 증거 불

충분으로 기각될 테지만 이 질문을 함으로써 자신은 랑베르가 기탄없이 증언할 수 있는지 없는지 알고자 했던 것뿐이라고 했다.

「저는 기탄없는 증언만을 인정하거든요. 따라서 제가 가진 정보들이 선생님의 기사를 위한 증거 자료가 되지는 않겠군요.」

「생쥐스트[3]의 말이네요.」 기자가 웃으며 말했다.

리유는 목소리를 높이지는 않으면서, 자신은 그에 대해 아는 바가 전혀 없으나, 자신이 살고 있는 세상에 실망했음에도 불구하고 동족들에 대한 호의가 있기 때문에 그로서는 할 수 있는 만큼 부정과의 타협을 거부하기로 마음먹은 한 인간으로서 말했을 뿐이라고 했다. 기자가 난감하다는 듯 목을 움츠리며 그를 바라보았다.

「무슨 말씀이신지 알 것 같습니다.」 결국 자리에서 일어나며 랑베르가 말했다.

의사는 그를 문까지 배웅했다.

「그렇게 받아들여 주시니 고맙습니다.」

랑베르는 짜증이 난 듯 대꾸했다.

「네, 이해합니다. 폐를 끼쳐 죄송합니다.」

의사는 그와 악수를 하고 나서 요사이 시내에서 발견되고 있는 엄청난 양의 죽은 쥐들에 관해 제법 써볼 만한 흥미진진한 취잿거리가 있을 거라고 말했다.

「아!」 랑베르가 탄성을 질렀다. 「그거 관심이 가는군요!」

의사가 오후 5시에 왕진을 하러 다시 집을 나설 때, 아직

3 Saint-Just(1767~1794). 프랑스 대혁명 당시 중요 인물. 단두대에서 처형당했다. 합의에 반대하는 비타협적 인물, 양보 없는 완강한 인물의 상징이다.

젊지만 육중한 체격에 큼직한 얼굴에는 주름이 깊이 패어 있으며 짙은 눈썹이 일자로 가로지르듯 나 있는 어떤 남자와 계단에서 마주쳤다. 의사는 예전에 그 건물 꼭대기 층에 살고 있는 스페인 무용수들의 집에서 그와 몇 차례 만난 적이 있었다. 장 타루는 지긋이 담배를 피우며, 계단참 그의 발치에서 죽어 가는 쥐 한 마리의 마지막 경련을 들여다보고 있었다. 그는 침착하면서도 어딘지 강인해 보이는 회색 눈동자로 의사를 올려다보며 안녕하시냐고 인사를 한 뒤, 쥐들이 이렇게 출몰하다니 기이한 일이라고 덧붙였다.

「네, 하지만 결국엔 귀찮은 일이죠.」 리유가 말했다.

「어떤 의미에서는 그렇다는 겁니다, 선생님, 어떤 의미에서는요. 이와 유사한 일은 단 한 번도 접해 본 적이 없지 않았냐는 거죠, 뭐. 하지만 저는 흥미로운 일이라고 봅니다, 그럼요, 분명 흥미롭다고 생각합니다.」

타루는 머리카락 사이로 손을 넣어 뒤로 쓸어 넘기더니 이제는 꿈쩍도 않는 쥐를 다시 바라보고는 곧이어 리유에게 미소를 지었다.

「하지만 뭐, 결국은 수위들 일인 게죠.」

아니나 다를까 그 말도 맞는 것이, 의사가 건물 앞에서 수위를 만났는데 그는 대문 옆 벽에 등을 기댄 채 평소 혈색 좋던 얼굴에 피곤이 역력했다.

「네, 저도 압니다. 이제는 두 마리씩, 세 마리씩 보입니다. 하지만 다른 집들도 마찬가지예요.」 새로 또 나타났다고 알리는 리유에게 미셸 노인이 말했다.

그는 기가 한풀 꺾인 듯 심란해 보였고, 손으로는 목덜미를 연신 문질러 대고 있었다. 리유가 건강에 별다른 문제는 없는지 물었다. 수위야 물론 좋지 않다고 말할 수는 없는 처지였다. 그저 평소 같지는 않은데, 자기 생각으로는 이번 일로 사기가 떨어졌다는 것이다. 그놈의 쥐들한테 한 방 얻어맞았고, 그놈들만 없어지고 나면 모든 일이 훨씬 더 좋아질 거라고도 했다.

그러나 다음 날 아침인 4월 18일 역에서 어머니를 모시고 오던 의사는 한층 더 수척해진 얼굴의 미셸 씨를 볼 수 있었다. 지하 창고에서 지붕 밑 다락까지 계단이란 계단은 죄다 쥐들로 뒤덮였고, 이웃집들 쓰레기통도 쥐들로 가득 찼다고 했다. 의사의 어머니는 그런 이야기를 듣고도 놀라는 기색 없이 이렇게 말했다.

「그런 일도 있는 거죠.」

그녀는 까맣고 부드러운 눈동자에 머리카락은 하얗게 세어 은빛이 나는 키 작은 부인이었다.

「너를 보니 좋구나, 베르나르.」 그녀가 말했다. 「쥐가 나타난다고 한들 뭐 대수겠니.」

그도 인정했다. 어머니와 함께라면 모든 일이 정말 늘 쉬워 보였다.

한편 리유는 시 방역소에 전화를 했다. 방역소의 책임자는 그가 잘 아는 사람이었다. 리유는 엄청난 수의 쥐들이 대로로 쏟아져 나와 죽어 간다는 이야기를 들은 바 있느냐고 물었다. 소장인 메르시에는 그에 관해 이미 들었을 뿐 아니라, 부두에서 멀지 않은 곳에 자리 잡고 있는 그의 부서에서도 50여 마리씩 발견된다고 했다. 하지만 그는 심각한 사태인지 아닌지를 놓고 고민 중이었다. 리유는 자신이 결정할 일은 아니지만 방역소에서 나서야 할 것 같다고 말했다.

「명령이 있어야 그렇게 하지.」 메르시에가 말했다. 「자네가 반드시 그럴 필요가 있다고 생각한다면, 상부의 지시를 얻는 데 내가 어떻게든 애를 써볼 수야 있네.」

「그럴 필요가 있고말고.」 리유가 말했다.

리유의 가정부가 알려 준 바에 따르면, 그녀의 남편이 일하는 큰 공장에서 죽은 쥐들을 수백 마리나 수거했다는 것이다.

우리 시민들이 불안해하기 시작한 것이 바로 그 무렵부터다. 왜냐하면 18일부터 공장들과 창고들이 죽은 쥐들을 수백 마리씩 쏟아 냈기 때문이다. 어떤 경우에는 죽어 가는 짐승들의 명줄을 끊어 줄 수밖에 없었는데, 죽음의 고통이 너무 길어서였다. 심지어 변두리에서부터 시내 번화가에 이르기까지, 의사 리유가 지나가는 곳마다, 또 우리 시민들이 모이는 곳마다, 쥐들은 쓰레기통에 산더미처럼 쌓여 있거나 도로 가장자리 배수로에 길게 열을 지은 채 마치 준비를 하고서 기다리고 있는 듯 보일 지경이었다. 그날부터 석간신문은 이 사건을 독점하다시피 해서는 시 당국이 도대체 행동에 나설 생각인지 아닌지, 그리고 이런 불쾌한 습격으로부터 시민들의 안전을 보장하기 위해서 어떤 긴급 조치들을 마련하고 있는지 물었다. 시 당국은 자진해서 무엇을 해볼 생각도 전혀 없었고 아무런 대책도 없었지만, 논의를 위해 일단 회의부터 소집하기로 했다. 이어서 죽은 쥐들을 매일 새벽마다 수거하라는 명령이 방역소에 내려졌다. 수거가 끝나면 방역소의 차 두 대가 쓰레기 소각장으로 옮기고, 그러고 나서 소각시킨다는 계획이었다.

그러나 그 이후 며칠간 상황은 더욱 악화되어 갔다. 죽은 설치류의 수가 증가했고 수거량은 매일 아침 더욱더 넘쳐 나고 있었다. 나흘째 되는 날부터는 쥐들이 쏟아져 나와 떼를 지어서 죽어 가기 시작했다. 후미진 곳에서, 지하에서, 지하 창고에서, 하수구에서 비틀거리며 줄지어 잇따라 올라와서는 환한 빛에 몸을 휘청거리고 제자리에서 빙글 돌다가 사람들 곁에 꼬꾸라져 버렸다. 밤에는 건물의 복도에서건, 집 밖의 골목길에서건, 죽음의 고통으로 내지르는 작은 소리가 선명하게 들리곤 했다. 아침이면 심지어 도시 외곽의 배수구에서도 어떤 것들은 뾰족한 주둥이에 마치 꽃이 핀 듯 핏자국을 남긴 채 벌써 썩어 가느라 퉁퉁 붓고, 어떤 것들은 이미 딱딱하게 굳었건만 수염만은 여전히 빳빳이 세운 채 널부러져 있었다. 심지어 도심지에서도 층계참이나 건물 안뜰에서 죽은 쥐들이 한 무더기씩 발견되었다. 이따금 관공서의 홀에, 학교의 실내 체육관에 그리고 카페의 테라스에까지, 무리에서 떨어져 나온 쥐가 한 마리씩 죽어 가기도 했다. 우리 시민들은 도시에서 사람들이 가장 많이 드나드는 곳에까지 그것들이 나타나자 기겁을 했다. 아름므 광장, 대로들, 바닷가 산책로 할 것 없이 점점 더 반경을 넓히며 더럽혀졌다. 죽은 짐승들을 새벽에 치우고 청소를 했건만 한나절 지나고 나면 조금씩 점점 더 많이 나타났다. 밤에 산책을 나왔다가 인도 위에서 죽은 쥐의 아직도 물컹거리는 살덩어리를 발로 건드리게 되는 일은 비단 한 사람에게만 일어나지 않았다. 우리의 집들이 뿌리를 내리고 있는 바로 이 땅이 마치 차곡차곡 쌓아 두었던 분비물들을 뽑아내고 이제까지 그 속에서 자라던 종기와 혈농은 곪아 터지고 있는 것 같았다. 건강하던 사람이 고혈압으로 갑자기 쓰러지듯이 여태껏 그렇게도 조용하다가 며칠 사이 발칵 뒤집혀 혼미 상태에 빠져 버린 작은 우리 도시를 생각만이라도 해보라!

사태가 너무나 심각해지자 랑스도크[4]는 무료 정보를 전하는 라디오 방송에서 25일 단 하루 동안 6,231마리의 쥐들이 수거되어 소각됐다고 알렸다. 이 숫자는 도시 전체가 눈으로 보고 있는 광경에 분명한 의미를 부여했고 혼란은 가중됐다. 그 전까지만 하더라도 사람들은 기껏해야 지저분한 사건이라며 투덜거리는 정도였다. 그런데 이제는 피해 규모도 분명히 말할 수 없고 원인도 밝힐 수 없는 이 현상에 무언가 위협적인 면이 있음이 감지됐다. 오로지 천식 환자인 스페인 노인만이 두 손을 계속해서 비벼 대고 괴팍스레 좋아하며 〈그것들이 나온다, 나와〉라고 중얼거리곤 했다.

더욱이 4월 28일 랑스도크가 수거된 쥐의 수를 약 8천 마리라고 알리자 시중의 불안은 절정에 달했다. 시민들은 극단적인 대책을 요구하거나 시 당국을 비난했으며, 바닷가에 집을 가지고 있는 사람들은 벌써부터 그리로 피신하겠다고 말하고 있었다. 그러나 그다음 날 통신사는 상황이 갑자기 멈췄고 방역소에서 수거한 죽은 쥐들의 수는 신경 쓰지 않아도 될 만큼 감소했다고 전했다. 도시가 마침내 숨을 쉬었다.

그런데 바로 그날 정오에 의사 리유는 집 앞에 차를 세우던 중 길 끝에서 사지를 늘어뜨린 채 마치 목각 인형처럼 힘겹게 걸어오는 수위를 발견했다. 노인은 의사도 알고 있는 신부의 팔을 붙잡고 있었다. 파늘루 신부라고 하는 예수회 소속의 박학다식하고 활동이 많은 신부였는데, 의사도 몇

4 Ransdoc. 정보, 자료, 각종 현안에 관한 안내 — 원주.

차례 만난 적이 있었고 우리 시에서는 종교에 무관심한 사람들에게도 대단히 존경을 받고 있었다. 리유는 잠자코 그들을 기다렸다. 미셸 영감은 눈을 번뜩거리며 숨을 헐떡이고 있었다. 몸이 너무 좋지 않아 바람을 좀 쐬고 싶었는데 목이며 겨드랑이며 사타구니며 아리듯이 아파 집으로 돌아오다가 파늘루 신부에게 도와 달라 아니할 수 없었다고 했다.

「종기가 났어요.」 그가 말했다. 「과로한 모양입니다.」

의사는 차창 밖으로 손을 뻗어 미셸 씨가 내민 목 밑을 손으로 이리저리 만져 보았다. 나무옹이 같은 것이 잡혔다.

「가서 누워 계세요. 체온도 좀 재보시고요. 오후에 제가 뵈러 가겠습니다.」

수위가 떠나자 리유는 파늘루 신부에게 쥐 때문에 벌어지는 일들에 대해서 어떻게 생각하는지 물었다.

「그거요! 전염병이겠지요!」 신부는 그렇게 말하고는 동그란 안경테 너머로 미소를 지었다.

점심 식사를 마치고 난 뒤, 리유는 아내의 도착을 알리는 요양소의 전보를 다시 읽고 있었는데, 그때 마침 전화가 울렸다. 전화를 건 사람은 그의 옛 환자로 시청의 말단 서기였다. 그는 오랫동안 대동맥 협착증으로 고생했는데, 가난했기에 리유가 그를 무료로 치료했었다.

「아, 저를 기억하고 계셨군요.」 그가 말했다. 「그런데, 이번엔 다른 사람 때문이랍니다. 빨리 좀 와주세요. 제 이웃에게 무슨 일이 생겼습니다.」

그는 숨을 헐떡이며 말하고 있었다. 리유는 수위가 생각났지만 수위는 나중에 보러 가기로 마음먹었다. 몇 분 뒤, 그는 변두리 페데르브 가에 있는 나지막한 건물의 문으로 들어섰다. 서늘한 냉기에다 냄새까지 나는 계단 중간에서 그는 자신을 마중하러 나온 서기 조제프 그랑을 만났다. 노란 콧수염을 기른 50대 남자였는데, 큰 키에 등은 좀 굽었고 좁은 어깨에 팔다리가 아주 가늘었다.

「훨씬 좋아졌습니다. 하지만 전 그 사람이 아주 가는 줄 알았지요.」 리유에게 다가오며 그가 말했다.

그는 코를 풀어 대고 있었다. 3층, 그러니까 그 건물 꼭대기 층의 왼쪽 문에 붉은색 분필로 다음과 같이 쓴 글자가 리유의 눈에 띄었다. 〈들어오세요. 저는 목을 매고 있습니다.〉

그들은 방으로 들어갔다. 테이블은 구석에 밀쳐져 있고, 뒤집힌 의자 바로 위로는 천장에서부터 밧줄이 늘어뜨려져 있었다. 하지만 밧줄에는 아무것도 매달려 있지 않았다.

「제가 마침 제때 그 사람을 끌어 내렸죠.」 그랑이 말했는데, 그는 지극히 단순한 문장을 구사하면서도 언제나 그에 적절한 단어를 찾으려는 듯했다. 「외출을 하려던 참이었는데, 바로 그때 어떤 소리가 들렸답니다. 저기 써놓은 문구를 봤을 땐, 글쎄요, 어떻게 말씀을 드려야 할지요, 저는 무슨 장난인 줄 알았습니다. 하지만 그 사람이 이상한 신음 소리를 내더군요, 심지어 음산하다고 할까요, 뭐 그렇게 말할 수도 있겠네요.」

그는 머리를 긁적거렸다.

「제 생각에는, 실제로 해보니 고통스러웠던 것 같아요. 저야 뭐 당연히 들어가 본 거죠.」

문 하나를 밀어 열자 환하지만 살림이 초라한 어떤 방의 문턱이 보였다. 키가 작고 땅딸막한 남자가 구리로 된 침대에 누워 있었다. 그는 숨을 거칠게 내쉬며 충혈된 눈으로 그들을 바라보았다. 의사는 순간 멈칫했다. 그의 숨소리 사이사이로 마치 쥐 우는 소리가 들리는 듯했기 때문이다. 하지만 방 구석구석 그 어디에도 움직이는 것이라고는 없었다. 리유는 다시 침대 쪽으로 향했다. 너무 높은 곳에서 떨어지지도, 그렇다고 너무 격하게 떨어지지도 않았기에 척추뼈는 일단 무사했다. 물론 약간의 질식 증후는 있었다. 엑스레이 촬영이 필요해 보였다. 의사는 강심제 주사를 한 대 놓고 며칠 안에 다 나아질 거라고 했다.

「감사합니다, 선생님.」 그 남자는 숨이 막혀 잘 나오지도 않는 목소리로 말했다.

리유가 경찰서에는 알렸는지 그랑에게 묻자 그는 당황한 듯 어쩔 줄 몰라 했다.

「아니요, 글쎄 그건 아직인데요. 제 생각에 가장 급했던 건 말이죠…….」

「그거야 그렇죠.」 리유가 말을 가로막았다. 「그럼 제가 하겠습니다.」

그러자 바로 그 순간 환자가 버둥거리며 침대에서 몸을 일으키더니 자신은 이제 괜찮고 아무렇지도 않으니 그럴 필요가 없다고 우겨 댔다.

「진정하세요. 문제 될 건 없습니다. 제 말을 믿으세요. 저는 저대로 진료 신고를 해야 한답니다.」 리유가 말했다.

「이런!」 그 남자가 소리를 질렀다.

그러더니 뒤로 나자빠져서는 훌쩍거리며 울기 시작했다. 조금 전부터 콧수염을 만지작거리고 있던 그랑이 그에게 다가갔다.

「자, 코타르 씨, 생각해 보세요. 사람들이 의사 선생님한테 책임이 있다고 할 수도 있는 겁니다. 혹여 댁한테 그럴 맘이 또다시 생긴다면 말이죠……」

그러자 코타르는 눈물을 흘리며 다시는 그러지 않을 거다, 그저 순간적으로 정신이 나가서 그랬을 뿐이고, 단지 원하는 거라면 자신을 가만히 내버려 두었으면 한다고 말했다. 리유는 처방전을 쓰고 있었다.

「알겠습니다. 그럼 그냥 덮어 두죠. 이삼일 후에 다시 오겠습니다. 하지만 괜한 짓 하시면 안 됩니다.」 그가 말했다.

계단참에서 리유는 그랑에게, 자신은 신고를 하지 않을 수 없지만 경찰서에는 이틀 뒤에나 조사를 하라고 부탁해 두겠다고 했다.

「오늘 밤에 그를 지켜봐야 합니다. 그 양반한테 가족이 있나요?」

「그건 모르겠는데요. 하지만 제가 곁에서 지켜볼 수 있습니다.」

그가 고개를 끄덕이며 대답했다.

「사실을 짚고 넘어가자면 말이죠, 저 사람도 그렇지만 나 역시 저 사람을 잘 안다고 할 수 없어요. 하지만 서로 돕고 살아야죠.」

그 건물의 복도에서 리유는 반사적으로 구석구석을 살펴본 다음 쥐들이 동네에서 완전히 사라졌는지 그랑에게 물었다. 서기는 그 일에 대해서 아는 바가 전혀 없었다. 그런 이야기를 어디선가 듣긴 했지만 동네 소문에는 별 관심이 없다고 했다.

「제겐 다른 걱정거리들이 있답니다.」 그가 말했다.

리유는 벌써 그와 악수를 하고 있었다. 수위를 봐야 했고,

그런 다음에는 아내에게 편지를 써야 했기에 마음이 급했던 것이다.

거리에는 석간신문을 파는 사람들이 쥐들의 습격이 중단됐다며 소리를 질러 대고 있었다. 그러나 환자는 상반신을 침대 밖으로 내밀고 한 손은 배에, 다른 한 손은 목덜미에 댄 채 마치 모조리 긁어 내려는 기세로 붉은빛이 도는 담즙을 토해 냈다. 너무 오랫동안 애를 쓴 바람에 수위는 숨 쉬는 것조차 어려워하며 다시 자리에 누었다. 체온은 39.5도였고 목의 멍울들과 사지가 퉁퉁 부었으며 옆구리에는 거무스름한 두 개의 반점이 자라나고 있었다. 이제는 배 속이 아프다며 고통을 호소했다.

「속이 탑니다, 타요. 그 염병할 것들이 나를 들들 볶는구나, 볶아.」 그가 연신 떠들어 댔다.

입술이 숯처럼 까맣게 타서 말은 제대로 나오지를 않았고 두통 때문에 눈물이 그렁그렁 맺힌 툭 튀어나온 두 눈으로 의사를 쳐다봤다. 말없이 가만히 있는 리유를 수위의 아내가 불안해하며 바라보고 있었다.

「선생님, 대체 무엇 때문인가요?」 그의 아내가 물었다.

「여러 가능성이 있습니다. 하지만 확실한 것은 전혀 없네요. 오늘 저녁까지 금식하고 속을 비웁시다. 물을 많이 마시게 하세요.」

그러지 않아도 수위는 갈증이 나서 연신 물을 들이켰다.

집으로 돌아오자 리유는 동료 의사이자 도시에서 가장 실력 있는 의사들 가운데 하나인 리샤르에게 전화를 했다.

「아니요, 특별하다 할 만한 것은 전혀 없었는데요.」 리샤르가 말했다.

「국부적 염증을 동반한 고열 환자는요?」
「아, 그런 경우야 있었지요, 그렇지만 림프샘에 염증이 심한 경우는 고작 두 건 정도였어요.」
「비정상적이던가요?」
「글쎄요, 아시다시피 정상적이라는 것이…….」
어쨌든 그날 저녁 수위는 연신 헛소리를 해대고 열은 40도까지 올라 쥐들을 향해 저주를 퍼부어 댔다. 리유는 고정 농양 치료를 시도했다. 테레빈유 주사의 타는 듯한 고통에 수위는 〈이런 염병할 것들!〉이라며 소리를 질렀다.
멍울들은 더욱더 커졌고 만져 보니 나무처럼 단단했다. 수위의 아내는 불안해서 어쩔 줄을 몰라 하고 있었다.
「밤새 지켜보세요. 무슨 일이 있으면 저를 부르시고요.」
의사가 그녀에게 말했다.
다음 날인 4월 30일에는 비가 올 듯 파랗고 촉촉한 하늘에 때 이른 훈훈한 산들바람이 불고 있었다. 이 미풍은 도시로부터 아주 먼 변두리에서 불어오는 꽃 내음을 실어 날랐다. 아침을 알리는 길거리의 소음들이 그 어느 때보다 청량하고 명랑하게 들려오는 듯했다. 지난 일주일 동안 우리 도시 전체가 겪었던 답답한 걱정거리에서 벗어나 이날은 마치 새출발의 날과도 같았다. 리유 역시 아내에게서 편지를 받고 안심이 되어 가벼운 발걸음으로 수위의 집으로 내려갔다. 아니나 다를까, 그날 아침 수위의 체온은 38도로 떨어져 있었다. 환자는 기력이 없었지만 침대에 누워 웃고 있었다.
「좋아진 것 같아요. 그렇죠, 선생님?」 그의 아내가 말했다.
「좀 더 지켜봅시다.」
그러나 정오가 되자 열이 갑자기 40도까지 올랐고, 쉴 새

없이 헛소리를 해댔으며 구역질도 다시 시작되었다. 목의 멍울들이 그저 닿기만 해도 아프다는 듯, 수위는 되도록 자신의 목과 몸을 서로 멀리 떼어 놓으려고 애를 썼다. 수위의 아내가 두 손을 이불 위에 놓고 환자의 발을 조심스레 잡은 채 침대 끝에 앉아 있었다. 그녀는 리유를 바라보았다.

「잘 들으세요.」 리유가 말했다. 「격리시켜 특별 치료를 받으셔야겠습니다. 제가 병원에 전화를 할 테니 구급차로 옮깁시다.」

두 시간 뒤 구급차 안에서 의사와 수위의 아내는 환자를 들여다보고 있었다. 진균성 종양들로 마치 도배를 한 듯한 그의 입에서 파편 같은 외마디 말들이 튀어나왔다. 〈쥐들이!〉 연신 그렇게 말했다. 밀랍 같은 입술은 푸르죽죽했고 눈꺼풀은 납처럼 무겁게 드리워져 있었고 숨은 불규칙하고 짧았으며 림프샘이 부어서 사지를 사방으로 벌린 채 마치 자신의 몸 위로 구급차의 간이침대를 덮어씌우고 싶다는 듯, 혹은 저 땅속 깊은 곳에서 무엇인가 자신을 끊임없이 부르기라도 한다는 듯 수위는 자꾸만 침대 속으로 기어들어 가려 애를 쓰며 보이지 않는 어떤 중압감으로 가쁜 숨을 몰아쉬었다. 그의 아내는 울고 있었다.

「더 이상 가망이 없는 건가요, 선생님?」

「돌아가셨습니다.」 리유가 말했다.

수위의 죽음은 불길한 조짐들로 가득했던 시기의 끝이자, 비교적 더 힘들고 초기의 놀라움이 서서히 공포로 뒤바뀐 또 다른 시기의 시작에 해당한다고 말할 수 있다. 그때부터는 상황을 파악하기도 했지만, 어쨌거나 우리 시민들은 별 볼 일 없는 우리 도시가 쥐들이 환한 대낮에 거리로 쏟아져 나와 죽어 가고 수위들이 괴이한 병으로 생을 마감하는 장소로 특별히 점지된 곳이라고는 결코 생각해 본 적이 없었다. 이런 관점에서 보자면, 그들은 결국 실수를 저지른 셈이었고 그들의 사고방식은 재고되어야 마땅했다. 만일 사건이 거기에서 끝났더라면, 의심의 여지 없이 습관의 승리로 끝났을 것이다. 그러나 우리 시민들 가운데 다른 부류의 사람들, 그러니까 수위도 아니고, 그렇다고 가난하지도 않은 사람들 역시 미셸 씨가 앞서 간 길을 따라가지 않을 수 없었다. 두려움, 그와 동시에 반성의 시작은 바로 그때부터였다.

그렇지만 새로운 사건들에 대한 세부 사항을 언급하기에 앞서 본 기록의 저자는 지금 막 서술이 끝난 이 시기에 관해 또 다른 증인 한 명의 의견을 다루는 것이 유익하리라 생각한다. 본 기록의 서두에 이미 등장한 바 있는 장 타루는 몇 주 전 오랑에 자리를 잡았고 그때부터 시내 중심가의 유명한 호텔에서 지내고 있었다. 겉보기에 그는 자신의 수입으로 살아가는 데 궁색함 없이 제법 풍족한 듯했다. 그러나 도시가 그에게 조금씩 익숙해졌음에도 불구하고, 그가 어디에서 왔고 무엇 때문에 이곳에 머무는지 말할 수 있는 사람은 아무도 없었다. 공공장소라면 가릴 것 없이 그의 모습이 항상 눈에 띄곤 했다. 봄이 되자마자, 그가 바닷가에 나타나는 일이 잦았는데, 즐거움을 만끽하며 수영하는 그의 모습을 심심찮게 볼 수 있었다. 호인에다 늘 웃는 얼굴의 그는 온갖 종류의 평범한 쾌락과 마치 친구인 양 잘 지내면서도 얽매이지는 않는 사람으로 보였다. 사실 그의 유일한 습관이라면, 우리 도시에 제법 많은 스페인 무용수들 그리고 음악가들의 집에 뻔질나게 드나드는 것이었다.

어쨌든 그의 수첩 역시 이 어려운 시기에 대한 일종의 연대기 형식을 갖추고 있다. 그런데 그것은 무의미한 사실들에만 관심을 기울이기로 작정한 듯한 매우 특이한 일지였다. 언뜻 보기에는 타루가 세상사와 사람들을 마치 오페라글라스를 통해 바라보느라 애를 쓴다고도 생각할 수 있다. 하지만 그는 혼란이 만연한 상황에서도 결국 이야깃거리도 안 되는 소소한 일들의 역사가가 되려는 데 전념하고 있었다. 이러한 편향된 시선에 응당 유감을 표하고 그것이 메마른 감정 때문은 아닌지 의심할 수도 있다. 그렇지만 그의 수첩들이 이 시기의 기록으로서 부차적이기는 하지만 나름의 중요성을 갖는 엄청난 양의 세부 사항들을 제공할 수 있다는 점에는 변함이 없으며, 기록의 특이함 자체가 우리로 하여금 이 흥미로운 인물에 대한 성급한 판단을 유보시킬 것이다.

장 타루가 처음 쓴 짧은 메모들은 그가 오랑에 도착한 날짜를 가리키고 있다. 시작부터 그의 메모들은 너무나도 볼품없는 도시에 머물게 된 데 야릇한 만족감을 드러내고 있다. 시청을 장식하는 두 마리 청동 사자상에 대한 상세한 묘사라든지, 나무 없는 도시와 보기 흉한 집들 그리고 어이없는 도시 설계에 대한 호의적인 평가들을 찾아볼 수 있다. 여기에 타루는 전차나 길에서 들은 대화들을, 자신의 의견은 덧붙이지 않은 채 가미하고 있는데, 하나의 예외가 있다면 나중에 나오는 어떤 대화에 등장하는 캉이라는 한 남자에 관한 부분이다. 타루는 우연히 전차 차장 두 명이 대화하는 자리에 있었다.

「자네 캉이라고 알지?」 한 사람이 말했다.

「캉? 키 크고 까만 콧수염을 기른 친구 말인가?」

「맞아. 전차 선로 변경부에 있었던.」

「그래, 그렇지.」

「한데, 그 사람 죽었네.」

「뭐라고! 아니, 언제?」

「쥐 때문에 온통 난리던 직후에.」

「저런! 도대체 어찌 된 영문이라던가?」

「잘은 모르지만 열이 심했다지, 아마. 게다가 그 친구가 건강치를 못했어. 겨드랑이에 종기가 났는데, 버티지를 못했다네.」

「하지만 별 이상은 없어 보이던데.」

「아니라니까. 폐가 약했는데 관악대에서 악기를 다뤘거든. 계속해서 나팔을 불어 댄다는 게 건강에 좋을 리가 있겠나.」

「맞아! 아플 때는 나팔을 불지 말아야 해.」 두 번째 사람이 대화를 끝냈다.

이런저런 나열에 뒤이어 타루는, 캉이 자신에게 분명히 해가 됨에도 불구하고 관악대에 들어간 이유가 무엇인지, 그로 하여금 일요일의 행진을 위해서 자신의 생명을 위험에 처하도록 만든 깊은 이유가 무엇인지 의아해했다.

이어 어떤 광경 하나가 타루에게 호의적인 관심을 불러일으켰는데, 그의 방 창문과 마주하고 있는 베란다에서 벌어지는 일이었다. 사실 그의 방은 좁은 뒷골목을 향해 있었고, 그 길에는 벽으로 생긴 그늘에서 고양이들이 잠을 자고 있었다. 한데, 매일 점심 식사 후 도시 전체가 더위 속에서 꾸벅거리며 졸고 있는 시간이면 길 건너편 그 베란다에 키 작은 늙은이가 모습을 드러냈다. 잘 빗어 넘긴 흰머리에 군복 같은 옷을 입고 자세가 바르고 엄격해 보이는 그는 차가운 듯 차분한 목소리로 〈귀여운 야옹아, 이리 온〉 하며 고양이들을 불렀다. 고양이들은 곧바로 움직이지는 않았지만 졸음으로 멀건해진 눈으로 위쪽을 쳐다봤다. 노인이 길 바로 위에다 대고 종이를 잘게 찢으면, 나풀거리며 쏟아져 내리는 이 하얀색 나비들에 얼이 빠진 고양이들은 인도 한복판까지 기어 나와서 마지막 종잇조각을 향해 이리저리 발을 휘저어 댔다. 그러면 바로 그때 키 작은 그 노인은 고양이 머리를 정확히 겨냥해 있는 힘껏 침을 내뱉었다. 가래침 한 방이 자신의 목표물을 맞히기라도 하면 웃었다.

마지막으로 타루는 우리 도시의 상업적인 성격, 다시 말해 외관, 활동 그리고 심지어 여흥마저 상거래의 필요성에 의해서 지배되는 듯한 모습에 완전히 매료된 것 같았다. 이러한 독특함(그의 수첩에 사용된 용어다)은 타루의 칭찬을 받았고 그의 열렬한 찬사들 가운데 하나는 감탄의 외침인 〈드디어!〉로 끝맺고 있었다. 같은 날짜의 기록들 가운데 이 여행객이 자신의 남다른 개성을 드러내는 듯한 대목은 여기가 유일하다. 물론 그 의미와 진실성을 가늠하기란 쉽지 않다. 예를 들어 타루는 호텔의 체크아웃 담당자가 죽은 쥐를 발견하는 바람에 그만 청구서에다 계산 착오를 저지르고 말았다는 사실을 자세히 기록한 뒤에, 평소보다 흐릿한 글씨로 다음과 같이 덧붙이고 있다. 〈의문: 시간을 허비하지 않으려면 어떻게 해야 하는가? 해답: 그 긴 시간을 고스란히 느낄 것. 방법: 치과 대기실에서 불편한 의자에 앉아 하루를 보낼 것, 일요일 오후를 집 베란다에서 보낼 것, 알아듣지 못하는 언어로 진행되는 강연을 들을 것, 가장 길고도 가장 불편한 철도 노선을 고른 다음 물론 서서 여행할 것, 공연 매표소에 줄을 서고 표는 절대 사지 말 것 등등.〉 그러나 이렇게 잠시 옆길로 벗어난 잡담이랄까 혹은 사념에 뒤이어 곧 그의 수첩은 우리 도시의 전차들, 마치 곤돌라 같은 그것들의 생김새, 흐릿한 색깔, 일상이 되어 버린 불결함에 대한 상세한 묘사에 착수하고, 이어 별 의미 없이 〈훌륭하다〉라는 말로 자신의 고찰을 끝맺는다.

이제 거두절미하고, 쥐 때문에 생긴 소동에 관해 타루가 기록한 내용들을 여기 소개한다.

오늘 맞은편 집 키 작은 노인이 당황하다. 고양이가 더 이상 보이지 않는다. 길거리에 수없이 보이는 죽은 쥐들 때문에 고양이들이 정말로 사라져 버렸다. 내 생각에 고양이들이 죽은 쥐를 먹는다는 것은 있을 수 없는 일이다. 내

고양이들이 싫어했던 게 생각난다. 아무리 그래도 고양이들은 지하 창고에서 뛰어다닐 텐데, 어쨌거나 노인은 어떻게 해야 할지 몰라 쩔쩔맨다. 그는 머리도 제대로 빗지 않았고 기력도 예전 같지 않다. 그는 불안해 보인다. 잠시 후 그는 방으로 들어간다. 하지만 허공에다 가래침을 한차례 내뱉고 나서였다.

오늘 시내에서 전차 한 대가 멈췄는데 어떻게 거기에 기어 들어갔는지 알 길이 없는 죽은 쥐 한 마리가 발견되었기 때문이다. 두세 명의 여성 승객이 전차에서 내렸다. 누군가 쥐를 내던졌다. 전차는 다시 출발했다.

호텔에 야간 경비원으로 일하는 믿을 만한 사람이 하나 있는데 그가 나에게 〈쥐들이 배에서 사라지면 말이죠……〉라며 이 모든 쥐들 때문에 뭔가 불행이 일어날지도 모르는 일이라고 했다. 나는 그에게 선박의 경우에는 맞지만 도시의 경우에는 그런 사실이 확인된 적은 없었다고 대답했다. 그렇지만 그의 신념은 확고했다. 우리가 예측할 수 있는 불행이란 어떤 것인지 그에게 물었다. 그는 불행이란 예측 불가하므로 자기는 모른다고 했다. 하지만 그것이 지진이라 해도 자신은 놀라지 않을 거라고 했다. 내가 가능한 일이라며 수긍했더니 걱정되지 않느냐고 나에게 물었다.

「내가 관심을 갖는 유일한 것은, 마음의 평화를 찾는 일입니다.」 내가 그에게 말했다.

그는 내 말을 완전히 이해했다.

호텔의 식당에는 대단히 흥미로운 가족이 자주 온다. 아버지는 빳빳한 깃이 달린 검은색 옷을 입은 키 크고 마른 사람이다. 그의 머리는 한가운데가 벗어지고 왼쪽과

오른쪽으로는 마치 두 개의 실타래처럼 잿빛 머리카락이 한 움큼씩 나 있다. 엄격해 보이는 작고 동그란 두 눈, 가느다란 코, 일자로 다문 입이 얌전한 올빼미 같은 인상을 준다. 식당 문에는 그가 늘 첫 번째로 등장하지만 비켜서서 까만 생쥐처럼 자그마한 아내를 먼저 지나가게 하고, 뒤이어 동물 품평회에서 재주를 부리는 강아지같이 차려입은 어린 딸과 아들을 데리고 뒤따라 들어온다. 테이블에 도착해서는 아내가 자리 잡기를 기다렸다가 자기도 앉는데, 그러고 나면 이제는 그 두 마리 푸들이 자기들 자리에 걸터앉을 수 있다. 그는 자신의 아내와 아이들에게 모두 〈당신〉이라는 존칭어를 사용하며, 아내에게는 가혹한 언사를 정중하게, 자식들에게는 단정적인 발언들을 거침없이 퍼부어 댄다.

「니콜, 당신의 못된 성질이 안하무인으로 실력을 발휘하는군요!」

그러면 그 어린 소녀는 당장이라도 울음을 터뜨리기 일보 직전이다. 그러지 않을 수 없다.

오늘 아침 어린 아들은 쥐에 관한 이야기로 완전히 흥분해 있었다. 아들은 식사 중에 무언가 말하고자 했다.

「필립, 식사 중에는 쥐에 대해 말하지 않는 겁니다. 앞으로는 그 단어를 입 밖에 내지 않도록 하세요.」

「아버지 말씀이 맞아요.」 까만 생쥐 같은 부인이 거들었다.

두 마리 푸들은 자신들의 접시에다 코를 박았고, 올빼미 씨는 더 이상 긴말하지 않겠다는 듯 고개를 끄덕거리며 감사의 시늉을 했다.

이와 같은 훌륭한 본보기도 있긴 하지만 시내에서는 쥐

에 대한 이야기를 많이들 한다. 신문도 합세했다. 지방 소식지의 경우 이제는 시 당국에 대한 반대 운동에 전면이 할애되고 있다. 〈시 당국자들은 설치류들의 썩은 시체들이 야기할 수 있는 위험을 생각이나 해봤는가?〉 호텔 지배인은 이제 그 얘기밖에 하지 않는다. 심기가 언짢기 때문이기도 하다. 점잖은 호텔의 엘리베이터 안에서 쥐들이 발견된다는 것은 그에게 상상조차 할 수 없는 일이다. 그를 위로하려고 나는 그에게 〈모두가 같은 처지인걸요〉 하고 말했다.

「바로 그래서 그럽니다.」 그가 대답했다. 「이제는 우리가 모두와 같다는 거지요.」

모두가 우려하기 시작한 이 예기치 못한 열병의 첫 번째 사례들을 나에게 처음으로 전한 사람이 바로 그다. 호텔의 객실 담당 여종업원들 가운데 하나가 그 병에 걸린 것이다.

「그렇지만 단연코 전염병은 아닙니다.」 그가 서둘러 못을 박았다.

그에게 나는 개의치 않는다고 말했다.

「아! 알겠습니다. 선생님께서는 저와 같으시군요. 선생님께서는 운명론자이십니다.」

나는 그와 유사한 어떤 주장도 한 적이 없고, 더군다나 운명론자도 아니다. 나는 그에게 그렇게 말했다…….

이 시기부터 타루의 수첩은 사람들 사이에서 이미 공공연히 불안의 대상이 되고 있는, 고열을 동반한 이 원인을 알 수 없는 열병에 대해서 조금 더 상세히 언급하기 시작한다. 타루는 쥐들이 사라지면서 드디어 고양이들을 되찾은 그 키 작은 노인이 자신의 가래침 사격을 꾸준히 연마하고 있다고 적으면서, 아울러 이 열병으로 인한 사망자들의 수가 벌써 10여 명이고 대부분 치명적이었다고 덧붙이고 있다.

참고 자료로서 타루가 묘사한 의사 리유의 모습을 여기에 그대로 옮겨 적고자 한다. 본 기록의 서술자가 판단컨대, 실제 모습에 제법 충실하다.

서른다섯쯤으로 보인다. 보통 체격. 떡 벌어진 건장한 어깨. 장방형에 가까운 얼굴. 정면을 응시하는 짙은 눈동자와 돌출된 턱. 큼직하고 반듯한 코. 매우 짧게 자른 검은 머리. 도톰한 입술 양 끝이 활처럼 살짝 말려 올라가 있고 입은 거의 늘 꽉 다물고 있다. 그에게는 어딘가 시칠리아 농부 같아 보이는 구석이 있는데, 그을린 피부에 검은색 머리카락, 그리고 늘 짙은 색의 옷을 입기 때문이다. 하지만 그 옷들은 그에게 잘 어울린다.

그는 빠르게 걷는다. 자신의 걸음걸이를 그대로 유지하며 보도를 따라 내려가지만, 세 번 중에 두 번은 방향을 바꾸려는 듯 살짝 뜀을 뛰며 반대편으로 거슬러 올라가기도 한다. 운전대를 잡으면 주의력이 산만한 편으로, 코너를 돈 이후에도 방향 표시등을 올려 둔 채 있다. 모자 착용 안 함. 사정에 밝은 듯 보임.

타루의 수치는 정확했다. 그 가운데 몇몇은 의사 리유도 알고 있었다. 수위의 시신을 격리시킨 다음 그는 사타구니의 발열에 관해 묻고자 리샤르에게 전화를 했다.

「도대체 뭐가 뭔지 전혀 모르겠네요.」 그가 말했다. 「사망자가 둘인데, 한 사람은 48시간 만에, 다른 한 사람은 사흘 만입니다. 후자는 회복기의 증상들을 다 보이길래 한시름 놨는데, 아침에 그만.」

「다른 사례들이 있으면 알려 주세요.」 리유가 말했다.

그는 몇몇 의사들에게 더 전화를 했다. 이렇게 조사를 진행한 결과 며칠 만에 그는 20여 건의 유사한 증상들을 한데 모을 수 있었다. 거의 대부분이 치명적이었다. 그래서 그는 오랑 의사회 회장인 리샤르에게 새로운 환자들의 격리 수용을 요구했다.

「나도 어떻게 할 수가 없습니다.」 리샤르의 대답이었다. 「도청 차원의 대응책이 필요할 겁니다. 한데 도대체 무슨 근거로 전염의 위험이 있다는 겁니까?」

「전혀 없습니다. 하지만 증상이 우려할 만합니다.」

그렇지만 리샤르는 〈자신은 자격이 없다〉고 생각했다. 그가 할 수 있는 일이란 도지사에게 그 문제에 관해서 보고하는 것뿐이었다.

한데 이렇게 말만 하는 동안 날씨는 나빠지고 있었다. 수위가 죽은 다음 날 짙은 안개가 하늘을 뒤덮었다. 장대처럼 굵고 거센 소나기가 쏟아져 내렸고 폭풍우를 예고하는 무더위가 이 갑작스러운 소나기의 뒤를 이었다. 심지어 바다마저도 자신의 짙은 푸른빛을 잃고서 안개가 자욱한 하늘 아래 눈이 시릴 정도로 허옇게 번득이는 쇠붙이 같은 빛을 띠고 있었다. 그해 봄의 후덥지근한 더위는 차라리 여름의 폭염을 바라게 할 정도였다. 바다를 등지다시피 한 채 달팽이 모양으로 고지대에 자리 잡고 있는 우리 도시에는 적막한 무기력이 지배하고 있었다. 흙을 바른 길고 긴 도시의 벽들 한복판에서, 먼지가 뿌옇게 낀 상점의 진열장들이 즐비한 거리 사이에서, 누런색 지저분한 전차 안에서, 사람들은 마치 하늘에 갇혀 있는 것 같다고 느꼈다. 리유의 환자들 가운데 그 노인만이 유일하게 천식을 이겨 내고 이런 날씨를 즐기고 있었다.

「푹푹 찌는군요. 기관지에 좋지요.」 노인이 말하곤 했다.

실제로 찌는 듯이 더웠지만 고열보다 더하지도 덜하지도 않았다. 도시 전체가 고열에 시달리고 있는 듯했고, 그런 인상은 코타르가 저지른 자살 미수의 현장 검증에 참관하기 위해서 페데르브 가에 가던 날 아침 의사 리유의 머리를 줄곧 떠나지 않았다. 하지만 그런 인상은 말도 안 되는 것 같았다. 그는 과도한 걱정과 신경과민 탓이려니 하면서, 자신의 머릿속을 조금 정리하는 것이 급선무라고 생각했다.

그가 도착했을 때 경찰은 아직 와 있지 않았다. 그랑이 층계참에서 기다리고 있었기에 그들은 우선 그의 집에 들어가 방문은 열어 두기로 했다. 이 시청 직원은 가구가 거의 없는 방 두 개에서 생활하고 있었다. 눈에 띄는 것이라고는 두세 권의 사전들이 놓여 있는 흰색 나무 책장 하나, 칠판 하나뿐이었는데, 칠판에는 〈꽃들이 만발한 오솔길〉이라는 구절이 반쯤 지워졌지만 아직은 알아볼 수 있는 상태로 남아 있었다. 그랑의 말에 따르면 코타르는 밤에 잠을 잘 잤다고 했다. 하지만 아침에 그는 골치가 아프고 무기력감에 빠진 채 잠에서 깼다고 했다. 그랑은 피곤하고 신경이 예민해 보였는데, 방 안을 이리저리 서성대다가는 원고들로 두툼한 서류철을 책상 위에다 놓고 펼쳤다 접었다 하기도 했다.

그러면서도 그는 잘은 모르지만 코타르에게 재산이 조금 있는 것 같다고 의사에게 말했다. 코타르는 조금 이상한 사람이라, 오랫동안 그들의 관계는 이따금씩 계단에서 인사만 나누는 정도였다고도 했다.

「저는 그 사람과 그저 두어 번 대화한 적밖에 없어요. 며칠 전에 분필 상자를 집으로 가져오다가 계단에서 그만 엎어 버렸지요. 빨간색과 파란색 분필들이었답니다. 그때 코타르가 계단으로 나와 주워 담는 걸 도와주었는데, 이 분필들을 다 뭐하는 데 쓰느냐고 묻더군요.」

그래서 그랑은 라틴어를 다시 좀 해볼까 한다고 그에게 설명을 했는데, 고등학교 때 이후로 배운 것들을 점점 잊어버렸기 때문이었다.

「그럼요.」 그가 덧붙여 말했다. 「프랑스어 단어의 뜻을 더 잘 알려면 라틴어가 유용하다고 분명히 배웠지요.」

그래서 그는 칠판에 라틴어 단어들을 적는다는 것이었다. 단어에서 어미 변화와 동사 변화에 해당하는 부분은 파란색 분필로 옮겨 적고, 그런 다음에는 빨간색 분필로 절대로 변하지 않는 부분을 적는다고 했다.

「코타르가 제대로 이해했는지는 모르지만, 관심 있어 하더니 제게 빨간색 분필을 하나 달라고 하더라고요. 좀 놀랐지만 그까짓 거 뭐……. 물론 저야 그것이 그의 계획에 사용될 줄은 짐작도 못 했습니다.」

두 번째 만났을 때의 대화는 무엇이었냐고 리유가 물었다. 그런데 그때 마침 서기를 대동한 경찰이 도착했고, 우선 그랑의 진술을 듣고자 했다. 의사는 그랑이 코타르에 대해서 말할 때마다 연신 〈자포자기한 사람〉라고 부르고 있는데 주목했다. 심지어 어느 대목에선가 그는 〈비장한 각오〉라는 말도 사용했다. 그들은 자살의 동기에 관해 의견을 나눴는데, 그랑은 용어의 선택을 놓고 매우 소심한 태도를 취했다. 그러다 그들의 논쟁은 결국 〈남 모를 슬픔〉이라는 표현으로 일단락됐다. 경찰은 코타르의 태도에서 그랑이 〈그의 결단〉이라고 부른 것을 짐작하게 할 만한 것은 전혀 없었는지 물었다. 그랑이 말했다.

「어제저녁 제 방문을 두드리더니 성냥을 좀 달라고 하더군요. 제가 한 갑을 주었지요. 그는 이웃 사이에 뭐 어쩌고저쩌고하면서 미안해했어요. 그러고는 제게 성냥갑을 돌려주겠다고 다짐을 하더군요. 저는 그 사람한테 그냥 가지라고 했습니다.」

경찰은 코타르가 좀 이상해 보이지 않았는지 물었다.

「제가 보기에 이상했던 점이라면, 그가 대화를 계속 이어가고 싶어 하는 것 같았습니다. 한데 저는 일을 하고 있던 중이었거든요.」

그랑이 리유를 향해 몸을 돌리고서는 멋쩍은 듯이 덧붙여 말했다.

「개인적인 일이었죠.」

그때 경찰이 환자를 보고 싶어 했다. 그러나 리유는 심문에 앞서 우선 코타르로 하여금 마음의 준비를 하도록 하는 편이 낫겠다고 생각했다. 그가 방에 들어 갔을 때 코타르는 면으로 된 회색 잠옷만 입은 채 불안한 표정으로 침대에서 몸을 일으켜 문 쪽을 바라보고 있었다.

「경찰이군요, 그렇죠?」

「그렇습니다. 하지만 괜한 행동은 하지 마세요. 두세 가지 형식적인 절차 후엔 더 이상 귀찮은 일은 없을 겁니다.」

그러나 코타르는 그런 건 다 쓸데없는 짓이고 자신은 경찰을 좋아하지 않는다고 대답했다. 리유가 참지 못하고 짜증 섞인 말을 했다.

「저 역시 대단히 좋아하지는 않습니다. 짧고 분명하게 그들의 질문에 답하면 됩니다. 그러면 이번 한 번으로 다 끝날 겁니다.」

코타르가 입을 다물자 의사는 문을 향해 몸을 돌렸다. 하지만 어느새 키 작은 그 남자는 의사를 부르더니 그가 침대 가까이 다가가자 손을 덥석 잡았다.

「환자를, 게다가 목을 매달았던 사람을 건드릴 수야 없겠죠. 그렇지 않나요, 선생님?」

리유는 그를 잠시 바라보다가 그런 일은 있을 수 없으며 더군다나 자신은 환자를 보호하기 위해서 여기 와 있는 것이라며 그를 겨우 안심시켰다. 코타르가 좀 편안해진 것 같아 보이자 리유는 경찰을 들어오게 했다.

코타르에게 그랑의 진술을 읽어 주고 나서 자신이 한 행동의 동기를 분명히 말할 수 있는지 묻자, 그는 경찰을 바라보지도 않은 채 〈남 모를 슬픔, 그거 참 좋습니다〉라고만 대답했다. 경찰은 또다시 저지를 생각이냐며 그를 다그쳤다. 그러자 코타르는 흥분하며 아니라고 했고 자기를 그만 좀 가만히 놔두기만을 바랄 뿐이라고 대답했다.

「제가 선생께 한 가지 분명히 말씀드리는데……」 경찰이 신경질적인 어조로 말했다. 「여기에서 남들을 귀찮게 하는 사람은 바로 댁입니다.」

그러나 리유의 눈짓에 그쯤에서 끝났다.

「아시다시피……」 경찰은 방을 나오며 한숨을 내쉬었다. 「그 열병 때문에 난리가 난 후로는 이런 데 신경 쓸 여유도 없습니다…….」

그는 의사에게 사태가 심각하냐고 물었고 리유는 그것에 대해서 아는 바가 전혀 없다고 말했다.

「날씨 때문이죠, 뭐.」 경찰이 결론지었다.

날씨 때문이 분명했다. 한나절이 지나면 손이 온통 땀으로 끈적거렸고 리유는 회진 때마다 자신의 불안이 커지는 것을 느꼈다. 같은 날 저녁, 교외에 사는 그 늙은 환자의 이웃이 사타구니를 부여잡고 헛소리를 하면서 구역질을 해대고 있었다. 수위의 그것보다 멍울들은 훨씬 더 컸고, 그 가운데 하나는 곪기 시작했는데, 곧이어 썩은 과일처럼 터져 버렸다. 집에 돌아오자마자 리유는 도내의 의약품 보관소에 전화를 했다. 그날 그의 의료 일지에는 〈부정적 회답〉이라고만 적혀 있다. 다른 곳에서도 그와 유사한 증세들로 그에게 이미 왕진을 청한 상태였다. 종양을 째야 했고, 이론의 여지가 없었다. 열십자 모양으로 매스를 두 번 그으면 피가 섞인 멀건 죽 같은 고름이 흘러나왔다. 환자들은 능지처참을 당하듯이 사지를 벌린 채 피를 흘렸다. 하지만 곧이어 배와 다리에 반점들이 나타났고, 멍울들은 더 이상 곪지 않는가 싶더니 곧이어 다시 커졌다. 대부분의 경우 환자는 지독한 악취를 풍기며 죽었다.

쥐들 때문에 그렇게 떠들어 대던 신문도 더 이상 아무 말도 하지 않았다. 쥐들은 길에서 사람들은 자기 방에서 죽어 갔기 때문이다. 신문이란 길에서 일어나는 일들에나 관심을 둔다. 그러나 도청과 시 당국이 의문을 갖기 시작했다. 의사들이 제각기 그저 두세 개의 증상을 알고 있던 때에는 어느 누구 하나 움직이려 하지 않았었다. 그러나 결국 누군가 합계를 내볼 생각을 하는 것으로 충분했다. 결과는 놀랄 만했다. 겨우 며칠 만에 사망자가 배로 늘었고 이 해괴한 병을 걱정하던 사람들에게는 그야말로 전염병임이 분명해졌다. 리유보다 나이가 훨씬 많은 동료 의사 카스텔이 그를 보러 온 시기가 바로 그때였다.

「그게 무엇인지 자네야 당연히 알겠지?」 그가 말을 꺼냈다.

「저는 분석 결과를 기다릴 뿐입니다.」

「난 말이야, 그게 무언지 알고 있다네. 분석 따윈 내게 필요치 않아. 내 의사 경력의 일부는 중국에서였고, 그런 다음 20여 년 전 파리에서도 이런 경우를 좀 봤었지. 당시에는 그것에다 감히 이름조차 붙일 수 없었다네. 여론이란 신성해. 혼란은 안 되지. 그럼, 안 되고말고. 어떤 동료 의사 말마따나 〈그럴 수가 있나, 그것이 서양에서 자취를 감췄다는 것은 모두가 아는 사실 아닌가〉. 그렇지, 다들 그렇게 알고 있었지, 죽은 사람들 빼고 말이야. 자, 리유 자네도 그것이 무엇인지는 나만큼이나 잘 알고 있을 거야.」

리유는 곰곰이 생각에 잠겼다. 그는 진료실 창문을 통해서 멀리 바닷가에 단단히 자리 잡은 돌 투성이 절벽의 능선을 바라보았다. 푸르지만 빛을 잃어 칙칙했던 하늘이 오후가 지나감에 따라 차츰 말갛게 개이고 있었다.

「그래요, 카스텔.」 그가 말했다. 「있을 수 없는 일이에요. 하지만, 페스트가 틀림없어 보입니다.」

카스텔이 자리에서 일어나 문 쪽으로 다가갔다.

「사람들이 우리에게 무어라 대답할지 알고 있겠지? 〈수년 전부터 온대 지방에서는 그것이 자취를 감췄습니다〉라고 말이야.」 나이 많은 의사가 말했다.

「자취를 감춘다는 말이 도대체 무슨 의미가 있긴 한가요?」 어깨를 으쓱하며 리유가 대답했다.

「그렇지, 파리에서도 고작 20년 전이었다는 사실을 잊지 말아야지.」

「좋습니다. 지금이 그때보다 더 심하지 않기를 바라야죠. 하지만 정말로 믿을 수 없는 일입니다.」

〈페스트〉라는 단어가 이제 막 처음으로 입 밖에 나왔다. 본 기록의 현시점에서 베르나르 리유를 그의 진료실 창가에 그대로 놔둔 채, 서술자는 의사가 왜 그렇게 놀라고 의구심을 가졌는지에 대해서 합당한 설명을 해야 한다. 왜냐하면 정도의 차이는 있겠으나 그의 반응은 우리 시민들 대부분의 그것이기도 했기 때문이다. 재앙이란 사실 공동의 문제이지만, 일단 닥치면 사람들은 쉽사리 믿으려 하지 않는다. 세상에는 전쟁만큼이나 페스트가 있어 왔다. 그렇지만 전쟁이든 페스트든 사람들은 늘 속수무책이다. 의사 리유 역시 우리 시민들이 그랬듯 속수무책인 상태였고, 그렇기 때문에 그가 어찌할 바 몰라 했던 것을 이해해야 한다. 무언지 모를 불안과 그래도 다 잘되리라는 믿음 사이에서 그가 어찌할 바 몰라 했던 것 역시 이해해야 한다. 전쟁이 터지면 사람들은 이렇게 말한다. 〈오래가지 않을 거야, 너무 바보 같잖아.〉 하기야 전쟁이란 바보 같기 이를 데 없지만, 그렇다고 해서 전쟁이 멈추지는 않는다. 바보 같은 짓은 언제나 끈질기고, 이는 자기 생각만 하고 있지 않다면 알 수 있을 것이다. 이런 면에서 우리 시민들은 여느 사람들과 다를 바 없었다. 그들은 자기 생각만 했으며, 달리 말하자면 그들은 휴머니스트였다. 그들은 재앙을 믿지 않았다. 한데, 재앙이란 인간의 척도를 벗어난 것이고, 따라서 사람들은 흔히 재앙이란 비현실적인 것, 잠에서 깨면 사라지고 마는 악몽이라고 말한다. 하지만 재앙은 여전히 사라지지 않으며, 악몽이 점점 진행됨에 따라 사라지는 것은 사람들, 그것도 제일 첫 번째는 휴머니스트들인데, 왜냐하면 그들은 준비를 하지 않았기 때문이다. 우리 시민들이 다른 사람들보다 잘못이 더 많아서가 아니고, 그들은 단지 스스로가 보잘것없는 사람들임을 잊고 있었다. 그래서 그들은 자신들에게 아직은 가능성이 있다고 생각했으며, 그런 생각에는 재앙이란 있을 수 없다는 전제가 깔려 있었다. 그들은 장사를 계속했고, 여행 계획을 세웠으며, 개인적인 견해들이라는 것도 가지고 있었다. 미래며, 여행이며, 토론들을 앗아 가버리는 페스트를 그들이 과연 짐작이나 할 수 있었겠는가? 그들은 자신들이 자유롭다고 믿고 있었지만, 재앙이 벌어진 이상 그 누구도 결코 자유롭지 못할 것이다.

심지어 여기저기 흩어져 있는 몇 안 되는 환자들이 신고도 없이 지금 이 순간 페스트로 죽어 가고 있다는 사실을 의사 리유가 자신의 친구 앞에서 인정했을 때조차도, 위험은 그에게 비현실적인 것으로 머물러 있었다. 의사이다 보면 고통에 대한 개념을 가지고 있고, 그래서 조금 더 구체적으로 상상할 수 있을 뿐이다. 변함없는 자신의 도시를 창밖으로 바라보면서 의사는 사람들이 불안이라 부르는 미래 앞에서 가벼운 구역질이 나는데도 제대로 느끼지 못했다. 그는 이 병에 대해 자신이 알고 있는 지식을 머릿속에 한데 모으려 애를 쓰고 있었다. 숫자들이 그의 기억 속에서 가물거렸고 인류의 역사가 경험한 30여 차례에 걸친 끔찍한 페스트가 1억 명에 가까운 사상자를 냈음을 떠올렸다. 한데, 1억의 사상자들이란 도대체 무엇을 의미하는가? 전쟁이 일어나면 한 명의 사상자가 무엇을 의미하는지조차도 도무지 제대로 알 길이 없다. 한 명의 사상자란 그가 죽은 걸 우리가 보았을 때야 비로소 중요성을 가지며, 인류의 역사에 걸쳐 뿌려진 1억의 시체들은 그저 상상 속의 한 줄기 연기에 불과하다. 의사는 콘스탄티노플의 페스트를 떠올렸는데, 프로코프[5]에 따르면 하루 만에 1만 명의 희생자를 냈다. 1만 명의 사상자란 대형 극장 관객의 다섯 배에 해당한다. 자, 이렇게 해봐야 한다. 영화관 다섯 곳에서 나오는 사람들을 출구에 모아 놓고, 그들을 도시의 광장으로 데리고 가서는 무더기로 죽여 버린다면 좀 더 구체적으로 알 수 있다. 어쩌면 이 무명의 더미에다가 낯익은 얼굴들을 갖다 놓을 수도 있을 것이다. 그러나 이것은 당연히 실현 불가능한데다가, 누가 1만 명이나 되는 사람들의 얼굴을 알고 있느냐 말이다. 더군다나 이미 알려져 있듯이 프로코프 같은 사람들은 수를 셀 줄 몰랐다. 70년 전 광저우에서는 페스트가 주민들에게 손을 뻗치기 전에 4만 마리의 쥐들이 페스트로 죽었다고 한다. 하지만 1871년에는 쥐들의 수를 셀 방법이 없었다. 어림잡아, 대충, 오차라는 명백한 가능성을 가지고서 계산을 했었다. 그렇지만, 만일 쥐 한 마리의 길이를 30센티미터라고 치고, 4만 마리를 잇대어

5 6세기 역사학자. 동로마 제국의 유스티니아누스 황제 재위 당시 콘스탄티노플을 강타했던 페스트(542년)에 관해 자신의 책 『전쟁서』에 상세히 기록했다.

늘어놓는다면…….

의사는 초조했다. 그는 될 대로 되라는 심정이었는데 그러지 말았어야 했다. 몇몇 증세들이 있다고 해서 다 전염병도 아니니, 대비책을 마련하면 되지 않는가 말이다. 알려진 사실에 집요하게 매달렸어야 했다. 마비 증세, 탈진 상태, 안구 충혈, 불결한 구강, 두통, 가래톳, 극심한 갈증, 정신 착란, 전신으로 퍼지는 반점, 그리고 이 모든 증상의 끝에는……. 마침내 자신의 교과서에 길게 나열된 증세들을 끝맺는 마지막 문장 하나가 되살아났다. 〈맥박이 실같이 약해지고 대수롭지 않은 듯 뒤척이다가 느닷없이 숨이 끊어진다.〉 그렇다, 결국 환자는 한 가닥 가느다란 줄에 매달려 있는 셈이었고, 정확한 수치에 따르면 넷 중 셋은 죽음으로 몰아넣는 이런 극히 미미한 몸짓을 하려고 애를 썼다.

의사는 계속해서 창밖을 내다보고 있었다. 유리창 저편으로는 상쾌한 봄 하늘이, 그리고 반대편에서는 〈페스트〉라는 단어 하나가 아직도 방 안에 울리고 있었다. 그 말에는 과학이 부여하고자 하는 것만이 아니라, 잿빛에 누런 이 도시, 이 시각이면 적당하게 활기를 띠어 시끄럽다기보다는 어수선한 이 도시, 만일 사람이 행복하면서도 동시에 침울할 수 있다면, 행복하다고 할 수 있는 이 도시와는 어울리지 않는 길고 긴 일련의 엄청난 이미지들을 담고 있었다. 그런데 그토록 평화롭고 그토록 무심한 듯한 평온은 재앙의 해묵은 이미지들, 새들마저 떠나고 페스트만 만연한 아테네, 고통 속에서 소리 없이 죽어 가는 사람들로 가득한 중국의 도시들, 썩은 물이 줄줄 흘러내리는 시체들을 구덩이에다가 가득 쳐넣는 중노동의 형벌을 받은 마르세유의 죄인들, 페스트를 퍼뜨리는 미친 듯한 바람을 잠재우려 프로방스 지방에 세워졌던 거대한 성벽, 자파[6]와 흉측한 몰골의 그곳 거지들, 콘스탄티노플 병원의 흙바닥에 들러붙어 썩은 채 문드러진 침구들, 흑사병이 창궐하는 동안 가면을 쓰고 사육제에 나타난 의사들과 갈고리에 꿰여 질질 끌려다니던 환자들, 밀라노의 공동묘지에서 벌어졌던 집단 성교, 공포에 질린 런던 시내의 시체 운반 수레들, 그리고 밤이건 낮이건 사방에서 언제든 끊이지 않고 이어지던 사람들의 비명 소리를 어려움 없이 물리쳐 내고 있었다. 아니다, 이 모든 장면들은 그날의 평화를 앗아 가버릴 만큼 위력적이지 않았다. 유리창 너머 저편으로부터 아직 눈에 보이지 않는 전차의 경적 소리가 갑자기 울려 퍼지며 순식간에 잔혹함과 고통을 약화시키는 듯했다. 오직 바다만이 생기 잃은 체스 판 모양의 집들 저 끝에서부터 알 수 없는 불안과 결코 쉬지 않는 그 무엇이 이 세상에 있음을 증언하고 있었다. 해안가를 바라보던 의사 리유는 루크레티우스[7]가 말한 장작더미들, 페스트에 사로잡힌 아테네 시민들이 바다 앞에 쌓아 올렸다는 그 장작더미들을 생각하고 있었다. 밤이 되면 그곳에 시체들을 옮겨 놓았는데, 장소가 부족했던지라 사람들은 자신들이 아끼던 이들의 시신을 그곳에 가져다 놓으려고 횃불을 휘두르며 서로 싸웠을 뿐 아니라, 시체를 내다 버리기보다는 유혈이 낭자한 싸움을 끝끝내 포기하지 않았다. 고요하고 어둠침침한 바다를

6 나폴레옹 보나파르트의 이집트 원정 당시(1799) 프랑스 군대에 의해 함락됐던 항구 도시. 나폴레옹은 이 도시를 쉽게 정복했지만 선(腺)페스트의 창궐로 수많은 병사를 잃었다.

7 Lucretius Carus(B.C. 98~55). 고대 로마의 시인. 아테네를 휩쓸었던 페스트를 기록했다.

앞에 두고 벌겋게 타오르는 장작더미며, 주의 깊게 내려다보는 하늘을 향해 독을 품은 듯 짙은 연기가 올라가고, 불꽃들이 번뜩거리며 소리를 내는 와중에 횃불을 들고 벌이는 한밤의 전투를 상상해 볼 수 있다. 그런데 두려운 것은 다름이 아니라…….

그러나 이런 현기증은 이성 앞에서 자리를 잃었다. 〈페스트〉라는 말이 내뱉어진 것은 사실이고, 바로 그 순간에도 재앙이 한두 명의 희생자들을 땅바닥에 내팽개쳐 버리고 있었다. 그러나 멈춰질 수도 있다. 해야 할 일은, 인정해야 할 사실은 확실히 인정하고 쓸데없는 그림자들을 쫓아 버린 뒤에 적절한 대책을 마련하는 것이었다. 그러고 나면 페스트는 상상하지 못하거나 제대로 상상하지 않기 때문에 멈추게 될 것이다. 만일 전염병이 멈춘다면, 게다가 있을 법한 일이기도 한데, 다 잘될 것이다. 반대의 경우라면, 그것이 대체 무엇인지, 그리고 그것과 싸워 이기기 위해서 우선 그것을 해결할 방법이 있는지 찾아볼 수 있을 것이다.

의사가 창문을 열자 도시의 소음이 갑자기 커졌다. 이웃 작업장으로부터 짧게 반복되는 기계톱 소리가 들려왔다. 리유는 정신을 차리려는 듯 머리를 흔들었다. 바로 그곳에, 매일매일의 노동에 확신이 있었다. 나머지는 가느다란 줄에 매달린 무의미한 몸짓들일 뿐이었고, 멈출 수는 없었다. 무엇보다도 중요한 건 자신의 일을 충실히 하는 것이었다.

의사 리유의 생각이 거기에 다다랐을 무렵 조제프 그랑이 찾아왔다. 시청 직원으로 각종 업무를 맡고 있었음에도 불구하고, 그는 정기적으로 통계 부서나 호적 업무에 동원되기도 했다. 그런 연유로 사상자들의 합계를 내는 일을 맡게 됐고, 워낙 싹싹한 성격인지라 직접 리유의 진찰실로 집계 결과를 한 부 갖다 주겠노라 한 바 있었다.

의사는 그랑이 이웃인 코타르와 함께 진찰실로 들어오는 것을 보았다. 시청 직원은 종이 한 장을 좌우로 흔들고 있었다.

「사망자 수가 늘어나고 있어요, 선생님. 48시간 만에 열한 명입니다.」 그랑이 알렸다.

리유는 코타르를 맞으며 그에게 몸은 좀 어떤지 물었다. 그랑은 코타르가 의사에게 감사를 표하고, 자기 때문에 난처한 일이 생긴 데 한사코 사과를 드리고 싶어 했다고 설명했다. 그러나 리유는 통계 결과만 보고 있었다.

「자…….」 리유가 말했다, 「이제는 이 병을 제 이름으로 부를 결심을 해야겠습니다. 지금까지 주저하고 있었지만 말입니다. 제가 검사소에 가야 하는데, 저와 좀 가시죠.」

「네, 네.」 의사의 뒤를 따라 계단을 내려가면서 그랑이 말을 이었다. 「뭐든 제 이름으로 불러야죠. 그런데, 그 이름이란 게 뭔가요?」

「그건 말씀드릴 수 없습니다. 게다가 그것을 아신다 해도 선생께 별 소용도 없을 테고요.」

「거 보세요.」 시청 직원이 미소를 지었다. 「그게 그리 쉬운 게 아니라니까요.」

그들은 아름므 광장으로 향했다. 코타르는 여전히 말이 없었다. 거리는 사람들로 채워지고 있었다. 금세 사라지고 마는 우리 도시의 석양은 밤이 다가오자 벌써 뒷걸음을 치고 있었고, 제일 먼저 뜬 별들이 아직은 환한 지평선으로 모습을 드러내는 중이었다. 곧이어 거리에 높다랗게 서 있는 가로등들에 불이 들어오자 하늘이 온통 어두워지며 사람들의 대화 소리가 한층 더 커진 듯했다.

「죄송합니다.」 아름므 광장 모퉁이에서 그랑이 말했다. 「사실은 제가 전차를 타야 해서요. 제 저녁 시간은 신성불가침이랍니다. 제 고향에서 흔히들 하는 말이죠. 〈오늘 일을 내일로 결코 미루지 않아야 한다…….〉」

리유는 그랑의 이런 괴팍스러운 면을 이미 눈치챈 바 있었는데, 몽텔리마르에서 태어난 그는 자기 고향의 표현들을 들먹거리다가 이어서 〈꿈같은 시간〉이라든가 〈환상적인 불빛〉과 같이 듣도 보도 못한 너무나 진부한 문구들을 덧붙이곤 했던 것이다.

「아! 맞아요. 저녁 시간 이후에는 이 사람을 집 밖으로 끌어낼 수가 없어요.」 코타르가 말했다.

리유는 시청에서 하는 일 때문인지 물었다. 그랑은 그건 아니고 개인적인 일이라고 대답했다.

「그렇군요, 한데 잘되고 있나요?」 말없이 있기가 뭐해서 리유가 물었다.

「당연하죠. 몇 해 전부터 그 일에만 전념하고 있으니까요. 하지만 달리 보면 별 진전이 없는지도 모르고요.」

「한데 도대체 어떤 일이죠?」 리유가 멈춰 서며 말했다.

그랑은 자신의 커다란 두 귀가 보이지 않도록 쓰고 있던 둥근 모자를 더욱 푹 눌러 고쳐 쓰며 말을 얼버무렸다. 리유는 그것이 뭔가 고유한 개성의 발휘에 관한 것임을 아주 막연하게나마 짐작했다. 그러나 시청 직원은 벌써 그들의 곁을 떠나 마른느 가를 따라 무화과나무 아래를 잰걸음으로 올라가고 있었다. 검사소 현관문에 서서 코타르는 의사에게, 긴히 뵙고 싶은데 그건 조언을 구하기 위해서라고 말했다. 호주머니 안의 통계표를 만지작거리던 리유는 진료 시간에 들르라고 말하고 나서는 곧이어 생각을 바꿔, 자신이 다음 날 그가 사는 동네에 갈 예정이니 오후 늦게 그를 보러 들르겠다고 말했다.

코타르와 헤어지면서 의사는 자신이 그랑을 생각하고 있음을 알았다. 그는 페스트가 한창인 와중에, 그것도 대단치 않아 보이는 이번 페스트가 아니라 역사상 악명을 떨친 페스트들 가운데 하나에 남겨진 그를 상상하고 있었다. 〈이런 경우에 살아남는 자는 바로 그와 같은 사람이지.〉 그는 페스트가 허약한 체질의 사람들은 놔두고 특히 원기 왕성한 사람들을 해친다는 점을 읽었던 기억을 떠올렸다. 그리고 그런 생각을 이어 가다 보니, 시청 직원에게서 뭔지 모르겠지만 신비한 면모가 있음을 인정하지 않을 수 없었다.

사실 언뜻 보기에 조제프 그랑은 풍기는 분위기부터 시청의 말단 직원으로 보이는 사람이었다. 마른 데다 키가 큰 그는 더 오래 입을 거라는 착각에서 고른 듯한, 그래서 언제나 큼직한 옷들 속에서 둥둥 떠다녔다. 아랫잇몸에는 이들이 여전히 대부분 붙어 있었지만, 반대로 위쪽은 이미 다 빠지고 없었다. 그래서 웃을 때면 윗입술이 말려 올라가 버려 입 전체가 어둡게 그늘지는 바람에 마치 구멍 같아 보였다. 만일 누군가 이런 그의 모습에 신학교 학생 같은 거동, 몸을 숨기려는 듯 벽에 바싹 붙어 지나가다가 문 안으로 미끄러지듯 들어가는 재주, 포도주와 담배 냄새, 만사 무심하다는 듯한 표정을 덧붙인다면, 시영 목욕탕의 요금을 조정한다든가 생활 쓰레기 수거에 관한 새로운 세금과 관련하여 자신보다 어린 문서 작성자를 위해 보고서의 자료들을 모으는 일에 전념하는 그가 아닌 다른 모습은 상상도 할 수 없음을 인정할 것이다. 선입견 없이 보더라도 그는 일당 62프랑 30상팀짜리 시청 임시 직원으로서 별로 드러나지는 않지만 없어서는 안 되는 일들을 수행하기 위해 세상에 태어난 것 같았다.

그 일당은 사실 〈자격 사항〉이라는 항목에 이어 그가 자신의 구직 서류에 기입했다는 특기 사항이기도 했다. 그가 대학을 졸업하던 때인 22년 전, 돈이 없어 공부를 계속 못 하는 대신 그는 이 일을 하기로 했었고, 그의 말을 빌리자면, 빠른 시일 안에 〈정식 발령〉이 되리라는 기대를 가질 수 있었다. 그저 얼마 동안 우리 시의 행정이 제기하는 미묘한 문제들에 있어 그의 능력을 시험해 보는 시간을 갖자는 것이었다. 그런 다음에는 넉넉한 생활이 보장되는 문서계로 발령될 수 있는 기회가 온다는 확언도 있었다. 물론, 그가 우울한 미소를 지으며 장담한 바에 따르면, 조제프 그랑 자신을 움직이게 하는 것은 야심이 아니었다. 그러나 정직한 방식으로 보장되는 물질적 생활에 대한 전망, 게다가 그렇게 해서 자신이 좋아하는 일에 원 없이 몰두할 수 있는 가능성이 그에게 미소 지었다. 그가 제안을 받아들인 건 명예로운 이유들을 위해서였고, 이를테면 이상적인 무언가에 대한 변함없는 신념 때문이었다.

이런 임시적 상태가 지속된 지 이미 오래전이었고, 물가는 엄청난 차원으로 올랐는데도 그랑의 월급은 얼마간의 전반적인 인상이 있긴 했지만 여전히 하찮은 수준이었다. 그는 리유에게 이 점을 하소연하기도 했었는데, 사실 어느 누구도 그것에 신경 쓰지 않는 것 같았다. 바로 여기에 그랑의 특이한 점, 혹은 적어도 그의 특이한 일면이 있다. 사실 그는 자신이 확신하는 권리들은 아니더라도 자기가 받은 약속에 대해서는 적어도 권리를 주장할 수 있었을 것이다. 그러나 그를 고용했던 부장이 오래전에 죽은 데다가, 시청 직원으로 채용된 자신부터가 당시 약속받았던 정확한 말들을 기억하지 못했다. 요컨대, 무엇보다 조제프 그랑은 자신이 해야 할 말을 찾지 못했다.

리유의 눈에도 띈 바 있듯이 바로 이런 특징이야말로 우리 시민의 모습을 가장 잘 보여 주는 사례다. 실제로 바로 이 점 때문에 그는 고민하던 탄원서를 쓴다든가 상황에 따라 단계들을 밟는다든가 하는 데 있어 늘 망설였다. 그가 말한 바에 따르면, 그는 스스로도 확신이 서지 않는 〈권리〉라는 단어를 사용한다든가, 자신의 몫을 요구한다는 전제하에 자신이 맡은 보잘것없는 일거리와는 어울리지도 않는 대담함을 드러내 보일 수도 있을 〈계약〉이라는 단어를 사용하는

데 있어서도 유난히 어려워했다. 다른 한편으로 〈호의〉, 〈청원〉, 〈감사〉라는 말들을 구사하는 것 역시 거절했는데, 그가 판단하기에 자신의 개인적인 자존심과 양립하지 않기 때문이었다. 그렇다 보니 적절한 단어를 찾기도 어려워, 우리의 시민은 나이를 제법 먹을 때까지 하찮은 자신의 일을 계속 수행했다. 게다가 이 역시 그가 의사에게 직접 말한 바이지만, 어쨌든 그는 자신의 생활비를 소득에 충분히 맞출 수 있기에 어떻게 되든 소비 생활에는 별문제 없음을 경험을 통해 깨달았다. 그래서 그는 우리 도시의 영향력 있는 사업가이기도 한 시장이 좋아하는 말들 중 하나가 지닌 적절함을 인정했는데, 시장은 결국(그는 자기 사고의 모든 중요성을 담은 〈결국〉이라는 이 단어를 강조하곤 했다), 그러니까 결국, 굶어 죽는 사람은 여태껏 단 한 번도 본 적이 없다고 강경하게 주장했다. 어쨌거나 조제프 그랑의 거의 금욕주의에 가까운 생활은 실제로 잡다한 근심들로부터 그를 결국 해방시켜 주었다. 그는 계속해서 자신이 할 말을 찾고 있었다.

어떤 의미에서 그의 생활은 모범적이었다고 할 수 있다. 그는 우리 도시에서건 다른 곳에서건 찾아보기 힘든 착한 마음씨에서 나오는 용기를 늘 지니고 있는 그런 사람에 속했다. 그가 자신에 대해서 털어놓은 그리 많지 않은 내용들은 오늘날 사람들이 감히 고백하지 않는 선의와 인정의 증거였다. 그는 자신에게 남은 유일한 혈육이자 2년마다 프랑스에 만나러 가는 자신의 누이와 조카들을 사랑한다고 인정하며 얼굴을 붉히지 않았다. 자신이 아직 젊었을 때 돌아가신 부모님들을 생각하면 슬퍼진다고도 했다. 오후 5시경 동네에서 부드럽게 울려 퍼지는 성당의 종소리를 그 무엇보다도 좋아한다는 걸 인정하는 데도 조금의 주저함이 없었다. 그러나 이렇듯 지극히 단순한 감정들을 표현하기 위하여 그토록 작은 단어 하나를 찾는 일도 그에게는 말로 표현할 수 없는 고통이었다. 결국, 이러한 어려움이 그의 가장 큰 걱정거리였다. 「아! 선생님, 제 생각을 표현하는 방법을 배울 수 있으면 정말 좋겠습니다.」 그는 리유를 만날 때마다 이렇게 말하곤 했다.

그날 저녁 의사는 시청 직원이 떠나는 것을 바라보면서 문득 그랑이 말하고자 했던 것이 무엇인지 이해할 수 있었다. 그는 아마도 어떤 책 한 권을, 아니면 그와 유사한 무언가를 쓰고 있었던 것이다. 검사소에 도착할 때까지 그 사실은 리유를 안심시켰다. 이런 생각이 어리석다는 걸 알지만, 괴이한 그러나 존경할 만한 버릇에 열중하는 겸소한 관리들을 찾아볼 수 있는 도시에 페스트가 퍼질 수 있다는 사실을 믿을 수 없었다. 정확하게 말해서 그는 페스트의 한복판에 이런 괴이한 버릇의 자리를 상상할 수 없었고, 따라서 우리 시민들 사이에서 페스트는 미래가 없다고 판단했다.

그다음 날, 적절치 못하다는 말을 들어 가면서도 고집을 굽히지 않은 덕분에 리유는 도청에 보건 위원회를 소집해 낼 수 있었다.

「시민들이 불안해하고 있는 것은 맞습니다.」 리샤르가 인정했다. 「게다가 괜한 입방아가 일을 더 크게 만들고 있어요. 도지사가 나더러 〈가능한 조속히, 하지만 조용히 해결합시다〉라고 하더군요. 하기야 지사는 전부 다 괜한 난리법석이라고 철석같이 믿고 있어요.」

베르나르 리유는 카스텔을 자기 차에 태워 도청으로 함께 향했다.

「도내에 혈청이 없다는 사실을 알고 있나?」 카스텔이 리유에게 물었다.

「압니다. 제가 의약품 저장소에 전화를 했어요. 소장이 깜짝 놀라더군요. 파리에서 가져오도록 해야 합니다.」

「오래 걸리지 않아야 할 텐데.」

「이미 전보를 보냈습니다.」 리유가 답했다.

도지사는 친절했지만 신경질적으로 보였다.

「여러분, 시작합시다. 제가 상황을 간략히 요약해야 할까요?」 그가 말했다.

리샤르는 그럴 필요가 없다고 했다. 의사들은 사태를 잘 알고 있었다. 문제는 어떤 조치를 취하는지가 적절한지 아는 것, 단지 그뿐이었다.

「문제는…….」 나이 많은 의사 카스텔이 느닷없이 말했다. 「페스트인지 아닌지를 아는 것입니다.」 두세 명의 의사들이 탄성을 질렀다. 다른 사람들은 주저하는 듯 보였다. 한편 지사로 말하자면, 놀라서 펄쩍 뛰더니 마치 이 엄청난 말이 복도로 새어 나가지 않도록 문이 잘 닫혀 있는지 확인하려는 듯 기계적으로 문을 향해 몸을 돌렸다. 리샤르는 동요하지 않아야 한다고 자신의 생각을 분명히 밝혔는데, 문제는 사타구니의 합병증을 동반하는 열병이고, 이것이 현재 언급할 수 있는 전부이며, 가설이란 과학에 있어서나 일상생활에 있어서나 언제나 위험하기 때문이라고 했다. 자신의 누런 콧수염을 질겅질겅 씹고 있던 노의사 카스텔은 맑은 눈으로 리유를 바라보았다. 그러고는 자애로운 눈길로 청중을 한 바퀴 둘러보며, 자신은 그것이 페스트임을 잘 알고 있으나 공식적으로 인정한다면 당연히 무자비한 조처들을 취하지 않을 수 없을 것이라고 했다. 그는 동료들이 주춤하는 이유도 사실은 그 점에 있음을 잘 알고 있으며, 따라서 그들을 안심시키기 위해서 페스트가 아니라고 하고 싶다는 것이었다. 지사가 흥분하더니 어쨌든 그것은 올바른 사고방식이 아니라고 주장했다.

「중요한 것은 이런 사고방식이 아니라, 그것이 신중히 생각하도록 만든다는 겁니다.」 카스텔이 말했다.

리유가 아무 말이 없자 사람들이 그의 의견을 물었다.

「장티푸스의 특징을 동반하는 열병이지만, 멍울과 구토를 수반합니다. 저는 멍울을 절개해 분석을 시도해 볼 수 있었는데, 연구소에서는 덩어리로 된 페스트균을 발견했다고 확신하고 있습니다. 하지만 엄밀히 말씀드려서, 균의 어떤 특이한 변형이 과거의 전통적인 설명과는 일치하지 않는다는 점은 지적해야겠습니다.」

리샤르는 바로 그 점으로 인해서 주저하게 되었으며 며칠 전부터 시작된 일련의 분석 결과를 어쨌든 기다려야 한다는 말을 분명히 했다.

「어떤 균이 말입니다.」 잠시 침묵한 뒤 리유가 말했다. 「사흘이라는 시간 만에 비장의 부피를 네 배로 불어나게 하고 장간막의 림프샘을 오렌지만큼 커지게 해서는 걸쭉한 죽으로 만들어 버린다면, 단 한 순간도 어물거리고 있어서는 안 됩니다. 전염된 가정의 수가 날로 증가하고 있습니다. 병이 퍼지는 추세로 보아서는 현 상태가 멈추지 않는 한, 2개월 이내에 도시의 절반을 잃을 위험이 있습니다. 결론적으로 여러분이 그것을 페스트라 부르건 아니면 열병이라 부르건 별로 중요하지 않습니다. 중요한 것은 오직 여러분만이, 이 도시의 절반이 생명을 잃지 않도록 막을 수 있다는 것입니다.」

리샤르는 그 무엇도 너무 비관적으로 보아서는 안 되며, 게다가 자신의 환자 가족들이 여전히 무사한 사실로 미루어 보아 전염성이 입증되지 않았다고 말했다.

「그러나 다른 사람들은 죽었습니다.」 리유가 지적했다. 「그리고, 물론 전염성이 절대적이지는 않습니다. 만약 그렇다면 병균의 무한한 산술적 증가와 인구의 치명적 감소 현상이 초래되겠죠. 비관적으로 보자는 말이 아닙니다. 예방 조치를 취해야 합니다.」

그렇지만 리샤르는 이 병을 막기 위해서는 병이 저절로 멈추지 않는 한, 법에 규정된 방제 대책의 중대한 조치들을 적용해야 하며, 그 일을 위해서 공식적인 인정이 필요한데, 사실 그 문제에 관해서라면 확신이 서지 않았으니 이 문제는 심사숙고를 요한다는 점을 짚어 가며 사태를 요약하려 했다.

「문제는…….」 리유도 만만치 않았다. 「법에 규정된 조치들이 중대한지 아닌지를 아는 것이 아니라, 도시 절반이 죽어 나가지 않도록 방지하는 데 있어서 그 조치들이 필요 불가결한지 아닌지를 아는 것입니다. 그 나머지는 행정적인 문제인데, 바로 그 때문에 우리의 현행 체제는 이러한 종류의 문제들을 해결하도록 지사직을 마련했습니다.」

「그렇기야 하죠. 하지만, 페스트라는 여러분들의 공식적인 인정이 제게는 필요합니다.」 지사가 말했다.

「만일 우리가 그것을 인정하지 않는다 해도 그 병은 이 도시의 절반을 죽음에 몰아넣을 우려가 있습니다.」 리유가 말했다.

리샤르가 약간 흥분하며 대화에 끼어들었다.

「진실이란 우리의 동료가 페스트라 믿는다는 것입니다. 증상에 대한 그의 진단이 그러한 사실을 입증하고요.」

리유는 증상을 진단한 게 아니라, 자신이 보았던 것을 말했을 뿐이라고 대꾸했다. 그리고 그가 보았던 것이란 멍울과 반점들, 그리고 심각한 고열로 헛소리를 해대던 환자가 48시간 만에 임종한다는 사실이었다. 그러니, 엄정한 방제 대책 없이도 전염병이 멈춘다고 단언하는 데 따른 책임을 리샤르 씨가 질 수 있느냐고 했다.

리샤르는 주저하다가 리유를 바라보았다.

「선생의 생각을 솔직히 말씀해 보세요. 선생은 이것이 바로 페스트라는 데 확신을 갖고 계신가요?」

「문제를 잘못 제기하신 겁니다. 이건 어휘의 문제가 아니라, 시간의 문제입니다.」

「선생의 생각이란…….」 지사가 말했다. 「그러니까 페스트가 아니라 할지라도, 페스트 발생 시에 따르라고 정해진 예방 조치들이 어떻게든 적용되어야 한다는 거군요.」

「제가 의견을 하나 가져야 한다면, 바로 그것입니다.」

의사들이 서로 의견을 주고받았고 마침내 리샤르가 입을 열었다.

「따라서, 우리는 이 병을 페스트라 일단 가정하고 행동할 책임이 있습니다.」

이 표현은 열렬한 동의를 얻었다.

「당신의 견해이기도 한 거죠, 친애하는 동료 의사님?」 리샤르가 물었다.

「표현에는 전 관심이 없어요. 일단은 시민의 절반이 죽을 위험에 처해 있지 않다는 듯이 행동해서는 안 된다고 합시다. 왜냐하면 사실 결국 그렇게 될 테니까요.」 리유가 말했다.

리유는 한창 소란스러운 회의실에서 나왔다. 얼마 지나지 않아 튀김 기름 냄새와 지린내가 뒤섞인 변두리 동네에서 한 여성이 사타구니 부위가 피투성이가 된 채로 죽겠다고 소리를 지르며 그를 향해 뒤돌아보았다.

회의 다음 날, 열병은 계속해서 조금 더 확산됐다. 심지어 신문들에까지 거론되었지만 몇 가지 암시를 하는 데 그치는 수준으로 미미한 차원이었다. 어쨌든 그 다음다음 날 리유는 도청에서 우리 도시의 가장 눈에 띄지 않는 곳들에 서둘러 붙여 둔 흰색의 작은 공고문을 읽을 수 있었다. 그 벽보에서 당국이 상황을 직시하고 있다는 근거를 끄집어내기는 어려웠다. 조치들은 허술했고 여론을 불안하게 만들지 않으려는 욕심에 상당 부분 포기한 것 같았다. 포고문의 머리말은 아직 전염성인지 아닌지를 단정할 수 없는 악성 열병의 징후가 오랑에 몇몇 건 발생했음을 알리고 있었다. 이 상황들이 실제로 우려할 만큼 충분히 규명되지는 않았으며, 따라서 시민들이 냉정을 잃지 않으리라는 점에는 의심의 여지가 없다는 내용이었다. 그럼에도 불구하고 모든 사람들이 납득할 수 있도록 신중을 기한다는 의미에서 도지사는 몇 가지 예방적 조치들을 취하고 있었다. 충분히 이해되고 적용된다는 전제하에 이 조치들은 전염병의 모든 위협을 근본적으로 막는다는 것이었다. 결론적으로, 지사는 자신의 개인적인 노력에 시민들이 가장 헌신적인 협조를 하리라는 데 한 치의 의심도 없었다.

이어서 벽보는 대책 전반을 알리고 있었는데, 그중에는 하수구에 독가스를 분사하여 과학적으로 쥐를 박멸한다든가 급수 사용에 있어서 물 샐 틈 없는 감시를 한다는 내용도 있었다. 벽보는 시민들에게 극도의 청결을 요구했고 마지막으로 몸에 벼룩이 있는 사람들은 시의 무료 보건 진료소에 출두할 것을 권고하고 있었다. 한편 가족들은 의사가 진단을 내리는 경우 의무적으로 신고를 해야 하고 환자들을 병원의 특별 병실에 격리하는 데 동의해야 했다. 게다가 그 병실들은 최대의 회복 기회를 마련하면서도 최소의 시간 안에 환자들을 치료하기 위한 만반의 설비들을 갖추고 있었다. 몇 가지 부가 항목들에는 환자의 방과 운송 차량을 의무적으로 소독할 것을 명하고 있었다. 그 밖에는 환자의 주변 사람들에게 위생 검사에 응하도록 권하는 내용이었다.

의사 리유는 벽보로부터 갑자기 몸을 돌려 진료실로 가던 길을 재촉했다. 조제프 그랑이 기다리고 있다가 그를 보자 다시 두 팔을 쳐들었다.

「네, 저도 알고 있습니다. 수치가 증가하고 있어요.」 리유가 말했다.

전날 우리 도시에서는 10여 명의 환자들이 사망했다는 것이었다. 의사는 그랑에게 코타르를 만나러 가려 하니 아마도 저녁에 그를 만날 수 있을 거라고 말했다.

「잘 생각하셨어요.」 그랑이 말했다. 「그 사람에게 선생님이 도움이 될 겁니다. 그 사람 달라진 것 같다니까요.」

「어떻게 말인가요?」

「사람이 공손해졌어요.」

「전에는 그렇지 않았나요?」

그랑은 머뭇거렸다. 코타르가 무례했다고 말할 수는 없었는데, 그러한 표현은 올바르지 않은 것 같았기 때문이다. 코타르는 폐쇄적이고 어딘지 약간 멧돼지 같은 모습의 말이 없는 사내였다. 자신의 침실, 자주 가는 검소한 식당 한 군데 그리고 상당히 수상쩍은 외출, 이것이 코타르 생활의 전부였다. 공식적으로 그는 포도주와 주류를 파는 판매원으로 알려져 있었다. 가끔씩 고객으로 보이는 두세 명의 사내들이 그를 찾아왔다. 때때로 저녁에는 집 앞에 있는 영화관에 가곤 했다. 심지어 시 직원은 코타르가 갱 영화를 특히나 자주 보는 것 같다고 눈여겨볼 정도였다. 언제나 그 판매원은 외톨이였고 주변을 경계하며 살고 있었다.

그랑에 따르면 이 모든 것이 정말 변했다는 것이었다.

「어떻게 말해야 할지 모르겠네요. 하지만 제 생각에는 말씀이죠, 그 사람이 다른 사람들과 어울리려고 애를 쓴다고 할까요, 모든 사람들과 친하게 지내려는 듯한 인상을 주거든요. 나에게 말도 자주 걸고 자기와 함께 외출하자고 청하기도 하는데, 번번이 거절할 수 없더군요. 관심이 없는 것은 아니니까요, 더군다나 내가 그의 목숨을 구해 준 셈이잖아요.」

자살 미수 사건 이후로 그를 찾아오는 사람은 아무도 없었다. 길에서나 거래처에서나 그는 온갖 호감을 찾곤 했다. 식료품 가게 주인과 이야기하며 그렇게 사근사근한 사람도 없었고, 담배 가게 여주인의 이야기를 그렇게 귀 기울여 가며 듣는 사람도 없었다.

「그 담배 가게 여주인은 그야말로 진짜 독사예요. 내가 코타르에게 그렇게 말했더니, 그는 내 생각이 틀렸고 그녀에게도 좋은 면이 있으니 그것을 찾아볼 줄 알아야 한다고 하더군요.」

마지막으로, 두세 번 코타르는 그랑을 도시의 근사한 식당이나 호화로운 카페에 데리고 간 적이 있는데, 그자는 실제로도 그런 곳들을 자주 드나들기 시작했다.

「거기 가면 좋았거든요. 더군다나 출입하는 손님층도 괜찮은 부류고요.」

그랑은 주류 판매업자인 코타르에 대한 종업원들의 각별한 대접을 눈치챘는데, 그자가 놓고 가는 과도한 팁을 보면서 그 이유를 알 수 있었다. 코타르는 사람들이 그 대가로 치르는 친절에 매우 민감한 듯 보였다. 언젠가 지배인이 그를 배웅하며 그가 외투 입는 것을 도와주자, 코타르는 그랑에게 다음과 같이 말했다.

「괜찮은 종업원이니, 증언을 할 수 있겠군요.」

「무슨 증언 말인가요?」

코타르는 주저했다.

「그러니까, 제가 나쁜 사람이 아니라고 말입니다.」

뿐만 아니라 그는 변덕이 심했다. 식료품 가게 주인이 덜 친절해 보이던 날에 그는 극도로 화가 난 상태로 집에 돌아왔다.

「그자가 다른 놈들과 한통속이라니, 그 망할 놈.」 그가 몇 번이나 말했다.

「어떤 다른 사람들 말인가요?」

「다른 모든 놈들 말입니다.」

심지어 그랑은 여주인이 하는 담배 가게에서 이상한 광경을 목격한 적도 있었다. 신나게 대화를 나누던 중 여주인이 최근 알제리를 온통 떠들썩하게 만들었던 체포 사건에 대해서 이야기했는데, 그것은 어떤 상사의 젊은 직원이 해변에서 아랍인 한 명을 살해한 사건이었다.

「그런 천한 놈은 아주 단단히 감옥에 처넣어야 정직한 사람들이 제대로 숨을 쉴 수 있을 거예요.」 여주인이 말했다.

그런데 코타르가 돌연 흥분해서 실례한다는 말 한마디 없이 가게 밖으로 뛰쳐나가 버리는 통에 그 여자는 말을 그만 뚝 그쳐야 했다. 그랑과 여주인은 팔을 좌우로 흔들며 달아나듯 사라지는 그를 그저 바라보고만 있었다는 것이었다.

그 이후로도 그랑은 코타르의 심정 변화들에 대해 리유에게 알려 주곤 했다. 코타르는 언제나 상당히 자유로운 의견들을 가지고 있었다. 그가 가장 좋아하는 문구, 〈큰 놈들은 언제나 작은 놈들을 먹어 치운다〉가 그 한 예이기도 했다. 그러나 언젠가부터 그는 오랑 시의 보수파 신문만을 구입했고, 공공장소에서 읽는 것을 일종의 과시로 여긴다는 생각을 하지 않을 수 없게끔 할 정도였다. 또한 병석에서 일어난 지 며칠 후에 그는 우체국에 가려던 그랑더러 멀리 떨어져 사는 누이에게 그가 매달 보내곤 하던 1백 프랑짜리 우편환을 보내 줄 수 있겠느냐고 부탁했었다. 그런데, 그랑이 출발하려던 순간이었다.

「2백 프랑을 보내 주세요.」 코타르가 다시 부탁했다. 「좋아서 깜짝 놀랄 거예요. 그 애는 내가 자기 생각을 전혀 하지 않는다고 여기죠. 하지만 사실을 말하자면, 난 그 애를 무척 사랑하고 있답니다.」

마지막으로 그는 그랑과 묘한 대화를 나누었다. 그랑이 매일 저녁 몰두하는 별것 아닌 그 일에 대해 묻는 코타르의 질문에 그랑은 대답하지 않을 수 없었던 것이다.

「알겠습니다.」 코타르가 말했다. 「책을 쓰고 계시군요.」

「그렇게 볼 수도 있지만, 좀 더 복잡합니다.」

「아!」 코타르가 소리를 쳤다. 「저도 선생님 같은 일을 하고 싶습니다.」

그랑이 놀란 인상을 보이자 코타르는 예술가라면 많은 일들을 해결할 것 같다고 중얼거렸다.

「왜 그렇죠?」 그랑이 물었다.

「그러니까, 예술가는 다른 사람보다 더 많은 권리를 가지고 있으니까요. 모두 다 아는 거죠. 그에게는 더 많은 것들이 용납되거든요.」

「그럴 리가요.」 벽보가 붙은 날 아침 리유가 그랑에게 말했다. 「쥐에 관한 말들이 그 사람 정신을 좀 나가게 한 거죠, 뭐, 다른 많은 사람들에게도 일어났듯이 말입니다. 아니면, 그 사람은 열병이 무서운 겁니다.」

그랑이 답했다.

「그런 것 같지는 않습니다, 선생님, 제 의견을 알고 싶으시다면…….」

쥐 박멸 차량이 요란한 엔진 소리를 내며 그들이 있던 방 창문 아래로 지나가고 있었다. 리유는 서로의 목소리를 들을 수 있을 때까지 말을 않다가 별생각 없이 시 직원의 의견을 물었다. 그는 심각한 얼굴로 리유를 바라보았다.

「그 사람은 무언가 자책하고 있어요.」 그가 말했다.

의사는 잘 모르겠다는 듯 어깨를 으쓱했다. 경찰 말마따나 신경 써야 할 일이 태산이었다.

오후에 리유는 카스텔과 의견을 나누었다. 혈청이 도착하지 않고 있었다.

「그런데…….」 리유가 물었다. 「그것들이 쓸모가 있을까요? 이번 세균은 이상하거든요.」

「오! 나는 생각이 다르네. 이놈의 괴물들이란 언제나 유별나거든. 하지만, 결국엔 같은 거지.」

「적어도 그렇다고 짐작하시는 거겠죠. 사실, 우리는 아는 게 전혀 없어요.」

「물론 난 그렇게 짐작하고 있네. 하지만 다들 마찬가지 아닌가.」

하루 종일 의사는 페스트를 생각할 때마다 매번 그를 괴롭히는 가벼운 현기증이 점점 더 심해지는 것을 느꼈다. 결국 그는 자신이 겁을 먹고 있음을 인정했다. 그는 두 번씩이나 사람들로 가득 찬 카페에 들어갔다. 그 역시 코타르 만큼이나 훈훈한 인간미를 느끼고 싶었던 것이다. 리유는 그것이 어리석은 짓이라고 생각했지만, 그 덕에 그 주류 판매인을 찾아가기로 했었던 약속이 떠올랐다.

그날 저녁 의사가 코타르의 집에 도착했을 때, 그는 자기 집 주방 식탁에 앉아 있었다. 그가 들어가자, 식탁 위에는 탐정 소설 한 권이 펼쳐져 있었다. 그러나 저녁 시간이 벌써 꽤 되었기에 어둠이 짙게 내려앉은 실내에서 책을 읽기란 분명 어려워 보였다. 사실 조금 전까지 코타르는 어슴푸레한 저녁빛 속에 앉아서 꿈쩍도 않고 생각을 하고 있었던 것 같았다. 리유가 그에게 몸이 좀 어떠냐고 물었다. 코타르는 자리에 앉으며 몸은 괜찮고 어느 누구도 그에게 신경을 쓰지 않는다는 사실을 확신할 수 있다면 훨씬 더 좋을 것이라고 투덜댔다. 리유는 인간이란 절대로 혼자서 살 수 없음을 주지시켰다.

「아! 그게 아닙니다. 제가 하려던 말은 돌본답시고 문제를 일으키는 사람들입니다.」

리유는 잠자코 있었다.

「제 경우가 아니라는 걸 알아주셨으면 합니다. 사실 전 이 소설을 읽고 있었어요. 어느 날 아침 느닷없이 체포되는 어떤 불행한 사람의 이야기입니다. 사람들이 그에게 참견을 했는데, 그 사람이야 아무것도 모르고 있었지요. 사무실에서는 그 사람에 대해서 이러쿵저러쿵해 댔고 어떤 장부에는 그 사람 이름이 올랐습니다. 선생님께서는 그것이 옳다고 생각하십니까? 선생님께서는 한 사람에게 그렇게 할 권리가 있다고 보십니까?」

「그거야 경우에 따라 다르겠죠.」 리유가 말했다. 「어떤 의미에서 그럴 권리야 사실상 전혀 없지요. 그러나, 그런 거야 모두 부차적인 문제입니다. 너무 오랫동안 한 문제에 빠져 계시면 안 됩니다. 외출도 좀 하셔야 해요.」

코타르는 짜증이 난 듯 보였고, 자신은 외출만 하며 지내는 데다가, 그럴 수만 있다면 동네 전체가 그를 위해서 증언도 할 수 있을 거라고 했다. 심지어 동네 밖에서도 아는 사람이 부족하지 않았다.

「리고 씨라고 건축가를 아십니까? 그 사람도 제 친구들 중 하나랍니다.」

어둠이 방 안에 짙게 드리우고 있었다. 변두리 거리가 활기를 띠어 갔고 어렴풋이 안도감 섞인 탄성과 함께 안부를 묻는 소리가 나더니, 밖에서는 가로등 불이 켜졌다. 리유가 발코니로 나서자 코타르도 그 뒤를 따랐다. 우리 도시에서 매일 밤 그렇듯이, 사람들이 웅성대는 소리, 고기 굽는 냄새, 그리고 떠들썩한 젊음에게 점령당하다시피 한 거리를 서서히 채워 가는 자유라는 유쾌하고도 향기 좋은 소음이 가벼운 미풍에 실려 주변 다른 동네들에서 불어오고 있었다. 밤에는 보이지 않는 선박들이 내는 커다란 소리, 바다에서 그리고 오가는 군중으로부터 들려오는 웅성거림, 리유가 잘 알고 있고 전에 좋아하던 이 시각이 그가 알고 있는 모든 것 때문에 이제는 그의 마음을 무겁게 짓누르고 있었다.

「불을 켤까요?」 그가 코타르에게 말했다.

불이 켜지자 키 작은 그 사내는 눈을 깜박거리며 리유를 바라보았다.

「그런데 말이죠, 선생님. 제가 병에 걸린다면 선생님께서 저를 병원의 선생님 소관으로 맡아 주실 건가요?」

「왜 안 되겠습니까?」

그러자 코타르는 의료원이나 병원에 입원 중인 사람이 체포된 일이 있었는지 물었다. 리유는 그런 일이 있긴 했지만 그건 결국 환자의 상태에 달려 있다고 대답했다.

「저는 말이죠…….」 코타르가 말했다. 「선생님을 믿습니다.」

그러고서 그는 의사에게 시내까지 자기를 자동차로 태워 줄 수 있는지 물었다.

시내 도로들에는 이미 인적이 별로 없었고 불빛도 드물었다. 아이들 몇이 아직도 대문 앞에서 놀고 있었다. 코타르의 부탁에 따라, 의사는 무리 지어 놀고 있는 아이들 앞에 차를 세웠다. 아이들은 소리를 지르면서 돌차기 놀이를 하고 있었다. 그런데, 그 아이들 중 빗어 붙인 검은 머리에 가르마가 분명하고 얼굴이 지저분한 한 아이가 노려보는 듯한 눈길로 리유를 빤히 쳐다보고 있었다. 의사는 고개를 돌렸다. 코타르는 인도로 내려서더니 의사와 악수를 했다. 주류 판매상은 목이 쉬어 알아듣기 힘든 목소리로 말했다. 두세 차례 자기 뒤를 돌아보면서였다.

「사람들이 전염병 얘길 하던데요. 그게 사실입니까, 선생님?」

「사람들이야 늘 이런저런 말들을 떠들어 대죠. 당연합니다.」 리유가 말했다.

「맞는 말씀이십니다. 그러니 한 열 명 정도 죽으면, 이건 뭐 세상 다 끝난 듯한다니까요. 필요한 건 그런 게 아닌데 말입니다.」

자동차 모터가 벌써 부르릉거리고 있었다. 리유는 기어 변속기에 손을 올린 채였다. 그러나 그는 다시 한 번 진지한 표정으로 자신에게서 눈을 떼지 않고 있던 아이를 찬찬히 바라보았다. 그런데 느닷없이 그 아이가 그에게 이를 온통 드러내 보이며 활짝 웃었다.

「그렇다면 우리에겐 도대체 무엇이 필요할까?」 의사가 아이를 향해 웃으며 물었다. 갑자기 코타르가 자동차 문의 손잡이를 움켜잡고는 울먹이는 목소리로 화를 내며 다음과 같이 외치더니 사라져 버렸다.

「지진입니다. 진짜 지진 말이에요.」

지진은 일어나지 않았고, 리유에게 그다음 날은 도시의 구석구석을 일일이 다니느라, 환자 가족들과 협의를 하느라, 환자 당사자들과 옥신각신하느라 다 지나가 버렸다. 자신의 직업을 이렇게 벅차게 느낀 적은 여태 단 한 번도 없었다. 이제까지 환자들은 그의 일을 수월하게 만들어 주었고,

리유에게 완전히 자신을 맡겼다. 그런데 처음으로 의사는 그들이 무언가를 숨기고, 일종의 경계심을 내포한 정신적 동요로 인해 자신들의 병 속으로 깊이 틀어박혀 숨어 버린 듯한 느낌을 받았다. 그에게는 아직 익숙지 않은 싸움이었다. 밤 10시쯤 그의 자동차가 그날의 마지막 왕진 차례인 늙은 천식 환자의 집에 다다랐을 때 리유는 좌석에서 몸을 일으키기도 힘들었다. 그는 캄캄한 하늘 위로 나타났다 사라졌다 하는 별들과 어두운 거리를 쳐다보면서 잠시 차 안에서 꾸물거렸다.

늙은 천식 환자는 침대 위에 몸을 일으키고 있었다. 그는 전보다 호흡이 나아진 것 같았고 콩을 하나씩 세며 이 냄비에서 저 냄비로 옮겨 담고 있었다. 그는 반가운 얼굴로 의사를 맞았다.

「그래, 선생님, 콜레라인가요?」

「어디서 그런 말을 들으셨습니까?」

「신문에서죠, 게다가 라디오에서도 그러더군요.」

「아닌데요, 콜레라가 아닙니다.」

「어쨌거나 그건 그렇다 치고…….」 늙은이는 몹시 흥분해서 말을 이었다. 「해도 너무들 하십니다, 높으신 양반들 말입니다!」

「그런 거 다 믿지 마세요.」 의사가 말했다.

노인을 진찰하고 난 뒤 그는 초라한 부엌 한가운데 앉아 있었다. 그렇다. 그는 겁이 났다. 바로 이 교외 지역에서도 다음날 아침이면 10여 명의 환자들이 림프샘염으로 구부정한 채 자신을 기다리고 있으리라는 것을 그는 알고 있었다. 멍울을 절개해서 병세가 호전되는 경우는 오직 두서너 건뿐이었다. 그러나 대부분의 경우, 결국은 병원일 테고, 가난한 사람들에게 병원이란 무엇을 의미하는지 그는 잘 알고 있었다. 〈그이가 의사들의 실험에 이용되는 건 원치 않아요.〉 어떤 환자의 아내가 그에게 그렇게 말한 적이 있다. 그는 의사들의 실험에 이용되지 않고 죽었을 뿐 그게 다였다. 대비책은 허술했는데, 이는 분명한 사실이었다. 〈특별 장비를 갖춘〉 병실들에 대해서 리유는 잘 알고 있었다. 원래 있던 입원 환자들을 다른 곳으로 옮기고 급조한 두 채의 병동에, 창문 틈새는 단단히 막아 두고 방역 선이 주위를 길게 둘러싸고 있을 뿐이었다. 전염병이 스스로 물러나지 않는 이상 당국이 생각해 낸 대책들로는 극복될 수 없을 것 같았다.

그렇지만 저녁 공식 발표는 여전히 낙관적이었다. 그다음 날 랑스도크 통신은 도청 당국의 조처들이 평온한 가운데 수행되고 있으며, 이미 30여 명의 환자들이 자진 신고했다고 알렸다. 카스텔이 리유에게 전화를 했다.

「병동에는 병상이 몇 개나 제공되나?」

「여든 개입니다.」

「시내 환자 수는 당연히 서른 명 이상이겠지?」

「신고하는 데 겁을 먹은 사람들도 있고, 사실 더 많은 경우에는 그럴 겨를이 없죠.」

「매장은 감시하에 진행되고 있나?」

「아니요. 제가 리샤르에게 전화해서, 쓸데없는 말만 할 게 아니라 완벽한 조치가 필요하며, 전염병을 막는 진짜 차단 벽을 세우든가 아니면 아예 관두든가 해야 한다고 했습니다.」

「그랬더니?」

「자기는 권한이 없다고 하더군요. 제가 보기에는 점점 심각해질 것 같아요.」

실제로 두 채의 병동이 가득 찼다. 리샤르는 학교 하나를 용도 변경해서 임시 병동으로 마련할 예정이라고 했다. 리유는 백신을 기다리며 멍울을 절개하느라 여념이 없었다. 카스텔은 자신의 옛 서적들을 다시 꺼내 보거나 도서관에서 오랜 시간 틀어박혀 지내기도 했다.

「쥐들은 페스트거나 아니면 그것과 매우 흡사한 것 때문에 죽었네.」 그는 그렇게 결론 내렸다. 「그것들이 수만 마리의 벼룩을 퍼뜨렸고, 만일 우리가 제때 그걸 막지 못한다면, 그 벼룩들이 기하급수적으로 전염병을 퍼뜨릴 걸세.」

리유는 잠자코 있었다.

당시 시간은 멈춰 버린 듯했다. 태양은 지난번 내린 소나기로 길에 팬 웅덩이의 물을 다 빨아들일 기세였다. 황금빛으로 넘실대는 아름다운 푸른 하늘, 이제 막 시작되는 더위 속을 지나가는 비행기의 붕붕거리는 소리, 이 계절의 모든 것이 고즈넉한 분위기를 자아내고 있었다. 그렇지만 불과 사흘 만에 열병 발병율은 네 배나 뛰어올랐다. 사망자가 열여섯에서 스물넷으로, 스물여덟로, 서른둘로 증가했다. 나흘째 되던 날, 당국은 어떤 유아원에 임시 병동을 마련한다고 발표했다. 그때까지만 해도 시시한 농담으로 자신들의 불안을 감춰 오던 우리 시민들은 예전보다 더 풀이 죽어 말을 잃은 모습이었다.

리유는 도지사에게 전화를 걸기로 결심했다.

「이번 조치들로는 충분치 않습니다.」

「제가 통계 결과 수치를 가지고 있는데…….」 도지사가 말했다. 「과연 우려할 만한 상황이군요.」

「우려할 수준을 넘어서 명백한 것입니다.」

「제가 중앙 정부에 명령을 요청하겠습니다.」

리유는 카스텔이 보는 앞에서 전화를 끊었다.

「명령이라니! 상상력이 필요할 텐데 말입니다.」

「한데, 혈청은 어떻게 됐지?」

「이번 주 안에 도착할 겁니다.」

리샤르의 주재로 도청은 식민지 수도[8]에 보낼 보고서의 작성을 리유에게 의뢰했다. 리유는 거기에 임상적 진단과 수치들을 기재했다. 같은 날 약 40여 명의 사상자가 생겼다. 도지사는 자기 말대로 책임을 지고 기존의 대책들을 강화하기로 결정했다. 신고 의무와 격리 조치는 여전히 유지되었다. 환자가 생긴 집들은 폐쇄 후 소독 처리해야 했고, 가족들은 안전한 격리 시설에 머물러야 했으며, 매장은 이후 결정될 상황에 따라서 시 당국이 맡아 해결하기로 했다. 하루가 지나자 혈청이 항공편으로 도착했다. 현재 치료 중인 환자들에게는 충분했다. 그러나 만일 전염병이 퍼진다면 충분치 않았다. 리유가 보낸 전보에 대해서 구급용 재고는 바닥이 났고 새 혈청의 제조가 시작되었다는 답이 왔다.

그러는 동안 시장마다 주변 교외에서부터 봄이 도착하고 있었다. 수천 송이의 장미꽃들이 인도를 따라 줄지어 있는 꽃 장수들의 바구니 안에서 시들어 가며, 자신들의 달콤한 향기로 도시 전체를 휘어 감고 있었다. 겉으로 보기에 변한 것은 전혀 없었다. 전차들은 혼잡한 시간대에 늘 만원이었다

8 식민지 수도라 함은 1번 각주에서 명시한 바와 같이 알제리의 주요 도시이자 도청 소재지이기도 한 알제Alger다. 당시 알제에는 프랑스 본국의 권한을 대표하며 알제리 행정을 통할하는 총독이 주재했다.

가 낮에는 텅 비고 더러웠다. 타루는 키 작은 노인을 관찰했고, 노인은 고양이들에게 연신 가래침을 뱉어 댔다. 그랑은 자신의 심오한 작업을 위해 매일 저녁 집으로 귀가했다. 코타르는 하는 일 없이 어슬렁거리고 있었고, 예심 판사 오통 씨는 여전히 자신의 구경거리 동물원을 끌고 다녔다. 늙은 천식 환자는 콩들을 옮겨 담고 있었고, 침착하면서도 호기심 가득한 신문 기자 랑베르도 이따금씩 눈에 띄었다. 저녁이면 거리는 변함없이 군중들로 가득 메워졌고 영화관 앞에는 사람들이 줄을 지어 길게 늘어섰다. 아닌 게 아니라 전염병이 수그러진 것 같았고, 그래서인지 며칠 동안 사망자의 수는 단지 10여 명에 불과했다. 그러나 그 수치가 돌연 상승했다. 사망자의 수가 또다시 30여 명에 육박하던 어느 날, 베르나르 리유는 〈그 사람들 겁이 났어요〉라고 말하며 도지사가 그에게 내미는 공문을 받아 보았다. 공문은 다음과 같이 전하고 있었다. 〈페스트 발병을 공표하고 도시를 폐쇄하시오.〉

# 제2부

그 순간부터 페스트는 우리 모두의 문제가 되었다고 말할 수 있다. 기이한 이 사건들이 가져온 놀라움과 불안감에도 불구하고, 그 전까지 우리 시민들은 평소와 다름없이 각자 맡은 바 위치에서 자신들이 하던 일을 계속하고 있었다. 게다가 그런 상태는 의심의 여지 없이 계속될 것 같았다. 그러나 일단 성문이 닫히고 나자, 지금 이 글을 쓰고 있는 서술자는 물론이거니와 그들 모두는 마치 한배에 탄 꼴이 되었고 어떻게든 맞춰 나가야 했다. 그래서 가령 사랑하는 사람과의 이별과도 같이 지극히 개인적인 감정이 처음 몇 주 지나지 않아 순식간에 모든 시민들의 감정이 되었고, 두려움과 함께 이 길고 긴 유배 기간 동안 가장 큰 고통이 되었다.

실제 도시로 통하는 성문들이 폐쇄되자 벌어진 일들 가운데 가장 눈에 띄는 것은 갑작스러운 이별이었다. 사람들은 아무런 준비도 못 하고 당한 셈이었다. 어머니들과 자식들, 부부들, 연인들, 며칠 전까지만 해도 잠시의 이별이겠거니 생각했던 사람들, 두서너 마디 당부의 말을 나누며 시의 기차역 플랫폼에서 이별의 포옹을 나누던 사람들, 인간의 어리석은 믿음으로 그저 며칠 혹은 몇 주 지나면 다시 만나리라 생각하며 일상의 소소한 걱정거리들과의 이별에서 아직 채 여유를 부리지도 못했던 그 사람들이 만날 수도 없고 그렇다고 서로 말도 할 수 없는 처지가 돼 어디 호소할 곳도 없이 느닷없는 생이별에 처하게 된 것이었다. 왜냐하면 시의 폐쇄는 도청의 명령이 공포되기 불과 몇 시간 전에 진행됐고, 따라서 개개의 특수한 경우들을 고려한다는 건 당연히 불가능했다. 전염병의 이렇듯 돌발적인 공격으로 인한 첫 번째 결과는 우리 시민들로 하여금 마치 개인적 감정이란 없는 듯 행동하지 않을 수 없도록 만든 것이라고 할 수 있다. 명령의 효력이 발휘되던 첫날 처음 몇 시간 동안 떼로 몰려드는 민원인들로 도청은 마치 폭격을 당한 듯했으며, 그들은 전화로 또는 공무원들을 찾아와서 한결같이 절절하지만 동시에 그만큼이나 재고 불가능한 형편들을 호소했다. 우리가 논의의 여지가 전혀 없는 상황에 처해 있으며, 〈타협〉이라든가 〈특혜〉라든가 또는 〈예외〉라든가 하는 말들이 더 이상 아무 의미도 없다는 사실을 스스로 납득하는 데는 사실상 여러 날이 걸렸다.

심지어 우리에게는 편지를 쓴다는 사소한 기쁨마저 허락되지 않았다. 한편으로는 우리 도시와 다른 지역을 연결하던 기존의 통신 수단이 실제로 단절된 상태였고, 다른 한편으로는 새로운 명령이 그 어떤 서신의 교환도 금지했기 때문인데, 편지들이 병균의 매개 수단이 되는 것을 미연에 방지하자는 이유에서였다. 초기에 몇몇 특권층들은 도시 진입 문의 보초병들과 접촉했고, 그러면 보초병들은 서신들을 도시 밖으로 전달해 주기도 했다. 아직은 전염병 초기였고 보초병들 스스로도 동정심에서 나온 심적 변화에 굴복하는 건 당연하다고 생각했기 때문이다. 하지만 얼마 지나지 않아 결국 그 보초병들마저도 사태의 심각성을 충분히 납득하게 됐고, 파급 효과를 예측할 수 없는 일에 책임지기를 단호히 거부했다. 처음에는 시외 전화 통화가 허용됐지만 공중전화 부스와 회선의 과도한 혼잡으로 인해 며칠 동안 통화는 완전히 중지돼 버렸고, 그러고는 사망이라든가 출산 또는 혼인과 같이 긴급 사항이라고 불리는 일에만 엄격히 제한되었다. 따라서 전보만이 우리의 유일한 수단이었다. 이해심, 정 그리고 혈육으로 이어진 사람들이 대문자로 적힌 열 단어의 전보에서 옛 교류의 징표들을 찾아볼 수밖에 없었다. 헌데 사용할 수 있는 표현들이란 금세 바닥나 버리게 마련이다. 그러자 오랜 세월 함께한 삶이며 고통스러운 감정들은 〈난 잘 있소, 몸조심하오, 사랑을 담아〉와 같이 상투적인 문구들의 정기적인 교체로 재빨리 축소되어 버렸다.

그럼에도 불구하고 우리 시민들 가운데 몇몇은 계속해서 편지를 썼고, 외부와 연락을 취하기 위해서 끊임없이 이런저런 방안들을 강구했다. 하지만 결국엔 여지없이 허튼짓으로 드러나고 말았다. 비록 우리가 상상한 방법들 가운데 몇 가지가 성공했다 하더라도, 답장을 못 받으니 일이 어떻게 됐는지야 전혀 알 길이 없었다. 따라서 몇 주간 우리 시민들은 동일한 편지를 계속해서 새로 다시 쓰거나 동일한 청원을 다시 베껴 적는 것 말고는 다른 수가 전혀 없었고, 얼마 지나지 않아 그야말로 피가 철철 흐르듯이 우리의 가슴으로부터 솟구쳐 나왔던 말들은 점차 그 의미를 잃어 가고 말았다. 당시 우리 시민들은 생명력을 잃은 구절들을 가지고 우리의 고달픈 삶의 징표들을 전달하고자 애를 쓰며 같은 편지들을 기계적으로 베끼고 있었다. 그러다 보니 고집스럽고 생명력 없는 독백이나, 벽에다 대고 말하는 무미건조한 대화보다 전보문의 상투적인 호소가 더 나아 보이고 말았던 것이다.

며칠이 더 흐른 뒤 어느 누구도 우리 시에서 벗어나지 못하리라는 사실이 명백해지자, 사람들의 생각은 전염병이 발생하기 전에 떠났었던 사람들의 귀향이 허락되는지를 알아보려는 데 모아졌다. 며칠간의 숙고 끝에 도청은 긍정적인 답을 표했다. 그러나 도청은 일단 집으로 돌아온 사람들은 어떤 경우에도 시에서 다시 나갈 수 없을 것이며, 따라서 귀환이 자유라면 다시 나가는 일은 그렇지 않을 것임을 분명히 했다. 그런데 그 경우에도 드물지만 몇몇 가정에서는 사태를 가볍게 보고, 자신들의 가족들을 다시 만날 수 있다는 희망을 그 어떤 신중함보다 우선시하여 그들에게 이런 기회를 놓치지 말라고 권하기도 했다. 하지만 페스트의 포로가 된 사람들은 재빨리 자신들의 가족이 처하게 될 위험을 깨닫고 체념한 채 이별의 고통을 받아들였다. 전염병이 가장 극심하던 시기에 마치 고문을 당해 죽을 듯한 두려움보다 인간적인 감정이 더 강력했던 경우는 단 한 건 있었다. 그것은 흔히 우리가 기대할 수 있듯이 고통을 뛰어넘어 서로에게 사랑을 쏟아붓는 한 쌍의 연인이 아니었다. 오랜 시절 부부로 지낸 늙은 의사 카스텔과 그의 아내뿐이었다. 전염병이 발발하기 며칠 전 카스텔 부인은 이웃 도시에 갔었다. 그들은 모범적인 행복의 선례를 다른 사람들에게 보여 주는 그런 부부들 가운데 하나도 아니었고, 이 글을 쓰는 서술자 당사자가 있을 수 있는 모든 가능성으로 미루어 짐작해 보건대 그때까지 그들은 자신들의 결혼에 만족한다는 확신조차 없었다고 말할 수 있다. 그러나 느닷없이 연장돼 버린 이별이 그들로 하여금 서로 떨어져서는 살 수 없으며, 백일하에 드러난 이 예상치 못했던 진실에 비한다면 페스트 따위는 대수롭지 않은 것임을 확신하도록 했다.

그것은 하나의 예외였다. 대부분의 경우, 전염병이 끝나야만 비로소 이별도 끝나리라는 것이 확실해 보였다. 그리고 우리 모두에게 우리의 생활을 차지하던 감정, 그리고 우리가 잘 알고 있다고 믿어 왔던 감정이(앞서 언급한 바 있듯이 오랑 시민들은 단순한 열정의 소유자들이다) 새로운 모습을 드러냈다. 배우자를 매우 신뢰하던 남편들이나 애인들은 자신들이 질투를 느끼고 있음을 깨달았다. 사랑에 있어 스스로 진지하지 않다고 생각해 오던 남자들은 성실한 모습을 되찾았다. 어머니와 지척에 살면서도 거의 찾아가 보지도 않던 아들들은 자신들의 기억에서 떠나지 않는 어머니의 얼굴 주름 하나하나에 모든 후회와 모든 근심을 담았다. 미래란 전혀 보이지 않는 이 완전하고도 갑작스러운 이별로 인해서 우리는 우리의 하루하루를 차지하는 존재, 여전히 그토록 가깝지만 어느새 이미 저 멀리로 사라진 그 존재의 추억을 뿌리치지도 못한 채 그저 망연자실할 뿐이었다. 사실 우리는 이중으로 고통을 당하고 있었다. 우선은 우리 자신의 고통이고 다음으로는 집에 없는 사람들, 즉 자식이나 아내 또는 연인으로 인한 고통이었다.

다른 상황이었더라면 우리 시민들은 보다 더 대외적이고 활동적인 생활을 통해서 탈출구를 찾을 수도 있었을 것이다. 그러나 페스트는 그들을 빈둥거리게 하고, 활기를 잃은 도시에서 결국 빙빙 맴돌 수밖에 없도록 만들어 추억이라는 실망스러운 놀이에 매일매일 전념하지 않을 수 없도록 했다. 왜냐하면 정처 없는 산책 때마다 그들은 항상 같은 길을 또다시 지나가기 마련이었고, 너무나 작은 도시다 보니 대개의 경우 그 길들은 지금은 곁에 없는 사람과 예전에 함께 다니던 바로 그곳이었던 것이다.

이처럼 페스트가 우리 시민들에게 첫 번째로 가져다준 것은 유배 생활이었다. 시민들 모두와 마찬가지로 서술자 또한 그렇게 느꼈던 만큼, 그는 당시 자신이 무엇을 느꼈는지를 모든 사람의 이름으로 여기에 기록할 수 있다고 굳게 믿고 있다. 그렇다, 우리가 우리 안에 끊임없이 지니고 있던 그 공허함, 시간의 흐름을 되돌리고 싶다거나 아니면 반대로 그 흐름을 재촉하고 싶다는 가당치 않은 욕망, 너무나도 또렷한 그 감정, 불붙은 채 날아가 버리는 화살과도 같은 그 기억, 그것은 분명 유배의 감정이었다. 이따금 상상의 나래를 펼쳐 집으로 돌아오는 사람의 초인종 소리라든가 계단에서 울리는 친근한 발소리를 기다리며 소일해 보기도 하고, 기차들의 운행이 정지됐다는 사실을 작정이나 한 듯 그 순간 잊어버리고서 흔히 저녁 급행을 타고 오는 여행객이 도착함 직한 시간에 집에 머물며 기다리는 척도 해보았지만 그런 장난은 당연히 계속될 수 없었다. 기차가 오지 않는다는 사실을 확실히 깨닫게 되는 순간은 언제건 오고야 만다. 그러면 우리는 우리의 이별이 계속될 운명이며 시간을 두고 마음의 준비를 하려고 노력하지 않으면 안 된다는 사실을 깨달았다. 바로 그 순간 우리는 수감자라는 우리의 처지로 결국 되돌아오고 말았고, 우리는 우리의 과거 안에 갇혀 버린 꼴이었으며, 그래서 우리들 중 몇몇이 미래를 내다보며 살아가려는 시도를 했다 하더라도 상상이 자신을 신뢰하는 사람들에게 가하는 상처를 입자, 감내할 만큼 작은 상처였음에도 불구하고 그들마저 금세 미래를 포기하고 말았다.

특히 우리 모든 시민들은 계속되는 이별을 견뎌 내느라 간직해 오던 습관을 매우 빨리, 심지어 공공연히 버리고 말았다. 왜였을까? 가장 비관적인 사람들이 예를 들어 그 기간을 6개월이라 가정했다고 치고, 그들에게 다가올 이 세월의 온갖 씁쓸함을 일찌감치 미리 다 맛본 다음 시련의 높이에 걸맞도록 자신들의 용기를 간신히 끌어올리고 나서, 그토록 길고 긴 날들에 점철돼 있는 고통의 차원에 필적할 정도로 굳건히 자신들에게 남은 마지막 힘을 다해 버틴다 하더라도, 어느 날 이따금 우연히 만난 친구라든가 신문에 실린 기사 하나 또는 스치듯 지나가는 의심이나 혹은 불현듯 떠오르는 혜안이 그들로 하여금 전염병은 6개월 이상, 어쩌면 1년, 아니 그 이상 계속되지 않으리라는 법은 없다고 생각하도록 했기 때문이다.

그 순간 그들의 용기, 그들의 의지 그리고 그들의 인내심이 너무나도 순식간에 무너져 내렸기 때문에, 그들은 이 수렁에서 결코 올라올 수 없을 것 같았다. 그래서 결과적으로 그들은 자신들이 해방될 날은 생각조차 하지 않았고, 미래에 더 이상 관심을 두지도 않았으며, 늘 고개를 푹 숙인 채 지내려고 무던히 애를 썼다. 그러나, 당연한 말이지만, 고통을 숨기고 투쟁을 회피하려 경계를 소홀히 하는 그런 식의 신중함은 제대로 보상받지 못했다. 그 어떤 대가를 치르고서라도 그들이 피하고자 한 것, 그 붕괴만은 모면했다고 할 수 있겠으나 앞으로 있을 그들의 재회에 대해 상상함으로써 페스트를 잊을 수도 있는 그 순간들, 요컨대 제법 자주 있는 그 순간들마저도 그들은 사실상 동시에 포기하고 만 것이었다. 그렇게 되자 그들은 그토록 깊은 심연과 저 높은 정상 사이에서 갈 길을 잃어버려 살아간다기보다는 오히려 표류하고 있었고, 갈 곳 없는 나날들과 쓸데없는 추억들에 내버려진 채 자신들의 고통의 대지에 단단히 뿌리박고 있어야겠다는 마음을 먹어야만 비로소 버틸 수 있는 떠도는 그림자들이었다.

이렇게 해서 그들은 이 세상의 모든 수인들과 모든 망명자들의 깊은 고통, 다시 말해서 아무짝에도 쓸모없는 기억을 가지고 살아가야 한다는 깊은 고통을 느끼고 있었다. 그들이 끊임없이 되씹곤 하는 이 과거라는 것조차도 후회의 쓴 맛만을 가지고 있었을 뿐이다. 그들은 자신들이 기다리는 그 남자 또는 그 여자와 할 수 있었을 때 하지 못했다며 아쉬워하는 그 모든 것들을 과거에 보태고 싶었을지도 모른다. 마찬가지로 감옥에 갇힌 것이나 다를 바 없는 자신들의 생활에서 어찌 보면 행복하다고 할 수도 있는 상황들마다 지금은 자신들의 곁에 없는 사람을 집어넣지만 그들은 자신들의 그런 모습에 만족할 수가 없었다. 현재는 견딜 수 없고, 과거와는 적이며, 미래는 빼앗긴 채, 이를테면 우리는 인간의 정의 또는 증오심 때문에 철창 뒤에서 살지 않을 수 없는 사람들과 참으로 비슷한 신세가 되어 버렸다. 결국 이 참을 수 없는 휴가에서 벗어나는 유일한 방법은 상상으로라도 기차를 다시 달리게 하는 것, 완강히 침묵하는 초인종 소리를 계속 울리게 해서 시간을 가득 채우는 것뿐이었다.

유배 생활이기는 했지만, 대부분의 경우에는 자기 집에서 겪는 연금 상황과도 같았다. 서술자 역시 모든 사람들이 겪는 연금 상황만을 경험했을 뿐이지만, 그는 랑베르 기자나 그 밖의 사람들과 같은 경우를 잊어서는 안 되는데, 페스트로 인해 갑작스레 여행객 신세가 되어 버린 그들은 다시 만날 수 없는 사람뿐 아니라 자신들의 고향으로부터도 멀리 떨어져 있다는 사실 때문에 이별의 고통이 더욱더 증폭될 수밖에 없었다. 모두가 겪고 있는 대대적인 유배 생활의 와중에서 그들은 가장 고립된 사람들이었다. 왜냐하면 시간이 자신의 고유한 속성인 불안을 우리 모두는 물론이고 그들에게 야기시켰을 때, 그들은 공간에도 묶여 있는 처지라 페스트에 감염된 현재의 피난처와 잃어버린 그들의 고향 사이를 갈라놓는 벽에다 몸을 부딪치며 악착같이 저항하고 있었기 때문이다. 먼지투성이의 시내에서 한나절 내내 그 어떤 때건 개의치 않고 헤매고 다니며 자기들만이 유일하게 알아채는 저녁 시간들, 그리고 자기네 고향의 아침들을 아무 말 없이 외쳐 부르는 사람들을 보게 된다면 어김없이 바로 그들이었다. 그들은 제비들의 비상이라든가 석양 무렵의 이슬방울 또는 이따금 인적 없는 거리에 쏟아지는 평소와 다른 햇빛같이 그 뜻을 알 수 없는 계시들과 헤아릴 수 없는 조짐들을 가지고 자신들의 고통을 키우고 있었다. 구원은 언제나 바깥세상에 있는데도 불구하고, 그들은 그곳에서 눈을 감은 채 너무나도 고집스레 그들의 생생한 망상을 애지중지 어루만지는가 하면, 한 줄기 햇살, 두세 개의 언덕, 마음에 드는 나무 그리고 여자들 얼굴이 그들에게 둘도 없이 소중한 하나의 분위기를 자아내는 고향의 모습들만을 온 힘을 다해 줄기차게 뒤쫓고 있었다.

마지막으로 연인들에 대해 보다 더 절절하게 언급해야겠는데, 그들이 가장 흥미로울 뿐 아니라 그들에 대해서 말하기에 아마도 서술자가 가장 적합할 것이기 때문이다. 그들은 여러 가지 번민들로 괴로워하고 있었는데, 그중 하나로 자책감을 들지 않을 수 없다. 사실 당시의 상황은 그들에게 자신들의 감정을, 이를 테면 열의에 들뜬 객관성을 가지고 검토하도록 만들었다. 그런데 상황이 상황이니 만큼, 결점이 분명히 드러나지 않는 경우란 드물었다. 그들은 현재 곁에 없는 사람의 행동이며 태도를 또렷이 상상하기가 곤란하다는 사실에서 자신들의 부족함과 마주하는 첫 번째 기회를 가졌다. 따라서 그들은 지금은 곁에 없는 이의 일과에 대해서 자신들이 전혀 모르고 있다는 사실에 슬퍼하지 않을 수 없었다. 그들은 그것에 대해 제대로 알려고도 하지 않았었고, 심지어 사랑하는 사람에게 있어서 그 사랑의 대상이 되는 누군가의 일과가 모든 기쁨의 근원임을 마치 인정하지 않으려는 듯 처신했던 자신들의 경솔함을 자책했다. 그때부터 자신들의 사랑을 하나하나 짚어 가며 미흡한 점들을 검토한다는 것은 그들에게 쉬운 일이었다. 평상시에 우리들은 너나 할 것 없이 의식적이건 무의식적이건 간에 한계를 극복하지 못하는 사랑이란 없다고 알고 있었지만, 그러면서도 우리의 사랑이 보잘것없다는 사실 또한 담담한 태도로 받아들여 왔다. 그러나 추억이란 더욱 까다로운 법이다. 그리고 극히 당연한 결과이기도 하지만, 외부로부터 다가와 도시 전체를 뒤흔드는 이 불행이 우리에게 치밀어 오르는 분노를 자제하지 못하도록 만드는 부당한 고통만을 가져다주지는 않았다. 그것은 우리들로 하여금 스스로를 괴롭히도록 했고, 그렇게 우리로 하여금 고통과 한편이 되도록 만들었다. 바로 이것이 우리의 주의를 다른 곳으로 돌리고 문제를 복잡하게 만드는 질병이 갖는 수법의 하나이다.

이렇게 해서 우리들 각자는 그저 하루하루 하늘을 마주한 채 외롭게 살아가지 않을 수 없었다. 이렇듯 전반적으로 만연한 단념이 길게 보자면 사람들의 정신력을 단련시킬 수도 있었겠지만, 그와는 정반대로 오히려 모두를 갈팡질팡하게 만들기 시작했다. 예를 들어 우리 시민들 가운데 어떤 이들은 해가 뜨거나 비가 내리는 데 좌우되는 일종의 또 다른 노예 상태에 빠져 버리게 됐다. 그들을 보고 있자면, 생전 처음으로 게다가 직접적으로 날씨에 대해 반응을 보이는 것 같았다. 화창한 햇빛이 그저 비춰 주는 것만으로도 얼굴에 기쁨이 넘쳤지만, 비가 계속되는 날이면 그들의 얼굴과 생각에는 두꺼운 베일이 드리워졌다. 몇 주 전만 하더라도 그들은 이런 허약함이나 말도 안 되는 노예 상태에서 벗어날 수 있었다. 왜냐하면 홀로 외롭게 세상을 마주하고 있지 않았기 때문이고, 어떤 의미에서 그들과 함께 살아가던 사람이 그들의 세계에서 앞자리를 차지하고 있었기 때문이었다. 그러나 바로 이 순간부터 그들은 하늘의 변덕에 좌우되는 처지가 돼버려, 이를테면 그들은 아무 이유 없이 괴로워하고 또 아무 이유 없이 희망을 품었다.

이런 극도의 고독 속에서 결국은 어느 누구도 이웃의 도움을 바랄 수 없었고, 저마다 홀로 외로이 자신의 근심에 싸여 있었다. 만일 우리들 가운데 누군가 우연히 자신의 속마음을 털어놓거나 자신의 생각이 무엇이라 말이라도 할라치면, 그가 듣는 대답이란 무엇이었든 간에, 대개는 상처를 주었다. 그래서 그는 상대방과 자신이 서로 다른 이야기를 하고 있다는 것을 깨달았다. 사실 그는 길고 긴 반추와 고통의 나날들을 보내고 난 뒤 마침내 자신의 생각을 표현한 것이었고, 그가 상대방에게 전하고자 하는 이미지는 기대와 고통이라는 불 속에서 오랫동안 달구어졌었다. 그러나 이와는 반대로 상대방은 상투적인 감정, 사람들이 시장에 내다 파는 흔한 괴로움, 뻔한 우울을 상상했다. 호의에서건 악의에서건 대답은 언제나 뒤틀린 채 내뱉어졌고, 단념하는 수밖에 없었다. 아니면 적어도 침묵을 견디지 못하는 사람들은 다른 사람들이 마음속의 진짜 언어를 찾을 수 없기에 차라리 시장통의 말들을 사용하고, 자신들 역시 흔해 빠진 방식으로 단순한 이야기들이나 잡담거리들, 이를테면 일간지 시평 따위의 어투로 말하는 것을 체념하고 받아들였다. 이때도 마찬가지로 가장 생생한 고통은 흔해 빠진 대화의 상투적인 표현들로 둔갑하기 일쑤였다. 바로 이런 대가를 치르고서야 페스트의 포로가 된 사람들은 아파트 수위의 연민이나 대화 상대들의 흥미를 얻을 수 있었다.

그러나, 게다가 가장 중요한 점이기도 한데, 그 불안감들이 아무리 고통스러운 것이었다고 해도, 텅 비어 버린 그 마음들이 견디기에 너무나 무겁다고 해도, 유배당한 우리 시민들은 페스트 초기에만 하더라도 그나마 특권층에 속한 셈이었다고 분명히 말할 수 있다. 시민들이 냉정을 잃기 시작한 무렵과 동일한 시기에 사실 그들의 머릿속은 온통 그들이 기다리는 사람을 향해 있었던 것이다. 만연하다시피 한 좌절 속에서도 사랑이라는 이기주의가 그들을 보호하고 있었고, 그래서 그들이 페스트를 떠올리는 건 오로지 그들의 이별이 페스트 때문에 영원할지도 모른다는 점에서만이었다. 이렇듯 그들은 유익한 방심이라고도 할 수 있는 측면을 전염병의 와중에 드러내 보였고, 이는 냉정함으로 착각되기도 했었다. 절망이 그들을 공포로부터 구했으니, 그들의 불행에는 분명 좋은 점이 있었던 것이다. 예를 들어 그들 가운데 한 사람이 병으로 실려 가게 된다고 해도, 거의 대부분의 경우 당사자는 무슨 수를 써볼 겨를이 없었다. 알 수 없는 어떤 그림자와 나누던 기나긴 마음속의 대화로부터 끌려 나오자마자 그는 곧바로 흙이라는 가장 무거운 침묵 속에 내던져졌다. 그에게는 어떻게 해볼 시간이 전혀 없었다.

우리 시민들이 이 갑작스러운 유배와 어떻게든 잘 지내 보려고 애쓰는 동안 페스트는 도시의 모든 문에 경비병을 배치했고 오랑을 향하던 선박들의 방향을 바꾸게 했다. 도시 문이 폐쇄된 이후로 단 한 대의 차량도 시내에 들어온 적이 없었다. 그날부터 차들은 도시를 빙빙 돌기만 한다는 인상을 주었다. 시내 대로의 높은 곳에서 항구를 바라보는 사람들에게는 항구 역시 기이한 모습을 띠었다. 그곳을 연안에서 가장 중요한 항구들 가운데 하나로 만들던 과거의 활기는 갑자기 사라져 버렸다. 검역 중인 몇몇 선박들이 아직도 거기에 있긴 했다. 그러나 부두에는 일손을 놓은 거대한 기중기들, 옆으로 뒤집힌 소화물 운반 차량들, 버려진 채 무더기로 쌓여 있는 술통들이며 망태기들이 장사마저도 페스트 때문에 죽어 버렸다는 사실을 증명하고 있었다.

이렇듯 이례적인 광경에도 불구하고 우리 시민들은 자신들에게 닥쳐오는 것이 무엇인지를 파악하지 못하는 듯 보였다. 이별이라든가 두려움이라든가 하는 공통의 감정이 있기는 했지만, 사람들은 여전히 개인적 관심사를 우선순위에 놓고 있었다. 이 질병을 실제로 받아들인 사람은 아직 아무도 없었다. 대부분은 자신들의 습관을 방해하거나 이해관계에 영향을 끼치는 것에 대해서 특히나 민감했다. 그래서 짜증을 내거나 화를 냈는데, 그런 감정들로는 당시 페스트에 맞설 수 없었다. 예를 들어 그들의 첫 번째 반응은 행정 기관을 비난하는 것이었다. 〈적용된 조치들에 대해서 완화책을 강구할 수는 없는가〉와 같이 언론이 증폭시킨 비난 여론을 접한 지사의 반응은 예상 밖이었다. 이제까지 신문들도 랑스도크 통신사도 전염병의 추세에 관한 공식적인 통계 자료를 받은 적이 없었던 것이다. 이제 지사는 자료들을 매일매일 통신사에 전달했고, 매주 그것을 보도해 달라는 부탁을 했다.

그러나 그 점에 대해서도 역시 대중의 반응이란 즉각적이지 않았다. 실제로 페스트 3주째의 사상자가 302명이라는 발표는 사람들의 상상력에 반향을 불러일으키지 않았다. 한편으로 본다면 모두가 페스트 때문에 죽은 것은 아닌지도 몰랐다. 그리고 다른 한편으로 본다면, 도시의 그 어느 누구도 평소 일주일에 사상자 수가 얼마나 되는지 아는 사람이 없었다. 도시 인구는 20만이었다. 사람들은 사망자의 규모가 정상적인지 아닌지 전혀 알 수 없었다. 심지어 그런 유형의 정확성이 불러일으키는 지대한 관심에도 불구하고 사람들은 신경을 쓰지 않았다. 대중에게는 비교할 수 있는 기준점과도 같은 것이 없었기 때문이다. 결국 사망자의 수가 증가하는 것을 확인하면서야 여론도 사태를 실감했다. 실제로 5주째에는 321명, 6주째에는 345명의 사망자를 기록했다. 어쨌거나 증가율이 호소력을 가진 것은 사실이다. 그러나 이 증가율도 아직은 충분히 강력하지 않았는데, 우리 시민들은 불안의 한복판에서도 힘든 상황임에는 틀림없지만 어쨌거나 결국엔 끝날 사건이라는 생각을 버리지 못하고 있었던 것이다.

그래서 그들은 여전히 거리를 활보했고 카페의 테라스에 나앉아 있었다. 대체로 그들은 겁쟁이가 아니었고, 하소연하기보다는 오히려 농담을 주고받았으며, 일시적임에 분명한 불편들에 대해서 마음을 편안히 하고 받아들이자는 눈치였다. 체면은 유지된 셈이었다. 그렇지만 월말이 되자, 더욱이 이후 언급될 기도 주간 즈음해서는 심각한 변화들이 우리 시의 모습을 바꾸어 놓았다. 무엇보다 우선 지사는 차량의 운행과 식량 보급에 관한 대책들을 마련했다. 식량 보급은 제한됐고 휘발유는 배급제가 되었다. 심지어 전기 절약 대책들도 마련됐다. 생활필수품만이 유일하게 육로와 항공편으로 오랑에 도착했다. 이렇게 해서 통행이 점차 줄더니 급기야 차 한 대도 거의 보이지 않는 상태가 되어 버렸고, 고급 상점들은 문을 닫았으며, 다른 가게들은 자신들의 진열장에 상품이 없음을 알리는 입간판을 내걸었지만, 그러는 동안에도 가게 문 앞에는 물건을 사려는 사람들이 줄을 지어 서 있었다.

오랑은 이렇듯이 기이한 모습을 띠었다. 보행자들의 수는 현격히 증가했고, 한산한 시간에도 가게들이 문을 닫거나 어떤 회사들의 경우에는 휴무에 들어간 바람에 할 일이 없어진 많은 사람들이 길거리며 카페들을 가득 채웠다. 당시까지만 해도 그들은 아직 실업자가 아니라 휴가 중이었다. 그래서 오랑은 예를 들어 오후 3시경, 게다가 햇살 환한 대낮에 어떤 공공 행사의 진행이 가능하도록 차량 운행은 정지되고 상점들은 문을 닫은, 그래서 시민들이 참여하고자 거리에 쏟아져 나온 한창 축제 중인 어떤 도시와도 같은 착각을 불러일으켰다.

당연히 영화관들이 이런 대규모의 휴가를 이용해서 크게 한 건 했다. 그러나 영화들이 도내에 들어와 일정 기간 상영되고 나면 새로운 영화가 다시 들어오는 식의 순환은 중단되고 말았다. 결국 2주 후 영화관들은 상영 프로그램들을 서로 교환할 수밖에 없었고, 그렇게 몇 주가 지나자 동일한 영화들이 계속해서 상영되는 식이었다. 그렇지만 수익이 줄어들지는 않았다.

마지막으로 카페들은 비축해 놓은 엄청난 재고품 덕에 손님들의 수요를 예전과 마찬가지로 충족시킬 수 있었는데, 오랑이 포도주 및 주류 거래가 가장 중요한 위치를 차지하는 도시이기도 했지만, 사실을 말하자면 워낙 많이 마셔 대기도 했다. 어떤 카페에서 〈양질의 포도주가 세균을 죽입니다〉라고 내다 걸자, 알코올이 전염병을 예방한다는 생각이 사람들에게 이미 너무나 당연시되던 터라 여론으로 더욱더 굳혀졌다. 매일 새벽 2시경 카페에서 쏟아져 나온 꽤 많은 취객들이 거리를 가득 메우고 낙관적인 의견들을 서로 토해 냈다.

그러나 이런 일상의 모든 변화들이 어떤 의미에서는 너무나 특별했고 너무나 신속하게 진행되었기 때문에, 그 변화들이 정상적이며 지속적인 것이라고 생각하기란 쉽지 않았다. 그 결과 우리는 계속해서 우리의 개인적 감정들을 가장 우선시했다.

도시의 문들이 폐쇄된 지 이틀 뒤 의사 리유는 병원에서 나오다가 코타르를 만났는데, 그는 만족스러워 보이기까지 하는 얼굴로 의사를 바라보았다. 리유는 그에게 안색이 좋다며 축하했다.

「네, 아주 잘 지냅니다.」 키 작은 그 남자가 말했다. 「그런데 말이죠, 의사 선생님, 거참 대단한 페스트 아닌가요! 심각해지기 시작하는군요.」

의사는 그렇다고 인정했다. 그러자 상대방은 거의 유쾌하기까지 한 어조로 단언했다.

「여기서 그칠 리가 없습니다. 모든 것이 뒤죽박죽이 될 거예요.」

그들은 잠시 함께 길을 걸었다. 코타르는 자기 동네의 어떤 큰 식료품상이 식료품들을 비싼 값으로 되팔고자 비축해 놓고 있었는데, 그를 병원에 데려가려던 사람들이 침대 밑에 쌓여 있는 통조림 깡통들을 발견했다는 이야기를 늘어놓았다. 「그 사람 병원에서 죽었어요. 페스트는 돈으로도 어림없죠.」 코타르는 사실 여부에 상관없이 페스트에 관한 이런저런 소문들을 수없이 많이 알고 있었다. 예를 들면, 어느 날 아침 시내에서 페스트의 증상을 보이는 어떤 남자가 전염병 때문에 정신이 돌았는지 집 밖으로 뛰쳐나가, 다짜고짜 처음 본 여자에게 달려들어 자신이 페스트에 걸렸다고 소리를 지르며 꼭 껴안더라는 거였다.

「그럴 만하죠!」 코타르는 자신의 단정과는 어울리지 않는 상냥한 어조로 이렇게 말하는 것이었다. 「우리 모두 미쳐 돌아 버릴 겁니다. 확실해요.」

바로 같은 날 오후 조제프 그랑은 자신의 개인적인 비밀을 의사 리유에게 털어놓았다. 그랑은 의사의 책상 위에 놓여 있는 아내 사진을 발견하고는 의사를 바라보았다. 리유는 아내가 오랑이 아닌 곳에서 요양하고 있다고 말했다. 〈어떻게 보면 다행이네요〉라고 그랑은 말했다. 의사는 분명 다행이며 아내가 쾌유하기를 잠자코 바라고만 있어야 하는 처지라고 대답했다.

「아! 전 이해합니다.」 그랑이 말했다.

그러더니 리유가 그를 안 이후 처음으로 속 얘기를 털어놓기 시작했다. 여전히 단어들을 고르려고 애를 쓰기는 했지만, 마치 지금 하고 있는 이야기를 오래전부터 생각해 왔었던 양 용케도 적합한 단어들을 찾아냈다.

그는 아주 젊어서 이웃의 한 가난한 집 처녀와 결혼을 했었다. 학업을 중단하고 일자리를 찾은 것도 다름 아니라 결혼을 하기 위해서였다. 그도 그렇지만 그의 아내 잔 역시 자기 동네 밖으로 나가 본 적이 한 번도 없었다. 그는 그녀를 만나러 그녀의 집에 찾아가곤 했었고, 그때마다 잔의 부모님은 말이 없는 데다 행동까지 서투른 이 구혼자를 좀 비웃곤 했다. 그녀의 아버지는 철도 노동자였다. 일이 없을 때면, 자신의 큼직한 두 손바닥을 허벅지에다가 얹은 채로 창가 가까이의 구석에 앉아 생각에 잠긴 듯 길거리의 움직임을 바라보곤 했다. 어머니는 늘 집안일을 했고, 잔은 어머니를 도왔다. 잔은 몸이 상당히 가냘팠는데, 그래서 그랑은 그녀가 길을 건너는 모습을 너무나 불안한 나머지 제대로 쳐다보지도 못할 정도였다. 그에게는 차들이 비정상적으로 커 보였던 것이다. 그러던 어느 크리스마스 날 한 상점 앞에서 감탄을 금치 못하며 진열창을 바라보던 잔이 그를 향해 갑자기 몸을 돌리면서 〈너무나 아름다워요!〉라고 말했다. 그는 그녀의 손목을 꼭 쥐었다. 그렇게 해서 결혼이 결정되었다.

그랑에 따르면 그 이후의 이야기에는 별 내용이 없었다. 모두가 다 아는 그렇고 그런 것이다. 결혼을 하고, 아직은 조금 더 사랑하고, 돈을 버느라 일하고, 너무 열심히 일하다 보니 사랑하는 것도 그만 잊어버리고 만다. 잔도 일을 했는데, 그랑의 사무실 책임자가 한 약속이 지켜지지 않았기 때문이었다. 그 대목에서 그랑이 말하고자 하는 바가 무엇인지를 이해하는 데는 약간의 상상력이 필요했다. 피로가 쌓여 그러기도 했겠지만 그는 만사에 무심해졌고, 점점 더 과묵해져 버린 데다, 자신의 젊은 아내에게 여전히 사랑받고 있다는 믿음을 주지 못했다. 일만 하는 남편에, 가난에, 서서히 닫혀만 가는 미래에, 저녁 시간 식탁 주위를 맴도는 침묵에, 이런 세상에 열정이 있을 자리는 없었다. 필시 잔은 괴로워하고 있었다. 그렇지만 그녀는 자기 자리를 지키고 있었다. 자신이 고통받고 있다는 사실도 모르는 채 사람들은 오랜 세월 괴로워하기도 한다. 몇 해가 지났다. 그 후에 그녀는 떠나 버렸다. 물론 그녀 혼자 떠났던 것은 아니다. 〈나는 당신을 무척 사랑했어요. 하지만 이제는 지쳤어요……. 이렇게 떠나서 행복하지는 않지만, 새로 시작하는 데 반드시 행복할 필요도 없죠.〉 그녀가 그에게 남겼던 편지는 대충 그랬다.

이제는 조제프 그랑이 괴로울 차례였다. 리유가 그에게 언급한 바 있듯이 그 역시 새 출발을 할 수도 있었을 것이다. 하지만 그에게는 신념이 없었다.

그는 여전히 그녀만을 생각하고 있었다. 원하는 것이 있다면, 그녀에게 편지 한 장을 써서 변명을 하는 것이었다. 「하지만, 어렵더군요.」 그가 말했다. 「그런 생각을 한 지는 오랩니다. 우리가 사랑하는 동안은 말 없이도 서로 이해했었어요. 하지만 사람들이 한결같이 서로 사랑하는 건 아니죠. 제때 그녀를 붙잡아 둘 말들을 찾았어야 했는데 그러지를 못했어요.」 그랑은 체크무늬의 손수건 비슷한 천에 코를 풀었다. 그러고 나서 콧수염을 닦았다. 리유는 그를 바라보고 있었다.

「실례지만, 선생님.」 그 늙은이가 말했다. 「도대체, 뭐라고 말을 하죠? ……저는 선생님을 믿습니다. 선생님과 함께라면 저는 말할 수 있어요. 그래서인지 감정이 격해지는군요.」

겉으로 보기에도 그랑은 페스트에서 천 리나 멀리 떨어져 있는 것이 분명했다.

그날 저녁 리유는 아내에게 도시가 폐쇄됐으며, 자신은 잘 지내고, 몸조리를 계속 잘해야 하며, 그녀를 늘 생각하고 있다는 전보를 보냈다.

도시의 문들이 폐쇄된 지 3주 후에 리유는 병원에서 나오다가 그를 기다리고 있던 한 젊은이를 만났다.

「아마도 저를 알아보시리라 생각합니다.」 그가 말했다.

리유는 그를 알 것 같기도 했지만 확실하지 않아 머뭇거렸다.

「이런 일이 있기 전에 뵈러 왔었지요.」 그가 말했다. 「아랍인들의 생활 환경에 관한 정보를 여쭙고자 말입니다. 제 이름은 레이몽 랑베르입니다.」

「아! 그렇군요.」 리유가 말했다. 「이제는 정말 멋진 현장 보도 기사의 주제를 얻으셨겠습니다.」

상대방은 초조한 듯 보였다. 랑베르는 그 때문이 아니고 의사 선생님에게 한가지 도움을 청하고자 왔다고 말했다.

「죄송합니다만…….」 그가 말을 이었다. 「저는 이 도시에서 아는 사람이 전혀 없는 데다, 제가 속한 신문사의 주재원은 불행히도 너무 바보랍니다.」

리유는 시내의 무료 진료소까지 같이 걷자고 그에게 제안했는데, 그곳에 전달해야 할 몇 가지 지시 사항이 있기 때문이었다. 그들은 흑인들이 사는 동네의 골목길들을 따라 내려갔다. 저녁이 가까워 오고 있었지만 예전에는 이 시각이라면 한창 소란스러웠을 도시는 기이하리만치 쓸쓸해 보였다. 여전히 황금빛으로 물든 하늘에 간간이 울려 퍼지는 나팔 소리가 군인들이 자신들의 임무를 수행하고 있음을 알리고 있었다. 가파른 길을 따라 무어 양식 집들의 파란색, 황토색 그리고 보라색 담들 사이를 걸어가며 랑베르는 몹시 흥분하여 말을 이었다. 아내를 파리에 두고 왔다는 것이었다. 정확히 말하자면 결혼을 한 정식 아내는 아니지만 마찬가지였다. 도시의 문이 폐쇄되자마자 그는 그녀에게 전보를 보냈다. 우선 무엇보다도 그는 일시적인 상황이라고 생각을 했기에 그녀와 연락을 하려고만 애를 썼었다. 그런데 오랑 출신의 동료 기자들은 아무것도 할 수 없다고 했고, 우체국은 그를 되돌려 보냈으며, 도청의 한 여자 서기관은 비아냥거렸다. 두 시간이나 줄을 서서 기다린 끝에 결국 〈별일 없음. 그럼 곧 봐요〉라고 적은 전보 한 장을 접수시킬 수 있었다.

그러나 그날 아침 잠자리에서 일어나면서 이런 사태가 얼마나 계속될지 모른다는 생각이 불현듯 머리에 떠올랐던 것이다. 그는 떠나기로 결심했다. 추천을 받아 이곳에 온 터라(직업이 기자이고 보니 쉽게 해결할 수 있기도 하다) 그는 도청의 비서실장을 만날 수 있었고, 자신은 오랑과 아무런 관계도 없고 이곳에 계속 남아 있을 이유도 없으며 우연히 이곳에 있게 되었고 일단 이곳에서 나간 뒤에 자신을 격리 수용하는 한이 있더라도 자신이 떠나는 걸 허락해야 한다고 했다. 비서실장은 충분히 이해하지만 예외를 만들 수는 없으며, 검토는 해보겠지만 요는 사태가 심각하니 만큼 그 어떤 결정도 내릴 수 없다고 그에게 대답했다는 것이었다.

「그렇지만 말입니다…….」 랑베르가 이어 말했다. 「저는 이 도시에서 이방인입니다.」

「분명 그렇기는 합니다만, 어쨌거나 이 전염병이 지속되지 않기를 기대해 봅시다.」

마지막으로 의사는 랑베르가 오랑에서 흥미 있는 현장 보도 기사의 소재를 찾을 수 있고, 뭐든 잘 살펴보면 긍정적인 측면이 전혀 없는 경우란 없다고 설득하며 위로하고자 애썼다. 랑베르는 어깨를 들썩댔다. 그들은 시내 중심가에 다다르고 있었다.

「이런 어처구니없는 일이 있나요, 선생님. 절 이해하시겠죠. 전 보도 기사나 쓰려고 세상에 태어나지 않았습니다. 하지만 한 여자와 함께 살기 위해서 세상에 나온 것 같기는 합니다. 그것이 세상의 이치에 맞지 않습니까?」

리유는 자신의 생각으로는 어쨌거나 그것이 이치에 맞는다고 말했다.

중심가 대로에 평소만큼의 군중은 없었다. 몇몇 행인들이 멀리 있는 집을 향해서 걸음을 재촉하고 있었다. 어느 누구도 미소를 보이지 않았다. 리유는 그날 있었던 랑스도크의 발표 때문이라고 생각했다. 하루만 지나고 나면 우리 시민들은 다시 희망을 갖기 시작하곤 했다. 하지만 발표 당일에는 사망자 수가 사람들의 기억에 너무나 생생했던 것이다.

「그녀와 만난 지는 얼마 되지 않았지만…….」 느닷없이 랑베르가 말했다. 「서로 대화가 잘 통했거든요.」

리유는 아무 말도 하지 않고 있었다.

「제가 선생님을 귀찮게 하는군요. 저는 그저 선생님께서 제가 그 망할 전염병에 걸리지 않았다는 사실을 입증할 증명서 하나를 만들어 주실 수 있으신지 여쭙고자 했습니다. 그게 저에게 도움이 될 겁니다.」

리유는 알겠다는 듯 고개를 끄덕이고 자기 발밑으로 넘어지는 어린아이를 안아서 천천히 일으켜 세웠다. 그들은 다시 발걸음을 옮겨 아름므 광장에 도착했다. 먼지투성이의 더러운 공화국 여신상 주위로 무화과나무와 종려나무의 가지들이 먼지를 뒤집어쓰고 색이 바래 칙칙해진 채 축 늘어져 있었다. 그들은 동상 아래 멈춰 섰다. 리유는 희뿌연 먼지를 뒤집어쓴 자기 신발을 하나씩 차례로 바닥에 쳐댔다. 그는 랑베르를 바라보았다. 약간 뒤로 젖혀 쓴 중절모에 넥타이 안쪽으로 와이셔츠 깃의 단추는 풀어 헤치고 면도도 제대로 하지 않은 이 신문 기자는 고집스럽고 불만에 가득 차 보였다.

「심정 충분히 이해하고도 남습니다.」 드디어 리유가 입을 열었다. 「하지만 선생님의 접근 방법은 옳지 않습니다. 저는 선생님께 그런 증명서를 해드릴 수 없습니다. 왜냐하면 실제로 저는 선생께서 이 전염병에 걸렸는지 걸리지 않았는지 모르며, 만일 안다고 하더라도 선생께서 제 진찰실을 나간 바로 그 순간부터 도청으로 들어가는 바로 그 순간까지 전염병에 감염되지 않으리라는 걸 증명할 수 없기 때문입니다. 그리고 만일…….」

「그리고 만일이라뇨?」 랑베르가 물었다.

「그리고 만일, 제가 증명서를 써드린다고 해도, 그건 아무짝에도 쓸모가 없을 겁니다.」

「왜죠?」

「왜냐하면 이 도시에는 선생과 같은 경우가 수천이나 있는데, 그렇다고 그들을 모두 도시 밖으로 내보낼 수는 없기 때문입니다.」

「하지만 페스트에 걸리지 않았는데도요?」

「그것은 충분한 사유가 되지 않습니다. 어처구니없는 상황이란 것 잘 압니다. 하지만 이 상황은 우리 모두와 관련된 문제입니다. 있는 그대로 받아들여야 해요.」

「하지만 전 이곳 사람이 아니라고요!」

「어쩌겠습니까! 이제부터는 다른 모든 사람들과 마찬가지로 여기 사람이 되신 겁니다.」

상대는 흥분했다.

「이건 인간적인 문제라고요, 제가 장담합니다. 서로 마음이 잘 맞는 두 사람에게 이런 이별이 무엇을 의미하는지 선생님께서는 아마도 이해 못 하시는 것 같습니다.」

곧바로 대응을 하지는 않았지만, 잠시 후 리유는 자신이 생각하기에는 이해하고 있다고 말했다. 랑베르가 아내를 되찾고 서로 사랑하는 모든 사람들이 다시 모이기를 진심으로 바라지만, 포고와 법령이 있고 페스트가 있으니 자신에게 주어진 역할은 마땅히 해야 할 바를 하는 것이라고 말했다.

「아니지요.」 원망하듯 랑베르가 말했다. 「이해 못 하세요. 이성적인 말씀만 하실 뿐입니다. 그저 남 이야기 하듯이 추상적이시라고요.」

의사는 공화국 여신상을 향해 시선을 돌리고는, 자신이 이성적인 말만 하는지는 모르겠지만 분명한 말을 하고 있으며 이 두 가지가 반드시 동일하지는 않다고 말했다. 기자는 자신의 넥타이 매무새를 고쳤다.

「그렇다면 저는 다른 방법을 찾아야 한다는 말씀인가요? 여하튼 간에…….」 그는 도전적인 어투로 말을 이었다. 「전 이 도시를 떠날 겁니다.」

의사는 그를 충분히 이해하지만, 그런 일은 자신과 무관하다고 말했다.

「아니요, 상관 있습니다.」 랑베르가 갑자기 큰 소리로 말했다. 「제가 선생님을 찾아뵌 것은 이번에 내려진 결정들에 선생님의 역할이 컸다는 말을 들었기 때문입니다. 그래서 저는 선생님께서 만들어 놓으신 것들 가운데 적어도 하나의 경우는 예외적으로 해주실 수 있을 거라고 생각했습니다. 그런데 선생님과 무관한 일이라뇨. 남들 입장은 생각도 않으시는군요. 선생님께서는 생이별한 사람들의 마음은 헤아리시지도 않은 겁니다.」

리유는 어떻게 보면 그 말이 맞으며 그런 문제들을 고려하려 하지 않았다는 것을 인정했다.

「아! 알겠습니다.」 랑베르가 말을 잘랐다. 「공공의 이익을 말씀하시려는 거지요. 그런데 공익이란 한 사람 한 사람의 행복으로 이루어지는 겁니다.」

「자…….」 딴생각을 하다가 깨어난 듯 의사가 말했다. 「그렇기도 하고 그렇지 않기도 하죠. 단정해서는 안 됩니다. 게다가 그렇게 화를 내시는 것은 온당치 않아요. 만약 선생께서 이 문제에서 벗어나실 수 있다면, 저는 진심으로 기쁠 겁니다. 단지 직무상 해서는 안 될 일이 있을 뿐입니다.」

상대는 못 참겠다는 듯 머리를 흔들었다.

「알겠습니다. 화를 낸 것은 잘못입니다. 선생님의 시간을 이렇게 너무 빼앗아 죄송합니다.」

리유는 일이 어떻게 되어 가는지 알려 주기 바라며 자신을 원망하지 말아 달라고 그에게 당부했다. 그들이 의견을 같이할 수 있는 측면이 분명히 있다는 것이었다. 랑베르는 갑자기 당황한 듯 보였다.

「저도 그렇게 생각합니다.」 잠시 침묵이 흐른 후 그가 말했다. 「선생님께서 제게 말씀하신 모든 내용에도 불구하고 저 역시 어쩔 수 없이 그렇게 생각합니다.」

그는 잠시 머뭇거리더니 다시 말했다.

「하지만 선생님께 동의하지는 않습니다.」

그는 중절모를 이마 위로 푹 눌러쓰고 빠른 걸음으로 자리를 떠났다. 리유는 장 타루가 묵고 있는 호텔로 그가 들어가는 모습을 지켜보았다.

잠시 후 의사는 머리를 좌우로 흔들었다. 행복을 그저 기다리고 있지만은 않겠다는 점에서 기자가 옳았다. 그러나 리유에 대한 비난도 옳았을까? 〈선생님은 추상적인 관념 속에서 살고 계신 겁니다.〉 일주일간 사망자 수가 평균 5백 명에 달할 정도로 페스트가 맹렬히 세를 떨치는 매일매일 그가 병원에서 보내는 하루하루가 정말로 추상적이었을까? 그렇다, 불행 속에는 추상적이고 비현실적인 부분이 있다. 하지만 추상적인 것이 사람들을 죽이기 시작할 때, 바로 그 추상과 제대로 붙어야 한다. 다만 리유는 그것이 그리 쉽지 않다는 사실을 알고 있었다. 예를 들어 그가 책임을 맡고 있는 이 임시 병원(당시 세 곳이었다)의 운영은 쉬운 일이 아니었다. 그는 진찰실을 마주 보는 공간 하나를 접수처로 개조하도록 했다. 바닥에는 홈을 파서 크레졸 소독액을 섞은 물을 부어 마치 호수 같았고, 그 한복판에는 벽돌이 마치 섬처럼 쌓여 있었다. 환자는 우선 그 섬으로 옮겨지고, 재빨리 그의 옷이 벗겨지면, 옷들은 소독 물 속으로 떨어졌다. 몸을 씻고, 물기를 닦고, 병원에서 주는 꺼칠꺼칠한 환자복을 뒤집어쓰면 환자는 리유의 손을 거쳤다가 병실들 중 한 곳으로 이송됐다. 부득이 어떤 학교의 실내 체육관을 이용하지 않을 수 없었고, 모두 5백 개가 되는 침상들 거의 전부가 환자로 차 있었다. 리유의 책임하에 진행되는 환자 접수, 환자 접종 그리고 종기 절제가 오전에 끝나면, 그는 다시 한 번 통계 자료를 확인했고, 그러고 난 뒤 오후에는 자신의 병원 진찰실로 돌아왔다. 마지막으로 저녁에는 왕진을 갔다가 밤이 늦어서야 집에 들어왔다. 전날 밤 그의 어머니는 며느리로부터 온 전보를 건네주다가 아들의 손이 떨리는 것을 보았다.

「네, 알고 있어요. 그러려니 하다 보면 신경이 덜 쓰일 거예요.」 그가 말했다.

그는 체력이 건장하고 정신력이 강했다. 실제로도 그때까지는 피곤을 느끼지 않았다. 하지만 예를 들어 계속되는 왕진은 더 이상 견디기 힘들었다. 전염성 열병이라는 진단을 내리는 것은 환자를 즉시 끌려가도록 만드는 것과 같았다. 그러면 추상과 난제들이 실제로 시작됐는데, 왜냐하면 환자의 가족들은 환자가 완치되거나 죽기 전에는 더 이상 그를 만날 수 없다는 사실을 알고 있었기 때문이다. 〈한 번만 봐주세요, 선생님!〉 타루가 머무는 호텔에서 청소부로 일하던 여자의 어머니인 로레 부인은 〈제발 좀 불쌍히 여겨 주세요, 선생님!〉이라는 말을 했었다. 무슨 의미였을까? 의사야 당연히 불쌍하다고 생각했다. 하지만 그렇다고 해서 일이 진행되는 것은 아니었다. 전화로 알려야 했다. 그러면 곧이어 구급차의 사이렌이 울려 퍼졌다. 초기에는 이웃 사람들이 창문을 열고 내다보았다. 그러나 나중엔 황급히 닫아 버리는 것이었다. 이어서 옥신각신하고, 눈물을 흘리고, 설득하고, 한마디로 추상이라는 것이 시작되었다. 이렇듯 열병과 불안으로 달아오른 집에서는 광란의 무대가 펼쳐지곤 했다. 아무리 그래도 환자는 결국 끌려갔다. 그제야 리유도 자리에서 떠날 수 있었다.

처음 며칠은 전화 통고를 할 뿐 구급차가 도착할 때까지 기다리지 않은 채 다른 환자들에게로 달려가곤 했었다. 그러나 이 이별의 끝이 무엇인지 알고 있는 환자의 가족들은 차라리 페스트와 마주하고 있는 편이 더 낫다고 생각해서 대문을 닫아건 채 열어 주지 않았다. 고성, 명령, 경찰의 개입이 있고도 안 되면, 얼마 지나지 않아 무장한 군대가 무력을 동원해서 환자를 잡아갔다. 처음 몇 주 동안 리유는 구급차가 도착할 때까지 현장에 머물러 있지 않을 수 없었다. 검사하는 의사 한 명마다 사복 경찰 한 명이 배정돼서 동행하게 된 다음부터는 한 환자를 본 뒤에 다른 환자에게로 재빨리 이동할 수 있었다. 그러나 어쨌든 초기에는 매일 저녁이, 그가 로레 부인의 집, 부채와 조화로 장식된 좁은 그 아파트에 들어서자 환자의 어머니가 어색한 미소로 그를 맞으며 이렇게 말했던 그 밤과 같았다.

「항간에 떠도는 열병은 아니길 바라요.」

그러면 그는 이불과 잠옷을 들추고 복부와 넓적다리에 생긴 붉은 반점과 부어오른 림프샘을 조용히 들여다보았다. 딸의 사타구니를 본 어머니는 참지 못하고 비명을 질렀다.

매일 저녁 어머니들은 이렇듯 추상적인 표정으로 치명적인 모든 징후들을 드러내는 자식들의 배를 앞에 놓고 비명을 질렀고, 매일 저녁 사람들의 팔은 리유의 팔을 붙잡고 매달렸고, 쓸데 없는 말들과 약속들과 눈물이 두서없이 쏟아져 나왔고, 매일 저녁 구급차의 사이렌은 그것이 어떤 고통이든 상관없다는 듯 그만큼이나 공허한 긴장감을 일으켰다. 이렇듯 비슷한 저녁들이 연이어 계속되자, 리유는 끊임없이 되풀이되는 비슷한 장면들의 길고 긴 연속 말고는 더 이상 그 무엇도 기대할 수 없었다. 그렇다. 페스트는 마치 한 폭의 추상화처럼 단조로웠다. 단 한 가지 달라진 것이 있다면, 어쩌면 그것은 리유 자신이었다. 그날 저녁 공화국의 여신상 아래서 랑베르가 사라져 버리고 없는 호텔 문을 계속 바라보다가 리유는 자신의 마음을 무겁게 만들기 시작하는 스스로도 알 수 없는 무심함을 의식하며 그렇다는 것을 느꼈다.

기진맥진케 하는 그 몇 주가 흐른 후 모든 시민들이 거리로 쏟아져 나와 제자리를 맴돌기만 하는 황혼 녘에서야 리유는 이제 더 이상 동정심을 상대로 자기 자신에게 변명할 필요가 없음을 깨달았다. 동정심이 무용지물이 되면 사람들은 동정하는 것을 피곤해한다. 자신의 양심이 서서히 눈을 감는다는 것을 느끼면서 의사는 짓누르는 듯한 이 하루하루로부터 유일한 마음의 위안을 찾았다. 그는 그로 인해 자신의 일이 수월해지리라는 것을 알고 있었다. 그렇기 때문에 기뻤다. 새벽 2시에 집에 들어오는 아들을 맞으면서 자신을 바라보는 아들의 시선이 공허함에 어머니가 마음 아파했을 때, 사실 그녀는 정확히 말해서 당시 아들이 받을 수 있는 것이란 오로지 마음의 위안뿐임을 안타까워했다. 추상적인 것에 맞서 싸우기 위해서는 그것을 조금 닮아야 한다. 하지만 랑베르가 어떻게 그 사실을 알아차릴 수 있었겠는가? 랑베르에게 추상적인 것이란 자신의 행복을 가로막는 모든 것이었다. 그리고 사실 리유는 어떤 의미에서 신문 기자가 옳다고 생각했다. 그러나 추상적인 것이 구체적인 행복보다 더 강력한 것인 양 모습을 드러내는 경우도 있기에, 따라서 그런 경우에만은 반드시 추상적인 것을 염두에 두어야 한다는 사실도 알고 있었다. 그 이후에 랑베르에게 일어날 수밖에 없었던 일이 바로 그랬고, 후일 랑베르가 했던 고백을 통해서 그 사실을 자세하게 알 수 있었다. 그렇게 해서 리유는, 또한 무엇보다도 새로운 각도에서, 한 사람 한 사람의 행복과 페스트라는 추상적 관념들 사이에서 벌어지는 이를 테면 우울한 투쟁과도 같은 것, 오랜 기간 동안 우리 도시의 삶 전체를 지배한 그 투쟁을 계속 추적할 수 있었다.

그러나 어떤 사람들이 추상을 보는 곳에서 다른 사람들은 진리를 보고 있었다. 페스트 발생 후 첫 한 달이 끝날 무렵은 전염병의 현저한 재발과 전염병 초기에 미셸 영감을 도와주었던 예수회 소속 파늘루 신부의 격렬한 설교로 인해 우울했다. 파늘루 신부는 오랑의 지리학 연구회 회보에 자주 참여하여 이미 이름이 알려져 있었는데, 그의 금석문 고증은 권위가 있었다. 한편 그는 현대인의 개인주의를 주제로 일련의 강연회를 열어 전문가의 강연회에 참석한 청중보다 더 많은 수의 청중을 모은 바 있었다. 신부는 강연에서 현대의 방종은 물론이고 지난 세기의 무지몽매함과도 거리를 둔, 이를테면 엄정한 기독교의 열렬한 옹호자를 자처했다. 당시 그는 혹독한 진실들을 주저 없이 청중들에게 토로하기도 했다. 그의 명성은 그 덕분이었다.

한데 그달 말경 우리 시 고위 성직자들은 공동 기도 주간을 준비해서 그들만의 방식으로 페스트에 맞서 싸울 것을 결정했다. 대중의 신앙심을 표출하는 이 행사는 페스트로 죽은 로크 성인을 위해 올리는 장엄한 미사와 함께 일요일에 끝맺기로 되어 있었다. 이 기회를 맞아 파늘루 신부는 설교를 해달라는 요청을 받았다. 그는 아우구스티누스 성인과 아프리카의 가톨릭 교회에 관한 연구로 그가 속한 교단에서 독보적인 위치를 차지해 왔는데, 약 2주 전부터 그 연구에서 벗어난 터였다. 성미가 급하고 열정적인 그는 자신에게 맡겨진 사명을 결연히 받아들였다. 시민들은 그의 설교가 있기 오래전부터 관심을 보였으며, 따라서 그날은 어떤 의미에서 페스트 발병 시기의 중요한 하루로 기록됐다.

수많은 군중이 기도 주간에 참여했다. 평소 오랑 시민들의 신앙심이 두터워서가 아니었다. 가령 일요일 아침에는 미사와 해수욕이 서로 경쟁 상대였다. 그렇다고 이렇듯 갑작스러운 종교로의 귀의가 그들을 빛으로 인도한 것도 아니었다. 하지만 한편으로 도시며 항구며 모두 폐쇄된 마당에 해수욕은 더 이상 불가능했고, 다른 한편으로 시민들은 매우 특별한 심리 상태에 처해 있었는데, 그들에게 충격을 주는 믿기 어려운 사건들을 마음속 깊이 받아들이지 않으면서도 무언가 변화가 있음은 분명히 느끼고 있었다는 것이다. 그렇지만 많은 사람들은 여전히 전염병이 사라지게 될 것이고, 자신들은 가족과 함께 무사하리라는 희망을 품고 있었다. 따라서 아직까지도 그들은 초조해야 할 필요성을 느끼지 못하고 있었다. 그들에게 있어 페스트란, 오긴 왔지만 결국엔 떠나가 버릴 불쾌한 손님일 뿐이었다. 두렵긴 하지만 절망에 완전히 빠지지 않은 그들 앞에 페스트가 사느냐 죽느냐라는 구체적인 모습을 드러내고, 그 직전까지 그들이 꾸려 가던 생활을 잊어버리도록 만드는 순간은 아직 오지 않았던 것이다. 한마디로 말해 그들은 대기 상태였다. 페스트는 다른 많은 문제들에 대해서와 마찬가지로 종교에 관해서도 우리 시민들로 하여금 특이한 사고방식을 불러일으켰는데, 그것은 열광과도 거리가 있고 무관심과도 거리를 둔 것이어서 〈객관성〉이라는 말로 그 의미가 제법 정의될 수 있었다. 기도 주간에 참석한 사람들의 대부분은, 예를 들어 독실한 신자 한 사람이 의사 리유 앞에서 〈어쨌든 나쁠 거 없잖아요〉라고 한 말을 자신들 심정의 표현으로 삼을 수 있었을 것이다. 타루도 이런 경우 중국인들은 페스트 귀신 앞에서 북을 칠 것이라고 자신의 수첩에 적은 다음에, 실제로 북이 각종 의학적 예방 조치보다 더 효과적인지 아닌지는 결코 알 수 없다는 점을 분명히 했다. 대신에 그는 이 문제의 명확한 답을 찾기 위해서는 페스트 귀신의 존재에 관해 제대로 알고 있어야 하며, 이 점에 관한 우리의 무지함이 우리가 가질 수 있는 모든 의견들을 유명무실하게 한다고만 덧붙였다.

어쨌건 우리 도시의 대성당은 기도 주간 내내 신자들로 거의 가득 찼다. 처음 며칠간은 수많은 시민들이 종려나무와 석류나무들이 가득 늘어서 있는 대성당 입구 앞마당에 그대로 서서 거리까지 폭포수처럼 쏟아져 나오는 기도들과 기원들에 귀를 기울였다. 그런데 몇몇 사람들을 시작으로 청중이 결심이라도 한 듯 조금씩 안으로 들어가더니 좌중의 답창에 주저하는 목소리로 끼어들었다. 이어 일요일이 되자 상당수 사람들이 중앙 홀을 가득 메웠고, 성당 앞뜰과 층계 꼭대기까지도 넘쳐 났다. 그 전날부터 하늘이 어두워졌고 비가 쏟아져 내렸다. 밖에 서 있던 사람들은 우산을 펼쳤다. 향료와 축축히 젖은 옷에서 나는 냄새가 성당 안을 감도는 가운데 파늘루 신부가 교단에 올랐다.

그는 키가 중간 정도였지만 체격은 다부졌다. 두툼한 손으로 교단 가장자리 나무 손잡이를 꽉 쥐고 몸을 앞으로 내밀자, 사람들 눈에 그는 금속으로 된 안경테 밑으로 불그레한 두 뺨이 군림하듯 솟아 있는 거대하고 시커먼 형체로밖에 안 보였다. 그는 저 뒤까지 울려 퍼지는 강하고 열정적인 목소리의 소유자였고, 더욱이 격렬하게 마치 망치로 두드리듯 단어 하나하나에 힘을 주어서 〈나의 형제들이여, 여러분은 시련을 겪고 있습니다. 나의 형제 여러분, 여러분은 그것을 겪어 마땅합니다〉라며 청중을 공격했을 때는 일련의 동요가 청중을 지나 성당 앞뜰까지 퍼져 나갔다.

이어지는 연설은 이렇듯 비장한 서두와는 논리적으로 부합하지 않는 것 같았다. 단지 그 뒤에 이어지는 내용을 우리 시민들이 이해할 수 있도록 설교 전체 주제를 마치 세게 한 대 때리듯 단번에 제시하는 능란한 연설 기법일 뿐이었다. 이 서두에 이어서 곧바로 파늘루 신부는 실제로 애굽에서 있었던 페스트에 관한 「출애굽기」의 한 구절을 인용하며 이렇게 말했다. 「이 재앙이 인간의 역사에 나타났을 때, 그것은 하느님의 적들을 벌하기 위해서였습니다. 파라오는 신의 섭리에 맞섰고, 페스트가 그를 무릎 꿇게 했습니다. 태초부터 신의 재앙은 오만한 자들과 눈먼 자들을 그의 발밑에 꿇어앉혔습니다. 이 점을 잘 생각해 보시기 바라며, 무릎을 꿇으십시오.」

밖에서는 비가 더욱더 심하게 쏟아졌고 완벽한 침묵의 한가운데 던져진 파늘루 신부의 마지막 문장은 유리창을 내리치는 빗소리 때문에 더욱 커지며 너무나 강하게 실내에 울려 퍼진 나머지 몇몇 청중들은 잠시 머뭇거린 뒤 의자에서 미끄러지듯 내려와 바닥에 무릎을 꿇고 기도대에 몸을 맡겼다.

다른 사람들도 그 본보기를 따라야 한다고 생각했는지 한 사람씩 한 사람씩, 의자 삐걱거리는 소리만이 간혹 들리는 가운데 청중 전체가 모두 다 무릎을 꿇고 말았다. 그러자 파늘루 신부는 다시 몸을 일으킨 후 깊이 호흡을 가다듬고는 점점 더 강한 어조로 말을 이었다. 「만일 오늘 여러분이 페스트와 무관하지 않다면 그것은 반성할 순간이 도래했기 때문입니다. 정의로운 사람들은 두려워하지 않아도 되지만 사악한 사람들은 두려움에 떠는 것이 당연합니다. 우주라는 거대한 곳간 안에 무자비한 재앙이 마치 볏짚에서 낟알들을 털어 내듯 인간이라는 곡물을 타작할 것입니다. 낟알보다는 짚이 더 많을 것이며, 부름을 받은 자는 많되 택함을 입은 자는 적을 것입니다. 그런데 이 불행은 하느님께서 원하신 것이 아닙니다. 너무나 오랫동안 이 세상은 악과 타협해 왔습니다. 너무나 오랫동안 이 세상은 신의 자비에 의지해 왔습니다. 잘못을 회개하는 것으로 충분했고, 모든 것이 허용되었습니다. 회개라면 사람들은 저마다 자신 있다고 생각했습니다. 때가 오면 사람들은 분명 회개하고 싶은 심정이 들 것이기 때문입니다. 그날이 올 때까지 되는대로 살아가는 것은 제일 쉬웠고, 그 나머지는 신의 자비가 알아서 할 일이었습니다. 허나, 이제는 더 이상 계속될 수 없습니다. 너무나도 오랫동안 이 도시의 사람들에게 연민의 얼굴을 보여 주시던 하느님께서도 기다림에 지치시고 그 영원한 희망에 실망하사 결국에는 외면하신 것입니다. 하느님의 빛을 잃은 우리들은 이제 오랫동안 페스트라는 암흑 속에 있게 된 것입니다!」

예배당 안에서 어떤 사람이 성난 말처럼 몸을 부르르 떨며 콧김을 내뿜었다. 짧은 침묵이 흐른 뒤 신부는 더 낮은 목소리로 말을 이었다. 「『황금 전설』[9]에는 이런 이야기가 있습니다. 롬바르디아의 훔베르트 왕 시절 이탈리아는 페스트로 인해 쑥대밭이 되었는데, 어찌나 맹렬했던지 산 사람들 몇몇이 죽은 사람들을 간신히 매장할 정도였고, 특히 로마와 파비아에서 맹위를 떨쳤습니다. 그런데 선한 천사가 나타나 사냥 창을 쥐고 있는 악한 천사에게 명령을 내리기를, 집집마다 문을 두드리라 했고, 그러면 문을 두드린 수만큼 그 집에서는 사람들이 죽어 나갔다고 합니다.」

이즈음에서 파늘루는 비바람에 펄럭이는 휘장 뒤편의 무엇인가를 가리키기라도 하듯이 짤막한 자신의 두 팔을 성당 앞뜰을 향해 뻗었다. 「그러나, 형제 여러분!」 그가 힘을 주어 말했다. 「그것과 똑같은 죽음의 사냥이 오늘 우리 도시의 거리거리를 휩쓸고 있습니다. 자, 저기 루시퍼처럼 아름답고, 악의 화신처럼 찬란히 빛나며, 여러분들 집 지붕 위에 서서 오른손으로는 붉은 창을 머리 높이까지 쳐들고 왼손으로는 여러분의 집들 중 하나를 가리키는 페스트의 천사를 보십시오. 어쩌면 바로 지금 이 순간 그의 손이 여러분 집 대문을 향하고 그의 창끝은 그 나무 대문을 두드리고 있는지도 모릅니다. 심지어 바로 지금 이 순간 페스트는 여러분 집에 들어가 여러분 방에 앉아 여러분이 돌아오기를 기다리고 있는지도 모릅니다. 인내심을 가지고 주의 깊게 마치 이 세상 질서 그 자체인 듯 담대하게 페스트는 그곳에 있는 것입니다. 지상의 그 어떤 힘으로도, 그리고 이점 분명히 알아 두십시오, 심지어 인간의 그 어떤 공허한 지식으로도 여러분으로

9 13세기 도미니크회 수도사인 이탈리아의 쟈크 드 보라진이 성인들의 생애를 기록한 모음집.

하여금 페스트가 여러분에게 건넬 그 손을 피하게 할 수는 없습니다. 그리고 피비린내 나는 고통의 탈곡장에서 타작을 당한 여러분은 짚단과 같은 처지로 내버려질 것입니다.」

여기서 신부는 한층 더 풍부한 표현을 빌려 재앙의 비극적 장면을 계속 인용해 나갔다. 그는 거대한 나무토막이 도시 위를 맴돌면서 닥치는 대로 후려치다가 피범벅이 된 채 다시 하늘로 올라가 〈진리의 수확을 준비할 씨뿌리기를 위해〉 마침내 인간의 고통과 피를 흩뿌리는 장면을 언급했다.

길고 긴 설교 끝에 파늘루 신부는 이마에 머리카락을 늘어뜨린 채 양손을 통해 설교단까지 전달될 정도로 온몸을 부르르 떨다가 잠시 멈추더니 더 나지막이, 그러나 질책하는 듯한 어조로 말을 이었다. 「그렇습니다. 반성할 시간이 왔습니다. 여러분은 일요일에 하느님을 찾아뵙는 것으로 충분하고 그 나머지 시간들에 대해서는 자유롭다고 생각했습니다. 여러분은 그저 몇 번 무릎을 꿇는 것으로 여러분이 저지른 안일함의 대가를 충분히 지불했다고 생각했습니다. 그러나 하느님은 그렇게 미적지근하신 분이 아닙니다. 이렇듯 뜸한 관계로는 그분의 넘쳐흐르는 애정을 만족시키지 못했던 겁니다. 하느님께서는 여러분을 더 오랫동안 보고 싶으셨고, 그것이 그분께서 여러분을 아끼시는 방식이자 더 정확히 말하면, 그분의 유일한 사랑의 방식인 겁니다. 자, 따라서 여러분이 찾아오기를 기다리다 지쳐 버리신 하느님께서는 인류가 역사를 가져온 이래 죄 많은 도시들마다 재앙이 찾아들었듯이 여러분에게도 재앙이 찾아들도록 하신 겁니다. 카인과 그 자손들이, 대홍수 이전 사람들이, 소돔과 고모라의 사람들이, 애굽의 왕과 욥이, 그리고 저주받은 모든 사람들이 깨달았듯이, 여러분도 이제는 죄가 무엇인지 알고 있습니다. 따라서 열거한 이 모든 사람들이 그랬듯이 여러분은 이 도시가 여러분과 재앙을 성벽으로 둘러싸고 가둬 버린 그날부터 모든 존재와 사물들을 새로운 눈으로 바라보고 있는 것입니다. 여러분은 이제서야, 아니 드디어 근본적인 문제를 생각해야 한다는 사실을 알게 된 것입니다.」

그 순간 축축한 바람이 성당의 중앙 홀 바닥으로 밀려 들어왔고, 그러자 큰 촛대의 불꽃이 지글지글 소리를 내며 꺼지려는지 한쪽으로 기울어지고 있었다. 짙은 촛농 냄새, 기침 소리, 누군가의 재채기 소리가 파늘루 신부에게까지 들려왔지만 그는 매우 높은 평가를 받고 있는 특유의 노련함을 발휘해 가며 자신의 설교로 되돌아와서 침착한 목소리로 말을 이었다.

「여러분 가운데 상당수는 제가 도대체 어떤 결론에 도달하려는지 의문을 가지실 것입니다. 저는 여러분을 진실로 이끌고자 하며, 제가 언급한 그 모든 것에도 불구하고 여러분으로 하여금 기뻐할 수 있도록 하고자 합니다. 충고나 우애의 손길이 여러분으로 하여금 선을 향해 나아가도록 하는 방법이던 시대는 이미 지났습니다. 오늘날 진리란 하나의 명령입니다. 그리고 구원의 길이란 여러분에게 그 길을 제시하고 여러분을 그 길로 내모는 붉은 창입니다. 형제 여러분, 선과 악, 분노와 연민, 페스트와 구원을 만물 속에 마련하신 하느님의 자비가 바로 이곳에서 그 모습을 드러내고 있습니다. 여러분을 위협하는 바로 이 재앙이 여러분을 드높이고 여러분에게 길을 제시하고 있습니다.

아주 오래전 아비시니아[10]의 기독교도들은 페스트 안에서

신이 주신 영생을 얻는 효과적인 방법을 보았습니다. 전염병에 걸리지 않은 사람들은 어떻게든 죽으려고 페스트 환자들의 이불로 몸을 휘감기도 했습니다. 구원에 대한 광기 어린 행동은 분명 본받을 만한 것이 아닙니다. 그것은 거의 오만이라 할 수 있는 뼈아픈 파멸의 표시입니다. 하느님보다도 더 서둘러서는 안 되며, 그분께서 한 번에 세우신 만고불변의 질서를 채근하려는 모든 행위는 이단에 이르는 길입니다. 그러나 적어도 이러한 예에는 교훈이 하나 들어 있습니다. 우리가 보다 더 통찰력을 가지고 본다면, 이러한 예는 온갖 고통의 한가운데 자리 잡고 있는 영생의 감미로운 빛만이 가치가 있음을 깨닫게 합니다. 그 빛은 해방으로 인도하는 황혼 녘의 길을 밝힙니다. 그것은 악을 선으로 완벽하게 변화시키는 신의 의지를 말하고 있습니다. 지금도 여전히 죽음과 번민과 아우성으로 가득한 저 길을 통해서 그 빛은 우리들을 본질적인 침묵과 모든 생명의 원리로 인도하고 있습니다. 자, 형제 여러분, 바로 이 한없이 드넓은 위안이야말로 제가 여러분께 보여 드리고자 했던 것이며, 저는 여러분이 이곳에서 훈계만이 아니라 마음을 달래는 말씀도 갖고 가시길 원합니다.」

파늘루 신부의 설교가 끝난 것 같았다. 밖에는 비가 이미 멎어 있었다. 빗물과 햇빛을 머금은 하늘이 한층 더 밝은 빛을 광장에 쏟아붓고 있었다. 사람들 말소리, 차량이 지나다니는 소리, 마치 잠에서 깬 듯한 도시의 모든 언어들이 거리로부터 들려오고 있었다. 청중들은 희미하게 울려 퍼지는 듯

10 아프리카 대륙 북동부의 나라, 에티오피아의 옛 이름.

낮게 웅성거리는 소란 가운데 조심스레 소지품들을 챙기고 있었다. 한데 신부가 다시 계속해서 페스트는 신이 내린 것이고, 앞에서 이 재앙의 징벌적 성격을 밝혔으니 자신은 할 일을 끝냈으며, 너무나 비극적인 주제를 다룬 이상 장소에 어울리지 않는 감동적인 웅변을 빌려 결론을 맺고 싶지는 않다고 말했다. 그가 보기에 모든 것이 누구에게나 명백해진 것 같았다. 그는 다만 마르세유에 페스트가 대대적으로 발병했을 때 그 기록을 맡은 마티유 마레[11]는 지옥과도 같은 곳에 빠진 채 구원도 없고 희망도 없이 사는 것을 한탄했었다는 점을 상기시켰다. 아니, 마티유 마레는 장님이나 다를 바 없었다는 것이다! 그와는 반대로 파늘루 신부는 모든 이들에게 베풀어진 신의 구원과 기독교의 희망을 오늘만큼 느낀 적이 결코 없었다고 했다. 그는 하루하루 공포와 죽어 가는 이들의 아우성에도 불구하고 우리 시민들이 하늘을 향해 사랑이라는 하나님의 유일한 가르침을 외쳐 부르기를 그 어떤 희망보다도 강하게 바라고 있었다. 그 나머지는 하느님께서 맡아 하시리라는 것이었다.

11 Mathieu Marais(1665~1737). 『루이 15세 재위 초 섭정 시기에 대한 회고록』(1715~1737) 등을 저술했다.

그 설교가 우리 시민들에게 영향을 끼쳤는지 어떤지는 단언하기 힘들다. 예심 판사 오통 씨는 자신의 생각에 파늘루 신부의 설교 내용은 〈흠잡을 데라고는 전혀 없다〉고 의사 리유에게 힘주어 말했다. 그러나 모든 사람이 이렇듯 분명한 입장을 가지고 있지는 않았다. 단지 몇몇 사람들에게 그 설교는 이제까지 그들에게 막연하기만 했던 생각, 즉 자신들이 알지도 못하는 죄로 상상조차 할 수 없는 징역형을 받았다는 생각을 더욱 절실히 하게끔 만들었을 뿐이었다. 한편 어떤 이들은 자신들의 보잘것없는 생활을 계속해 가며 유배 생활에 적응해 갔고, 다른 이들은 그때부터 오로지 이 감옥에서 탈출하겠다는 생각뿐이었다.

초기에 사람들은 몇 가지 습관에 그저 방해가 될 일시적 불편을 감수하는 정도로만 생각했기 때문에 외부와 단절됐다는 사실을 받아들였다. 그러나 하늘이 뚜껑처럼 덮이고 그 안에서 여름이 지글지글 끓어오르기 시작하자 그들은 이 징역살이가 자신들 삶 전체를 위협하고 있음을 막연하게나마 느끼기 시작했고, 그러다 밤이 되어 서늘한 공기와 더불어 기력을 되찾기라도 하면 절망적인 행동에 때론 자기 자신을 내던지기도 했다.

무엇보다도 우연의 일치든 아니든 간에 바로 그 일요일을 시작으로 대단히 심각하다 할 수 있는 두려움이 우리 도시에 광범위하게 자리를 잡았으며, 따라서 그제야 비로소 우리 시민들이 상황을 의식했던 것은 아닌지 추측해 볼 수 있다. 그런 관점에서 본다면 우리가 살고 있는 도시의 분위기가 조금 달라지기는 했었다. 그러나 실제로 분위기가 변한 것인지 사람들의 마음이 변한 것인지는 두고 볼 문제였다.

설교가 있은 지 얼마 지나지 않아, 리유와 그랑은 교외 지역으로 향하며 그 일에 대해 서로 의견을 주고받던 중 마침 어두운 거리에서 제자리를 맴돌며 몸을 비틀거리는 어떤 남자와 마주쳤다. 그런데 바로 그 순간 불 들어오는 시간이 갈수록 늦어지던 우리 도시의 가로등들에 일순 환하게 불이 켜졌다. 보행자들 등 뒤쪽으로 높이 매달려 있는 가로등이 환해지자 눈은 감은 채로 소리 없이 웃고 있는 그 남자의 모습이 갑자기 드러났다. 소리 없이 크게 웃느라 일그러지고 빛을 받아 창백해진 그의 얼굴 위로 굵은 땀방울이 흐르고 있었다. 리유와 그랑은 그 앞을 지나쳤다.

「미친 사람이네요.」 그랑이 말했다.

부축하려고 그랑의 팔을 잡았던 리유는 그가 긴장해서 떨고 있음을 감지할 수 있었다.

「이제 머지않아 우리 도시에는 미친 사람밖에 없을 겁니다.」 리유가 말했다.

피로했던 탓인지 그는 목이 말랐다.

「한잔합시다.」

그들이 들어간 조그만 카페에는 계산대 바로 위로 전등

하나만 켜져 있었고 사람들은 붉게 상기된 무거운 표정의 얼굴을 하고는 별 이유 없이 낮은 목소리로 이야기하고 있었다. 그랑은 바에 그대로 서서 술을 한 잔 주문하더니 단숨에 들이켜고는 자신이 술에 강하다고 말해 의사를 놀라게 했다. 그러고 나서 그는 나가자고 했다. 밖으로 나오자 리유에게 밤은 신음 소리로 가득 차 있는 것 같았다. 가로등 바로 위 어두운 하늘 어딘가에서 들리는 낮은 휘파람 소리가 지칠 줄도 모르고 무거운 공기를 휘젓고 있는 보이지 않는 재앙을 떠올리게 했다.

「다행이죠, 다행인 겁니다.」 그랑이 연신 중얼거렸다.

리유는 그가 무슨 말을 하고 싶은 건지 의아했다.

「다행히도 말이죠…….」 그랑이 말을 이었다. 「제게는 제가 할 일이 있거든요.」

「그렇죠, 이로운 점입니다.」 리유가 말했다.

그러고는 더 이상 휘파람 소리에 신경을 쓰지 않으려는 듯 일에 만족하는지 그랑에게 물었다.

「이를테면, 본궤도에 오른 것 같다고나 할까요.」

「아직도 많이 남은 건가요?」

그랑은 흥분한 듯 보였고 알코올의 열기가 목소리를 타고 흘러나왔다.

「모르겠습니다. 하지만 문제는 그게 아니랍니다, 선생님. 그건 문제가 아니에요, 아니고말고요.」

어둠 속에서도 리유는 그가 팔을 사방으로 휘두르고 있음을 알 수 있었다. 그랑은 무슨 할 말을 준비하는 듯하더니 별안간 쉴 새 없이 떠들어 댔다.

「제가 원하는 것은 말이죠, 선생님, 제 원고가 출판사의 손으로 넘어가는 날, 제 원고를 읽은 편집자가 자리에서 일어나 자신의 동료들에게 〈여러분, 훌륭한 작품에 경의를 표합시다〉라고 말하는 거예요.」

전혀 뜻밖의 이 고백은 리유를 놀라게 하기에 충분했다. 그랑은 손을 머리로 가져가 모자를 벗는 시늉을 하는가 싶더니 팔을 수평으로 길게 쭉 뻗었다. 저 위 어딘가에서 기이한 휘파람 소리가 더 힘차게 다시 시작되는 것 같았다.

「물론……,」 그랑이 말했다. 「완벽해야 합니다.」

문단의 관례에 대해 아는 바가 거의 없기도 했지만 리유가 보기에는 일이 그렇게 쉽게 진행될 것 같지 않았고, 더군다나 편집자들이 사무실에서 모자를 쓰고 있을 리 없다는 생각이 들었다. 그러나 사실 사람 일이란 모르는 것이기도 해서 입을 다물고 있기로 했다. 어쩔 수 없이 리유는 페스트의 신비한 소리들에 귀를 기울이고 있었다. 그랑의 동네가 가까워지고 있었는데, 살짝 고지대인지라 가벼운 미풍이 그들을 시원하게 해줬고 동시에 도시의 온갖 소음들을 말끔히 씻어 주었다. 그러는 동안 그랑은 여전히 계속해서 말을 하고 있었지만 리유는 이 순진한 사람이 무어라 하는지 전혀 듣지 않고 있었다. 단지 문제의 그 작품이 이미 상당한 분량에 이르렀지만 작품을 완벽하게 만들기 위해 들이는 작가의 수고는 매우 고통스럽다는 점만을 알 수 있었다. 「단어 하나 생각하느라 며칠 밤 내내, 몇 주 꼬박인 거죠……. 그리고 가끔은 접속사가 문제랍니다.」 순간 그랑은 잠시 말을 멈추더니 의사의 코트에 달린 단추 하나를 잡아 끌었다. 치아가 듬성듬성 난 입에서 말이 떠듬떠듬 새어 나왔다.

「잘 좀 들어 보세요, 선생님. 엄밀히 말해서 〈그러나〉와

〈그리고〉 사이의 선택이란 쉬운 편입니다. 〈그리고〉와 〈그러고 나서〉 사이의 선택은 벌써 더 어렵지요. 진짜 어려움은 〈그러고 나서〉와 〈그다음에〉를 만나면 커지죠. 하지만 뭐니 뭐니 해도 가장 어려운 건 〈그리고〉를 적을 필요가 있는지 없는지 제대로 아는 거랍니다.」

「그렇군요, 이해합니다.」 리유가 말했다.

그리고 그들은 다시 걷기 시작했다. 그랑은 좀 미안했던지 자신의 본모습으로 되돌아왔다.

「죄송합니다.」 그가 들릴 듯 말 듯 중얼거렸다. 「오늘 제가 왜 이러는지 저도 도무지 모르겠네요.」

리유는 그의 어깨를 부드럽게 두드리며 그에게 도움이 되었으면 싶고 그의 이야기가 매우 흥미롭다고 말했다. 그랑은 기분이 좀 좋아진 듯했고 집 앞에 도착하자 약간 망설이다가 의사에게 자기 집에 잠시 들르면 어떻겠느냐고 청했다. 의사는 좋다고 했다.

그랑은 리유에게 앉으라며 식탁 한쪽에 자리를 권했는데, 식탁은 깨알 같은 글씨 위에 온통 삭제하고 수정하기 위해 그은 줄로 가득한 종이들로 잔뜩 뒤덮여 있었다.

「네, 바로 그겁니다.」 눈으로 뭐냐고 묻는 듯한 의사에게 그랑이 말했다. 「그런데, 뭘 좀 마시고 싶지 않으세요? 포도주가 좀 있습니다.」

리유는 거절했다. 그는 원고들을 보고 있었다.

「보지 마세요.」 그랑이 말했다. 「제가 쓴 첫 문장입니다. 그거 쓰느라 고생깨나 했답니다.」

그랑도 한 장씩 전부 들여다보고 있었는데, 그의 손이 마치 거역할 수 없는 어떤 힘에 이끌리기라도 한다는 듯 그중

한 장을 집더니 갓도 없는 전등 앞에 비추려고 들어 올렸다. 원고는 그의 손에서 떨리고 있었다. 리유는 땀에 젖은 그의 이마를 얼핏 볼 수 있었다.

「이리 앉아 보세요.」 의사가 말했다. 「제게 한번 좀 읽어 주시죠.」

그랑은 리유를 바라보더니 감사를 표하는 미소를 지었다.

「예, 저도 그러고 싶기는 합니다.」 그랑이 말했다.

그는 원고를 계속 바라보며 잠시 망설이다가 자리에 앉았다. 그러는 중에 리유는 희미하게 윙윙거리는 소리에 귀를 기울이고 있었는데, 마치 도시 안에서 재앙의 휘파람 소리에 답하는 소리 같았다. 정확히 바로 그 순간 그는 자신의 발아래 펼쳐진 도시와 그 도시가 만들어 낸 닫힌 세상 그리고 이 어두운 밤에 그 도시가 억누르고 있는 무시무시한 절규를 놀라우리만치 또렷하게 감지해 낼 수 있었다. 그랑의 목소리가 조심스럽게 커지기 시작했다. 「5월 달의 어느 화창한 아침에 우아한 모습으로 말을 타는 여인이 멋진 밤색 암말 위에 올라 불로뉴 숲의 꽃들이 만발한 오솔길을 달리고 있었다.」 잠시 침묵이 이어지는가 싶더니 고통으로 가득 찬 도시로부터 불분명한 소음이 다시 들려왔다. 그랑은 이미 내려놓은 원고를 계속해서 들여다보고 있었다. 잠시 후 그가 고개를 들었다.

「어떻게 생각하십니까?」

리유는 시작 부분이 그다음을 알고 싶도록 호기심을 불러일으킨다고 대답했다. 그러나 그랑은 그런 관점은 적절치 못하다며 신이 나서 말했다. 그는 손바닥으로 원고들을 철썩 쳤다.

「여기 이건 그저 대충 한 것일 뿐이에요. 제 머릿속에 들어 있는 그림을 완벽하게 재현해 내서 제 문장이 하나 둘 셋, 하나 둘 셋 하는 식으로 말의 경쾌한 발걸음과 딱 들어맞는 기품을 갖게 된다면, 그렇다면 나머지는 비로소 더 쉬워질 테고, 특히나 첫 부분에서부터 작품이 만들어 내는 마법의 힘이 대단할 테니 〈경의를 표합시다!〉라는 말이 나올 수도 있을 겁니다.」

하지만 그러려면 해야 할 일이 태산 같다고 했다. 그 문장을 지금 그대로 인쇄에 넘길 생각은 조금도 없다는 것이었다. 왜냐하면 문장이 때로는 마음에 들기도 하지만 아직도 현실과 완벽히 부합하지 않으며 문체에서 안이함이 두드러지게 나타나지는 않지만 어느 정도 남아 있어서 어쨌든 상투적이라 할 수 있는 진부한 표현들이 존재한다는 사실을 자신이 잘 알고 있기 때문이라고 했다. 그랑이 한 말의 요지는 대충 그러했는데, 그때 마침 창밖에서 사람들이 뛰어가는 소리가 들려왔다. 리유가 자리에서 일어났다.

「제가 어떻게 만드는지 두고 보십시오.」 그랑은 이렇게 말한 뒤에 창문 쪽으로 몸을 돌리더니 덧붙였다. 「일단 이 모든 일들이 다 끝난 뒤에 말입니다.」

한데 급히 뛰어가는 발소리가 다시 들려왔다. 리유는 벌써 계단을 내려가고 있었고, 길로 나서자 두 사람이 그의 앞을 지나갔다. 언뜻 보기에 도시로 진입하는 출입문을 향해 가고 있는 것 같았다. 우리 시민들 가운데 몇몇 사람들은 실제로 더위와 페스트 때문에 이성을 잃어 이미 폭행을 일삼고 있었고, 급기야 검문소의 감시를 속여 도시 밖으로 도망치려 애쓰고 있었던 것이다.

랑베르와 마찬가지로 다른 많은 사람들도 모습을 서서히 드러내기 시작한 공포의 분위기에서 벗어나고자 무던히 애를 썼다. 물론 초기보다 더 성공적이었다고 할 수는 없지만 어쨌든 더 끈질기고 더 재주를 피웠다. 랑베르는 우선 합법적인 절차를 계속 밟아 갔다. 그가 한 말에 따르면 끈기가 결국 모든 것을 극복한다고 늘 생각해 왔다는 것이었고, 또 달리 보자면 직업상 그는 이가 없으면 잇몸으로라도 문제를 해결해야 했다. 그래서 그는 평소 그 능력에 대해서라면 의심의 여지가 없는 엄청나게 많은 관료들과 유력 인사들을 찾아가 보았다. 그러나 이와 같은 상황에서 그런 능력이란 아무런 쓸모가 없었다. 대개의 경우 그들은 은행이라든가 수출이라든가 청과물이라든가 또는 포도주 거래라든가 하는 것에 대해서는 정확하고 권위를 내세울 만한 의견을 가지고 있었다. 그들의 선의는 의심의 여지가 없었고 믿을 만한 졸업장은 물론이려니와 소송이나 보험 관련 문제에서 이론의 여지 없는 지식을 가지고 있는 사람들이었다. 그 모든 사람들에게서 가장 인상 깊은 점은 바로 선의였다. 그러나 페스트에 관한 한 그들의 지식은 거의 전무하다 할 수 있었다.

그렇지만 그들 한 사람 한 사람 앞에서 랑베르는 기회가 있을 때마다 자신의 사정을 호소했다. 그의 끈질긴 주장의 근거는 자신이 우리 도시에서 이방인이며 따라서 자신의 경우가 특별히 고려되어야 한다는 것이었다. 신문 기자와 대화를 나눈 상대들은 대체로 그 점을 기꺼이 인정했다. 그러나 그들은 제법 많은 사람들이 처한 상황도 그와 다를 바가 없으며, 따라서 그의 경우가 그가 생각하듯이 그렇게 특수하지 않다는 사실을 에둘러 환기시키곤 했다. 이에 랑베르는 그렇다고 해서 자신이 내세우는 주장의 근거가 조금이라도 영향을 받는 것은 아니라고 대응했고, 그러면 그들은 반감에 가득 찬 표정으로 이른바 선례라고 부르는 것을 만들 위험 때문에 특별 배려 조치라면 가릴 것 없이 반대 의사를 표하느라 가뜩이나 어려운 행정 업무에 무언가 변화를 일으킨다고 응수했다. 랑베르가 의사 리유에게 설명한 바 있는 분류 방법에 따르면 그런 유형의 사고를 하는 부류의 사람들은 형식주의자들 범주에 속했다. 그런데 그런 부류와는 달리 듣기 좋은 말을 하는 사람들이 있어서, 그들은 이런 상황이 절대로 지속될 수 없다며 청원자인 랑베르를 안심시켰고 결정을 요구받으면 듣기 좋은 충고를 아끼지 않았을 뿐 아니라 단지 일시적인 어려움일 뿐이라고 결론을 내리며 랑베르를 위로했다. 또 다른 한편에는 거들먹거리는 사람들도 있었는데, 그들은 방문객에게 자신의 사정을 요약한 메모를 남기고 가라고 당부하며 그에 관해서는 차후에 결정을 내릴 것임을 알리곤 했다. 별 쓸데없는 이들은 그에게 숙박권이나 값싼 하숙집 주소를 제안했고, 논리적인 부류들은 서류의 빈칸을 채우도록 한 뒤 그것을 서류철에 정리해 두었다. 일이 많아 정신이 없는 이들은 두 손을 들어 보였고, 일이 많아 만사 귀찮은 이들은 눈을 돌리며 외면했다. 마지막으로 전통주의자들이 있었는데, 가장 많은 수의 사람들이 이에 해당했으며 그들은 랑베르에게 다른 부서를 가리키거나 새로운 절차를 밟으라고 알려 주었다.

이렇게 해서 신문 기자는 계속 이어지는 면담들로 기진맥진했다. 그는 세금이 면제된다는 단기 국채 출자라든가 식민지 주둔 군부대에 입대를 권유하는 큼직한 포스터와 마주한 채 인조 가죽으로 된 대기실 의자에 앉아서 줄곧 기다려도 보고, 정리가 잘된 서류 수납장과 서류 책장만큼이나 한눈에 쉽게 알 수 있는 표정들을 내보이는 사무실들에 수차례 드나들면서 시청이나 도청이 어떤 곳일 수 있는지에 관해 분명한 생각을 갖게 되었다. 그래도 좋은 점이 있었다면, 랑베르가 리유에게 조금은 씁쓸히 말한 점이기도 한데, 그러고 다니느라 실제로 벌어지는 일들은 눈에 들어오지 않았다는 것이다. 페스트의 진행 상황이 그의 관심에서 사실상 벗어나 있었던 것이다. 이렇게 해서 시간이 더 빨리 흘러간다는 사실은 차치하고라도 도시 전체가 처해 있는 이러한 상황에서 하루하루가 지난다는 것은, 아직 살아 있다는 전제하에서 각자 시련의 끝에 가까워진다는 것을 의미할 수 있었다. 리유는 이 점이 부인할 수 없는 사실임을 인정하면서도, 다른 한편으로는 조금은 지나치다 할 수 있는 막연한 진실이라고 생각하지 않을 수 없었다.

그러던 어느 날 랑베르가 희망을 품었던 순간이 있었다. 도청으로부터 정확한 기입을 요하는 빈칸의 신원 조회서를 받았던 것이다. 서류는 그의 인적 사항, 가족 관계, 과거와 현재의 수입원, 아울러 이력서라고 부르는 부분에 많은 비중을 할애하고 있었다. 그는 고향으로 되돌려 보낼 만한 경우에 해당하는 사람들을 집계하려는 목적의 조사라고 생각했다. 확실치는 않지만 도청의 어떤 부서에서 얻어들은 이런저런 정보들을 통해서 추측은 확고해졌다. 그러나 하나씩 확실히 절차를 따라가 본 끝에 그 서류를 보낸 부서를 찾을 수 있었고, 그곳에서는 〈만일에 대비해서〉 인적 정보들을 모으고 있노라 했다.

「만일에 대비한다니, 어떤 경우를 말하는 겁니까?」 랑베르가 물었다.

그러자 그곳에서는 만약 그가 페스트로 사망하게 되는 경우에 한편으로는 그의 가족에게 알릴 수 있기 위해서이고 다른 한편으로는 시의 예산에서 병원비를 공제할 것인지 아니면 친인척들의 상환을 기대할 수 있는지를 알고자 하는 데 있다고 했다. 따라서 신원 조회 서류는 그와 그를 기다리고 있는 그녀가 완전히 떨어져 있지 않다는 증명이 되는 것은 물론이고, 우리 시가 그들의 경우를 신경 쓰고 있다는 사실을 입증한다는 것이었다. 그렇다고 해서 그런 말이 위안이 될 리는 없었다. 더 놀라운 점은, 그리고 랑베르가 마침내 알게 된 것은, 재앙의 가장 극한 때에도 어떤 부서는 자신의 공무를 계속 수행할 수 있었을 뿐 아니라, 그 부서가 바로 그 업무를 위해서 만들어졌다는 단 하나의 이유만으로 흔히 가장 높은 권력 기관이 눈치도 못 채는 사이에 과거에 가졌던 주도권을 계속해서 쥐고 있었다는 점이다.

랑베르에게 있어 그 이후 시기는 가장 편하면서도 동시에 가장 힘들기도 했다. 무기력한 시기였다. 그는 도청의 모든 부서들을 찾아갔고 밟으라는 공식적인 절차는 다 밟았지만 그 방면으로의 출구란 당분간 꽉 막혀 있었다. 그래서 이 카페에서 저 카페로 헤매고 다녔다. 아침이면 카페 테라스에 나앉아 미지근한 맥주를 앞에 놓은 채 전염병이 가까운 시일에 끝날 것임을 알리는 몇 가지 신호들을 찾겠다는 희망으로 신문을 읽고, 또 거리를 지나가는 사람들의 얼굴을 바라보다가 그들의 슬픈 표정에 그만 신물이 나서 얼굴을 돌려버렸고, 백번도 더 본 맞은편 가게들의 간판이며 더 이상 어디 가서 마실 수도 없게 되어 버린 유명한 식전주 제품들의 광고를 백번이나 읽고는 자리에서 일어나 먼지로 뿌연 시내를 이 거리 저 거리 되는대로 걸어다니곤 했다. 혼자서 어슬렁거리고 다니다가 카페로, 카페에서 식당으로, 이렇게 하다 보면 저녁이 찾아왔다. 그러던 어느 날 저녁 리유는 어떤 카페의 입구에서 들어갈까 말까 망설이는 기자를 발견했다. 그는 결심한 듯 실내 제일 구석으로 가 앉았다. 그즈음은 상부의 명령에 따라 카페들마다 전등을 켜는 시간을 가능한 한 늦추던 때이기도 했다. 땅거미가 지며 마치 회색빛 강물이 실내에 넘실거리는 듯했고 석양의 붉은빛은 유리 창문에 비치고 있었으며 테이블의 대리석 상판이 이제는 슬슬 자리 잡기 시작한 어둠 속에서 희미하게 번득이고 있었다. 인적 없는 실내 한가운데에서 랑베르는 마치 주인 잃은 그림자 같았고, 리유는 바로 그때가 랑베르에게 포기의 순간이었다고 생각했다. 그러나 그 순간은 이 도시 안에 갇혀 있는 모든 포로들이 저마다 체념을 경험하는 순간이기도 했으니 해방의 시기를 앞당기기 위해서라면 무슨 일이든 하지 않을 수 없었다. 리유는 외면했다.

랑베르는 기차역에서 오랜 시간을 보내기도 했다. 플랫폼 접근은 금지되어 있었다. 그러나 밖으로 나 있는 대합실은 열려 있었고, 그래서인지 그늘지고 선선한 그곳에는 이따금 걸인들이 한낮의 더위를 피해 자리를 잡고 있었다. 랑베르는 오래전 열차 시간표며, 침 뱉지 말라는 푯말이며, 열차의 치안 규정 사항 따위를 읽으러 이곳에 오곤 했고, 그러고 나면 구석에 앉았다. 실내는 어두웠다. 낡은 무쇠 난로 하나가 8자 모양으로 놓인 오래된 호스 한가운데에서 싸늘하게 식어 버린 채 몇 달째 버려져 있었다. 벽에는 서너 개의 포스터들이 방돌이나 칸에서의 자유롭고 행복한 생활을 선전하고 있었다. 바로 이곳에서 랑베르는 흔히들 궁극의 결핍에서 찾게 된다고 하는 이를테면 처절한 자유와 만났다. 그가 가장 견디기 힘들었던 이미지는 적어도 리유에게 말한 바에 따르면, 파리의 풍경이었다. 돌로 지어진 오래된 건물들과 흐르는 강물, 팔레루아얄 광장의 비둘기 떼, 북역,[12] 팡테옹 주변의 인적 없는 거리들, 그리고 자신이 그렇게까지 좋아하고 있는 줄은 미처 알지 못했던 여러 다른 장소들이 자신의 머리에서 떠나지 않았고, 그 어떤 일도 제대로 할 수 없도록 했다. 리유가 생각한 단 하나는 랑베르가 그런 이미지들을 자신의 사랑과 동일시하고 있다는 것이었다. 그러던 어느 날 그가 새벽 4시에 일어나서 자기가 살던 도시, 파리를 생각하는 걸 좋아한다고 했을 때, 의사는 바로 자신의 경험에 비추어 랑베르가 좋아하는 것이란 파리에 남겨 둔 여자를 생각하는 것임을 어렵지 않게 이해할 수 있었다. 그 시각은 실제로 그

12 La gare du nord. 프랑스 북동부 지방을 지나 벨기에, 네덜란드, 독일 등지로 가는 열차의 시 종착역으로 파리 10구에 있다.

녀를 자기 것으로 만드는 시간이었다. 새벽 4시에 사람들은 보통 아무것도 하지 않으며 그 밤이 배신의 밤이었다 하더라도 모두들 잠을 잔다. 그렇다, 그 시각에 사람들은 잠을 자고 그 덕에 마음이 놓인다. 왜냐하면 불안한 영혼의 크나큰 욕망이란 자신이 사랑하는 존재를 끝없이 소유하겠다는 것이거나, 혹여 사랑하는 이가 곁에 없다면, 재회의 순간에나 끝날 수 있을 꿈도 없는 깊은 잠 속으로 그 존재를 깊이 빠뜨려 버리겠다는 것이기 때문이다.

설교가 있은 후 얼마 지나지 않아 더위가 시작됐다. 6월의 끝자락이 다가오고 있었다. 때늦은 비로 모두에게 강한 인상을 남겼던 일요일의 그 설교가 있었던 다음 날 하늘 위건 지붕 위건 할 것 없이 갑자기 폭발하듯 번뜩거리며 여름이 모습을 드러냈다. 뜨거운 강풍이 일더니 하루 내내 불어 대며 집집마다 외벽들을 바싹 말려 버렸다. 태양은 하늘에 들러붙은 듯했다. 쉬지 않고 퍼부어 대는 강한 햇빛과 열기로 도시는 온종일 질식할 것만 같았다. 아치형 회랑이 길게 난 거리나 아파트들을 제외하면 도시의 그 어디에서도 앞을 보기 어려울 정도로 강하게 반사되는 빛 안에 놓여 있지 않은 곳이란 없었다. 태양은 거리의 구석구석까지 우리 시민들을 따라다녔고, 걸음을 멈추기라도 하면 그들을 후려쳤다. 초기의 더위가 매주 거의 7백 명에 달하는 희생자 수의 수직 상승과 맞아떨어지자 일종의 절망감이 도시를 엄습했다. 교외의 번듯한 대로변이나 테라스 딸린 주택들에서도 활기가 줄어들었고, 심지어 사람들이 늘 문밖에 나와 사는 그런 동네에서도 대문이란 대문은 모조리 굳게 잠기고 덧문들마저 닫혀 사람들이 이렇게 스스로를 보호하려 드는 것이 태양으로부터인지 아니면 페스트로부터인지 알 수 없을 정도였다. 그럼에도 불구하고 몇몇 집들에서는 신음 소리가 새어 나왔다. 얼마 전만 해도 이런 경우라면 길가에서 귀를 기울인 채 잠자코 듣고 있는 호기심 많은 사람들을 심심치 않게 볼 수 있었다. 하지만 위험 상황이 오래되다 보니 무심해져 버렸는지 사람들은 신음 소리 바로 곁에서도 그것이 마치 인간들의 자연스러운 언어라도 된다는 듯 하던 일을 계속하거나 아무렇지도 않은 듯 가던 길을 계속 가거나, 아니면 별일 없다는 듯 살아가고 있었다.

출입이 금지된 성문에서 싸움판이 벌어질 때마다 공권력은 무기를 사용하지 않을 수 없었고, 결국엔 침묵의 반란을 야기시켰다. 부상자들이 있었던 것은 사실이지만, 무더위와 공포의 결과로 모든 것이 과장되던 시내에서는 심지어 사상자까지 있다는 말이 돌곤 했다. 불만이 계속해서 확산되고 있었기에 당국은 최악의 경우를 우려했고 재앙에 깔려 납작 엎드린 채 꼼짝도 못하고 있는 우리 주민들이 혹여 난동을 벌이게 될 경우를 대비해 대책 마련을 진지하게 검토했던 것이 사실이다. 신문들마다 포고문을 게재하며 외출 금지를 재차 경고했고 위반한 사람들이 있을 경우 징역형을 내리겠다며 엄포를 놓았다. 순찰대가 시내를 돌아다녔다. 사람이라곤 눈을 씻고 보아도 없는 이글이글 끓어오르는 포석 도로 위로 기마 정찰대들이 자신들의 등장을 알리듯 징 박힌 구두 굽 소리를 내며 길게 늘어선 닫아건 창문들 사이를 마치 사열하듯 지나가곤 했다. 정찰대가 지나가자 경계심을 품은 듯한 무거운 침묵이 겁먹은 도시 위로 짙게 깔렸다. 이따금씩 발포 소리가 들려오곤 했는데, 벼룩을 퍼뜨릴지도 모를 개나 고양이들을 사살하는 특별 임무를 맡은 부대가 최근 명령에 따라 총을 쏘는 것이었다. 무미건조한 그 폭발음들은 우리 도시에 긴장된 분위기를 고조시키는 데 한몫하고 있었다.

무더위에 침묵까지 가세하자 겁에 질린 우리 시민들의 마음속에서는 모든 것이 훨씬 더 심각하게 여겨지기 시작했다. 계절의 변화를 알리는 하늘의 빛깔과 대지의 내음이 모든 사람들에게 처음으로 영향을 주었다. 시민 한 사람 한 사람이 더위가 전염병을 거들리라는 것을 두려움에 떨며 깨달아 가고 있었고, 동시에 여름이 본격적으로 자리를 잡아 가고 있음은 누가 봐도 알 수 있었다. 저녁 하늘을 나는 여름 제비의 가냘픈 울음소리가 도시 하늘 위로 더욱 처량하게 들렸다. 그것은 우리 고장에서 지평선을 저 멀리로 물러서게 하는 6월의 석양과 더 이상 어울리지 않았다. 시장의 꽃들도 이제는 봉오리가 아니라 활짝 핀 채 도착했고, 아침 장사가 끝나고 나면 먼지 덮인 인도 위로 꽃잎들이 흩뿌려져 있었다. 기력을 소진해 버린 봄이 지천으로 활짝 핀 수천의 꽃들 속에서 마지막 힘을 다하다가 페스트와 무더위라는 두 배의 무게에 눌려 서서히 뭉개지려 한다는 걸 누가 봐도 확연히 알 수 있었다. 우리 시민들 모두에게 있어서 먼지와 권태의 색으로 빛바랜 이 거리들, 그리고 이 여름 하늘은 하루하루 지날수록 우리 도시를 더욱 무겁게 짓눌렀고 백여 명의 사망자와 다름없는 위협적인 의미를 가졌다. 줄기차게 내리쬐는 태양 아래서 낮잠과 휴가에 딱 어울리는 이 순간들은 이제 더 이상 바다와 육체의 향연으로 사람들을 부르지 않았다. 반대로 그것들은 폐쇄되고 침묵하는 도시에서 공허하게 울리고 있었다. 그 시간들은 행복한 계절이 만들었던 구릿빛 광채를 잃어버린 지 이미 오래였다. 페스트가 만든 태양은 모든 빛을 퇴색시키고, 그것이 무엇이건 기쁨이라는 것 자체를 쫓아 버렸다.

그것이 바로 전염병으로 인한 급격한 변화들 가운데 하나였다. 우리 시민들 거의 대부분은 여름을 즐겁게 맞이하곤 했다. 도시는 바다를 향해 활짝 열리고 젊은이들을 해변으로 쏟아 냈었다. 반면 이번 여름엔 해변으로부터 가까운 바다에서의 수영이 금지됐고 육체는 더 이상 즐거움을 누릴 권리가 없었다. 이런 상황에서 도대체 무엇을 할 수 있단 말인가? 이번에도 그 누구보다 타루가 당시 우리의 생활에 대해 가장 충실한 이미지를 전달하고 있다. 물론 그는 페스트의 전반적인 진행 상황을 따르면서도 전염병의 분수령으로 기록되는 시기를 라디오에서 사상자 수가 하루에 92명, 107명, 120명이라는 식으로 — 일주일에 수백여 명 이상이라는 식이 아니라 — 보도하기 시작한 때였다고 정확하게 기록하고 있다. 〈신문들과 당국이 페스트를 놓고 교묘한 술책을 부리고 있다. 그들은 130이 910보다 훨씬 적은 숫자라는 이유로 페스트의 위력을 깎을 수 있다고 착각하고 있다.〉 그는 마치 연극의 한 장면과도 같이 전염병으로 인해 벌어진 비장하거나 혹은 상상을 초월하는 광경들도 기록하고 있는데, 예를 들어 인적 없는 어떤 동네에서 덧문을 걸어 잠그고 살아가던 한 여자가 어느 날 갑자기 창문을 자기 머리 위까지 활짝 열어젖히더니 비명을 크게 두 번 내지르고는 어둠 짙은 방의 덧문을 다시 닫아걸고 말았다는 것이다. 한편으로는 박하 정제가 약방에서 완전히 사라졌다고 적으며, 그 이유는 사람들이 혹시나 걸릴지도 모르는 전염병으로부터 스스로 예방하기 위해서 그것을 빨아 먹었기 때문이라는 것이었다.

또한 타루는 자신이 즐겨 관찰하던 사람들에 대한 묘사도 계속하고 있다. 고양이와 장난을 하던 키 작은 그 노인도 역시나 비극 속에서 살아가고 있었다. 실제로 어느 날 아침 총성 몇 발이 울리더니, 타루의 묘사를 빌리자면, 납덩어리 총알이 마치 가래침처럼 날아가 고양이들 대부분을 죽였고, 그나마 살아난 나머지는 놀라서 그 거리를 떠나 버리고 말았다. 같은 날 같은 시각에 키 작은 그 노인이 평소와 다름없이 발코니에 나타났지만 놀라움을 감추지 못하고 몸을 기울였다가 길 저 끝까지 샅샅이 훑어보더니 풀이 죽어 체념한 듯 그냥 지켜보고 있더라는 것이었다. 노인은 발코니의 난간을 짧은 간격으로 툭툭 두드리며 한참을 더 기다려 보다가 종잇조각을 찢어 뿌리고는 방으로 들어갔다 다시 나오기를 반복하더니 결국 화를 내며 창문을 거칠게 닫고 갑자기 모습을 감춰 버렸다. 그 일이 있은 뒤 며칠 동안 같은 장면이 되풀이되었고, 키 작은 그 노인의 표정에서는 슬픔과 혼란의 기색이 점점 더 분명히 드러났다. 일주일이 지난 후에 타루는 매일매일 모습을 드러내던 그 노인을 기다렸지만 허사였고, 창문들은 충분히 짐작할 수 있을 만큼의 슬픔을 내비치며 굳게 닫혀 있었다. 〈페스트가 발병한 시기에는 고양이에게 침 뱉기 금지.〉 이것이 바로 타루가 기록한 수첩의 결론이었다.

한편, 타루는 저녁에 자신이 머무는 호텔로 들어갈 때마다 어김없이 로비를 이리저리 거닐고 있는 야간 경비원의 침울한 표정과 마주치곤 했다. 그자는 이번에 일어난 일을 자신이 예견했었다고 누구에게나 계속해서 떠들어 대곤 했다. 불행을 예견한 것은 인정하지만 그건 지진 아니었느냐고 말하는 타루에게 그 늙은 야간 경비원은 이렇게 대답하는 것이었다. 「아! 차라리 지진이라면! 한번 크게 무너지고 나면 더 이상 이런저런 말 할 필요가 없잖아요. 죽은 사람, 산 사람, 수를 세고 나면 그것으로 할 일은 다 한 것이니 말입니다. 한데 몹쓸 전염병이라뇨! 전염병에 걸리지 않은 사람들도 마음 한구석에 그걸 달고 사는 겁니다.」

호텔 지배인이라고 걱정이 덜한 것도 아니었다. 초기에는 도시가 폐쇄됨에 따라서 떠나지 못한 관광객들이 호텔에 발이 묶여 있었다. 그러나 전염병이 지속되면서 많은 사람들이 호텔보다 친구들 집에 머무는 편을 선택했다. 우리 도시에는 새로운 관광객들이 더 이상 도착하지 않았기 때문에 호텔의 방들 전부를 가득 채웠던 바로 그 이유가 그때부터는 모든 방들을 죄다 빈 채로 남겨 두는 원인이 되었다. 타루는 몇 안 되는 장기 투숙객 가운데 하나였고, 그런 타루에게 호텔 지배인은 기회가 있을 때마다, 마지막 투숙객까지 만족시켜야 한다는 자신의 강렬한 바람이 없었던들 이미 오래전에 호텔은 문을 닫았을지도 모른다는 말을 잊지 않았다. 그러면서 전염병의 기간을 어림잡아 맞혀 보라고 종종 묻기도 했다. 타루는 이렇게 말했다. 「추위가 이런 유형의 전염병과 상극이라더군요.」 그러면 지배인은 몹시 불안해하며 펄쩍 뛰었다. 「아니, 이곳은 사실상 추위가 없는 곳입니다, 선생님. 어찌 됐건, 아직 몇 달이 더 남아 있다는 거군요.」 더군다나 그는 앞으로도 한참 동안 관광객들이 우리 도시를 찾지 않으리라 굳게 믿었다. 페스트가 관광 사업의 결정적 패인이었다.

호텔 식당에서는 한동안 안 보이던 올빼미 신사 오통 씨가 학자인 양 옷을 빼입은 두 마리 강아지만을 데리고 모습을 드러냈다. 여러모로 알아본 결과 그의 아내가 친정어머니를 간호했지만 결국 장례를 치렀고 지금은 40일간의 격리 수용에 들어가 있다는 것이었다.

「난 그 점이 맘에 들지 않아요.」 지배인이 타루에게 말했다. 「격리 수용이건 아니건 간에 오통 씨 부인에게는 감염의 의혹이 있는 것이고, 따라서 결론적으로 말하자면 그들도 마찬가지인 겁니다.」

타루는 그런 관점으로 본다면 모든 사람들에게 감염이 의심된다고 지적했다. 하지만 지배인은 단호했고 이 문제에 관해서 똑 부러지는 의견을 가지고 있었다.

「그렇지 않습니다, 선생님. 손님이나 저는 의심되는 사람들이 아닙니다. 하지만, 저 사람들은 그런 거죠.」

어쨌든 오통 씨가 이런 일로 달라질 사람도 아니었기에 이번에는 페스트가 헛고생한 셈이었다. 오통 씨는 호텔 식당에 늘 같은 모습으로 들어와서 아이들보다 먼저 자리에 앉고는 아이들에게 점잖지만 가혹한 말을 연신 해댔다. 오직 어린 아들만은 모습이 달라졌다. 자기 누나처럼 검은색 옷을 입고 조금 더 주눅 든 것 같은 아이는 마치 자기 아버지의 작은 그림자 같아 보였다. 오통 씨를 좋아하지 않는 야간 경비원은 타루에게 이렇게 말했다.

「세상에! 저 사람은 잘 차려입은 채로 거꾸러질 겁니다. 그렇게 되면 옷을 갈아입힐 필요도 없어요. 그냥 곧장 가는 거죠.」

수첩에는 파늘루 신부의 설교도 적혀 있었는데, 다음과 같은 논평과 함께였다. 〈나는 이와 같은 열렬한 교감을 이해한다. 재앙의 초기와 말기에 사람들은 언제나 화려한 웅변술을 어느 정도 사용하는 법이다. 전자의 경우에는 습관을 아직 버리지 못해서이고, 후자의 경우에는 어느새 습관을 이미 되찾았기 때문이다. 사람들이 진실에, 다시 말해 침묵에 익숙해지는 때야 말로 바로 불행한 시기다. 좀 더 두고 보자.〉

마지막으로 타루는 자신이 의사 리유와 장시간 대화를 나누었다고 기록하며 그 일에 대해서는 단지 결과가 좋았다고만 회상하고 있다. 그 밖에도 리유의 어머니가 지닌 밤색 눈동자에 대해서 언급하며 그처럼 크나큰 선량함이 읽히는 눈빛이라면 어떤 경우에도 페스트보다 훨씬 강할 것이라고 알 듯 모를 듯한 단언을 하고 나서는, 끝으로 리유가 돌보고 있는 나이 든 천식 환자에 대해 제법 많은 분량을 할애했다.

타루는 의사와 면담을 한 후에 그 노인을 보러 함께 갔었다. 노인은 두 손을 비비고 이죽거리면서 타루를 맞았다. 그는 콩이 담긴 냄비 두 개를 머리맡에 놓고 베개에 등을 기댄 채 침대에 앉아 있었다. 「아! 한 분 더 오셨구먼.」 그가 타루를 보더니 말했다. 「환자보다 의사가 더 많으니 세상이 거꾸로 돼버린 게지. 하기야 너무 빠르니까 그런 것 아니겠소? 신부 말이 맞어. 그래도 싸다니까.」 다음 날 타루는 미리 약속도 않고 노인을 다시 찾아갔다.

그의 수첩에 따르면 천식에 걸린 그 노인의 직업은 잡화상이었는데, 노인은 쉰 살이 되었을 때 자신이 일을 할 만큼 했다는 판단을 내렸고 그 이후로는 침대에 드러누워 다시는 일어나지 않았다는 것이다. 그렇다고 일어나서 활동하는 것과 천식이 공존 불가능하지는 않았다. 소액의 연금 덕에 그는 일흔다섯 살인 지금까지 편안하게 살았다. 노인은 시계만 보면 견딜 수가 없었는데, 그래서인지 실제로 그의 집 어디에도 시계라고는 전혀 없었다. 「시계란 비싸고 어리석은 겁니다.」 그의 말이었다. 시간을 측정하는 방법, 특히 그에게 유일하게 중요한 식사 시간을 짐작하도록 하는 것은 냄비 두 개였는데, 그중 하나는 아침에 잠에서 깼을 때 콩으로 가득 차 있었고, 그러면 비어 있는 다른 하나에 한결같이 규칙적으로 콩을 하나씩 하나씩 옮겨 담아서 가득 차게 했다. 이렇게 해서 냄비를 가지고 헤아려 가며 자신에게 기준이 되는 하루 일과들을 가늠했다. 노인은 이렇게 말했다. 「냄비가 열다섯 번 채워질 때마다 끼니를 때우는 겁니다. 아주 간단하죠.」

게다가 노인의 아내가 한 말에 따르면, 그는 아주 젊어서부터 그러한 자질을 이미 보여 왔다. 사실 그 무엇도 그의 관심을 끄는 것은 없었는데, 일도, 친구들도, 커피도, 음악도, 여자들도, 산책도 다 그랬다는 것이다. 그는 자신이 사는 오랑 밖으로 나가 본 적이 없었으며, 단 한 번의 예외는 집안일 때문에 알제에 가지 않을 수 없었던 날이었다. 그날 그는 도저히 더 멀리 여행을 계속해 나갈 수가 없어서 결국 오랑에서 가장 가까운 역에 멈춰 버렸다. 그러고는 아무 차나 잡아타고 집으로 되돌아오고 말았다.

그가 유지해 온 은둔 생활에 타루가 놀라는 기색을 보이자 그는, 종교에 따르면 한 인간의 인생에 있어 처음 반은 상승이고 나머지 반은 하강인데, 하강의 시기에 있어서 인간의 하루하루는 더 이상 자기 것이 아니라 언제든지 누군가에게 빼앗길 수 있으며, 따라서 스스로도 어떻게 할 방법이 없기에 아무것도 하지 않는 것이 최선이라는 식으로 대충 설명했다. 더군다나 그는 모순을 두려워하지 않았다. 이런 설명이 끝난 뒤 신은 분명 존재하지 않는다고 말하며 만일 존재한다면 신부님들은 불필요한 존재들이 된다고 말했기 때문이다. 그러나 몇 가지 그의 생각을 더 듣고 나자 타루는 이런 유의 철학은 자신이 속했던 교구에서 자주 있었던 헌금 모금이 불러일으키곤 했던 불쾌한 기분과 밀접히 연관되어 있다는 생각이 들었다. 무엇보다 이 늙은이가 어떤 사람인지 분명히 알 수 있도록 한 것은 어떤 소원 하나였는데, 그가 자신의 말 상대 앞에서 여러 차례 되풀이해서 말했던 걸 보면 진심인 듯했다. 그는 아주 오래 살다가 죽기를 바랐다.

〈그는 성인일까?〉 타루는 자문하고 있다. 그러고는 다음과 같이 답한다. 〈그렇다, 만일 신성함이 모든 습관들의 총체라면 말이다.〉

그러나 동시에 페스트로 점령된 도시에서 벌어지는 하루에 대해 제법 상세한 묘사에 착수함으로써 그해 여름 내내 우리 시민들의 생활과 관심사에 관한 정확한 관점을 제공했다. 타루는 다음과 같이 적고 있다. 〈주정뱅이들 말고는 아무도 웃지 않는다. 그런데 그들은 너무 지나치게 웃는다.〉 그러고서 다음과 같이 상세한 묘사를 시작한다.

> 아주 이른 아침이면 가벼운 바람이 아직 인기척 없는 도시를 훑고 지나간다. 죽음의 밤과 고통의 낮 사이에 있는 이 시각에 페스트는 잠시 자신의 일을 멈추고 숨 고르기에 들어가는 듯하다. 모든 상점들 문이 닫혀 있다. 하지만 그중 몇몇에는 〈페스트로 인한 폐점〉이라고 쓰인 게시판이 날이 밝아도 다른 가게들과 마찬가지로 문을 열지 않을

것임을 확인시켜 주고 있다. 아직도 잠에서 깨지 않은 신문팔이들은 큰 소리로 뉴스를 외쳐 대는 대신 길모퉁이에 등을 기대고는 몽유병 환자 같은 몸짓으로 가로등 불빛에 자기네 신문들을 펼쳐 놓고 있다. 잠시 후 첫 번째 전차 소리에 잠에서 깨어날 그들은 팔을 쭉 펴 내밀며 〈페스트〉라는 단어가 눈에 확 띄는 신문들을 도시 곳곳에 퍼뜨릴 것이다. 〈페스트는 가을에도 계속될 것인가? B교수, 아니라고 대답.〉〈사망자 124명. 페스트 발생 94일 현재 집계.〉

종이 부족 현상이 점점 더 심해지면서 몇몇 간행물들은 지면을 줄이지 않을 수 없었다. 그럼에도 불구하고 「전염병 통신」이라는 또 다른 신문이 창간되었고, 그 신문은 〈전염병의 진전 또는 후퇴에 관해서 엄정한 객관성을 최우선 과제로 삼아 우리 시민들에게 보도하고 전염병의 전망에 관한 가장 권위 있는 의견들을 제공하며, 유명한 사람이건 아니건 상관없이 재앙에 맞서 투쟁할 마음의 준비가 된 모든 사람들에게 기사로 버팀목이 되어 주고, 주민의 사기를 북돋우며, 당국의 지시를 전달하는, 한마디로 말해서 우리를 강타하는 불행에 맞서 효과적으로 투쟁하기 위해 가능한 모든 선의를 결집시키는 것〉을 자신들의 사명으로 삼고 있다. 그러나 실제로 그 신문은 얼마 지나지 않아 페스트를 예방하는 데 분명 효험이 있다는 새로운 약품들의 광고를 싣기나 했을 뿐이다.

아침 6시경 이 모든 신문들은 영업 시작 한 시간 전에 이미 가게 문 앞에 늘어선 긴 행렬에서부터 팔리기 시작해, 그다음은 교외에서부터 만원 상태로 도착하는 전차들 안으로 이어진다. 유일한 교통수단이 된 전차는 발판이며 난간까지 미어터질 듯 초만원인 상태로 겨우겨우 움직인다. 기이한 점이란 그런 와중에도 승객들은 누구랄 것 없이 감염을 피할 목적으로 가능한 한 서로에게 등을 돌리고 있다는 것이다. 정거장에 도착할 때마다 전차가 짐짝처럼 남자들과 여자들을 무더기로 쏟아 뱉으면 그들은 서둘러 흩어져 각자 혼자가 된다. 단지 짜증이 난다는 이유만으로 종종 싸움판이 벌어지기도 하는데 이제는 그것도 만성이 되었다.

첫 전차가 지나간 후 도시는 서서히 잠에서 깨어나고 첫 식당들이 장사를 시작하는데, 계산대 위로는 〈커피 매진〉, 〈설탕 지참 바람〉 등이 적힌 안내문이 보인다. 그런 다음 가게들이 문을 열면 거리는 활기를 띤다. 동시에 태양이 중천에 뜨고 더위가 7월의 하늘을 서서히 납빛으로 물들인다. 이때가 바로 아무 일도 하지 않는 사람들이 길거리 모험을 감행하는 시각이다. 대부분 사람들은 자신들의 호사를 과시함으로써 페스트라는 악귀를 쫓아 버리고자 애를 쓰는 것 같다. 매일 오전 11시경에는 중심가에서 젊은 남녀들의 행렬이 펼쳐지는데, 이때 사람들은 엄청난 불행의 한가운데에서도 삶에 대한 열정이 자라남을 느낄 수 있다. 만일 전염병이 확산된다면 도덕률도 느슨해질 것이다. 우리는 밀라노의 공동묘지 근처에서 벌어지던 사투르누스 축제[13]를 목격하게 될 것이다.

정오가 되면 식당들은 눈 깜짝할 사이에 손님들로 가득 찬다. 자리를 찾지 못한 일행들은 재빨리 식당 입구에 줄

13 난교 축제.

을 선다. 하늘은 극도의 열기로 고유의 빛을 잃어 간다. 대기자들은 햇볕에 바싹 타들어 가는 길가에서 커다란 차양이 드리운 그늘에 몸을 피한 채 자신들의 차례를 기다린다. 식당들이 손님들로 들끓는 이유는 많은 사람들에게 있어 끼니 문제를 간단히 해결해 주기 때문이다. 하지만 그곳에서도 감염의 불안은 그대로 남아 있다. 손님들은 식기를 꼼꼼하게 닦느라 오랜 시간을 허비한다. 얼마 전까지만 해도 몇몇 식당들에서는 다음과 같은 안내문을 써 붙여 놓았다. 〈우리 식당은 끓는 물에 식기를 소독합니다.〉 그러나 서서히 그런 식의 광고를 그만두었는데, 그러지 않아도 손님들이 너무나 몰려들었기 때문이다. 더군다나 손님들은 돈을 흥청망청 쓰고 있다. 고급 포도주라든가 혹은 그렇게 보이는 포도주들, 가장 비싼 안주들, 이런 식으로 걷잡을 수 없는 경쟁이 시작된다. 한번은 어떤 식당이 온통 아수라장이 된 적도 있었던 모양이다. 그 이유는 어떤 손님이 속이 불편해진 나머지 창백한 얼굴로 자리에서 일어나 비틀거리며 급히 출입구로 뛰쳐나갔기 때문이라고 한다.

오후 2시면 도시는 한산해진다. 침묵, 먼지, 태양 그리고 페스트가 길에서 서로를 만나는 시간이다. 잿빛의 커다란 집들을 따라서 더위가 마치 강물처럼 끊임없이 흐른다. 포로처럼 붙잡힌 채 보내는 길고 긴 이 시간은 많은 사람들로 북적거리는 도시 위로 붉게 타오르는 석양이 무너지듯 쏟아져 내리기 시작하면 비로소 끝난다. 더위가 시작된 처음 며칠 동안은 이따금씩, 왜인지는 모르지만 저녁나절에도 사람들의 모습이 보이지 않았다. 그러나 지금은 어디선가 부는 선선한 바람에도 희망은 아직 아니지만 그래도 안도감이 생겨난다. 그래서 너 나 할 것 없이 거리로 쏟아져 나와 수다를 떠느라 정신이 없거나, 싸우거나, 혹은 갈망하듯 서로를 쳐다본다. 7월의 붉은 저녁 하늘 아래 쌍쌍의 남녀들과 아우성 가득한 도시는 그렇게 헐떡거리는 밤을 향해 흘러간다. 매일 저녁 영감을 받았다는 한 노인이 중절모에 나비넥타이를 메고 큰길가에 나와서, 〈하느님은 위대하도다. 그에게로 가라〉라고 계속해서 소리를 질러 대며 군중 사이를 지나가지만 헛수고로 보인다. 모두가 스스로 잘 알지 못하거나 혹은 자신들에게 더 급해 보이는 무언가를 향해서 그 노인과는 반대 방향으로 발길을 재촉할 뿐이다. 오랑 시민들이 이 전염병을 다른 병들과 다를 바 없다고 생각하던 초기에는 종교가 제자리를 차지하고 있었다. 하지만 심상치 않다는 사실을 안 이상, 그들은 쾌락의 기억을 떠올린 것이다. 낮이 되면 사람들 얼굴에서 생생히 드러나는 불안이, 붉게 타오르는 먼지투성이 황혼 녘에는 일종의 격렬한 흥분과도 같은 것, 모든 사람들을 열의에 들뜨게 만드는 어설픈 자유로 용해된다.

나 역시 그들과 마찬가지다. 그래서 뭐 어쩌란 말인가! 죽음이란 나와 같은 사람들에게는 대수롭지 않은 것이다. 그것은 나와 같은 사람들이 옳다는 걸 입증하는 하나의 사건에 불과하다.

타루가 수첩에서 언급하고 있는 리유와의 면담은 타루 자신이 청했던 것이었다. 그날 저녁 리유는 타루를 기다리면서 부엌 한구석 식탁 의자에 얌전히 앉아 있는 어머니를 바라보고 있었다. 집안일이 끝나면 어머니는 바로 그 자리에서 하루를 보내곤 했다. 그녀가 기다리고 있는 사람이 바로 리유 자신인지는 확실치 않았다. 그럼에도 불구하고 그가 나타나기만 하면 어머니의 얼굴에 어떤 변화가 일어났다. 고달픈 인생이 그녀의 얼굴에 말없이 새겨 넣은 모든 것이 그 순간 생기를 띠는 듯했다. 그러고 나서 그녀는 다시 침묵으로 빠져들었다. 그날 저녁 그녀는 창문 너머로 이미 인적 없는 거리를 내다보고 있었다. 가로등 불빛은 3분의 2가량 줄어들어 있었다. 그리고 이따금씩 아주 희미한 등 하나가 도시의 어둠 속에서 미약하나마 불빛을 비추고 있었다.

「페스트가 기승을 부리는 동안에는 가로등 일부는 꺼두는 건가?」 리유의 어머니가 물었다.

「아마 그렇겠죠.」

「겨울까지 계속되지 않으면 좋으련만. 만약 그리 된다면 너무 쓸쓸할 거야.」

「맞아요.」 리유가 말했다.

그는 어머니의 시선이 자기 이마에 와 닿는 것을 알았다. 그는 지난 며칠 동안의 불안과 과로로 자신의 얼굴에 깊은 주름이 팬 것을 알고 있었다.

「오늘은 뭐가 좀 잘 안 됐니?」 어머니가 물었다.

「그냥 늘 그래요.」

늘 그렇다니! 그러니까 사실을 말하자면 파리에서 보내온 새 혈청이 처음 것보다 효력이 덜한 듯싶었고 통계 수치는 상승하고 있었다. 이미 감염된 환자들 가족 이외의 다른 사람들에게 예방 혈청을 접종할 수 있을 가능성은 여전히 없었다. 예방 혈청의 사용을 일반화하기 위해서는 대량 생산이 필요했다. 대부분 멍울들은 제철이라도 만났는지 딱딱하게 굳어 칼을 대도 잘 터지지 않는 데다 환자들에게는 극심한 고통을 주었다. 전날부터는 전염병의 변종으로 보이는 두 가지 사례가 시내에서 발견되었다. 페스트는 이제 폐렴형 페스트로 변모하고 있었다.[14] 바로 그날 회의 도중 기진맥진한 의사들은 갈팡질팡하는 도지사에게 입에서 입으로 전이되는 폐렴형 페스트의 감염을 막기 위한 새로운 조치들을 요구했고 그 답을 받아 냈다. 늘 그렇듯이 여전히 그 무엇도 분명히 알 수는 없었다.

리유는 어머니를 바라보았다. 어머니의 아름다운 밤색 눈동자는 다정함으로 가득했던 옛 시절을 그의 마음속에 되살아나게 했다.

14 페스트는 크게 두 가지 유형으로 나뉜다. 보균 동물을 흡혈한 벼룩에 물려 감염되는 선(腺)페스트와, 호흡기나 점막을 통해 사람들 사이에서 직접적으로 감염되는 폐렴형 페스트다.

「어머니, 무서우신가요?」

「내 나이가 되면 무서운 게 더 이상 별로 없단다.」

「하루하루가 너무 지루하고 저는 집에 제대로 있지도 않잖아요.」

「네가 집에 반드시 들어온다는 걸 알고 있으니 기다리는 것쯤은 괜찮단다. 그리고 네가 집에 없을 때면 나는 네가 무엇을 하고 있는지 생각해 본단다. 네 처에게서는 무슨 소식이라도 있니?」

「네, 지난번 전보를 보니 다 잘되고 있답니다. 하기야 저를 안심시키려고 하는 말이겠죠.」

초인종이 울렸다. 의사는 어머니에게 미소를 짓고 문을 열러 갔다. 회색 옷을 입은 타루는 어두운 층계참에서 마치 커다란 한 마리 곰처럼 보였다. 리유는 자기 책상과 마주 보는 자리에 손님을 앉히고 자신은 의자 뒤에 그대로 서 있었다. 그들 사이에 있는 것이란 방을 밝히는 책상 위 전등뿐이었다.

「저는 선생과 솔직한 얘기를 나눌 수 있으리라 생각합니다.」 타루가 단도직입적으로 말했다.

리유가 말없이 고개를 끄덕였다.

「보름 혹은 한 달쯤 뒤면 선생께서는 이곳에서 아무런 도움이 되지 못하실 겁니다. 사건들을 막기에는 속수무책이신 거죠.」

「맞습니다.」 리유가 대답했다.

「위생 부서의 조직 체계는 엉망이에요. 선생께는 사람과 시간이 절대적으로 부족합니다.」

리유는 그 또한 사실임을 인정했다.

「도청에서 광범위한 구호 활동에 건강한 성인 남자들이

의무적으로 참여하도록 일종의 민간 봉사대를 준비한다는 말을 들었습니다.」

「잘 알고 계시는군요. 하지만 이미 불만이 대단해서 도지사가 주저하고 있습니다.」

「어째서 자원봉사자들을 모집하지 않는 건가요?」

「했지만, 결과가 신통치 않았습니다.」

「이렇다 할 신념도 없이 공무 집행하듯 했었지요. 그들에겐 상상력이 부족합니다. 재앙과 맞설 수준들이 아닙니다. 짜낸 해결책은 고작 코감기 수준에 불과해요. 만일 그들이 하는대로 그냥 내버려 둔다면, 그들은 망하는 거고 우리도 다 같이 그렇게 되겠죠.」

「그럴지도 모르죠.」 리유가 말했다. 「한 가지 말씀드려야 할 점은 그들이 제가 중노동이라고 부르는 일에 죄수들을 동원할까도 생각했답니다.」

「일반인들이면 더 좋겠는데요.」

「저도 그렇게 생각합니다. 그런데, 도대체 왜죠?」

「저는 사형 선고라면 질색입니다.」

리유가 타루를 쳐다보고는 물었다.

「그래서요?」

「그래서 제가 자원봉사자들로 구성된 보건대를 조직하기 위한 계획을 하나 가지고 왔습니다. 제게 그 일을 할 수 있도록 맡겨 주시고 행정 당국은 일단 제쳐 놓도록 합시다. 더군다나 당국은 할 일이 넘치니까요. 제가 여기저기 아는 사람들이 좀 있으니 우선은 그들이 첫 번째 핵심 그룹이 될 겁니다. 물론 저도 거기에 참여할 거고요.」

「잘 알겠습니다.」 리유가 말했다. 「제가 기꺼이 수락하리라는 건 짐작하셨겠죠. 도움이 필요합니다. 특히 이 일에는요. 선생의 계획을 도청에서 허락하는 문제는 제가 책임을 지겠습니다. 사실 도청으로서는 선택의 여지가 없지요. 한데…….」

리유가 잠시 생각에 잠겼다.

「한데, 그 일 때문에 생명을 잃으실 수도 있습니다. 잘 알고 계시겠죠. 일단 알려 드리는 게 도리입니다만, 잘 생각해 보셨나요?」

타루는 회색빛 눈동자로 그를 바라보고 있었다.

「파늘루 신부의 설교에 대해서 어떻게 생각하십니까, 선생님?」

자연스럽게 질문이 나왔고, 리유도 자연스럽게 답했다.

「집단적인 처벌이라는 견해에 수긍하기에는 제가 병원 생활을 너무 오래 했지요. 하기야 선생께서도 아시다시피 사실 기독교인들은 절대로 그렇게 생각하지 않으면서도 이따금 그런 식으로 말을 하죠. 그 사람들 겉보기보다는 괜찮은 사람들입니다.」

「아무리 그렇다고 해도 선생께서도 파늘루 신부처럼, 페스트에는 그것 나름 대로의 유익한 점이 있어서 사람들의 눈을 뜨게 만들고 그들로 하여금 진지하게 생각하도록 만든다고 생각하십니까?」

의사는 참지 못하겠다는 듯 머리를 흔들었다.

「이 세상의 모든 질병들만큼 그렇다는 거죠. 이 세상의 온갖 고통에 올바른 점이 있다면 페스트도 마찬가지로 그렇겠죠. 그런 사고방식은 어떤 사람들을 위대하게 만드는 구실이 되기도 합니다. 그렇지만 페스트로 인해 겪는 비참함과 고통을 안다면 페스트를 인정한다는 건 눈이 멀거나 비겁하거나 아니면 완전히 돌아 버리지 않은 이상 불가능합니다.」

리유의 목소리가 그저 조금 커졌을 뿐인데 타루가 그를 진정시키려는 듯 손사래를 쳤다. 타루는 웃고 있었다.

「네, 그러죠.」 리유가 별일 아니라는 듯 어깨를 으쓱해 보였다. 「하지만 제 질문에는 아직 답을 하지 않으셨습니다. 잘 생각해 보신 건가요?」

타루는 의자에 편안히 앉으려 몸을 좀 움직이고는 전등 불빛에 얼굴을 내보이며 물었다.

「하느님을 믿으십니까?」

이번에도 질문은 자연스럽게 나왔다. 그러나 이번 질문에 리유는 주저했다.

「아니요, 하지만 무슨 의미가 있습니까? 저는 깜깜한 어둠 속에 있지만 그래도 그곳에서 분명히 보려 애쓰고 있습니다. 그런 질문이 특별하다고 생각하지 않은 지 벌써 오래됐죠.」

「선생님과 파늘루 신부의 다른 점이 바로 그 점 아닐까요?」

「저는 그렇게 생각하지 않습니다. 파늘루 신부는 학자입니다. 그는 사람들이 실제 죽어 가는 모습을 충분히 본 적이 없고, 바로 그렇기 때문에 진리를 내세우며 말하는 겁니다. 그러나 아무리 시골 마을의 하급 신부라도 자신의 교구에서 종부 성사를 집전하고 임종하는 사람의 마지막 숨소리를 들어 봤다면 저처럼 생각할 겁니다. 그런 신부라면 재앙에서 훌륭한 점을 드러내 보이기보다는 우선은 치료부터 하려 들겠죠.」

리유는 자리에서 일어났다. 이제 그의 얼굴은 어둠 속에 묻혀 있었다.

「선생께서 대답하려고 하지 않으시니 그 문제는 그만둡시다.」 그가 말했다.

타루는 의자에서 움직이지 않은 채 미소를 지으며 물었다.

「제가 대답을 받는 대신 질문을 하나 더 해도 될까요?」

이번에는 의사가 미소를 지었다.

「비밀스러운 걸 좋아하시는군요.」 의사가 말했다. 「자, 해 보시죠.」

「네, 좋습니다.」 타루가 말했다. 「선생은 하느님을 믿지도 않으면서 어째서 그렇게도 헌신적이십니까? 선생의 대답이 제가 대답을 하는 데 아마도 도움이 될 겁니다.」

어둠 속에 그대로 머문 채 의사는 이미 답을 했다고 말하며 만일 자신이 전지전능한 단 한 분의 신을 믿는다면 사람들의 병을 고치는 일을 그만두고 신에게 그 일을 맡길 거라고 덧붙였다. 그러나 세상의 어느 누구도 심지어 신을 믿는다고 확신하는 파늘루 신부조차도 그런 식으로 신을 믿지는 않는데, 왜냐하면 어느 누구도 자신을 신에게 완전히 내맡기진 않기 때문이며 바로 그 점에 있어서 적어도 리유 자신은 신이 만든 세상과 투쟁하며 진리의 길을 걷고 있다고 생각한다는 것이었다.

「아! 선생님이 의사라는 직업에 부여하신 의미가 바로 그건가요?」 타루가 물었다.

「대충 그렇다고 할 수 있죠.」 의사가 전등 불빛 쪽으로 몸을 움직이며 답했다.

타루는 나직이 휘파람을 불었고 의사는 그를 바라보았다.

「그래요…….」 리유가 말했다. 「그러려면 대단한 자존심이 필요하리라 생각하시겠죠. 하지만 제게는 필요한 만큼의 자존심이 있을 뿐입니다. 앞으로 나에게 무슨 일이 있을지, 이 모든 일이 끝난 뒤에는 무슨 일이 일어날지 저는 모릅니다. 지금 현재로는 환자들이 있고 그들을 치료해야 합니다. 그러고 난 뒤에 그들은 반성할 테고 저 역시 그렇겠죠. 그러나 가장 긴급한 일은 그들을 치료하는 겁니다. 저는 제가 할 수 있는 한 그들을 보호해야 하고요. 그뿐인 거죠.」

「누구로부터 보호한다는 건가요?」

리유는 창문 쪽으로 몸을 돌렸다. 저 멀리 수평선 어딘가 더 짙은 어둠이 서린 곳에 바다가 있으리라 짐작할 수 있었다. 그는 피곤하다는 생각뿐이었고 그러면서도 한편으로는 유별나 보이지만 우정이 느껴지는 이 사람에게 속마음을 좀 더 털어놓고 싶다는, 주체할 수 없는 갑작스런 바람을 잠재우느라 애를 쓰고 있었다.

「타루 씨, 저는 아는 바가 전혀 없습니다. 단언코 전 아무것도 몰라요. 이 직업에 발을 들여놓았을 때 저는 추상적으로 생각했던 겁니다. 직업이 필요했기 때문이었고 딴 직업과 마찬가지로 괜찮은 일거리인 데다 젊은이들이 하고자 하는 일들 가운데 하나였기 때문이죠. 어쩌면 저 같은 노동자 집안 자식으로서는 특히나 어려웠기 때문이었는지도 모릅니다. 의사가 되고 나니 죽음을 보아야 했습니다. 죽음을 거부하는 사람들이 있다는 것을 아십니까? 어떤 여자가 죽는 순간 〈안 돼!〉라고 외치는 걸 들어 본 적이 있나요? 저는 있어요. 제가 그런 일에 익숙해질 수 없다는 사실을 그때 분명히 알았습니다. 저는 젊었고 제가 느낀 환멸감은 이 세상 질서 그 자체를 향한다고 생각했습니다. 그 후로 겸손해졌지요. 저는 죽어 가는 사람을 보는 데 여전히 익숙하지 않을 뿐입니다. 그 이상은 전혀 모릅니다. 하지만 결국…….」

리유가 입을 다물더니 다시 자리에 앉았다. 입이 바싹 마르는 것을 느꼈다.

「결국이라뇨?」 타루가 나지막이 물었다.

「결국…….」 의사는 말을 계속하려다가 한 번 더 주저하더니 타루를 유심히 바라보았다. 「선생 같은 분이라면 이해할 수 있는 일 아니겠습니까? 그러나 세상의 질서란 죽음에 의해서 해결되니 만큼 어쩌면 신으로서도 사람들이 자기를 믿어 주지 않는 편이 더 나을지도 모르고, 게다가 그렇게 침묵하고만 있는 하늘을 올려다볼 일이 아니라 사람들이 온 힘을 다해 죽음에 맞서 투쟁하기를 더 바랄지도 모릅니다.」

「맞습니다.」 타루가 인정했다. 「저는 이해합니다. 그렇지만 선생님의 승리란 늘 일시적일 테죠. 제가 하고 싶은 말은 그뿐입니다.」

리유의 얼굴이 어두워 보였다.

「늘 그렇겠죠, 저도 압니다. 하지만, 투쟁을 멈춰야 하는 이유가 되는 건 아니죠.」

「물론 아니죠, 이유가 될 수는 없습니다. 하지만 그렇기 때문에 이번 페스트가 선생님에게 어떤 것일지 상상할 수 있습니다.」

「네…….」 리유가 말했다. 「패배의 연속이죠.」

타루가 잠시 의사를 바라보다가 자리에서 일어나 문을 향해 무거운 걸음을 옮겼다. 리유도 뒤를 따랐다. 리유가 어느새 그의 곁에 다다르자 자기 발등을 보고 있는 듯하던 타루가 그에게 말했다.

「누가 그런 것을 다 가르쳤나요, 선생님?」

대답은 즉각적이었다.

「가난입니다.」

리유는 진찰실 문을 열고 복도로 나와, 변두리에 사는 어떤 환자를 보러 가기 위해 자기도 나가는 길이라고 말했다. 타루가 같이 가도 되는지 묻자 의사는 그러자고 했다. 복도 끝에 다다랐을 때 그들은 리유의 어머니를 만났고, 의사는 타루를 소개했다.

「친구예요.」 그가 말했다.

「아! 그런가요, 이렇게 만나서 반갑군요.」 그녀가 말했다.

리유의 어머니가 멀어지자 타루는 다시 한 번 그녀 쪽을 돌아보았다. 층계참에서 의사는 자동 스위치를 켜보려고 애를 썼지만 헛수고였다. 계단은 어둠 속에 깊이 잠겨 있었다. 의사는 이것이 혹시 새로운 절전 조치의 결과인지 생각하고 있었다. 벌써 얼마 전부터 가정집들과 도심지에서 기계란 기계는 죄다 고장 나고 있었다. 어쩌면 수위들 그리고 대개는 시민들이 더 이상 그 무엇에도 신경을 쓰지 않기 때문인지도 몰랐다. 의사는 계속해서 의아해할 틈이 없었다. 뒤에서 타루의 목소리가 울려 왔기 때문이다.

「선생님, 우스꽝스럽다고 하실지도 모르겠습니다만, 한마디만 더 하겠습니다. 선생님께서 전적으로 옳습니다.」

리유가 어둠 속에서 혼자 어깨를 으쓱했다.

「전 도대체 모르겠는데요. 한데, 선생께서는 대체 무엇을 아신다는 거죠?」

「아! 전 모르는 게 별로 없죠.」 조금도 당황하는 기색 없이 타루가 말했다.

의사가 그 자리에 멈춰 서는 바람에 타루의 발이 리유 바로 뒤 층계참에서 미끄러지는 듯했지만 그는 곧 리유의 어깨를 붙들면서 몸을 바로잡았다.

「인생에 대해 다 안다고 생각하십니까?」 리유가 물었다.

여전히 침착한 목소리에 실린 그의 대답이 어둠 속에서 들려왔다.

「네.」

길로 나서며 그들은 제법 늦은 시각임을 알았다. 아마도 11시쯤 되었을 것이다. 시내는 조용했고 가볍게 스치는 소리만으로 가득 차 있었다. 아주 멀리서 구급차 사이렌 소리가 울렸다. 그들은 차에 올라탔고 리유가 시동을 걸었다.

「내일 병원에 와서 예방 주사를 맞아야 합니다.」 그가 말했다. 「그런데 마지막으로, 그리고 이 일을 시작하기에 앞서서, 선생이 무사히 살아남을 가능성은 3분의 1밖에 안 된다는 사실을 다시 한 번 더 생각해 보십시오.」

「그런 계산은 의미가 없어요, 선생님. 선생님도 저만큼 잘 아시죠. 1백 년 전에 페르시아 한 도시에서 전염병 페스트가 온 주민을 죽였지만 시체를 목욕시키던 사람만은 살아남았답니다. 그 일을 단 한 번도 멈추지 않았는데 말이죠.」

「그는 3분의 1의 기회를 가졌던 거죠, 그뿐입니다.」 리유가 갑자기 들릴 듯 말 듯한 목소리로 말했다. 「하지만 사실을 말하자면 그 문제에 관해서는 배워야 할 점이 아직도 많습니다.」

그들은 이제 변두리 동네로 들어서고 있었다. 인적 없는 거리를 전조등이 환하게 비추고 있었다. 그들은 차를 세웠다. 자동차 앞에서 리유는 타루에게 들어가겠느냐고 물었고 타루는 그러겠다고 말했다. 하늘로부터 한 줄기 빛이 그들의 얼굴을 밝히고 있었다. 리유가 친구에게 하듯 느닷없이 웃음을 지었다.

「그런데, 타루 씨.」 그가 말했다. 「뭣 때문에 이런 일에 나서는 겁니까?」

「저도 모르겠어요. 아마도 제가 따르고 싶은 도리 때문이겠죠.」

「어떤 도리 말인가요?」

「이해하려는 마음입니다.」

타루는 집 쪽으로 몸을 돌렸고 천식을 앓는 그 노인 집에 들어서기 전까지 리유는 그의 얼굴을 볼 수 없었다.

다음 날이 되자마자 일에 착수한 타루는 우선 제1진을 모았는데, 계속해서 다른 여러 그룹들이 그 뒤를 따를 예정이었다.

그렇지만 서술자의 의도는 이 보건대에 실제로 그들이 가졌던 것보다 더 큰 중요성을 부여하지는 않겠다는 것이다. 수많은 우리 시민들이 지금 서술자의 입장이 된다면 보건대의 역할을 과장하려는 유혹에 굴복할 게 분명하다. 그러나 서술자는 훌륭한 활동에 중요성을 지나치게 부여하는 것은 결국 악에 대해서 강력하면서도 간접적인 찬사를 표하는 셈이라고 생각한다. 왜냐하면 그런 훌륭한 행동들이 그렇게도 큰 가치를 갖는다면 그런 행동들 자체가 드문 데다가 사악함과 무관심이 인간들의 행동에 있어 훨씬 더 빈번한 원동력이기 때문이라는 점만을 전제로 하기 때문이다. 바로 이것이 서술자가 동의할 수 없는 점이다. 이 세상의 악이란 거의 대부분 무지에서 비롯되며, 따라서 배움이 없는 선의는 악의와 마찬가지로 피해를 입히는 경우가 있다. 인간이란 악하기보다는 차라리 선하지만 사실 그것은 중요한 문제가 아니다. 한데, 정도의 차이는 있지만 인간은 덜 무지하거나 더 무지하다. 따라서 우리가 미덕 또는 악덕이라 부르는 것도 바로 그래서이며, 가장 절망적인 악덕이란 전부 다 알고 있다고 믿고 그런 이유로 감히 다른 사람을 죽일 수도 있다고 생각하는 무지라는 악덕이다. 살인자의 영혼은 맹목적이며 가능한 최대의 혜안이 없다면 참된 선도 아름다운 사랑도 없는 법이다.

바로 그렇기 때문에 타루 덕분으로 결성된 우리 보건대는 객관적인 만족감으로 평가되어야 한다. 따라서 서술자는 자신이 합당한 중요성만을 부여하는 영웅주의와 의지에 대해서 지나치게 감동적인 예찬자가 되지는 않을 것이다. 단지 당시 페스트로 인해 상처받은 우리 시민들의 찢기고 절박한 심정을 이야기하는 역사가 노릇을 계속해 나가려 한다.

보건대에 헌신한 사람들은 그 일을 함으로써 그렇게까지 대단한 공헌을 한 것은 아니었는데, 왜냐하면 그들은 그것이 할 수 있는 유일한 일이라는 사실을 알고 있었고, 그런 결정을 내리지 않기란 당시로서는 상상조차 할 수 없었다. 이 조직은 우리 시민들로 하여금 페스트 속으로 한 걸음 더 나아가도록 도왔고 이미 전염병이 우리 곁에 있으니 만큼 맞서 투쟁하기 위해서 마땅히 할 일을 묵묵히 해야 한다는 점을 그들 중 일부에게 납득시켰다. 이렇게 해서 페스트가 어떤 사람들에게는 의무가 되었기 때문에 그것은 본연의 모습으로, 달리 말하자면 모든 사람들의 문제로서 등장하게 됐다.

그 점은 이치에 맞는다. 그러나 초등학교 교사가 2 더하기 2는 4가 된다는 것을 가르친다고 해서 사람들이 그를 칭찬하지는 않는다. 사람들은 아마도 그가 그런 멋진 직업을 선택한 것에 대해 칭찬할 것이다. 따라서 타루와 그 밖의 다른 사람들이 2와 2을 더하면 다른 것이 아니라 바로 4가 된다는 사실을 입증하기로 결정했다는 점은 칭찬받을 만하다고 해두자. 그러나 그들의 선의가 앞서 예로 든 초등학교 교사나 그 교사와 동일한 마음을 가진 모든 사람들에게 공통된다는 점도 말해 두자. 그런데 인간의 명예심을 고려해 본다면 다행스럽게도 그런 사람들은 우리 생각보다 훨씬 많으며, 적어도 그렇다는 것이 서술자의 신념이다. 더욱이 서술자는 사람들이 그에게 제기할 수도 있을, 예를 들어서 그들이 자신들의 생명을 잃어버릴 위험을 감수하고 있다는 반박을 충분히 고려하고 있다. 하긴 역사에서 2 더하기 2가 4가 된다는 것을 감히 말한 이유로 사형에 처하는 순간은 언제건 오기 마련이다. 교사는 그 사실을 잘 알고 있다. 그리고 그 결과로 어떤 벌이나 어떤 상이 기다리고 있느냐는 중요치 않다. 문제는 2와 2를 더하면 과연 4가 되느냐 안 되느냐다. 따라서 당시 생명을 잃어버릴 위험을 감수하던 그들에게 있어 문제는 그들이 페스트 속에 있느냐 없느냐, 그리고 페스트에 맞서서 싸워야 하느냐 말아야 하느냐의 결정을 내려야 한다는 것이었다.

그 무렵 우리 도시에 새로이 등장한 수많은 인간성 탐구자들은 그 무엇도 소용없고 모두가 무릎을 꿇어야 한다고 말하며 돌아다녔다. 타루도 리유도 그들의 친구들도 이렇다 저렇다 의견을 말할 수는 있었지만 항상 결론은 그들이 알고 있는 그것이었다. 즉, 이렇게든 저렇게든 무슨 방법을 써서라도 투쟁을 해야 하며, 무릎을 꿇어서는 안 된다는 것이었다. 문제는 되도록 많은 사람들이 죽음이든 돌이킬 수 없는 이별이든 경험하지 않도록 최대한 막자는 것이었다. 그렇게 하기 위해서 유일한 방법이란 페스트에 맞서 싸우는 것뿐이었다. 이 진실은 훌륭하지도 않았고, 단지 논리적 귀결일 뿐이었다.

그렇기 때문에 늙은 의사 카스텔이 운 좋게 구한 재료를 가지고 꿈쩍도 않으며 혈청을 제조하는 데 자신의 모든 신념과 정력을 쏟아붓고 있는 것은 당연했다. 리유와 그는 도시를 황폐화시키는 바로 그 세균을 배양해서 만든 혈청이 외부에서 가져온 것보다 더 직접적인 효과를 갖기를 기대하고 있었다. 왜냐하면 그 세균들은 전통적으로 정의된 페스트균과는 약간 달랐기 때문이다. 카스텔은 어서 빨리 자신의 첫 혈청이 탄생하기를 바라고 있었다.

그렇기 때문에 영웅적인 면이라고는 전혀 없는 그랑이 보건대에서 이를테면 서기 비슷한 역할을 맡은 것도 당연했다. 타루가 조직한 보건대 일부는 사실 인구 밀집 지역에서 예방적 차원의 구호 활동에 집중하고 있었다. 그들은 그곳에 필수적인 위생 시설이 갖춰지도록 애썼고 소독반이 점검하지 않던 지붕 밑 다락이나 건물 지하 창고들 수를 조사했다. 보건대의 또 다른 팀은 의사들의 왕진을 돕고 페스트 환자들 이송을 책임졌을 뿐 아니라, 이후 전문 요원이 없을 땐 환자들이나 사망자들의 운송 차량을 운전하기까지 했다. 이런 모든 일이 등록과 통계 작업을 필요로 했으며 그 일을 그랑이 맡았다.

이런 관점에서 볼 때 지금 이 글을 쓰고 있는 서술자는 그랑이야말로 타루나 리유 이상으로 보건대를 살아 움직이게 한 말 없는 용기의 실질적인 대표였다고 높이 평가하고 있다. 그는 주저 없이 한결같은 선의를 가지고 그 일을 맡겠다고 대답했었다. 그는 오로지 자질구레한 일들에 도움이 되기만을 바랄 뿐이었다. 그 밖의 일을 하기에는 너무 나이가 많았다. 저녁 6시부터 8시까지 그는 시간을 투자할 수 있었다. 그래서 리유가 그에게 열렬히 고마움을 표시할 때마다 놀라서 이렇게 말하곤 했다. 「아주 힘든 일도 아닌걸요. 페스트가 발생했으니 막아야 하는 것은 당연한 일이죠. 아! 만사가 이렇게 단순하다면야 얼마나 좋겠어요!」 그러고 자신이 쓰는 글에 대한 이야기로 돌아가곤 했다. 저녁 시간에 환자 등록 일이 끝나면 이따금 리유는 그랑과 이야기를 나누곤 했다. 그러다 보면 그들의 대화에 타루가 끼어들게 되었는데, 그랑은 점점 더 신이 나서 두 명의 동지들에게 속내를 털어놓았다. 리유와 타루는 페스트의 와중에서도 그랑이 계속하고 있는, 인내를 요하는 그 일을 계속하는 걸 관심을 가지고 지켜보고 있었다. 결국에 가서는 그들도 거기에서 일종의 휴식을 얻었다.

「말을 타는 여인은 잘 지냅니까?」 타루가 종종 묻곤 했다. 그러면 그랑은 난처하다는 듯 웃으며 한결같이 〈제자리걸음 중입니다, 제자리걸음요〉라고 대답했다. 어느 날 저녁 그랑은 〈우아한〉이라는 형용사를 완전히 버렸고 그 말을 타는 여인을 이제부터는 〈날씬한〉이라는 형용사로 수식하고자 한다고 말했다. 〈그게 더 구체적이거든요〉라고 그가 덧붙였다. 또 한번은 두 청중에게 다음과 같이 수정된 첫 구절을 읽어 주었다. 〈5월의 어느 화창한 아침에 말을 타는 날씬한 여인이 멋진 밤색 암말에 올라탄 채 불로뉴 숲의 꽃들이 만발한 오솔길을 달리고 있었다.〉

「그 여자가 더 잘 보이지 않나요?」 그랑이 말했다. 「그리고 저는 〈5월의 어느 아침에〉가 더 좋았어요. 왜냐하면 〈5월 달의〉라고 하면 걸음이 조금 늘어지는 것 같거든요.」

이어서 〈멋진〉이라는 형용사가 상당히 신경 쓰이는 모양이었다. 그의 말에 따르면 그렇게 말하지는 않기 때문에, 그가 상상하는 화려한 암말을 마치 사진 찍듯 한 번에 정확히 묘사할 용어를 찾고 있다고 했다. 〈살이 오른〉이라는 단어도 어울리지 않았는데, 구체적이긴 하지만 조금 경멸적이라는 것이었다. 〈윤이 나는〉이라는 단어에 한순간 마음이 가기도 했었지만, 문장의 리듬과 조화를 이루지 못했다. 그러던 어느 날 저녁 의기양양하게 〈검은 밤색 암말〉이라는 표현을 찾아냈다고 알렸다. 검은색이란 이번에도 역시 그의 말에 따르면 은근히 우아함을 표현한다는 것이었다.

「그건 안 돼요.」 리유가 말했다.

「아니, 왜요?」

「〈밤색〉이란 말의 품종이 아니라 색을 말하는 거니까요.」

「어떤 색 말인가요?」

「그러니까, 아무튼 검은색이 아닌 다른 어떤 색인 거죠!」

그랑은 풀이 죽어 보였다.

「감사합니다.」 그랑이 말했다. 「그래도 선생님이 있어서 다행이네요. 하지만 얼마나 어려운 일인지 선생님도 보셨겠지요.」

「〈호화로운〉이라는 단어는 어떻게 생각하시나요?」 타루가 말했다.

그랑이 그를 쳐다보더니 잠시 생각에 잠겼다.

「네, 그거예요!」 그가 말했다.

그의 얼굴에 웃음이 조금씩 돌아왔다.

그로부터 얼마 지나지 않아 그는 〈꽃들이 만발한〉이라는 단어가 그를 성가시게 한다고 고백했다. 사실 그는 오랑과 몽텔리마르 말고는 아는 도시가 전혀 없었기 때문에 불로뉴 숲의 오솔길들에는 어떤 식으로 꽃이 만발해 있는지 자신의 두 친구들에게 상세한 정보를 청하기도 했다. 엄밀하게 말해서 리유나 타루 생각에 불로뉴 숲 오솔길들에 실제로 그렇게 꽃들이 만발했던 적은 전혀 없었지만 서기의 확신이 그들의 마음을 흔들어 놓고 있었다. 그랑은 리유와 타루가 그 점에 대해서 확신을 못 한다는 데 놀랐다. 「예술가들만이 진정으로 사물을 볼 줄 알지요.」 그러던 어느 날 의사는 무척 흥분해 있는 그를 발견했다. 〈꽃들이 만발한〉을 〈꽃들로 가득한〉으로 고쳤다며 그는 두 손을 마주 비비며 말했다. 「드디어 보이는군요, 느껴집니다. 여러분, 모자를 벗고 경의를 표해 주십시오.」 그러고 의기양양해서는 자기가 쓴 글을 읽었다. 「5월의 어느 화창한 아침에 말을 타는 날씬한 여인이 호화로운 밤색 암말에 올라탄 채 불로뉴 숲의 꽃들로 가득한 오솔길을 달리고 있었다.」 그러나 큰 소리로 읽다 보니 문장 말미에 연달아 나오는 속격 조사 세 개[15]가 귀에 거슬렸고 그랑은 살짝 말을 더듬었다. 그는 그만 풀이 죽어서 자리에 풀썩 주저앉고 말았다. 그러고는 가보겠다며 의사에게 양해를 구했다. 생각을 좀 더 해볼 필요가 있었던 것이다.

이후에 알게 된 사실이지만 바로 그 무렵 그랑은 직장에

15 프랑스어는 속격 조사나 한정(조)사로 전치사 de가 사용된다. 〈불로뉴 숲의 꽃들로 가득한……〉의 프랑스어 원문 〈……*les allées plaines de fleurs du Bois de Boulogne*〉에서 제일 첫 de는 한정(조)사이며, 두 번째인 정관사와의 축약형 du와 마지막 de는 속격 조사이다.

서 정신이 딴 데 팔려 있는 듯한 인상을 주었고, 이는 줄어든 인력으로 인해 시가 과중한 업무량에 직면해야만 했던 당시로서는 유감스러운 일이 아닐 수 없었다. 그가 속한 부서 역시 일이 많아 힘든 상황이었으므로 부장은 그를 호되게 나무라며, 분명히 말하자면 그가 받은 월급은 그가 끝내지 못하고 있는 바로 그 일을 끝마치라는 대가였음을 상기시켰다. 「담당 업무 외에 보건대에서 자원봉사를 한다는 소문이 있던데.」 부장은 말했다. 「그거야 내 알 바 아니지만, 당신의 업무는 나하고 상관이 있지. 이런 끔찍한 상황에서 당신을 쓸모 있는 사람으로 만드는 첫 번째 방법은 당신 일을 제대로 하는 거요. 그러지 않는다면 다른 건 아무짝에도 소용이 없소.」

「그 사람 말이 맞아요.」 그랑이 리유에게 말했다.

「네, 그 말이 맞아요.」 리유도 인정했다.

「하지만 집중이 안 되고 대체 문장을 어떻게 끝내야 할지 모르겠어요.」

그는 〈불로뉴〉라는 장소를 아예 없애 버릴까 고심했는데, 그래도 누구나 이해할 것이라고 믿었기 때문이었다. 그러나 그렇게 하자 〈숲의 꽃들로 가득한 오솔길〉에서 〈숲의〉라는 부분이 〈꽃들로〉라는 단어에 걸리는 것처럼 들렸는데, 사실 〈숲의〉는 〈오솔길〉과 연결되는 것이었다. 그래서 다음과 같이 쓸 수 있는 가능성도 생각해 보았다. 〈꽃들로 가득한 숲의 오솔길〉이 그것이었다. 그러자 〈가득한〉이라는 수식어와 〈오솔길〉이라는 명사 사이에 자리한 〈숲〉이라는 단어가 구절을 괜히 둘로 양분하는 듯 보여 그로서는 마치 살 속에 박힌 가시 같았다. 그러다 보니 어떤 저녁에는 리유보다 그가 훨씬 더 피곤해 보일 정도였다.

그랬다, 그랑은 자신의 마음을 온통 빼앗는 이 연구로 인해 늘 피곤했다. 하지만 그렇다고 해서 보건대가 필요로 하던 일들, 사망자들의 수를 더하고 통계를 내는 일들을 그만두지는 않았다. 매일 저녁 꾸준하게 그는 카드들을 깔끔하게 정리하고 거기에 그래프를 첨부해서 시시각각 변하는 상황을 가능한 한 정확하게 알리고자 느리지만 최선을 다해 노력하고 있었다. 그는 종종 리유가 있는 병원들 가운데 한 곳으로 와서는 사무실이건 혹은 진료실이건 상관없이 책상 하나만 내달라고 했고, 자료들을 가지고 시청 사무실 책상에 앉듯이 자리를 잡고 앉아서 소독약과 질병 때문에 생긴 혼탁한 공기 속에서도 잉크를 말리려고 서류 종이들을 허공에 흔들곤 했다. 그렇게 자신의 글에 등장하는 말을 타는 여인도 잠시 잊어버린 채 오로지 해야 하는 일만을 하려고 정직하게 노력했다.

그렇다. 사람들이 실제로도 소위 영웅이라 하는 본보기와 선례를 마음속에 품고 싶어 한다면, 그리고 이 이야기 속에 그런 영웅들 가운데 하나가 반드시 있어야 한다면, 이 글을 쓰고 있는 서술자는 다름 아닌 바로 이 평범하고 앞에 잘 나서지도 않는 영웅, 가진 것이라고는 마음속에 약간의 선량함과 겉보기에 그저 우스꽝스럽기만 한 이상밖에 없는 이 영웅을 추천한다. 그렇게 했을 때 진리에는 그것에 합당한 것을, 2 더하기 2에는 그것의 합인 4를 그리고 영웅주의에는 그것 본래의 자리인 두 번째 위치를, 다시 말해서 행복에 대한 무한한 욕구 바로 뒤에 자리할 뿐 결코 그 앞은 아닌 두 번째 위치가 부여될 것이다. 또한 그렇게 했을 때 이 기록에도 자신만의 특징, 즉 노골적으로 가혹하지 않고 구경거리 보여 주듯 비열하게 흥미를 유발시키지도 않는 감정들, 즉 선의라는 감정들로 이루어진 기록이 지녀야 할 개성이 부여될 것이다.

페스트에 감염된 도시 안으로 바깥세상이 들여보내는 격려와 응원을 라디오에서 듣거나 혹은 신문에서 읽을 때마다 의사 리유의 생각은 적어도 그랬다. 비행기나 육로를 통해서 보내진 구호품들은 물론이고 동정이나 찬양 일색의 논평들이 이제는 외따로 버려진 도시로 폭포수처럼 쏟아져 내렸다. 그럴 때마다 영웅적 무훈담이나 수상식 연설과도 같은 어투에 의사 리유는 참을 수가 없었다. 물론 그런 마음 씀씀이가 거짓이 아님은 알고 있었다. 그러나 그것은 오직 인간이 자신과 전 인류를 연결하는 그 무엇을 표현하고자 할 때 쓰는 상투적인 언어의 범위 안에서만 표현될 수 있을 뿐이었다. 그리고 이를테면 그 언어는 페스트의 한가운데에서 그랑이 무엇을 의미하는지 알 수 없었기 때문에 그가 하는 일상의 소소한 노력들을 표현해 낼 수 없었다.

이따금 밤 12시경 인적 없는 도시가 깊은 침묵 속에 빠져 있을 무렵 잠시나마 눈을 붙이기 위해 잠자리에 누우려던 리유는 라디오를 켰다. 그러면 세상 저 끝에서부터 수천 킬로미터를 거슬러 얼굴도 모르는 사람들의 우정 어린 목소리가 서투르게나마 연대감을 표현하고자 애를 쓰고 있었고, 또 실제로도 연대를 말하고 있었다. 하지만 인간이라면 누구든 자신이 눈으로 볼 수 없는 고통을 진실로 함께 나눌 수 없다는 가혹한 무력감도 동시에 드러내고 있었다. 〈오랑! 오랑!〉 호소의 목소리는 헛되이 바다를 가로질렀고 리유가 잔뜩 긴장한 채 귀를 기울여 봤지만 헛수고였다. 곧이어 웅변조의 목소리가 높아지자 그랑과 그 웅변가 모두를 서로에게 이방인으로 만들어 버리는 본질적인 거리가 더욱더 분명히 드러나고 말았다. 〈오랑! 그렇지, 오랑!〉 의사는 생각했다. 〈천만의 말씀. 사랑하느냐 함께 죽느냐, 그것 말고 다른 방법은 없어. 한데, 그들은 너무 멀리 떨어져 있지.〉

페스트가 우리 도시를 공격해 결국엔 완전히 자기 손아귀에 넣으려고 온 힘을 모으던 시기, 다시 말해서 재앙이 가장 극렬했던 시기를 서술함에 앞서 더 이상 미루지 말고 반드시 기록해야 할 사실이 남아 있다. 그것은 바로 랑베르처럼 마지막까지 포기할 줄 모르던 사람들이 자신들의 행복을 되찾기 위해서, 그리고 그 어떤 공격이 있더라도 그들이 지키고자 한 그들의 일부분을 페스트로부터 구해 내기 위해서 했던 단조롭고도 절망적이며 기나긴 노력들이다. 그들을 위협하는 굴욕을 그들이 거부하는 방식이 바로 그랬고, 이러한 거부는 겉보기에 다른 것보다 효과적이지 않았지만 서술자 생각에는 그 나름의 의미가 있었고, 비록 공허함뿐 아니라 심지어 모순도 있기는 했지만 당시 우리들 각자 안에 자랑스러운 무언가가 있음을 보여 주었다.

랑베르는 페스트에 생포되지 않기 위해 고군분투하고 있었다. 합법적인 수단으로는 이 도시에서 벗어날 수 없다는 확신을 얻자, 다른 수를 쓰기로 결심했다. 기자는 카페 종업원들부터 시작했다고 리유에게 말했다. 카페 종업원이란 세상 돌아가는 일을 훤히 꿰고 있는 법이다. 그러나 그가 처음

문의한 종업원들은 이런 종류의 계획을 제재하기 위해 마련된 매우 엄중한 처벌에 대해서 특히나 잘 알고 있었다. 한번은 괜히 부추기려는 사람이라는 오해를 받기까지 했다. 그는 일을 좀 진전시킬 목적으로 리유의 집에서 코타르를 만나야 했다. 그날 리유와 코타르는 기자가 행정 부서를 돌아다니면서 헛수고한 일들에 대해 재차 이야기를 나누었다. 며칠 후 코타르는 길에서 랑베르를 만났고 그즈음 그가 만나는 모든 사람들에게 하듯 친절하게 대했다.

「여전히 감감무소식인가요?」 코타르가 물었다.

「네, 없어요.」

「관청은 믿을 만한 곳이 못 됩니다. 그 사람들은 이해하려고 들지를 않아요.」

「맞습니다, 다른 방법을 좀 찾고 있기는 하지만 어렵네요.」

「아! 그러시군요.」 코타르가 말했다.

그로 말하자면 비밀 경로를 하나 알고 있었는데, 그 말을 듣고 놀라는 랑베르에게 자신은 오래전부터 오랑의 모든 카페에 자주 드나들며 거기에 친구들이 있고, 그런 종류의 일을 취급하는 조직 하나가 있음을 알고 있다고 설명했다. 당시 쓰는 게 버는 것보다 많았던 코타르는 사실 배급 물자 암거래에 가담하고 있었다. 그렇게 해서 값이 계속 오르는 담배나 질 나쁜 술을 되팔아 적지 않은 재산을 챙기고 있었다.

「확실한 건가요?」 랑베르가 물었다.

「그럼요, 이미 제게 누가 제안을 했었거든요.」

「한데 선생은 그런 기회를 왜 이용하지 않았죠?」

「의심하지 마세요.」 코타르가 마음씨 좋은 사람처럼 말했다. 「제가 그런 기회를 이용하지 않은 건 떠나고 싶지 않아서

예요. 제게는 그럴 만한 이유가 있습니다.」

그는 잠시 말이 없더니 이렇게 덧붙였다.

「이유가 무엇인지 묻지 않으시나요?」

「제가 보기에는…….」 랑베르가 말했다. 「저와는 상관이 없는 일인 것 같습니다.」

「어떤 의미에서 보자면 선생과는 사실 상관없지요. 하지만 또 다른 의미에서는……. 어쨌거나 단 하나 분명한 점은, 우리가 페스트와 함께 지내게 된 이후로 저는 이곳에서 기분이 아주 최고로 좋답니다.」

랑베르는 그의 말에 귀를 기울였다.

「그 조직과 어떻게 닿을 수 있습니까?」

「아! 그거야 쉽지는 않지만, 저와 같이 가시죠.」 코타르가 말했다.

오후 4시였다. 짓누르는 듯한 하늘 아래로 도시가 서서히 익어 가고 있었다. 모든 상점들이 차양을 쳐놓은 채였다. 거리엔 인적이 없었다. 코타르와 랑베르는 아치형 지붕이 늘어선 길로 접어들어 한동안 말없이 걸었다. 페스트가 모습을 내보이지 않는 시각이었다. 이런 침묵, 이렇듯 생기 없고 정지된 시간은 재앙의 그것일 뿐만 아니라 여름의 그것일 수도 있었다. 공기가 짓누르는 듯해서 페스트의 위협 때문인지 아니면 먼지와 타는 듯한 열기 때문인지 알 수 없었다. 페스트와 맞닥뜨리려면 숨어서 지켜보며 때를 노려야 했다. 왜냐하면 페스트는 대수롭지 않은 기미들로만 본색을 드러내기 때문이었다. 페스트에 친밀함을 느끼는 코타르는 한 예로 거리에 개들이 없다는 점을 랑베르에게 환기시켰는데, 여느 때 같으면 어떻게든 선선한 바람을 찾아서 상점 입구마다 배를 깔고 엎드려 헐떡거리고 있어야 할 터였다.

그들은 팔미에 대로를 따라 걷다가 아름므 광장을 가로질러 마린느 동네 쪽으로 내려갔다. 왼편에 벽을 초록색으로 칠한 어떤 카페 하나가 노란색 넓은 차양이 비스듬히 드리워진 아래에 숨어 있는 듯 보였다. 카페로 들어가면서 코타르와 랑베르는 이마의 땀을 닦았다. 그들은 초록색 철판으로 된 테이블을 마주하고 야외용 접이식 간이 의자에 자리를 잡았다. 실내에는 사람 하나 없었다. 파리들만이 허공에서 윙윙거렸다. 엉성하게 만든 바에 놓인 노란 새장에는 털이 몽땅 빠진 앵무새 한 마리가 횃대에 힘없이 앉아 있었다. 전투 장면을 그린 낡은 그림 몇 점은 잔뜩 때가 끼고 온통 거미줄투성이인 채 벽에 걸려 있었다. 양철 테이블마다 심지어는 랑베르 바로 앞의 것에도 닭똥이 말라붙어 있었는데, 어디서 난 것인지 의아해하던 차에 잠시 소란스럽다 싶더니 어둠침침한 구석에서 난데없이 잘생긴 수탉 한 마리가 튀어나왔다.

그 순간 더위가 한층 더 기승을 부리는 것 같았다. 코타르는 웃옷을 벗고 테이블을 두드렸다. 키 작은 한 남자가 몸이 거의 보이지 않을 정도로 기다란 파란색 앞치마를 두른 채 안에서 나왔는데, 코타르를 보자마자 멀리서부터 인사를 하고는 다가오면서 발길로 수탉을 힘껏 걷어차 쫓아 버리더니 수탉이 푸득거리며 울어 대는 와중에도 손님들에게 무엇을 드려야 할지 물었다. 코타르는 백포도주가 좋겠다고 하더니 가르시아라는 사람에 대해 그에게 따지듯 물었다. 그 땅딸보에 따르면 카페에서 그 사람을 못 본 지가 벌써 며칠 된다고 했다.

「오늘 저녁에 그자가 올 것 같소?」

「그거야 그 사람 속에 들어갔다 나오지 않아서 말이죠!」 종업원이 말했다. 「하지만 그 사람이 늘 오는 시간이야 선생께서 아시지 않나요?」

「그렇지, 하기야 그게 뭐 그렇게 중요한 건 아니고. 난 그저 소개해 줄 친구가 하나 있어서 이러는 건데.」

종업원은 물에 젖은 손을 앞치마 자락에 닦았다.

「아! 선생께서도 사업을 좀 하시나요?」

「그렇소.」 코타르가 답했다.

땅딸보가 코를 훌쩍이더니 이렇게 말했다.

「그러시다면 오늘 저녁에 다시 오시죠. 제가 그 사람한테 애를 하나 보내 알려 두겠습니다.」

그곳에서 나오며 랑베르는 그 사업이라는 게 무언지를 물었다.

「당연히 암거래죠. 그들이 시 문을 통해서 물건들을 통과시키고 아주 비싼 값에 팔고 있답니다.」

「그렇군요.」 랑베르가 말했다. 「공범들도 있겠죠?」

「두말하면 잔소리죠.」

그날 저녁 차양은 걷히고, 앵무새는 새장 안에서 재잘대고, 양철 테이블에는 셔츠 차림의 남자들이 둘러앉아 있었다. 코타르가 카페에 들어서자 그들 가운데 밀짚모자를 뒤로 젖혀 쓰고 열어젖힌 하얀 셔츠 사이에 황토빛으로 그을린 가슴팍을 내보이던 한 사내가 자리에서 일어났다. 반듯이 균형 잡히고 햇볕에 그을린 얼굴에 작고 검은 눈동자와 새하얀 이, 그리고 손가락에 낀 두세 개의 반지, 그는 대략 서른 살 정도로 보였다.

「안녕한가?」 그가 말했다. 「바에서 한잔하자고.」

그들은 말없이 주거니 받거니 했다.

「밖으로 나가는 게 좋을 듯한데, 어떤가?」 가르시아가 말했다.

그들은 항구를 향해서 내려갔고 가르시아는 자신에게 무엇을 원하느냐고 물었다. 코타르는 랑베르를 소개하려는 게 정확히 말해 사업 때문은 아니고, 〈외출〉이라 부르는 일 때문이라고 그에게 말했다. 가르시아는 담배를 피우면서 곧장 앞으로 걷고 있었다. 그는 랑베르에 대해 이야기하면서도 마치 그의 존재는 눈에 들어오지도 않는다는 듯이 〈그 사람〉이라고 칭하며 몇 가지 질문을 해댔다.

「뭐 때문이지?」 가르시아가 물었다.

「프랑스에 아내가 있어.」

「아하!」

그러고 나서 잠시 후 물었다.

「그 사람 직업은 뭔가?」

「신문 기자.」

「말이 많은 직업이지.」

랑베르는 잠자코 있었다.

「친구라니까.」 코타르가 말했다.

그들은 아무 말 없이 앞을 향해 걸었다. 부둣가에 도착해 보니 출입구는 거대한 철조망으로 막혀 있었다. 그래서 정어리튀김을 파는 작은 선술집으로 향했는데 벌써부터 냄새가 그들에게까지 풍겨 왔다.

「하여튼…….」 가르시아가 결론을 내리듯이 말했다. 「그 일과 상관 있는 사람은 내가 아니라 라울이야. 게다가 일단은 내가 그를 찾아야 하는데, 쉽지는 않을 거야.」

「아!」 코타르가 활기를 되찾은 듯 물었다. 「그치는 숨어 지내나?」

가르시아는 대답이 없었다. 선술집에 가까워지자 그는 자리에서 멈춰 서더니 랑베르를 향해 처음으로 몸을 돌렸다.

「모레, 오전 11시, 시내 고지대의 세관 청사 모퉁이에서.」

그는 먼저 자리를 뜰 것처럼 하다가 두 사람을 향해 다시 돌아섰다.

「비용이 들 거요.」 그가 말했다.

확인하려는 것이었다.

「당연하죠.」 랑베르는 동의를 표했다.

잠시 뒤에 기자는 코타르에게 고맙다고 말했다.

「아, 천만에요.」 그가 신이 나서 대답했다. 「선생을 돕는 게 제게는 기쁨입니다. 더군다나 선생은 신문 기자시니까 언젠가 제게 이번 신세를 갚을 날이 오겠죠.」

이틀 후에 랑베르와 코타르는 그늘이라고는 전혀 없는 대로를 걸어 올라가고 있었는데, 그 길은 도시의 가장 높은 곳으로 향하고 있었다. 세관 청사 일부분은 의무실로 변해 있었고, 커다란 출입문 앞에는 허락받지는 못했으나 혹시나 병문안이 가능할까 하는 심정으로, 또는 한두 시간만 지나도 무효로 처리되고 마는 정보라도 어떻게든 얻어 볼까 해서 온 사람들이 웅성거리며 모여 있었다. 아무튼 이처럼 사람들이 모여들다 보니 오고 가는 많은 사람들로 북적거렸는데, 가르시아가 랑베르와 만나기로 한 장소로 이곳을 선택한 이유가 이와 무관하지 않으리라 추측할 수 있었다.

「이상하군요.」 코타르가 입을 열었다. 「이렇듯 떠나려는 집념 말입니다. 어쨌든, 앞일이 참 흥미진진합니다.」

「제겐 아니죠.」 랑베르가 대답했다.

「오! 물론 그렇죠, 위험을 무릅쓰시는 거니까요. 하지만 페스트 이전에도 차가 아주 많이 다니는 사거리를 건널 때 그 정도의 위험은 짊어진 셈이죠.」

바로 그때 리유의 자동차가 그들이 서 있는 곳에서 멈췄다. 타루가 운전을 했고 리유는 반쯤 잠든 듯하다가 잠에서 깨어나 서로 인사를 시켰다.

「우리는 아는 사이예요.」 타루가 말했다. 「같은 호텔에서 지내거든요.」

그는 랑베르에게 시내까지 태워 주겠다고 했다.

「아닙니다. 여기서 약속이 있어요.」

리유가 랑베르를 쳐다보더니 말했다.

「맞아요.」

「아!」 코타르는 놀라 어쩔 줄 몰라 했다. 「의사 선생님도 알고 계신가요?」

「저기, 예심 판사가 오는군요.」 타루가 코타르를 보며 알려 주었다.

코타르의 안색이 변했다. 정말로 오통 씨가 길을 내려오며 거침없지만 신중한 걸음으로 다가오고 있었다. 그는 이 작은 무리를 지나치면서 모자를 벗으며 인사했다.

「안녕하십니까, 판사님!」 타루가 말했다.

판사는 차를 타고 있는 사람들에게 인사한 다음 뒤로 물러나 있는 코타르와 랑베르를 보고 정중하게 머리를 숙이며 인사했다. 타루가 연금으로 먹고사는 코타르와 기자를 소개했다. 판사는 잠시 하늘을 바라보다가 한숨을 쉬면서 참으로 슬픈 시절이라고 말했다.

「타루 씨, 선생께서 예방 조치를 실행하는 일을 맡고 계시다고 들었습니다. 어떻게 치하해야 할지 모르겠습니다. 한데 의사 선생님, 병이 더 퍼져 나갈 것 같습니까?」

리유가 그러지 않기를 바란다고 말하자, 판사는 신의 섭리는 도무지 알 수 없으며, 결코 희망을 버려서는 안 된다는 말을 되풀이했다. 타루는 그에게 이번 사건들로 업무가 가중됐는지 물었다.

「천만에요. 우리가 흔히 일반법이라고 부르는 사건들은 줄어들었습니다. 저는 이번 새로운 조치들에 대한 중대한 위반 행위들을 심리하는 것 말고는 달리 하는 일이 없습니다. 기존의 법이 이만큼 준수되었던 적은 결코 없습니다.」

「그거야…….」 타루가 말했다. 「상대적으로 봤을 때 기존의 법이 당연히 좋기 때문이겠죠.」

판사는 방금 전 꿈꾸는 듯한 모습으로 정지한 채 하늘을 응시하다가 시선을 바꾸어 쌀쌀하게 타루를 훑어보았다.

「그래서 도대체 어쨌다는 겁니까?」 그가 말했다. 「중요한 것은 법이 아니라 형의 선고입니다. 우리로서도 어쩔 수 없습니다.」

「저자는…….」 판사가 떠나자 코타르가 말했다. 「우리들 원수 제1호라니까.」

자동차가 움직이기 시작했다.

잠시 후에 코타르와 랑베르는 가르시아가 걸어오는 모습을 보았다. 그는 손을 흔들지도 않으며 다가오더니 〈기다려야겠어〉라는 말로 인사를 대신했다.

그들 주위로 대부분 여자들인 군중이 완벽한 정적 속에서 무언가를 기다리고 있었다. 여자들은 거의 모두 바구니를 가지고 있었는데, 병에 걸린 부모에게 가져다줄 수 있으리라는 헛된 희망을 품고 있었고 한층 더 기막히게도 병자들 식량으로 쓰일 수 있으리라는 생각을 하고 있었다. 무장한 보초병들이 정문을 지키고 있었고, 이따금씩 괴상망측한 비명이 병동 건물과 정문 사이에 놓인 마당을 가로질러 들려왔다. 그러면 그 많은 청중들 사이에서 근심 가득한 얼굴들이 의무실 쪽을 돌아다보았다.

세 남자도 이 광경을 바라보고 있었는데, 그들 등 뒤에서 또렷하고도 위엄 있는 목소리로 〈안녕들 하신가〉라는 인사가 들리자 고개를 돌리지 않을 수 없었다. 찌는 듯한 더위에도 불구하고 라울이라는 사람은 매우 단정하게 옷을 차려입고 있었다. 키가 크고 몸이 다부진 그는 짙은 색 더블 버튼 양복 차림에 챙이 위로 둥글게 말린 중절모를 쓰고 얼굴은 상당히 창백했다. 갈색 눈동자에 야무진 입을 가진 라울은 빠르고 정확하게 말하는 사람이었다.

「시내 쪽으로 내려갑시다.」 그가 말했다. 「가르시아, 자네는 그만 가보게.」

가르시아는 담배를 한 대 피워 물고 그들이 멀어지는 동안 그냥 그 자리에 서 있었다. 랑베르와 코타르는 중간에서 걷고 있는 라울과 보폭을 맞추느라 서둘러 걸었다.

「이야기는 가르시아한테서 벌써 들었소.」 라울이 말했다. 「일이 될 것 같소이다. 하여튼 1만 프랑은 들 거요.」

랑베르는 알았노라고 대답했다.

「내일 나와 같이 점심이나 하죠. 마른느 거리의 스페인 식당에서요.」

랑베르가 알겠다고 답하자 라울은 처음으로 미소를 지으

며 그와 악수했다. 라울이 떠나고 난 뒤 코타르는 양해를 구했다. 자기는 다음 날 시간이 없는 데다가 이제는 더 이상 자신이 필요하지 않다는 것이었다.

다음 날 기자가 스페인 식당에 들어갔을 때 모두의 시선이 그의 움직임을 좇았다. 햇볕에 바싹 마르고 누렇게 먼지 낀 좁은 거리의 낮은 지대에 자리 잡고 있는 이 음침한 지하 식당에는 남자 손님들만 드나들었고, 심지어 대부분은 스페인 남자들이었다. 구석에 자리 잡고 있던 라울이 기자에게 손짓을 하고 곧이어 랑베르가 그를 향해 발걸음을 옮기자 사람들은 호기심을 지우고 먹고 있던 음식으로 얼굴을 돌렸다. 라울 곁에는 키가 크고 말랐지만 어깨가 딱 벌어진 어떤 남자가 앉아 있었는데, 말상인 얼굴에 머리숱은 별로 없었고 수염은 제대로 깎지도 않은 채였다. 걷어붙인 셔츠 소매 때문에 시커먼 털로 뒤덮인 길고 가느다란 두 팔이 고스란히 드러났다. 랑베르를 소개받자 그는 머리를 세 번 끄덕였다. 그의 이름은 입에 오르지 않았고 라울은 그 사람을 가리키며 그저 〈우리 친구〉라고만 했을 뿐이었다.

「우리 친구가 선생을 도울 방법이 있다고 하는군요. 그가 선생을 앞으로…….」

라울이 잠시 말을 중단했는데, 종업원이 주문을 받으러 랑베르에게 왔기 때문이었다.

「이 사람이 선생을 다른 두 친구와 연결시켜 줄 텐데, 그 친구들이 우리가 매수해 둔 보초병들을 선생께 소개할 겁니다. 그렇다고 일이 다 끝나는 건 아닐 겁니다. 보초병들이 절호의 순간을 잘 알아서 판단해야 하니까요. 가장 간단한 방법은 보초병들 가운데 도시 출입문 근처에 살고 있는 사람

집에서 며칠 지내시는 겁니다. 그러나 그에 앞서 우리 친구가 필요한 만남들을 주선할 겁니다. 모든 준비가 착착 진행되면 비용은 이 친구에게 지불하시면 됩니다.」

그 친구라는 자는 말상인 머리를 한 번 더 끄덕거렸는데, 그러면서도 토마토와 피망이 든 샐러드를 연신 휘저어 대며 게걸스럽게 먹고 있었다. 이어서 그 사람은 스페인 억양이 살짝 들어간 말투로 랑베르에게 이틀 후 오전 8시에 대성당 정문 앞에서 만나자고 제안했다.

「이번에도 이틀 후로군요.」 랑베르가 말했다.

「쉽지 않은 일이니까요. 친구들을 찾아내야 하거든요.」 라울이 말했다.

말상인 사내가 그 말이 맞다는 듯 한 번 더 고개를 끄덕였고 랑베르는 떨떠름한 표정으로 수긍했다. 이후 식사는 대화 주제를 찾느라 시간이 다 갔다. 그런데 말상인 그자가 축구 선수라는 사실을 랑베르가 알게 되고부터는 모든 것이 쉬워졌다. 랑베르도 축구를 열렬히 좋아했던 것이다. 그리하여 그들은 프랑스 전국 챔피언 쟁탈전이며, 영국 프로 선수단의 실력이며, W 형 전술에 대해서 떠들어 댔다. 식사가 끝날 무렵 말상인 그자는 아주 신이 나서 랑베르에게 말을 놓으며, 축구팀에서 센터 하프보다 더 멋진 포지션은 없다는 자신의 생각을 설득시키려고 애를 썼다. 「센터 하프란 공을 공급하는 자리라고, 무슨 소리인지 알겠지.」 그가 거듭 말했다. 「경기를 흐르게 하는 것, 그게 바로 축구라니까.」 랑베르는 늘 센터 포워드 역할을 했었지만 그와 생각이 같았다. 토론은 라디오 때문에 비로소 중단되었는데, 음향을 줄여 감상적인 선율들을 연신 틀어 대던 라디오에서 어느 순간 전날 페스트로 인한 사망자의 수가 137명이라고 보도했기 때문이었다. 그 자리에 모여 있는 사람들 가운데 반응을 보이는 사람은 아무도 없었다. 말상인 그자는 어깨를 으쓱하고는 자리에서 일어났다. 라울과 랑베르도 그를 따랐다.

헤어지면서 센터 하프인 그자는 랑베르 손을 힘껏 쥐며 말했다.

「나는 곤잘레스라고 하네.」

그날 이후 이틀은 랑베르에게 너무나 길게 느껴졌다. 그는 리유를 찾아가 일의 진행 상황을 상세히 이야기했다. 그러고 왕진 가는 리유를 따라갔다. 그는 페스트의 징후가 있는 환자가 리유를 기다리고 있던 어느 집 문 앞에서 작별 인사를 했다. 그 집 복도에서 뛰는 소리며 목소리가 들렸다. 누군가 의사의 도착을 가족에게 알리는 것이었다.

「타루가 늦지 않아야 할 텐데.」 리유가 중얼거렸다.

그는 피곤해 보였다.

「전염병의 속도가 너무 빠른가요?」 랑베르가 물었다.

리유는 그렇지 않다고 말하며 통계 그래프만 보더라도 상승 폭은 오히려 완만한 편이라고 했다. 다만 페스트와 맞서 투쟁하는 데 필요한 재원이 충분치 않은 게 문제라고 했다.

「물자가 부족합니다. 이 세상 어느 나라 군대에서건 물자 부족을 대개는 인력으로 보충하지요. 한데 우리에게는 그 인력마저도 부족한 형편입니다.」

「외지에서 의사들과 보건대원들이 왔잖아요.」

「맞아요.」 리유가 말했다. 「의사들 열 명과 백여 명의 사람들이죠. 언뜻 보기에는 많지요. 그런데 그 정도로는 전염병의 현재 상태를 감당하기에도 빠듯합니다. 병이 앞으로 더 확산된다면 그 인원으로는 턱없이 부족할 겁니다.」

리유는 집 안에서 들리는 소리에 귀를 기울이더니, 이어서 랑베르를 향해 살짝 웃었다.

「그렇군요. 선생도 좋은 결과를 내려면 박차를 가하셔야겠습니다.」

랑베르 얼굴에 잠시 어두운 그림자가 스쳤다.

「선생님도 잘 아시겠지만…….」 그가 낮은 목소리로 말했다. 「제가 떠나려는 것이 반드시 그 때문만은 아닙니다.」

리유가 자기도 잘 안다고 대답했지만, 랑베르는 계속 말을 이었다.

「저는 제가 비겁하지 않다고 생각합니다. 적어도 대체로 그런 것 같습니다. 제가 비겁하지 않다는 걸 실제로 알 수 있는 기회도 있었죠. 단지 받아들일 수 없는 의견들이 있는 겁니다.」

의사가 그를 마주 보고 섰다.

「사랑하는 사람을 다시 만나실 겁니다.」 리유가 말했다.

「아마도요. 제가 참을 수 없는 건 이런 상태가 지속될 것이고, 그동안 그녀가 점차 젊음을 잃어 가리라는 생각입니다. 나이 서른이면 늙기 시작하니 마음껏 누려야죠. 선생님께서 이해해 주실는지 잘 모르겠습니다.」

리유가 이해하는 것 같다고 중얼거리고 있을 때 타루가 아주 신이 나서 도착했다.

「지금 막 파늘루 신부에게 함께 일하자고 부탁했어요.」

「그랬더니요?」 의사가 물었다.

「잠시 생각하더니 그러겠다고 하더군요.」

「그것 참 기쁜 일이군요.」 의사가 말했다. 「그 양반의 인품이 설교보다 훌륭하다는 사실을 알게 되어 기쁘네요.」

「다들 그래요.」 타루가 말했다. 「사람들은 단지 그럴 기회가 없는 거라고요.」

그는 웃으며 리유를 향해 한쪽 눈을 깜빡였다.

「기회를 제공하는 것, 그게 바로 인생에서 제가 할 일이랍니다.」

「실례합니다만…….」 랑베르가 말했다. 「저는 이만 가봐야겠습니다.」

약속 날인 목요일 랑베르는 대성당의 거대한 아치형 정문으로 갔다. 8시 5분 전이었다. 아침 공기는 아직 제법 선선했다. 하늘에는 동그랗고 작은 흰 구름들이 자라나고 있었지만, 잠시 후면 치솟는 더위가 단번에 삼켜 버릴 것이 뻔했다. 잔디는 벌써 말라 버렸지만 축축한 수풀 냄새가 어렴풋하게나마 여전히 나고 있었다. 동쪽 편 주택들 뒤에서 쏟아져 내리는 햇볕은 온통 금빛으로 물든 채 광장을 장식하는 잔 다르크 동상의 투구만을 뜨겁게 달구고 있었다. 어딘가에서 괘종시계가 여덟 번 울렸다. 랑베르는 아무도 없는 정문 아래서 몇 걸음 움직였다. 성가의 멜로디가 지하실에서 나는 눅눅한 냄새와 향냄새에 실려 성당 안에서부터 그에게까지 어렴풋이 들려왔다. 그런데 갑자기 노래가 그쳤다. 약 열 명으로 이루어진 검은색 작은 형체들이 성당에서 나오더니 시내를 향해 빠른 걸음으로 걷기 시작했다. 랑베르는 초조해지기 시작했다. 또 다른 검은색 형체들이 큰 계단을 통해서 정문을 향해 올라오고 있었다. 그는 담배에 불을 붙이다가, 이런 장소에서는 이러지 말아야 할지도 모른다는 생각이 곧 떠올랐다.

8시 15분이 되자 대성당 오르간이 은은한 소리로 연주를 시작했다. 랑베르는 성당의 어둠침침한 아치형 천장 아래로 들어갔다. 얼마 지나지 않아 그는 중앙 홀에서 자기보다 먼저 성당 안으로 들어갔던 검은색 형체들을 알아볼 수 있었다. 그들은 모두 다 한구석, 그러니까 임시로 만든 제단 비슷한 곳 앞에 모여 있었는데, 우리 시내의 어떤 아틀리에에서 서둘러 제작한 로크 성인을 모셔 놓은 곳이었다. 무릎을 꿇고 있어서인지 한층 더 오그라들어 보였다. 더군다나 단단히 굳어 버린 그림자가 마치 파편들처럼 회색빛 배경을 바탕으로 갈 길을 잃어버린 듯해서 안개보다 겨우 조금 더 짙을까 말까 싶은 그들은 사실 바로 그 안개 속에서 이리저리 떠도는 신세처럼 보였다. 그들 바로 위로는 교회 오르간이 끝없이 계속 이어지는 변주곡들을 연주하고 있었다.

랑베르가 밖으로 나왔을 때 곤잘레스는 이미 계단을 거의 다 내려가 시내를 향하고 있었다.

「나는 자네가 가버린 줄 알았지.」 곤잘레스가 기자에게 말했다. 「나라도 그랬을 거야.」

그는 8시 10분 전 거기서 멀지 않은 곳에 다른 약속이 하나 있어 친구들을 기다리다가 늦었노라고 해명했다. 그런데 20분이나 기다렸지만 헛수고였다는 것이다.

「무슨 사정이 있는 게 분명해. 우리라고 늘 쉽게 일을 하는 건 아니니까.」

그는 다음 날 같은 시간에 전몰 용사 기념비 앞에서 다시 만나자고 했다. 랑베르는 한숨을 내쉬며 중절모를 뒤로 젖혔다.

「이 정도야 아무것도 아니지.」 곤잘레스가 웃으며 말했다.

「한 골 넣기 전에 패스도 해야 하고, 기습 공격도 해야 하고, 온갖 작전들도 짜야 하는 거 아닌가.」

「그거야 그렇지만…….」 랑베르가 말했다. 「축구는 한 경기당 1시간 30분밖에 안 걸리지.」

오랑의 전몰 용사 기념비는 도시에서 바다를 내려다볼 수 있는 유일한 장소에 자리 잡고 있었는데, 항구가 내려다보이는 낭떠러지를 따라 바짝 붙어 뻗어 있는 일종의 산책로이기도 했다. 다음 날 약속 장소에 먼저 도착한 랑베르는 전쟁터에서 전사한 이들의 명단을 주의 깊게 읽고 있었다. 몇 분 후 두 사나이가 다가와 무심한 듯 그를 바라보더니 저만치로 가서는 산책로 난간에 팔꿈치를 괴고 인적 없는 텅 빈 부두를 정신이 완전히 팔려서 내려다보는 모양이었다. 그 두 사람은 비슷한 체격이었고, 파란색 바지에 반팔 소매가 달린 해군 병사용 면 티셔츠를 입고 있었다. 기자는 그들로부터 조금 떨어져 벤치에 앉아서 한가롭게 그들을 바라보았다. 그들은 분명 스무 살이 넘지 않아 보였다. 바로 그때 랑베르는 자기를 향해 걸어오며 미안하다고 말하는 곤잘레스를 발견했다.

「자, 여기 우리 친구들이네.」 그가 말했다. 그러고는 두 젊은이들에게로 랑베르를 데리고 가더니 그들을 마르셀과 루이라는 이름으로 소개했다. 정면으로 보니 서로 닮은 구석이 상당히 많아서 랑베르는 그들이 형제라고 추측했다.

「자…….」 곤잘레스가 말문을 뗐다. 「서로 인사도 했으니, 이제는 일을 의논해야지.」

그러자 마르셀인지 루이인지가 자기네들 경비 차례는 이틀 뒤부터 일주일간 계속되니 제일 적합한 날을 골라야 할 거라고 말했다. 그들은 모두 넷이서 서쪽 문을 지키고 있으며, 다른 둘은 직업 군인이라고 했다. 그들을 이번 일에 개입시키는 것은 논의 밖이었다. 그들은 믿을 만하지도 않은 데다, 그렇다 하더라도 비용이 훨씬 많이 들 거라는 얘기였다. 한데 이따금 저녁 시간이 되면 그 동료 둘은 자기네들이 잘 아는 술집 뒷방에 가서 밤을 보내는 일도 있다고 했다. 이렇게 말하면서 마르셀인지 루이인지는 시 출입문 가까이에 있는 자기네들 집에 와 있다가, 자기네가 찾으러 올 때를 기다리라고 랑베르에게 제안했다. 그렇게 하면 빠져나가기란 식은 죽 먹기라는 것이었다. 그러나 서둘러야 하는데, 며칠 전부터 시 밖에다가 이중 감시 초소를 설치한다는 말이 돌고 있기 때문이었다.

랑베르는 좋은 생각이라고 하고 나서 남아 있던 담배 몇 대를 권했다. 그 순간 둘 중에서 그때까지 말을 하지 않고 있던 자가 비용 문제는 해결되었는지, 선금을 받을 수 있는지를 곤잘레스에게 물었다.

「아니, 그럴 필요 없어, 이 사람은 친구니까.」 곤잘레스가 말했다. 「비용은 출발할 때 치르기로 하지.」

그들은 한 번 더 만나기로 했다. 곤잘레스는 그 다음다음 날 일전의 스페인 식당에서 저녁 식사를 하자고 했다. 거기에서 보초병들 집으로 갈 수 있다는 것이었다.

「첫날 밤은…….」 그가 랑베르에게 말했다. 「내가 자네랑 같이 있어 주지.」

이튿날 랑베르는 방으로 올라가는 길에 호텔 층계에서 타루와 마주쳤다.

「리유 선생을 만나러 가는 길인데,」 타루가 그에게 말했다. 「같이 가실래요?」

「방해하는 건 아닌지 모르겠네요.」 그는 잠시 주저했다.

「그렇지 않을 겁니다. 제게 선생 이야기를 자주 하거든요.」

기자는 생각을 하고 있었다.

「그러시다면……」 그가 말했다. 「저녁 식사 후 잠시 시간이 있으시다면 늦어도 괜찮으니 두 분이 같이 호텔 바로 오세요.」

「그건 그 양반 사정이랑 페스트에 달려 있죠.」 타루가 말했다.

그렇지만 밤 11시쯤 리유와 타루가 호텔 바로 들어왔다. 바는 작고 비좁았다. 대략 서른 명쯤 되는 사람들이 팔꿈치를 맞대고 아주 큰 소리로 떠들어 대고 있었다. 페스트에 감염된 시내의 정적을 뒤로하고 이제 막 도착한 두 사람은 잠시 현기증이 난 듯 멈춰 섰다. 그들은 주류가 아직도 제공되는 걸 보고는 이런 소란스러운 분위기를 이해할 수 있었다. 바의 제일 끝에 있던 랑베르가 등받이 없는 의자에 그대로 걸터앉은 채 손짓을 했다. 그들은 랑베르의 양쪽에 자리 잡았는데, 타루가 시끄러운 옆 사람을 조용히 밀어냈기 때문이었다.

「술이 싫지 않나요?」

「싫긴요, 그 반대죠.」 타루가 말했다.

리유는 자기 잔에서 나는 씁쓰름한 풀 냄새를 맡아 보았다. 이런 소란 속에서 말을 하기란 어렵기도 했지만, 랑베르는 무엇보다 술을 마시는 데 전념하는 듯 보였다. 의사는 그가 취했는지 아닌지 아직 판단할 수 없었다. 그들이 자리 잡고 있던 비좁은 구석의 나머지 공간을 차지하고 있는 테이블

두 개 중 하나에는 해군 장교 한 사람이 양팔에 여자를 하나씩 낀 채, 얼굴이 벌겋게 달아오른 뚱뚱한 어떤 남자를 상대로 카이로에서 유행했던 장티푸스에 대해 이야기하고 있었다. 「수용소를, 그러니까 원주민들을 상대로 수용소를 만들었지. 환자용 천막을 치고 그 주위에다가 보초들로 길게 줄을 세워서 가족들이 민간요법 약을 몰래 들여보내려고 하면 총을 쏘아 댔다고. 차마 눈뜨고 볼 수가 없었다니까. 하지만 그게 옳았던 거야.」 또 다른 테이블은 잘 차려입은 젊은이들이 차지하고 있었는데, 그들의 대화는 이해하기 어려웠고 높은 곳에 올려놓은 전축에서 흘러 나오는 재즈곡, 「세인트제임스 인퍼머리」[16] 박자 속에 묻혀 버리고 말았다.

「상황이 괜찮은가요?」 리유가 목소리를 높이며 물었다.

「괜찮아지고 있습니다.」 랑베르가 말했다. 「아마 일주일 내로 될 겁니다.」

「유감스럽군요.」 타루가 큰 소리로 말했다.

「왜요?」

타루가 리유를 쳐다보았다.

「아!」 리유가 말했다. 「이곳에서 우리들 일에 도움이 될 수 있을 텐데 아쉽다는 생각을 하는 거죠. 하지만 저는 떠나고 싶어 하는 선생의 마음을 충분히 이해하고도 남습니다.」

타루가 모두에게 새로 한 잔씩 따랐다. 랑베르는 걸터앉아 있던 의자에서 내려와 처음으로 타루를 정면으로 바라보았다.

「제가 무슨 일에 도움이 될까요?」

16 미국 재즈 트럼펫 연주자이자 가수인 루이 암스트롱(1900~1971)이 1928년 발표한 유명한 재즈곡.

「그거야…….」 타루는 자기 술잔으로 천천히 손을 뻗으면서 말했다. 「우리 보건대 일에죠.」

랑베르는 평소의 고집스레 골똘히 생각하는 듯한 표정을 짓더니 자기 의자에 다시 올라앉았다.

「선생께는 보건대 활동들이 유익하다고 생각하지 않나요?」 타루는 막 잔을 비우고 랑베르를 찬찬히 바라보았다.

「대단히 유익하지요.」 기자는 이렇게 말하더니 술을 마셨다.

리유는 랑베르의 손이 떨리는 걸 눈치채고는 그가 이제는 완전히 취했구나 생각했다.

그다음 날 랑베르가 일전의 그 스페인 식당에 도착했을 때 고작 몇몇 사람들이 식당 입구 앞에다가 의자들을 내놓고서 이제 더위가 막 수그러들기 시작하는 그즈음 황금빛으로 물든 신선한 저녁나절을 즐기고 있었다. 그는 그 무리 한가운데를 지나 안으로 들어갔다. 그들은 매운 연기가 나는 담배를 한 대씩 피우고 있었다. 식당 안에는 사람이 거의 없었다. 랑베르는 지난번 곤잘레스와 만났을 때 앉았던 구석 테이블에 자리를 잡았다. 종업원이 오자 그는 일행을 기다릴 거라고 말했다. 저녁 7시 30분이었다. 사람들이 하나둘 실내로 들어와서 자리를 잡았다. 음식이 나오기 시작했고 아주 낮은 아치형 천장 아래는 식기 부딪치는 소리와 웅성거리는 대화 소리들로 가득 채워지고 있었다. 8시가 되어서도 랑베르는 계속해서 기다리고 있었다. 불이 켜졌다. 새로 도착한 손님들이 그의 테이블에 자리를 잡았다. 그도 결국 식사를 주문했다. 8시 30분, 그는 이미 식사를 끝마친 다음이었지만 곤잘레스도 두 명의 젊은이들도 보이지 않았다. 담배를 여러 대 피웠다. 실내는 점차 비어 가고 있었다. 밖에는 아주 빠른 속도로 어둠이 깔렸다. 바다로부터 불어오는 훈훈한 바람이 창문에 드리워진 커튼을 슬며시 들어 올리고 있었다. 9시가 되었을 때 랑베르는 실내가 비어 있고 종업원이 놀란 눈으로 쳐다보고 있음을 눈치챘다. 그는 계산을 하고 식당을 나왔다. 식당 맞은편에 카페 하나가 문을 열어 놓고 있었다. 랑베르는 바에 자리를 잡고 식당 입구를 지켜보았다. 9시 30분이 되자 주소도 모르는 곤잘레스를 어떻게 하면 다시 만날 수 있을까 이리저리 궁리를 하면서도 다시 밟아야 할 그 모든 절차들 생각에 무너져 내릴 것 같은 마음으로 호텔로 향했다.

그가 후일 리유에게 했던 말에 따르면, 바로 그 순간 구급차가 어둠을 가로지르며 도망치듯 저 멀리 사라지는 가운데 그는 자신과 아내를 갈라놓는 장벽에서 탈출구를 찾느라 온 힘을 다한 나머지 여태껏 아내에 대한 생각이라고는 조금도 하지 않고 지내 왔다는 사실을 깨달았다. 그러나 바로 그와 동시에, 모든 통로가 또다시 막혀 버리자 자신의 욕망의 한가운데에서 다시 한 번 그녀의 모습을 찾았고, 그러자 터질 듯한 고통이 느닷없이 몰려와 호텔을 향해 달리기 시작했다. 타들어 가는 견딜 수 없는 고통에서 벗어나기 위해서였다. 하지만 그럴수록 고통은 그를 따라오며 관자놀이를 씹어 먹으려 들었다.

다음 날 아침 일찍 그는 리유를 보러 와서 코타르와 만날 수 있는지 물었다. 「제게 남은 유일한 길은…….」 그가 말했다. 「절차를 다시 밟아 가는 겁니다.」

「내일 밤 오세요.」 리유가 말했다. 「타루가 코타르를 불러 달라고 했었어요. 왠지는 모르지만요. 아마 내일 10시에 올

겁니다. 10시 30분에 오세요.」

다음 날 코타르가 의사의 집에 도착했을 때 타루와 리유는 리유가 담당하는 병원에 있었던 한 환자의 예상치 못한 완치에 대해 이야기하고 있었다.

「열에 하나인 거죠. 그 사람, 참 운이 좋았어요.」 타루가 말했다.

「아! 그런가요.」 코타르가 말했다. 「페스트가 아니었군요.」

그들은 코타르에게 분명 페스트였다고 확실히 말했다.

「그럴 수가 있나요, 그 사람이 나았다니 말입니다. 선생님들도 저만큼이나 잘 알고 계시지 않습니까, 페스트는 가차 없다는 걸요.」

「대개는 그렇죠.」 리유가 말했다. 「하지만 고집스레 매달리다 보면 뜻밖의 놀라운 일들도 일어납니다.」

코타르는 웃고 있었다.

「그래 보이지 않는데요. 오늘 저녁 통계 수치를 들어 보셨나요?」

호의적인 시선으로 연금 생활자를 바라보던 타루가 자신은 통계 수치에 대해서 잘 알고 있으며, 상황이 심각하기는 하지만 그게 도대체 무슨 소용이 있냐고 묻더니 결국 한층 더 강력한 대책들이 필요함을 의미한다고 말했다.

「선생들이야 대책들을 이미 세워 놓지 않으셨습니까?」

「그렇긴 하지만 각자가 자기 일처럼 여겨야 합니다.」

코타르는 무슨 소리인지 몰라 타루를 바라보았다. 타루는 너무나 많은 사람들이 아무 일도 하지 않고 있는데, 전염병은 각자의 문제이기도 하기에 각자가 책임을 다해야 한다고 말했다. 자원봉사대 문은 모두에게 항상 열려 있다는 얘기였다.

「좋은 생각입니다만…….」 코타르가 말했다. 「그런데 별 소용 없을 겁니다. 페스트가 워낙 강력하니까요.」

「그거야 두고 보면 알겠죠.」 타루는 참을성 있게 말했다. 「모든 노력을 다하고 나서 말입니다.」

그러는 동안 리유는 책상에서 진료 카드들을 다시 옮겨 적었다. 타루는 의자에 앉아 불안한 듯 몸을 흔드는 연금 생활자를 계속 바라보고 있었다.

「코타르 씨, 어째서 우리와 함께하시지 않는 거죠?」

상대방은 불쾌하다는 듯 자리에서 일어나 둥근 모자를 집어 들더니 이렇게 말했다.

「그건 제가 할 일이 아닙니다.」

그러고는 시비조로 이렇게 덧붙였다.

「게다가, 전 말이죠, 페스트 와중에도 잘 지내고 있다고요. 그러니 제가 페스트를 멈추게 하는 데 뭐하러 끼어들어야 하는 건지 알 수가 없군요.」

타루는 일순간 깨우침을 얻기라도 했다는 듯 이마를 탁 치면서 이렇게 말했다.

「아! 맞아요, 제가 잊고 있었습니다. 선생은 이 일이 아니었다면 체포되셨을 테죠.」

코타르는 소스라치게 놀라 마치 쓰러지기라도 할 듯이 의자를 잡았다. 리유는 적고 있던 것을 멈추고 진지한 태도로 관심을 기울이며 그를 바라보았다.

「누가 그럽디까?」 연금 생활자가 소리를 질렀다.

타루는 놀란 듯 말했다.

「그거야 바로 선생이죠. 아니 적어도 의사 선생님과 나는 그렇게 알고 있는데요.」
그러자 갑자기 걷잡을 수 없는 분노에 사로잡힌 나머지 코타르는 알아들을 수 없는 말들을 연신 중얼거렸다.
「그렇게 화내지 마세요.」 타루가 덧붙였다. 「의사 선생님이든 저든 고발하지는 않을 겁니다. 선생의 일은 우리하고는 상관이 없어요. 게다가 경찰로 말하자면 우린 단 한 번도 좋아해 본 적이 없다고요. 자, 좀 앉으세요.」
연금 생활자는 주저하다가 의자를 한 번 쳐다보고는 자리에 앉았다. 얼마간 시간이 흐른 끝에 그는 한숨을 내쉬었다.
「다 옛일인데…….」 그가 시인했다. 「그자들이 다시 끄집어낸 거죠. 전 모두 다 잊었겠거니 했어요. 그런데 어떤 놈이 불어 버린 겁니다. 경찰이 나를 소환했고 조사가 끝날 때까지 호출에 대기하고 있으라고 하더군요. 그때 경찰이 결국 절 잡아 가두고야 말 거라는 걸 알았죠.」
「중죄인가요?」 타루가 물었다.
「그거야 어떻게 말하느냐에 달려 있어요. 어쨌든 살인은 아닙니다.」
「강제 노역인가요, 아니면 징역인가요?」
코타르는 대단히 의기소침해 보였다.
「징역요, 그것도 뭐 재수가 좋다면 말이에요.」
하지만 잠시 후에 다시 핏대를 세워 가며 이렇게 말했다.
「그건 실수예요. 누구나 실수를 하는 법이죠. 그리고요, 그것 때문에 잡혀가서 내 집이며, 내 습관들이며, 내가 아는 모든 것들로부터 떨어져 있어야 한다는 생각만으로도 견딜 수가 없다니까요.」
「아!」 타루가 물었다. 「그래서 목을 매 자살하려는 생각을 하신 거군요?」

「네, 물론 어리석은 짓이죠.」

리유가 처음으로 입을 열더니, 걱정하는 이유를 이해하면서도 모든 일이 잘 해결될지도 모른다고 말했다.

「그럼요! 지금으로서는 걱정할 필요가 전혀 없다는 걸 잘 압니다.」

「알겠습니다.」 타루가 말했다. 「선생은 우리 보건대에 들어오시지 않는 거죠.」

두 손으로 자기 모자를 뱅뱅 돌리고 있던 상대방은 모호한 시선으로 타루를 올려다보며 말했다.

「절 원망하지는 마세요.」

「물론 안 합니다. 하지만 적어도…….」 타루가 웃으며 말했다. 「일부러라도 병균을 퍼뜨리려고 애쓰지는 말아 주세요.」

코타르는 페스트를 자신이 원했던 것도 아니었고, 페스트는 그냥 그렇게 발생했던 것뿐이며, 그 덕분에 지금 자기 일이 잘돼 가는 게 자기 잘못도 아니라고 항변했다. 그리고 이어서 랑베르가 문 앞에 도착했을 때 연금 생활자는 목소리에 힘을 잔뜩 넣어서 이렇게 덧붙이고 있었다.

「그러니까 제가 하고 싶은 말은요, 선생들은 결국 해내지 못할 거라는 겁니다.」

코타르는 곤잘레스의 주소는 모르지만 전에 갔던 그 작은 카페에 다시 가면 될 거라고 랑베르에게 알려 주었다. 그들은 이튿날 만나기로 했다. 그리고 리유가 자신도 일이 어떻게 되어 가는지 알고 싶다고 하자 랑베르는 이번 주말 저녁 아무 때나 상관없으니 타루와 함께 자기 방으로 오라고 했다.

다음 날 아침 코타르와 랑베르는 그 작은 카페에 가서 그날 저녁이나 혹시 어렵다면 다음 날 만나자는 전갈을 가르시아 앞으로 남겼다. 그날 저녁 그들은 가르시아를 기다렸지만 헛수고였다. 그다음 날 가르시아는 그곳에 와 있었다. 그는 말없이 랑베르의 이야기를 들었다. 그는 랑베르 일은 알지 못했지만 자기가 아는 바로는 가택 조사를 하느라 어떤 동네에서는 스물네 시간 동안 통행이 차단되었다고 했다. 곤잘레스와 그 젊은이들 두 명이 바리케이드를 통과하지 못했을 가능성도 있었다. 가르시아가 할 수 있는 일이란 그들을 라울과 다시 만나도록 하는 것뿐이지만, 물론 그 역시 다음다음 날이 되기 전에는 어려울 것이라는 이야기였다.

「그러니까…….」 랑베르가 입을 열었다. 「처음부터 다시 시작해야 하는군요.」

다음다음 날 어느 길모퉁이에서 라울은 가르시아의 추측이 맞았음을 확인시켜 주었다. 아랫동네에서 통행이 차단됐었다는 거였다. 곤잘레스와 접촉을 다시 시도해야 한다는 말이었다. 그러고 나서 이틀 뒤에 드디어 랑베르는 일전의 그 축구 선수와 함께 점심 식사를 하고 있었다.

「너무 바보 같아.」 그자가 말했다 「만약을 대비해서 다시 만날 방법을 정했어야 했는데 말이야.」

랑베르 생각도 마찬가지였다.

「내일 아침에 우리가 그 애들 집에 가서 제대로 해결해 보자고.」

이튿날 그 젊은이들은 집에 없었다. 그래서 다음 날 오후 리세 광장에서 만나자는 전갈을 남겼다. 그러고 나서 랑베르는 집으로 돌아왔는데 표정이 너무 안 좋아 그날 오후 만난 타루가 깜짝 놀랄 정도였다.

「일이 잘 안 됩니까?」 타루가 물었다.

「억지로 다시 시작하려다 보니까요.」 랑베르가 말했다.

그러고서 그는 초대 날짜를 바꾸었다.

「오늘 저녁에 오세요.」

그날 저녁 두 남자가 랑베르의 방으로 들어갔을 때 그는 누워 있었다. 그는 자리에서 일어나 준비해 둔 잔들에 술을 따랐다. 리유는 자기 잔을 받으며 일이 제대로 궤도에 올랐는지 물었다. 기자는 다시 한 번 한 바퀴를 정확하게 돌아서 원점에 도착했고, 아마도 곧 마지막 약속 날짜를 잡을 거라고 말했다. 그러고는 술을 마시고 나서 이렇게 덧붙였다.

「물론, 그들은 오지 않을 겁니다.」

「벌써부터 그렇게 단언하면 안 되죠.」 타루가 말했다.

「선생은 아직도 이해를 못 하셨군요.」 랑베르가 어깨를 으쓱했다.

「뭘 말인가요?」

「페스트 말입니다.」

「아하!」 리유가 맞장구를 쳤다.

「그래요, 선생은 그놈의 전염병이란 처음부터 다시 시작하는 거라는 걸 이해 못 했단 말입니다.」

랑베르는 자기 방 한쪽 구석으로 가더니 조그만 축음기를 열었다.

「그 음반은 뭐죠?」 타루가 물었다. 「저도 아는 곡이네요.」

랑베르는 〈세인트제임스 인퍼머리〉라고 대답했다.

레코드가 반 정도 돌아갔을 때 멀리서 두 발의 총성이 들렸다.

「개 아니면 탈주범.」 타루가 말했다.

잠시 후 레코드가 다 돌아가자 구급차 소리가 뚜렷이 들리다가 커지더니 랑베르의 호텔 창문 밑을 지나면서 점점 줄어들어 결국 잠잠해졌다.

「이 레코드판은 정말 지겨워요.」 랑베르가 말했다. 「더군다나 오늘만 벌써 열 번이나 들었어요.」

「그렇게나 그 곡이 좋으세요?」

「아니요, 하지만 이것밖에 없거든요.」

그러고 나서 잠시 있다가 이렇게 말하는 것이었다.

「처음부터 다시 시작하는 거라니까요.」

랑베르는 리유에게 보건대가 잘 운영되고 있는지 물었다. 리유는 현재 다섯 개 팀이 활동 중이고, 가능하면 다른 팀들을 더 구성하고 싶다고 했다. 기자는 침대에 앉아 자기 손톱들이 성가신 듯 만지작거렸다. 리유는 침대 끝에 웅크리고 있는 작지만 다부진 그의 체격을 진료하듯 살펴보았다. 그러다가 문득 랑베르가 자신을 보고 있다는 것을 알아차렸다.

「그런데 말이죠, 선생님…….」 그가 말했다. 「저도 선생님의 그 조직에 대해서 생각을 많이 했습니다. 제가 함께하지 않는 건 제게도 나름의 이유가 있기 때문입니다. 다른 경우라면 아직도 제 몸을 바칠 수 있을 것 같아요. 저는 스페인 내전[17]도 치렀으니까요.」

「어느 편에서요?」 타루가 물었다.

「패배자들 편에서였죠. 하지만 그 이후로 생각을 좀 해봤

17 1936년 2월 총선거의 결과로 좌파를 주축으로 한 인민 전선이 집권에 성공했으나, 이에 반대한 프랑코 장군이 이끄는 군부가 반란을 일으키면서 벌어졌다. 프랑코 장군의 반정부군이 1939년 3월 수도 마드리드를 함락시키며 내전에서 승리했다.

어요.」

「무엇에 관해서요?」 타루가 곧바로 물었다.

「용기에 대해서요. 이제는 저도 인간이 위대한 행동을 할 수 있다는 걸 압니다. 하지만 만일 그에게 크나큰 사랑이 없다면, 전 그런 사람에게는 더 이상 관심이 없습니다.」

「인간이 모든 걸 다 할 수 있다는 말로 들리네요.」 타루가 말했다.

「천만에요. 인간이란 고통도 오래 견디지 못하지만, 그렇다고 행복도 오래 유지할 수 없습니다. 따라서 인간은 가치 있는 일이라고는 아무것도 할 수가 없죠.」

랑베르는 두 사람을 바라보다가 이렇게 말했다.

「자, 좀 보세요, 타루. 선생은 사랑을 위해서 죽을 수 있나요?」

「모르겠어요. 하지만 지금 생각으로는 그렇게는 못 할 것 같습니다.」

「그것 보세요. 한데 선생은 관념을 위해서는 죽을 수 있다는 겁니다. 눈에 훤히 보입니다. 그런데 전 말이죠, 관념을 위해서 죽는 사람들이 이제는 신물이 납니다. 전 영웅주의를 믿지 않고요, 그건 너무 쉽다는 걸 잘 알고 있는 데다가 살인과도 같다는 걸 배웠습니다. 제가 관심을 갖는 건 말이죠, 사랑 때문에 살기도 하고 죽기도 한다는 겁니다.」

리유는 기자가 하는 말을 주의 깊게 듣고 있었다. 그리고 그를 계속 바라보면서 부드럽게 다음과 같이 말했다.

「인간이란 하나의 관념이 아닙니다, 랑베르.」

그러자 얼굴이 흥분으로 상기된 채 기자는 침대에서 벌떡 일어났다.

「관념이라니까요, 어설픈 관념인 거죠. 그가 사랑에 등을 돌리는 바로 그 순간부터는 더욱더 그래요. 바로 그겁니다, 그래서 우리는 더 이상 사랑할 수 없는 겁니다. 그만두자고요, 선생님. 사랑하게 될 날을 기다립시다. 그리고 만일 그게 불가능하다면 영웅 놀이는 그만 집어치우고 대대적인 해방을 기다립시다. 저는 더 이상 앞으로 못 나갑니다.」

리유는 갑자기 지친 기색을 보이며 자리에서 일어났다.

「옳은 말이에요, 랑베르, 전적으로 옳은 말이에요. 그리고 저는 선생이 하려는 일에서 선생 마음을 돌려놓고 싶다는 생각은 추호도 하지 않아요. 제가 보기에 정당하고 바람직하니까요. 그렇지만 이 점은 반드시 말씀드려야겠습니다. 이 모든 일에 영웅주의가 거론될 여지는 없어요. 정직함의 문제죠. 비웃음을 살 수도 있는 생각입니다만, 페스트에 맞서 싸우는 유일한 방법은 바로 정직입니다.」

「정직이란 게 도대체 뭐죠?」 갑자기 진지한 표정으로 랑베르가 물었다.

「객관적으로 그것이 무엇인지는 저도 잘 모르지만, 제 경우로 본다면, 자신의 일을 하는 것이라고 알고 있습니다.」

「아!」 랑베르는 화를 내며 말했다. 「저는 제 일이 무엇인지 모릅니다. 어쩌면 사랑을 선택했기에 제가 자가당착에 빠졌는지도 모르죠.」

그 순간 리유가 그를 마주 보고 힘주어 분명히 말했다.

「아닙니다. 선생은 자가당착에 빠지지 않았어요.」

랑베르는 생각에 잠겨 그들을 바라보았다.

「제가 짐작하건대, 두 분은 모두 이 와중에 잃을 것이 하나도 없으시겠죠. 착한 사람들 편에 있다는 건 훨씬 더 쉬운 거예요.」

리유는 잔을 비웠다.

「자, 갑시다. 우린 해야 할 일이 있어요.」

이렇게 말하고 그는 방에서 나갔다.

타루가 그를 뒤따르나 싶었는데, 방에서 막 나가려는 순간 생각을 고쳐먹은 듯 기자에게로 몸을 돌려 말했다.

「리유의 아내가 이곳에서 수백 킬로미터 떨어진 요양원에 있다는 건 아십니까?」

랑베르는 화들짝 놀라는 모습을 보였지만 타루는 이미 떠나고 난 뒤였다.

다음 날 아침 일찍 랑베르는 의사에게 전화를 했다.

「이 도시를 떠날 방법을 찾을 때까지 제가 선생님과 함께 일하는 것을 승낙해 주시겠습니까?」

수화기 저편에서 잠시 침묵이 이어지더니 이런 말이 들려왔다.

「그럼요, 랑베르. 고맙습니다.」

# 제3부

페스트의 포로들은 이렇게 한 주 내내 저마다 어떻게든 발버둥을 쳤다. 그리고 랑베르처럼 그들 가운데 몇몇은 여전히 자유인인 양 행동하며, 심지어 실제로 자신들에게 아직 선택의 여지가 남아 있다고 믿기까지 했다. 그러나 8월 한복판에 이르자 사실상 페스트가 모든 것을 뒤덮어 버렸다고 할 수 있다. 그렇게 되자 개인의 운명이란 더 이상 없었고, 페스트라는 집단의 역사와 모두가 똑같이 느끼는 감정들만이 존재할 뿐이었다. 그중에서 가장 극심한 것은 이별과 유배의 감정이었으며, 거기에는 공포와 분노가 담겨 있었다. 바로 이런 이유 때문에 서술자는 무더위와 전염병의 절정에서 전반적인 상황, 그러니까 예를 들어 산 자들의 폭력, 죽은 자들의 매장 그리고 헤어진 연인들의 고통 등을 상세히 기술함이 마땅하다고 생각한다.

바로 그해 중반 페스트가 만연한 도시에 바람이 일더니 며칠 동안이나 거세게 불어 댔다. 오랑 시민들은 바람을 특히나 두려워하는데, 이 도시가 세워진 고지대에서 바람은 그 어떤 천연적인 장애물과도 부딪치지 않으며, 따라서 매서울 대로 매서워진 바람이 거리 곳곳으로 거세게 들이치기 때문이다. 비라고는 단 한 방울도 내리지 않았던 몇 달이 지난 후 도시가 뒤집어쓰고 있던 희뿌연 먼지는 바람이 불자 벗겨져 버렸다. 이렇듯 바람은 먼지와 광고지들을 마치 파도처럼 일으켜 산책 나온 사람들이 전보다 훨씬 드문데도 그들의 발을 후려쳤다. 그들은 몸을 앞으로 숙이고 손수건이나 손을 입에 댄 채 각자 갈 길로 서둘러 지나갔다. 저녁에는 마지막일 수도 있는 오늘 하루를 가능한 한 더 길게 연장해 보려는 마음에 무리를 지어 모여 있기보다는 각자 집으로 돌아가거나 또는 카페로 들어가느라 서두르는 몇몇 사람들만이 겨우 눈에 띄었을 뿐이었다. 그래서 심지어 며칠 동안은 그즈음이면 더 일찍 찾아드는 황혼 무렵이 되자 거리마다 인적이 끊겼고, 오로지 바람만이 하소연하듯 계속해서 소리를 내지르고 있었다. 볼 수는 없지만 높게 일렁이는 바다로부터 해초와 소금 냄새가 불어왔다. 먼지로 뒤덮여 희뿌옇고 바다 냄새에 절은 이 인적 없는 도시는 바람이 마치 비명처럼 울려 퍼지는 가운데 저주받은 섬처럼 신음하고 있었다.

그때까지만 해도 페스트는 도시 중심가보다는 사람들이 많이 사는 만큼 살기에 쾌적하지 못한 변두리 지역에서 더 많은 희생자를 냈었다. 그러나 어느 날 갑자기 페스트가 가까이 다가오는 것 같더니 중심가에도 자리를 잡은 모양이었다. 주민들은 바람이 전염병의 씨앗을 날라다 준다며 원망했다. 호텔 지배인은 〈바람이 카드를 마구 뒤섞는군〉이라고 말하곤 했다. 하지만 원인이 무엇이든 중심가에 사는 사람들은 야밤에 집 가까이에서, 게다가 점점 더 자주 창문 바로 밑에서 페스트의 구슬프고 기운 없는 부름을 울려 퍼뜨리는 구급차 사이렌 소리가 사방으로 진동하는 것을 들으며 자신들 차례가 왔음을 짐작하고 있었다.

심지어 시내에서도 피해가 특히 심한 구역들을 격리시키고 업무상 부득이한 사람들만 드나들 수 있도록 하자는 의견이 제기되었다. 그때까지 그곳에서 살아가던 사람들은 그러한 조치가 그들을 상대로 특별히 모의된 학대 행위라고 여기지 않을 수 없었고, 이리저리 주변 동네들과 비교를 해 보고 나서는 다른 동네에 사는 사람들을 이를테면 자유인과도 같다고 생각했다. 한데 다른 동네 주민들은 힘든 상황에 빠졌지만, 그래도 자신들이 다른 동네 사람들보다 아직은 조금 더 자유롭다고 생각하며 위안을 얻었다. 〈나보다 못한 사람들이 있다니까〉라는 말은 그 당시 가질 수 있었던 유일한 희망을 잘 담고 있다.

같은 시기에 방화 사건이 끊이지를 않았으며, 도시의 서쪽 외곽으로 통하는 휴양지에서 특히나 심했다. 여러 방면으로 조사해 본 결과에 따르면 격리 시설에서 돌아온 사람들이 자신들에게 닥친 불행과 가장 가까운 사람을 잃은 슬픔에 미칠 지경이 된 나머지 페스트를 소탕해 버리겠다는 환상으로 그만 자신들 집에다가 불을 질렀던 것이다. 세찬 바람으로 인해서 주변 지역 전체를 빈번히 위험에 처하게 할 정도로 이런 사고가 자주 벌어지다 보니, 대응하기란 여간 힘든 일이 아니었다. 당국이 환자들 주거지에 실시하는 소독만으로도 전염 가능성을 미연에 막는 데 충분하다는 점을 아무리 설명해도 헛수고여서, 결국엔 어리석은 방화범들에 대해서 매우 엄중한 벌을 내리겠다는 법령을 공포해야 했다. 그런데 당시 그 불행한 사람들을 한 발짝 뒤로 물러나게 만든 것은 감옥에 들어간다는 두려움보다는 모든 주민들이 갖는 공통의 확신, 즉 시립 감옥에서 확인된 바 있는 극히 높은 사망자 수로 미루어 보건대 징역형은 사형과 마찬가지라는 확신이었다. 물론 이러한 믿음에 근거가 전혀 없지는 않았다. 당연한 일이기도 했지만 페스트균은 예를 들어 군인들이라든지 성직자들이라든지 혹은 죄수들과 같이 평소 단체 생활을 자주 할 수밖에 없었던 사람들에게 특히나 더 악착스럽게 달려드는 것 같았다. 수감자들의 경우 완전히 격리 상태에 있었음에도 불구하고 감옥이란 하나의 공동체 사회이고 보니, 그러한 사실을 입증이라도 하듯 우리 시 감옥에서는 죄수들만큼이나 간수들도 전염병으로 죽어 나갔다. 페스트라는 저 높은 차원에서 본다면 형무소장에서부터 가장 최근에 들어온 죄수에 이르기까지 모두가 형을 선고받은 처지였고, 따라서 어쩌면 처음으로 감옥 안을 절대적 정의가 지배하게 된 셈이었다.

당국은 직무 수행 중에 사망한 간수들에게 훈장을 수여하려는 생각을 함으로써 이렇듯 평등한 세계에 위계질서를 집어넣으려 애를 썼지만 허사였다. 계엄령이 선포된 상태였고 또 어떤 차원에서 간수는 동원된 군인이라고도 볼 수 있었기에 그들을 추증해서 무공 표창이 수여됐다. 그런데 죄수들이야 그 어떤 이의도 제기하지 않았지만 군에서는 이런 상황을 좋게 보지 않았고, 대중들 머릿속에 유감스럽게도 혼돈이 싹틀 우려가 있다는 의사를 당연히 표시했다. 행정 당국은 그들 요구의 정당성을 인정했고, 가장 간단한 방법은 사망한 간수들에게 전염 예방 공로상을 수여하는 것이라고 생각했다. 그러나 먼저 받은 사람들로 보자면 이미 엎질러진 물이었고, 그들에게서 표창을 되찾아 온다는 것은 상상조차 할 수 없었다. 그래서 군에서는 자신들 입장을 계속해서 고집했다. 한편 전염 예방 공로상에 대해 말하자면, 전염병이 유행하는 시기에는 이런 유형의 상 하나쯤 받는다고 해서 뭐 그리 대단한 일도 아니었기에, 상을 수여함으로써 얻을 수 있었던 사기 진작 효과를 불러일으키기에 불충분하다는 부정적인 측면이 있었다. 모두가 불만스러워했다.

게다가 교도 행정이란 종교 기관처럼은 물론이거니와, 그 차이가 크지 않다고 하더라도 군 당국처럼도 운영될 수 없었다. 사실 시내 두 개뿐인 수도원의 수도자들은 이미 뿔뿔이 흩어져 독실한 가톨릭 가정에서 임시로 머물고 있었다. 마찬가지로 소규모 부대들은 가능한 한 수시로 병영에서 벗어나 학교나 공공 건물에 배치되었다. 이렇게 해서 겉으로나마 포위당한 사람들 간의 결속을 주민들에게 강요했던 질병은 동시에 전통적으로 서로 협력하는 관계들을 산산조각 내고 개인들을 자신들만의 고독 속으로 내몰아 버렸다. 이 점은 혼란을 초래했다.

바람까지 가중되면서 이런 모든 상황은 몇몇 사람들 머릿속에 불을 질러 놓았다고도 볼 수 있다. 또다시 도시 출입문들은 밤에 여러 번이나, 그것도 이번에는 무장한 소규모 집단에 의해 공격을 받았다. 양측 간에 총격전이 벌어졌고 부상자에 도망자들도 몇몇 생겼다. 감시 초소가 보강되자 이러한 시도는 이내 수그러들었지만 도시 내에 혁명적 숨결을 일으키기에 충분했으며, 많지는 않았지만 폭력적 사태를 야기하기도 했다. 위생상 문제로 잠가 두었거나 화재가 났던 가옥들은 약탈을 당하기도 했다. 사실 이와 같은 행동들이 사전에 계획되었다고 보기는 힘들다. 대개는 뜻하지는 않은 상황이 여태껏 존경받아 왔던 사람들로 하여금 비난받을 행동을 하도록 유도했고, 그런 행동들을 그 자리에서 따라 하는 사람들이 생겼던 것이다. 이렇게 해서 슬픔에 망연자실한 주인이 바로 그 현장에 있는데도 불구하고 여전히 불타고 있는 집으로 서둘러 뛰어 들어가는 미치광이들도 있었다. 집주인이 가만히 있자 수많은 구경꾼들이 처음 뛰어들었던 사람들을 뒤따랐고, 어둠침침한 그 길에서 꺼져 가는 불길과 어깨에 짊어진 가구들이며 물건들로 인해 일그러진 그림자들이 화재의 희미한 불빛이 어른거리는 와중에 사방으로 도망치는 모습이 보였다. 이러한 불미스러운 사태들로 인해서 당국은 페스트령을 계엄령과 동일시하고 그에 근거한 법령들을 적용하도록 했다. 절도범 두 명이 총살됐지만 그 일이 다른 사람들에게 충격을 주었는지는 장담할 수 없는데, 그렇게 많은 사상자들 가운데 고작 두 명의 처형은 눈에 띄지도 않았기 때문이다. 그것은 바다에 떨어진 물방울 하나와도 같았다. 한데 이와 유사한 일들이 제법 빈번히 재발되었지만 사실 당국은 개입할 엄두도 못 내고 있었다. 모든 주민들에게 인상을 남긴 듯했던 조치가 단 하나 있었다면, 그것은 야간 통행금지령이었다. 밤 11시부터 완벽한 암흑에 잠긴 도시는 돌덩어리가 되었다.

달빛 가득한 밤하늘 아래로 도시에는 허연 벽들과 곧게 뻗은 길들이 늘어서 있을 뿐 나무 한 그루 없으니 검은 점 같은 흔적이 찍혀 있는 것도 아니었고 산책하는 사람의 발소리도 강아지 한 마리 짖는 소리도 없어 그야말로 절대로 깨지지 않을 정적 그 자체였다. 침묵에 잠긴 거대한 도시는 생명력을 잃은 육중한 정육면체 덩어리들에 지나지 않았고, 그것들 사이에서 이제는 사람들이 기억 못 하는 자선가들이나 청동 속에서 영원히 질식사해 버린 듯한 오래전 위인들의 말없는 조각들만이 돌이나 쇠로 된 가짜 얼굴을 가지고 한때 인간이었던 자의 품위 잃은 모습을 드러내려 애쓸 뿐이었다. 그 볼품없는 우상들은 무거운 하늘 아래 생명 없는 사거리마다 군림하고 있었으며, 무심하고 거친 모습으로 우리가 처해 있는 요지부동의 지배를, 아니 적어도 그 지배가 의미하는 궁극의 질서, 즉 페스트와 돌덩어리 그리고 밤이 결국 찍소리도 내지 않고 잠자코 있도록 만드는 지하 공동묘지의 질서를 여실히 보여 주고 있었다.

그러나 어둠은 모든 사람들 가슴속에도 있었으며 매장에 관해 떠도는 전설과도 같은 진실도 우리 시민들을 안심시키려 만들어진 건 아니었다. 매장에 대한 이야기를 하지 않을 수 없기에 서술자는 용서를 구한다. 이 점에 대해 비난받을 수도 있다는 점을 충분히 알고 있지만, 그의 유일한 변명은 그 시기 내내 매장이 끊이지를 않았다는 것, 모든 시민들이 피할 수 없었듯이 어떤 의미에서는 서술자 역시 어쩔 수 없이 매장에 대해 마음을 쓰지 않을 수 없었다는 것이다. 어쨌든 그가 그런 종류의 의식에 취미가 있기 때문은 아니다. 정반대로 그는 살아 있는 사람들과의 교류, 이를테면 해수욕을 더 좋아한다. 그러나 결국 해수욕은 금지됐고, 산 자들의 세상은 죽은 자들의 세계에 자리를 물려주게 되는 것은 아닌지 하루 종일 전전긍긍하고 있었다. 당연한 일이었다. 물론 계속해서 억지로라도 그 세계를 보지 않으려 애쓰며 눈을 가리고 그렇게 함으로써 거부할 수도 있지만, 자명한 이치란 무시무시한 힘을 가지고 있기에 언제나 결국에는 모든 것을 집어삼켜 버린다. 예를 들어서 당신이 사랑한 사람들을 땅에 묻어야 하는 날을 무슨 수로 거부하겠는가?

그런데 전염병 초기 장례식의 특징이란 신속함이었다. 모든 형식들이 간소화되었고 대개 의식은 생략되었다. 환자들은 가족들로부터 멀리 떨어진 곳에서 죽었고, 상가에서 하듯이 가족들의 밤샘은 금지됐기 때문에, 저녁 시간에 임종한 환자는 송장이 된 채 홀로 밤을 보냈으며 낮에 죽은 환자는 지체 없이 매장되는 일이 다반사였다. 물론 가족에게 알리기야 했지만, 그랬다고 하더라도 대부분 환자 곁에서 생활하던 사람이라면 그들 역시 격리 수용 중이었기에 움직일 수 없는 처지였다. 가족이 고인과 함께 살지 않았던 경우에 한에서 정해진 시각, 즉 염이 끝나고 입관된 다음 묘지로 출발하는 시각에나 와볼 수 있었다.

그런데 가령 그러한 절차들이 리유가 담당하던 임시 병원에서 이루어졌다고 해보자. 학교에는 본관 뒤 문이 하나 있었다. 출구 쪽 복도를 마주한 커다란 창고에는 관들이 가득 들어 있었다. 가족들은 바로 그 복도에 이미 뚜껑이 덮인 채 덩그러니 놓여 있는 관 하나를 볼 수 있었다. 곧이어 가장 중요한 일이 시작되는데, 즉 가족 대표로부터 각종 서류에 서명을 받아 내는 것이었다. 그 일이 끝나면 관을 자동차에 싣는데, 진짜 영구차일 수도 대형 구급차를 개조한 것일 수도 있었다. 가족들이 아직은 운행 중인 택시 한 대에 오르면, 차량들은 외곽 도로를 통해 전속력으로 공동묘지에 도착했다. 묘지 정문에서는 헌병이 차를 세운 다음 공식 통과 서류에다 도장을 한차례 찍고 뒤로 물러서는데, 그 통과 서류 없이는 흔히들 마지막 안식처라고 부르는 곳마저도 얻기가 불가능했다. 그러고 나면 차들은 어떤 네모반듯한 구덩이 근처에 서서히 자리를 잡았고 그 주위로는 메워지기만을 기다리고 있는 수많은 구덩이들이 있었다. 신부 한 명이 고인을 맞이했다. 성당에서 치르는 장례식은 금지되었기 때문이다. 기도를 올리는 동안 관이 차에서 나오면 그것을 밧줄로 감고 끌다가 구덩이 안으로 미끄러뜨리듯 떨구었고, 신부가 성수채를 흔들어 대는 가운데 벌써 누군가 뿌린 흙 한 줌이 관 위로 흩뿌려졌다. 구급차는 소독약을 살포하는 일을 해야 하기에 조금 전 이미 떠난 뒤였고, 삽으로 흙을 퍼 담는 소리가 점차 둔탁하게 들리는 가운데 가족들은 기다리던 택시에 서둘러 몸을 실었다. 대략 15분 후면 그들은 이미 자기 집으로 되돌아가 있었다.

이렇게 모든 일들은 최대한 신속하고도 위험이 벌어질 일들은 최소화하는 방식으로 진행되곤 했었다. 확신컨대 최소한 초기에는 유가족들이 갖는 인간적인 감정에 상처를 입혔다는 데 이론의 여지가 없다. 하지만 페스트가 유행하는 시기에 그런 감정을 고려하는 건 불가능하다는 것이 일반적인 의견이었다. 결국 효율적이어야 한다는 이유로 모든 것이 희생되었다. 그런데 초기에 그와 같은 장례 방식으로 인해서 시민 정서가 땅에 떨어질 대로 떨어졌던 이유는 죽은 뒤 제대로 격식을 차려 가며 땅에 묻히고 싶다는 욕망이 생각보다 훨씬 넓게 퍼져 있었기 때문이다. 다행히도 얼마 지나지 않아서 식량 보급이 민감한 문제로 대두됨에 따라 시민들의 관심사는 보다 더 시급한 고민들로 향하게 됐다. 먹기 위해서 서류들을 작성해야 하고 절차를 밟아야 하고 줄을 서야 한다는 문제에 온통 정신이 다 나가 버린 사람들은 주위에서 사람들이 어떻게 죽어 가고 있는지, 그리고 자신들이 언젠가 어떻게 죽을지에 대해서 생각해 볼 겨를이 없었다. 그리하여 불행한 일임에 틀림없는 이러한 물질적 어려움이 나중에는 오히려 이로운 일로 여겨졌다. 만일 이미 우리가 보았듯이 전염병이 그토록 만연하지만 않았더라도 만사 그런대로 괜찮았을 것이다.

왜냐하면 관이 점차 귀해졌고 수의를 만들 옷감과 공동묘지 자리도 부족해졌기 때문이다. 뭔가 수를 써야 했다. 역시 효율 때문이기도 했지만, 가장 간단한 방법은 장례식을 합동으로 치르고 필요한 경우 병원과 공동묘지 사이의 왕래를 여러 번으로 늘리는 것 같았다. 예를 들어 리유가 담당하던 병원의 경우에는 관을 다섯 개 보유하고 있었다. 일단 관이 다 차면 구급차가 싣고 떠났다. 공동묘지에 도착하면 관이 다 비워지고 납빛 시신들은 들것에 실려서 이러한 용도를 위해 개조된 헛간 같은 곳에서 순서를 기다렸다. 관에는 소독약이 뿌려진 다음 병원으로 다시 옮겨졌고 이 모든 과정은 필요한 만큼 되풀이되곤 했다. 일이 조직적으로 잘 진행되자 지사는 만족을 표했다. 심지어 그는 리유에게 과거 페스트에 관한 기록에서 찾아볼 수 있는 사례와 같은 그런 검둥이들이 끄는 시체 운반 수레보다야 어쨌거나 더 낫다고까지 말했다.

「네.」 리유가 말했다. 「땅에 묻는 건 결국 같습니다만, 그래도 사망자 명단을 작성하고 있으니까요. 확실히 그때보다야 낫지요.」

행정적인 면에서 성공적인 일 처리에도 불구하고 당시 절차상에 있어서 겉으로 드러나 보이는 면들이 불쾌감을 유발한다는 이유로 도청은 가족들로 하여금 장례 과정에 참여하지 말라고 종용했다. 가족들에게는 단지 공동묘지 정문 앞에 오는 것까지만 허용되었는데, 이 역시 공식적인 절차는 아니었다. 왜냐하면 절차상 마지막 의식과 관련해서 사정이 조금 달라졌기 때문이었다. 공동묘지 제일 안쪽으로 향나무들이 들어차 있는 공터에 거대한 구덩이 두 개가 파여 있었다. 하나는 남자용이었고 다른 하나는 여자용이었다. 이런 측면에서 본다면 행정 당국은 예법을 존중하고 있었던 셈인데, 훨씬 더 시간이 흐른 뒤 사정이 어쩔 수 없게 되자 이와 같은 마지막 수치심마저도 사라져 버렸다. 체면 따위는 아랑곳하지 않은 채 남자건 여자건 가리지 않고 뒤죽박죽으로 쌓아 놓고 흙으로 덮어 버렸다. 그나마 다행스러운 것은 이러한 극도의 혼란이 재앙 마지막 기간 동안에만 나타났다는 점이다. 지금 기록이 다루고 있는 시기에는 구덩이가 분명히 분리되어 있었으며, 도청은 반드시 그렇게 하려고 했었다. 모든 구덩이 밑바닥마다 엄청난 두께의 산화 칼슘이 연기를 피워 대며 부글부글 끓고 있었다. 구덩이 가장자리에도 마찬가지로 산화 칼슘이 산더미처럼 쌓여, 그 거품이 허공에서 터졌다. 구급차 왕래가 끝나고 나면 사람들이 줄을 지어 들것을 끌고 가서 벌거벗겨지고 약간 뒤틀린 시체들을 구덩이 속으로 거의 다닥다닥 쏟아부었다. 그 위에 바로 산화 칼슘이 뿌려지고, 그다음에는 일정한 높이까지만 흙으로 덮는데, 다음 손님들의 자리를 마련해야 하기 때문이었다. 가족들은 서류에 서명하기 위해 그다음 날 소집됐으며, 이렇게 해서 인간들과, 가령 예를 들면 개들 사이에 있을 수 있는 차이가 분명히 드러났다. 명부 확인이 항상 가능했기 때문이다.

이러한 모든 작업들을 위해서는 인력이 필요했고 사람이 모자라지는 않을까 늘 전전긍긍하는 상황이었다. 처음에는 공식적으로, 그리고 나중에는 임시변통으로 모았던 그 많은 간호사들과 무덤 파는 인부들은 페스트로 죽어 갔다. 아무리 예방을 한다고 해도 결국엔 전염되고 말았던 것이다. 그러나 지금 돌이켜 생각해 보면, 가장 놀라운 점은 전염병이 만연했던 전 기간을 통틀어 그런 일을 하는 데 있어 사람이 부족했던 적은 결코 없었다는 사실이다. 위기는 페스트가 절정에 달하기 바로 직전이었고, 당시 의사 리유가 불안해한 데에는 충분한 근거가 있었다. 관리직이건 또는 그가 막노동이라고 부르는 일에서건 인력이 충분하지 않았기 때문이다. 그러나 페스트가 도시 전체를 사실상 자기 손아귀에 넣어 버리고 나자 그 극단이 매우 편리한 상황을 초래했다. 왜냐하면 페스트는 모든 경제 활동을 파괴했고, 그로 인해 엄청난 수의 실업자들을 양산했기 때문이다. 대부분 관리직 채용 조건을 만족시키지는 못했지만, 막노동으로 따지자면 그들 덕분에 어려움이 없었다고 볼 수 있다. 그 시기부터 시작해서 사람들은 가난이 공포보다 더 위력적이라는 사실을 계속 실감할 수 있었고, 위험에 비례해서 보수가 지급되고 보니 더욱 그랬다. 위생 부서에서는 지원자들 목록을 구비해 놓고 어딘가에 결원이 생기자마자 곧바로 목록 제일 위 사람들에게 통고를 했는데, 만에 하나 그사이에 그들 역시 사라지지 않았다면 소집에 응하지 않는 경우는 없었다. 이렇게 해서 유기 징역형을 받았건 무기 징역형을 받았건 상관없이 복역 중인 죄수들의 동원을 두고 오랫동안 고민해 왔던 지사는 그런 식으로 일을 처리한 덕분에 극단적인 상황만은 피할 수 있었다. 실업자들이 있는 한 버텨 볼 수 있다는 것이 그의 생각이었다.

그럭저럭 8월 말까지 우리 시민들은 예법이 철저히 지켜지지는 않더라도 적어도 행정 당국이 소임을 다한다는 자부심을 갖기에 충분한 질서 안에서 마지막 안식처로 인도될 수 있었다. 그러나 결국엔 최후의 수단들이 사용되지 않을 수 없었다는 사실을 기록하기 위해서, 그 이후 연이어 벌어진 사건들은 조금 서둘러 언급해야겠다. 8월이 시작되자 페스트로 인한 희생자 수에는 변동이 없었지만 누적된 희생자 수는 우리 시의 좁은 공동묘지가 제공할 수 있는 한계를 훨씬 초과하고 있었다. 시신들을 위해 공동묘지 주변으로 좁은 공간이나마 만들어 보려고 담을 허물어 봤지만 헛수고였고 무슨 수를 어서 빨리 찾아야 했다. 우선 매장은 밤에 하기로 결정했는데, 그렇게 되자 몇 가지 고려 사항들을 지키지 않아도 되어서 구급차 안에 점점 더 많은 시체들을 쌓아 실어 나를 수 있었다. 그러자 통금 시간 이후에도 도시 외곽 지역에서 규칙을 완전히 무시한 채 돌아다니는 야밤의 산책객들(혹은 직업상의 이유로 그렇게 된 사람들)은 이따금 후미진 밤거리에서 전조등을 끈 채 사이렌을 울려 대며 전속력으로 달리는 하얀색 구급차들의 기다란 행렬들을 볼 수 있었다. 시체들은 구덩이 속으로 서둘러 내던져졌다. 삽으로 퍼 담은 산화 칼슘이 시체들의 얼굴 위에서 뭉그러지고 누군들 무슨 상관이냐는 식으로 흙이 뿌려지는 동안, 시신들은 점점 더 깊게 파놓은 구덩이 속으로 채 다 나자빠지기도 전이었다.

그렇지만 얼마 지나지 않아서 다른 장소를 찾아 한층 더

넓은 자리를 확보하지 않을 수 없었다. 도지사령으로 영구 임대 묘지들에 대한 소유권을 확보했고, 그곳에서 발굴된 유골들을 모두 화장터로 보냈다. 곧이어 페스트 희생자들마저 화장터로 보내야 했다. 따라서 도시 동쪽, 그것도 도시 진입문 바깥에 자리하고 있는 오래된 화장터를 이용해야 했다. 감시 초소도 더 멀리 옮겨야 했는데, 시청 직원 한 사람이 예전에 해안선을 따라 운행되다가 이제는 쓸모가 없어서 버려져 있던 전차 이용을 건의한 덕분으로 행정 기관의 수고가 훨씬 경감됐다. 이러한 목적에 맞도록 기관차들은 물론 객차들 좌석을 뜯어내 내부를 개조했고 선로를 화장터의 소각 시설로 향하도록 만들어 화장터가 노선의 기점이 되었다.

그러고 나니 늦여름 동안은 물론이고 가을철 장마가 한창인 때에도 야심한 밤마다 승객 없는 전차 객차들의 기이한 행렬이 바다 바로 위에서 덜컹거리며 가파른 해안선을 따라 지나다니는 광경을 볼 수 있었다. 그것이 무엇인지를 주민들도 결국에는 알아채고 말았다. 그래서 순찰대들이 해안 도로 접근을 금지했음에도 불구하고 사람들이 떼를 지어 바다 쪽으로 튀어나온 바위들 사이에 숨어들어서 전차가 지나갈 때면 객차에다 꽃을 던지는 일들도 심심치 않게 일어났다. 그리하여 어느 여름밤 꽃들과 시체들을 싣고서 흐느끼듯 더욱더 온몸을 흔들어 대는 열차 소리가 들려왔다.

어쨌든 그렇게 되고 처음 며칠간 악취를 풍기는 짙은 연기가 아침이면 도시 동쪽 구역 위를 떠돌았다. 모든 의사들이 한결같이 입을 모아 그 연기가 불쾌한 것은 사실이나 인체에는 조금도 해롭지 않다고 했다. 그러나 곧이어 그 지역에 사는 주민들은 페스트균이 하늘에서 자신들 머리 위로 떨어지리라 확신한 나머지 그 동네를 떠나 버리겠다고 으름장을 놓았고, 결국에는 복잡한 배관 방식을 통해 연기 방향을 다른 곳으로 옮기지 않을 수 없었다. 다만 바람이 몹시 부는 날이면 도시 동쪽에서 불어오는 어렴풋한 냄새가 그들로 하여금 자신들이 새로운 질서에 자리를 잡았으며 페스트의 불길이 매일 밤 자신들이 바친 조공을 집어삼키고 있음을 떠올리게 했다.

바로 이것이 전염병이 가져온 극단적인 결과였다. 그러나 그 이후로 전염병이 더 악화되지 않아서 천만다행이라고 할 수 있는데, 지금 생각해 보면 당시 우리 시 각 행정 부서들의 기민한 대응책, 도청의 문제 해결 능력, 심지어는 화장터 소각 시설 용량까지도 어쩌면 감당할 수 없는 상황에 처했을지도 모르는 일이기 때문이다. 만일 그렇게 될 경우 시신들을 바다에 내던져 버린다든가 하는 절망적인 해결책들도 이미 고려되고 있었음을 알고 있었던 리유는 푸른 바닷물 위로 그것들이 만들어 내는 흉측한 거품을 어렵지 않게 상상하곤 했다. 또한 그는 사망자 통계 수치가 계속해서 상승한다면 제아무리 훌륭한 조직이라도 버텨 내지 못할 것이며, 행정 당국이 존재함에도 불구하고 사람들이 산더미처럼 죽어 길거리에서 썩어 가거나, 공공장소로 나와 죽어 가는 사람들이 정당한 증오심과 어리석은 희망이 뒤섞인 심정으로 살아 있는 사람들을 붙잡고 매달리는 광경을 도시 전체가 보게 되리라는 것도 알고 있었다.

이런 종류의 명백함, 혹은 불안감은 당시 우리 시민들의 마음속에 자신들이 유배됐으며 이별에 처했다는 감정을 싹

틔웠다. 이 부분에 관해서 지금 이 글을 쓰는 서술자가 확실히 알고 있는 사실은 옛날이야기에서나 볼 수 있는, 예를 들어 용기를 주는 영웅이나 빛나는 무훈처럼 모두를 놀라게 할 만한 이야기라고는 지금 여기에 소개할 내용이 전혀 없어서 유감스럽기 그지없다는 것이다. 사실 재앙만큼이나 별 볼 일 없는 것도 없고, 엄청난 불행이란 그것이 계속된다는 바로 그 이유만으로도 따분하기 때문이다. 그런 불행을 경험한 사람들의 기억 속에서 페스트로 인한 끔찍한 하루하루는 모두 다 집어삼켜 버릴 듯 거침없는 기세로 타오르는 거대한 불길과도 같은 것이 아니라, 오히려 발밑에 있는 모든 것을 짓이겨 버릴 듯 끊임없이 계속되는 제자리걸음과도 같았다.

그렇다. 페스트는 의사 리유가 전염병 초기에 떨쳐 버리지 못한 장면들, 사람들 가슴을 벅차게 하는 그런 장엄한 그림들과는 아무 관계가 없었다. 무엇보다도 우선 페스트는 신중하고 빈틈없이 순항하는 하나의 행정 업무였다. 말이 나왔으니 하는 말인데, 그 무엇도 왜곡하지 않기 위해서, 그리고 무엇보다도 자기 자신을 속이지 않기 위해서 서술자는 객관성을 지키고자 부단히 노력했다. 그는 일관성 있는 글의 전개를 위한 최소한의 요구들을 제외하고는 예술적 효과를 노리며 그 무엇도 수정하지 않았다. 다시 말하자면 다름 아닌 바로 그 객관성이 그에게 다음과 같이 말하도록 했다. 당시의 극심한 고통, 가장 깊으며 동시에 가장 일반적인 고통은 이별이었으며, 페스트의 그 단계에서 이별의 고통에 대해 보다 더 상세히 새로운 기록을 하는 일 또한 양심의 차원에서 반드시 필요하겠으나, 그럼에도 불구하고 바로 그 이별의 고통이 당시 비장함을 상실하고 있었다는 사실 역시 인정하지 않을 수 없다.

우리 시민들, 적어도 이별로 가장 심한 고통을 당했던 이들이 그 상황에 익숙해져 버린 것일까? 그렇다고 할 수는 없다. 육체적으로는 물론 정신적으로도 피폐해졌다고 말하는 것이 더 정확할지 모른다. 페스트 초기 단계에서 그들은 헤어진 사람을 생생히 기억해 낼 수 있었고 그로 인해 괴로워했다. 그러나 사랑하는 사람의 얼굴이며, 웃음이며, 나중에 생각해 보니 그 사람이 행복했었구나 하고 깨닫게 되는 바로 그날의 기억은 또렷했던 반면, 기억이 살아나는 그 순간 이제는 너무나도 먼 곳이 되어 버린 그곳에서 상대가 무엇을 하고 있을지를 상상하기란 어려웠다. 요컨대 당시 그들에게 기억력은 있었지만, 상상력은 충분치 않았던 것이다. 페스트의 두 번째 단계에서 그들은 기억력마저 상실해 버렸다. 사랑하는 사람의 얼굴을 잊어버렸기 때문이 아니라 결국 같은 말이긴 하지만, 그 얼굴에서 살집이 다 사라져 버린 나머지 마음속으로부터 더 이상 떠올릴 수 없게 되었던 것이다. 그래서 페스트 처음 몇 주 동안은 사랑을 하고 싶어도 환영들 말고는 마주할 대상이 전혀 없다는 사실에 괴로워하곤 했지만, 그 후 추억이 그들에게 남긴 실낱같이 미세한 색깔마저도 다 잊어버리게 되자 그 환영마저 한층 더 야윌 수 있음을 깨달았다. 이렇듯 길고 긴 이별의 시간 끝에 그들은 함께 나누었던 그들만의 은밀함도, 언제든 손을 갖다 댈 수 있던 상대가 어떻게 자신들 곁에서 살았었는지도 더 이상 생각해 낼 수 없게 되었다.

이런 관점에서 본다면 형편없는 것인 만큼 더욱더 효과적인 페스트의 질서 속으로 그들은 들어간 셈이다. 도시의 어느 누구도 더 이상 숭고한 감정을 갖지 않았다. 모두가 획일적인 감정을 품고 있었다. 〈이젠 끝날 때가 됐는데〉 하고 우리 시민들은 말하곤 했다. 왜냐하면 재앙의 와중에 집단의 고통이 끝나기를 바라는 것은 당연하기 때문이고, 실제로도 그들은 페스트가 끝나기를 바라고 있었기 때문이다. 하지만 이런 말은 초기의 열정이나 거센 감정 따위는 잃어버린 채 단지 우리에게 여전히 또렷이 남아 있는, 게다가 초라하기 짝이 없던 몇 가지 이유들을 들먹거리면서였다. 처음 몇 주간 엄청나게 북받쳐 오르는 흥분 상태가 지나고 나자 좌절감이 뒤를 이었는데, 이것을 체념이라고 본다면 잘못이겠지만 그래도 어쨌든 잠정적 동의라고 아니할 수 없었다.

우리 시민들은 순종적이었고, 흔히 말하듯 달리 어쩔 도리가 없었기 때문에 상황에 순응하고 있었다. 물론 여전히 불행하고 고통스러워하는 모습을 찾아볼 수 있었지만 그것에 대해 더 이상 민감하게 반응하지 않았다. 그런데 예를 들어 의사 리유는 바로 그것이 불행이며, 절망에 익숙해진다는 건 그 자체보다도 더 나쁘다고 생각했다. 이별을 당한 사람들이 초기에 진정 불행하지 않았다면, 그들의 고통에는 막 꺼져 가는 불꽃 같은 무언가가 존재했기 때문이다. 그런데 이제는 길모퉁이에서, 카페에서, 또는 친구네 집에서 그들은 침착하면서도 무심해 보였고, 심지어 어찌나 지루해하는 눈빛인지 그들 덕분에 도시 전체가 마치 대합실과도 같았다. 직업을 가지고 있는 사람들로 말하자면, 그들은 페스트와 보조를 맞추어 꼼꼼하고도 조용하고 눈에 크게 띄지 않으면서 자기 일을 해나가고 있었다. 너 나 할 것 없이 모두가 겸손했다. 생이별한 사람들은 곁에 없는 사람을 이야기하는 데 처음으로 주저함이 없었지만 다른 사람 말하듯 했고, 전염병 통계 수치와 동일한 관점으로 자신들의 이별을 검토하기도 했다. 그 전까지만 해도 자신들의 불행을 공동체 모두의 불행과 어떻게든 떼어 놓고 생각하던 모습과는 달리 이제는 그런 혼란을 받아들이고 있었다. 기억도 없고 희망도 없이 그들은 현재 안에 자리를 잡아 갔다. 사실을 말하자면 모든 것이 그들에게 현재가 되었다. 그 점을 분명히 말해야 하는데, 사랑의 힘, 심지어 우정의 힘마저도 페스트가 모두에게서 앗아 가버렸던 것이다. 사랑이란 조금이라도 미래를 요구하는 법이다. 그러나 당시 우리에게는 순간들 말고는 더 이상 아무것도 남아 있지 않았다.

물론 이런 모든 것이 절대적이지는 않다. 생이별을 당한 사람들이 그런 상태에 처한 것은 사실이었지만 그들 모두가 동시에 그렇게 된 것은 아니었고, 더군다나 이전과는 다른 자신들의 행동 방식에 일단 적응이 되자 번뜩이는 예지라든지 불현듯 떠오르는 또렷한 옛 기억들이 그들로 하여금 더 여리고 고통스러운 감수성을 되찾도록 만들었다는 사실을 덧붙여 두어야 할 것이다. 따라서 그럴 때면 기분을 전환해 볼 필요가 있었고, 그래서 그들은 페스트가 물러난다는 전제로 이런저런 계획들을 떠올려 보기도 했다. 게다가 무슨 은총 덕분인지 그들은 느닷없이 근거 없는 시기심에 사로잡혀 괴로워하기도 했다. 다른 사람들의 경우 주 중 어떤 날이나 토요일 오후 그리고 물론 일요일에도 예기치 못한 기억이 되살아나 무기력으로부터 벗어나기도 했는데, 바로 그런 날이면 지금 곁에 없는 그 사람과 마치 종교 의례처럼 반드시 함께하던 일이 있었기 때문이다. 또는 해가 질 무렵 형언할 길 없는 우울함이 그들을 사로잡고서 과거의 기억이 되살아나려 한다는 경고 같은 것을 보내곤 했지만, 그렇다고 언제나 기억들이 되살아나는 것은 아니었다. 그런 저녁 시간이 독실한 신자들에게는 자기 성찰의 시간이라 할 수 있겠지만, 찬찬히 살펴볼 것이라고는 공허한 공간뿐인 죄수나 유배당한 자들에게는 견디기 힘든 일이다. 그런 시간이 오면 그들은 허공에 잠시 매달려 있다가 얼마 후면 다시 무기력의 나락으로 떨어져 페스트 속에 틀어박혀 버렸다.

그것은 결국 그들에게 있어 가장 개인적인 무언가를 포기한다는 의미임을 사람들은 이미 깨닫고 있었다. 페스트 초기에 그들은 다른 사람들에게는 존재할 가치가 전혀 없지만 자신들에게는 대단히 중요한 것들이 얼마나 자질구레하게 많은지에 놀랐고, 거기에서 전문가다운 것이 무엇인지를 경험하기도 했다. 그와 반대로 이제는 다른 사람들이 관심을 갖는 것에만 흥미를 가질 뿐이었고, 일반적인 견해 말고 다른 생각이란 없었으며, 심지어 사랑마저도 그들에게는 실체 없는 허상이었다. 그들은 페스트 앞에서 자포자기한 상태였기에 이따금씩 잠잘 때 말고는 더 이상 꿈도 꾸지 않게 됐고, 자신도 모르는 사이에 〈그놈의 멍울들, 이제는 좀 끝장을 봤으면!〉이라고 생각하는 자신을 문득 깨달으며 정신을 차릴 정도였다. 그러나 사실을 말하자면 이미 잠을 자고 있는 것이나 다를 바 없었고, 그 모든 시간들은 길고 긴 수면이었다. 도시는 눈뜬 채 잠자는 사람들로 가득했고 얼핏 아문 듯 보이던 상처가 밤이 되자 갑자기 다시 쓰라려 오는 그런 드문 순간들에야 그들은 실제로 자신들의 운명에서 벗어났다. 그렇게 갑자기 소스라치듯 놀라 잠에서 깨어나면 달리 할 일도 없다는 듯 아물지 않아 쓰라린 상처를 별다른 생각 없이 더듬어 보다가 일순간 고통을, 내리치는 번개에 맞기라도 한 듯 너무나 갑작스레 생생한 자신들의 고통을 되찾았고, 그 고통과 더불어 자신들의 일그러진 사랑의 얼굴과도 다시 마주했다. 아침이 오자 그들은 재앙으로, 달리 말하자면 판에 박힌 듯한 일상으로 복귀했다.

혹자는 생이별당한 사람들이 어떻게 보였느냐고 물을지 모른다. 그렇다면 대답은 간단하다. 그들은 보잘것없는 사람들로 보였다. 아니 달리 말한다면, 그들은 그저 흔히 볼 수 있는 사람들의 모습, 완벽하게 개성 없는 모습을 하고 있었다. 그들은 이 도시의 침착함과 어린아이 같은 소란스러움을 동시에 지니고 있었다. 그들은 냉정한 겉모습을 유지하면서도 비판 의식을 지닌 사람의 외양은 잃어버렸다. 예를 들어 그들 가운데 제일 똑똑한 사람들마저도 다른 사람들과 마찬가지로 신문들 또는 라디오 방송에서 페스트가 이제는 곧 끝날 것이라는 이유들을 찾는 시늉을 하거나, 허황된 희망을 겉으로 드러내 놓고 품어 본다거나, 또 어떤 기자가 너무나 따분한 나머지 하품을 해가면서 아무렇게나 되는대로 써놓은 의견을 읽으며 근거도 없는 공포심을 느끼고 있었다. 그런 것 말고는 늘 마시던 맥주를 마시거나 환자들을 돌보고, 게으름을 피우거나 기진맥진할 정도로 일하고, 전표들을 정리하거나 이 노래 저 노래 구별도 제대로 하지 못하면서 음악을 들었다. 달리 말하자면 그들은 더 이상 그 무엇도 선택하지 못하고 있었다. 페스트가 그들에게서 가치 판단력을 빼앗아 가버렸기 때문이다. 그러한 점은 어느 누구도 자신들이 입는 옷의 품질이라든지 구입하는 식료품에 대해서 더 이상 신경 쓰지 않는 모습에서도 드러났다. 사람들은 모든 것을 있는 대로 뭉뚱그려 받아들이고 있었다.

마지막으로 초기에 생이별당한 사람들을 지켜 주던 그 야릇한 특권이 더 이상 없었다고 말할 수 있다. 그들은 사랑이라는 이기주의를 잃어버림으로써 그 이기심에서 얻을 수 있는 특권마저 상실해 버렸다. 적어도 이제 상황은 분명했고, 재앙은 모든 사람들과 관련되는 것이었다. 우리 모두는 도시 진입 문에서 끊이지 않고 울려 퍼지는 총소리며, 탄생이나 임종 때면 어김없이 박자를 맞추듯 또박또박 찍어 대는 도장 소리며, 화재가 끊일 날 없고 행정 서류들이 난무한 가운데 무시무시한 공포와 형식상 밟아야 할 수속 절차들 속에서 치욕스럽게도 이미 그 차례가 정해진 죽음과의 약속을 기다리며, 지독한 연기와 뻰뻰스러우리만치 태연자약한 구급차들의 사이렌 소리를 들으며, 마음을 온통 뒤흔들어 버릴 재회와 평화의 순간을 모두 다 똑같이 기대하면서도 스스로는 그러한 사실을 전혀 알지 못한 채 유배라는 동일한 밥으로 허기를 달래고 있었던 것이다. 우리의 사랑은 분명 거기에 그대로 있었지만, 그것은 무용지물일 뿐 지니기엔 무겁고 우리 안에서는 이미 생명력을 잃어버려 마치 범죄 행위나 법원 판결과 같이 헛된 것이었다. 그것은 희망 없는 인내와 악착같은 기다림에 불과했다. 그런 관점에서 본다면 우리 시민들 가운데 어떤 이들의 행동은 우리 도시 곳곳, 특히 식료품 상점들 앞에 기다랗게 늘어선 행렬을 연상시켰다. 그것은 끝도 없고 동시에 꿈도 없는 동일한 체념이자 동일한 오기였다. 생이별에 대해서 말하자면 이런 감정을 천 곱절 이상이나 확대해서 생각해야만 할 텐데, 왜냐하면 당시 그것은 또 다른 하나의 굶주림, 모든 것을 집어삼켜 버릴 정도의 굶주림이었기 때문이다.

어쨌든 우리 도시에서 생이별당한 사람들이 처해 있던 심리 상태에 관해 정확한 이해를 원한다면 영원히 되풀이될 것 같기만 하던 저 황금빛 먼지 자욱한 석양이 나무 한 그루 없는 우리 시를 덮을 때마다 여자건 남자건 할 것 없이 거리로 쏟아져 나오곤 하던 저녁나절을 다시 떠올려야 할 것이다. 왜냐하면 태양빛이 아직 남아 있던 테라스를 향해 당시 들려오던 것은, 흔히 도시 공통의 언어를 이루는 차량과 기계 소리가 아니라 이상하게도 둔탁한 발소리들과 사람들의 말소리들로 가득 찬 거대한 웅성거림뿐이었기 때문이다. 그것은 수천의 발걸음이 끊임없이 이어지는 고통스러운 이동이자 무거운 하늘에서 흘러나오는 윙윙거리는 재앙의 휘파람 소리에 박자를 맞추는, 그래서 더욱 숨 막히는 제자리걸음이었다. 바로 이 발소리가 도시를 서서히 채우고 밤마다 맹목적인 고집에 자신의 가장 변함없고 가장 침울한 소리를 실어 담으며 우리의 마음속에서 사랑을 밀어내고 있었다.

# 제4부

9월과 10월 내내 페스트가 우리 도시를 자기 품 안에 놓고 있었다. 답보 상태이다 보니 끝이 보이지 않는 몇 주간을 수십만의 사람들이 계속해서 제자리걸음만 하고 있었다. 안개와 무더위와 비가 순서대로 이어지며 허공을 온통 채웠고, 남쪽으로부터 찌르레기와 개똥지빠귀 무리가 소리 없이 나타나서 하늘 위로 지나가는가 싶더니, 도시를 피해 저 멀리로 빙 돌아 날아가 버렸다. 재앙이란 집집마다 지붕 바로 위에서 휘파람 소리를 내며 도는 이상한 나무 막대기와도 같다고 파늘루 신부가 말한 바 있듯이, 바로 그 재앙이 새들을 우리 도시 가까이로는 얼씬도 못 하게 하는 것 같았다. 10월 초에는 소나기가 억수같이 내려 거리를 말끔히 청소해 버렸다. 결국 이렇게 숨 막힐 듯한 답보 상태 말고 더 중요한 일은 그 기간 내내 전혀 일어나지 않았다.

리유와 친구들은 당시 자신들이 얼마나 지쳐 있는지 알 수 있었다. 사실 보건대 사람들은 피로를 더 이상 감당할 수 없는 상태였다. 의사 리유가 그 점을 눈치챈 것은 자신은 물론 동료들에게서 뭔지 모를 야릇한 무관심이 자라나고 있음을 발견하면서부터였다. 예를 들어 페스트에 관한 뉴스라면 무엇이든 가리지 않고 주의를 기울여 왔던 그들이 이제는 더 이상 그 무엇에도 관심을 두지 않고 있었다. 랑베르의 경우 최근 자신이 묵고 있던 호텔에 설치된 격리 수용소의 관리를 임시로 맡아 보고 있었는데, 자신이 관리하는 사람들 수를 정확하게 알고 있었다. 갑자기 병세를 보이는 사람들을 위해 직접 고안했던 신속한 환자 이송 절차의 세세한 사항들까지도 훤히 꿰고 있었음은 물론, 격리 수용자들을 상대로 한 혈청 주사의 효과를 기록한 통계 수치는 마치 뇌리에 각인된 듯했었다. 그러나 이제는 페스트로 인한 희생자들 주간 수치는 말할 것도 없고, 페스트가 빠르게 진행되고 있는지 아니면 한 걸음 물러서는지조차 전혀 알지 못했다. 그럼에도 머지않아 자신이 탈출하리라는 희망만은 어쨌거나 여전히 간직하고 있었다.

다른 사람들로 말하자면 밤이나 낮이나 자신의 일에 파묻혀 신문도 읽지 않고 라디오도 듣지 않았다. 누군가 그들에게 어떤 결과라도 하나 알려 주면 그들은 그저 관심을 갖는 척할 뿐 사실은 멍하니 무관심한 표정으로 들어주곤 했는데, 그런 모습은 치열한 격전지의 병사들, 그러니까 고역에 지칠 대로 지치고 매일매일 수행해야 하는 일에서 그저 지쳐 떨어져 나가지만 않으려고 애를 쓰다 보니, 이제는 최후의 군사 작전도 휴전의 날도 더 이상 바라지 않게 되어 버린 병사들에게서나 볼 수 있는 그런 무관심한 태도였다.

그랑은 페스트와 관련된 통계 업무를 계속해서 수행하고는 있었지만, 개괄적인 결과를 알려 주기에는 역부족이었다. 타루와 랑베르 그리고 리유가 쉽게 지치지 않는 듯 보이는 것과는 반대로, 사실 그랑은 건강이 좋았던 적은 단 한 번도 없었다. 그럼에도 불구하고 시청 임시직에, 리유 보건대의 서기 일에, 자신만의 야간 작업까지 겸하고 있었다. 피곤으로 연일 기진맥진해 있었지만, 두어 가지 확고한 신념을 가지고 참아 내고 있었다. 그것은 다름이 아니라, 페스트가 끝난 뒤 적어도 일주일 동안 완벽한 휴가를 얻어 작업 중인 글에 〈경의를 표합니다〉라는 긍정적으로 마음으로 한번 매달려 보겠다는 것이었다. 그러다가 갑자기 감상적인 사람이 되어서 잔느에 대한 이야기를 리유와 스스럼없이 나누기도 하고, 지금 이 순간 그녀는 어디에 있을까, 신문을 읽다가 혹 내 생각을 하지나 않을까 하고 자문해 보기도 했다. 어느 날 리유는 지극히 대수롭지 않은 투로 자신의 아내에 대해서 그랑에게 이야기하고 있다는 데 너무나 놀랐는데, 그 전까지는 한 번도 그런 적이 없었던 것이다. 리유는 늘 자신을 안심시키려는 아내의 전보를 얼마나 믿어야 할지 몰라서 아내가 요양 중인 요양원 원장 의사에게 전보를 쳐야겠다고 결심했었다. 곧이어 그는 아내의 병세가 악화되었으며, 병세의 진전을 막기 위해 모든 조치를 취할 것이라는 확답을 받았다. 그러한 소식을 혼자만 알고 있었는데 어떻게 그랑에게 그 이야기를 털어놓을 수 있었는지, 피곤을 이유로 들지 않고는 달리 설명할 수가 없었다. 시청 직원이 잔느에 대해 먼저 말을 꺼낸 후에 리유의 아내에 대해 물었고, 그래서 리유가 대답을 했던 것이다. 「아시다시피, 그런 병은 요새 잘 낫는다고요.」 그랑이 말했다. 리유는 동의하며, 단지 이별이 길어지기 시작했고, 아내가 병을 극복하는 데 어쩌면 자신이 도움이 될 수 있었을 텐데 그러지 못해 아내는 지금 정말 외로울 것이라고만 말했다. 그런 다음 그는 입을 다물어 버렸고, 그랑의 질문에도 피하듯이 마지못해 대답할 뿐이었다.

다른 사람들도 같은 형편이었다. 타루는 비교적 잘 견디고는 있었지만, 수첩에 따르면 그의 호기심은 깊이는 그대로였던 반면 그 폭은 좁아졌다는 것을 알 수 있었다. 그 기간 내내 실제로 그는 코타르 말고 어느 누구에게도 관심을 두지 않는 것 같았다. 자신이 머물던 호텔이 격리 수용소로 바뀌고 나서 결국 리유의 집으로 거처를 옮긴 후로는 저녁마다 그랑이나 의사가 그날의 결과를 말해도 듣는 둥 마는 둥이었다. 그리고 그런 얘기가 끝나기 무섭게 곧바로 자신이 관심을 갖는 오랑의 사소한 일상들로 대화 주제를 돌리곤 했다.

카스텔은 혈청이 준비되었다고 리유에게 알리러 왔던 날, 병원에 들어온 지 아직 얼마 되지 않았고 리유가 보기에는 그 증상이 절망적이었던 오통 씨의 어린 아들에게 첫 번째 실험을 해보기로 결정한 뒤 최근 통계 수치를 듣고 있었는데, 그때 리유는 이 늙은 의사가 안락의자에 몸을 푹 파묻은 채 깊이 곯아떨어져 버렸다는 걸 알았다. 평소에는 부드럽고 장난스러워 영원히 젊어 보일 것 같았던 그 얼굴이 갑자기 얼이 빠진 채 반쯤 벌어진 입술 사이로 침을 질질 흘리며 피로감과 노쇠함을 드러내 보이자 리유는 울컥하는 심정에 목이 메었다.

바로 그런 나약한 모습들에서 리유는 자신의 피곤을 가늠할 수 있었다. 그는 자신의 예민해진 감수성을 통제할 수 없었다. 대개의 경우 단단히 묶어 놔서 굳어지고 메말라 버린 감수성이 군데군데 다 터져 버려 더 이상 건잡을 수 없는 감정들 속으로 몰아넣는 것 같았다. 그의 유일한 방어책이란 이렇듯 단단히 굳어진 것 속으로 숨어들어 자신 안에 만들어져 있던 매듭을 더욱더 꽁꽁 졸라매는 것이었다. 그는 그것만이 일을 계속해 나가는 데 있어 최선의 방법임을 잘 알고 있었다. 그 밖의 것에 관해서는 대단한 환상을 가지고 있지 않았고, 그나마 남아 있던 것들마저 피곤이 앗아 가버렸다. 왜냐하면 언제 끝날지도 모르는 기간 동안 자기가 맡은 역할이 이제는 더 이상 병을 고치는 일이 아님을 잘 알고 있었기 때문이다. 그의 역할은 진단하는 것이었다. 환자의 옷을 벗기고, 들여다보고, 진단서를 쓰고, 등록하고, 그러고 나서 선고를 내리는 것, 그것이 그의 일이었다. 아내들은 그의 손목을 쥐고는 울고불고 소리를 질러 댔다. 「선생님, 저 사람 좀 살려 주세요!」 그러나 그가 거기에 있는 이유는 환자를 살려 주기 위해서가 아니라 격리 수용을 지시하기 위해서였다. 그 순간 그가 그들의 얼굴에서 읽은 증오심이 무슨 소용이나 있었을까? 「인정머리라고는 도무지 없군요.」 어느 날 누가 그에게 그렇게 말했었다. 물론 그에게는 인정이 있었다. 바로 그것이 그로 하여금 살기 위해 태어났던 사람들이 죽어 가는 모습을 보고도 매일 스물네 시간을 견딜 수 있도록 했다. 그것이 그로 하여금 매일 다시 시작할 수 있도록 했다. 이제 그에게는 그저 그렇게 할 수 있는 만큼의 인정밖에는 없었다. 고작 그 정도의 인정이 어떻게 감히 다른 생명을 살릴 수 있었겠는가?

그렇다, 그가 하루 종일 하는 일이란 사람을 구하는 것이 아니라 공지 사항을 전달하는 것이었다. 물론 그것은 사람이 할 일이라고 할 수 없었다. 하지만 전염병으로 죽어 나가는 사람들과 이렇듯 공포에 떨고 있는 군중 사이에서 도대체 어느 누가 사람이 할 일을 하는 여유를 누릴 수 있었겠는가?

피곤하다면 차라리 다행이었다. 만일 리유에게 기운이 좀 더 있었다면, 사방에서 진동하는 그 죽음의 냄새가 그를 감상적으로 만들었을지 모른다. 그러나 사람이 하루에 네 시간만 자다 보면 감상적이 될 수 없다. 사물들을 있는 그대로, 다시 말하자면 정의에 따라서, 못돼 먹고 쓸데없는 그 정의에 따라서 보게 된다. 그리고 그들과는 다른 사람들, 즉 사망 선고를 받은 이들도 사실을 충분히 느끼고 있었다. 페스트 전에는 사람들이 그를 구세주라도 되는 듯 집에 들였다. 그는 알약 세 개와 주사 한 방으로 모든 문제를 해결했고, 그러면 사람들은 그의 팔을 잡고 복도를 따라 대문까지 배웅했다. 기분은 좋았지만 난처하기도 했다. 이제는 반대로 그는 군인들과 함께 모습을 드러냈고, 군인들이 개머리판으로 문을 두드려야 환자의 가족들은 문을 열어 줄 생각을 했다. 그들은 리유를, 그리고 인류 전체를 자신들과 함께 죽음 속으로 끌고 들어가고 싶었을 것이다. 어쩌겠는가! 인간이란 인간들 없이는 살 수 없고, 리유 역시 그 불행한 사람들과 마찬가지로 가진 것이라고는 아무것도 없는 데다, 그곳을 떠날 때면 스스로도 주체할 수 없던 동일한 그 전율이 의미하는 동정심을 그 역시도 받을 자격이 있었다.

그렇게도 끝나지 않을 것만 같았던 몇 주일 내내 그런 것들은 생이별한 자신의 처지와 함께 의사 리유의 마음을 괴롭혔다. 그것은 또한 그가 동지들의 얼굴에서 읽을 수 있었던 생각이기도 했다. 그러나 재앙에 맞선 이 투쟁을 계속해 나가는 모든 이들을 서서히 잠식하던 극도의 피로가 만든 가장 위험한 결과는 외부 사건이나 다른 사람들의 감정에 대한 이런 무관심이 아니라, 그들이 자신도 모르게 빠져들던 부주의에 있었다. 왜냐하면 당시 그들은 반드시 필수적이라고 할 수는 없으며, 또 그들의 여력으로는 어찌할 수 없어 보이는 모든 조처들을 피하려는 경향이 있었기 때문이다. 이를테면 그들은 자신들이 체계적으로 만들어 놓았던 위생 규칙들을 점점 더 소홀히 하게 되었고, 자기 자신들의 몸에 실시해야 했던 수많은 소독 작업들 가운데 몇몇은 잊어버리기 일쑤였으며, 심지어 전염 예방 조치도 취하지 않은 채 폐렴형 페스트에 걸린 환자 주변을 돌아다닐 때도 있었다. 감염된 환자의 집에 들어가야 한다는 것을 바로 그 직전에 알게 되는 경우, 스스로에게 예방 조치를 취하기 위해 정해진 장소로 되돌아가야 한다는 것이 그들에게는 너무나 피곤하기 짝이 없는 일로 여겨졌다. 바로 거기에 진정한 위험이 도사리고 있었다. 왜냐하면 페스트에 맞선 투쟁 그 자체가 그들을 페스트에 가장 취약한 사람들로 만들어 버리는 셈이었기 때문이다. 그들은 결국 요행수를 바라며 도박을 하고 있었던 셈인데, 요행이란 그 누구도 기대할 수 없었다.

그렇지만 우리 도시에는 지치지도 않고 낙담하지도 않아 보이는 사람이 하나 있었고, 그는 마치 만족감의 살아 있는 형상으로 보였다. 그는 코타르였다. 그는 다른 사람들과 유대 관계를 맺으면서도 여전히 일정한 거리를 유지하고 있었다. 리유는 타루의 일이 허락하는 한 자주 그를 만나 보기로 했는데, 한편으로는 타루가 그의 사정에 관해서 잘 알고 있었기 때문이고, 다른 한편으로는 타루가 별 볼 일 없는 그 연금 생활자를 한결같이 친절하게 대할 줄 알았기 때문이다. 시종일관 기적과도 같이 타루는 자신이 해내고 있는 고된 일에도 불구하고 언제나 주의 깊고 친절한 태도를 유지하고 있었다. 심지어 어느 저녁에는 피곤해서 온몸이 부스러질 것 같더라도, 그다음 날이면 새로운 힘을 되찾곤 했다. 「저 양반하고는 말이죠, 대화가 됩니다. 진짜 사나이라니까요. 언제나 이해를 하지요.」 코타르는 랑베르에게 이렇게 말했다.

그런 이유로 당시 타루의 수첩은 코타르라는 한 인물에게로 점차 집중되고 있었다. 타루는 코타르가 토로한 바 그대로, 혹은 자신이 나름대로 해석을 부여한 바에 따라서 코타르의 반응과 고민들에 관한 도표 하나를 만들어 보려고 애를 썼다. 〈코타르와 페스트의 관계〉라는 제목이 달린 이 도표는 여러 페이지들을 차지하고 있으며, 본 기록의 서술자는 간략하게나마 여기에 소개하는 것이 유익하리라 생각한다. 키 작은 이 연금 생활자에 관한 타루의 전반적인 의견은 다음과 같은 평가로 요약되고 있었다. 〈그는 성장하는 인물이다.〉 적어도 겉으로 보기에 그는 즐겁게 성장하고 있었다. 그는 잇단 사건들로 인한 상황에 불만이 없었다. 이따금 타루 앞에서 다음과 같이 자기 속내를 드러내기도 했다. 「물론 더 나아지지야 않겠죠. 하지만 뭐 최소한 모두가 한배를 탄 거니까요.」

이어 타루는 다음과 같이 덧붙이고 있었다. 〈물론 다른 사람들과 마찬가지로 그 역시 위험에 처해 있기는 하지만, 중요한 것은 그가 다른 사람들과 함께 그러하다는 사실이다. 그리고 다음으로 확신하건대, 그는 자신이 페스트에 걸릴 수 있다는 사실을 심각하게 고려하지 않는다. 어떤 심각한 중병에 걸린 사람이나 깊은 번민에 사로잡힌 사람은 바로 그 이유 때문에 다른 모든 질병들이나 근심들로부터 벗어날 수 있다는 생각을, 그렇게 터무니없어 보이지는 않는 생각을 근거로 살아가는 것 같다. 《여러 질병들을 동시에 앓을 수 없다는 사실을 알고 계시겠죠?》 그가 나에게 말했다. 《선생이 만일 심각하거나 치료 불가능한 병, 예를 들어 중증 암이나 심한 폐병에 걸렸다고 가정해 본다면 말이죠, 선생은 페스트나 장티푸스에는 절대로 걸리지 않을 거라는 얘기입니다. 그건 불가능합니다. 한데 그 정도에서 끝나는 게 아니랍니다. 왜냐하면 선생은 암 환자가 자동차 사고로 죽는 건 결코 보신 적이 없으실 테니까 말입니다.》 맞건 틀리건 상관없이 이런 생각은 코타르를 기분 좋게 해주고 있다. 그가 원치 않는 단 하나는 다른 사람들과 헤어져 있는 것이다. 혼자서 옥살이를 하느니 모두와 함께 포위당해 있는 편이 그에게는 낫다. 페스트 덕분에 내사도, 소송 자료들도, 신상 정보들도, 이해하기 어려운 예심도 그리고 곧 들이닥칠 체포도 문제가 되지 않는다. 엄밀하게 말하자면 이제는 더 이상 경찰도 없고, 옛것이건 새것이건 더 이상 범죄도 없고, 따라서 더 이상 죄인도 없으며, 오로지 사면이 시행된다 하더라도 사면들 가운데 가장 자의적인 사면을 기다릴 수밖에 없는 죄수들만 있을 뿐인데, 그들 가운데에는 당연히 경찰들도 있다.〉 타루의 해석에 따르면 코타르는 우리 시민들의 불안해하고 동요하는 모습들을 이를테면 〈계속 얘기해 보세요. 저도 다 겪은 일이랍니다〉라는 말로 표현할 수 있을 정도로 넓은 아량에서 우러나오는 만족감을 가지고 바라볼 만한 충분한 자격이 있었다.

〈다른 사람들과 어울려서 살아가기 위한 유일한 방법은 요컨대 양심을 갖는 것이라고 그자에게 얘기해 봤자 소용이 없었다. 그는 나를 쌀쌀맞게 바라보면서, 《그렇다면 어느 누구도 다른 사람과 함께 지낼 수 없을 겁니다》라고 하더니 곧 이어 이렇게 말했다. 《이것 보세요, 제가 장담합니다. 사람들을 함께하도록 하는 유일한 방법이란 그들에게 페스트를 갖다 주는 겁니다. 선생 주위를 좀 보시라니까요.》 사실 나는 그가 하고 싶은 말이 무엇인지, 그리고 현재 그가 자신의 생활을 얼마나 편안하게 느끼는지 잘 알고 있다. 과거 자신의 것이었던 반응들을 어떻게 그가 재빨리 알아차리지 못할 수 있겠는가? 모든 사람들을 자기편으로 만들려는 시도, 길 잃은 행인에게 이따금 길을 알려 주기 위해서 베푸는 호의, 그러나 그렇지 않은 경우 내비치는 신경질적인 태도, 고급 식당으로 몰려가서 그곳에 자리를 잡고 시간을 보내는 사람들의 만족감, 매일 영화관 앞에 줄을 서고, 공연장이란 공연장은 물론 댄스홀까지 가득 메웠다가 성난 파도처럼 공공장소들마다 흩어져 나가는 무질서한 인파, 그 어떤 접촉에서건 거리를 두는 태도, 그러면서도 사람들을 서로서로 어울리게 하고 팔꿈치를 맞대게 하고 남성을 여성에게 혹은 여성을 남성에게 이끄는 따뜻한 인간애에 대한 갈망, 코타르가 이 모든 것을 그들보다 먼저 경험했음은 분명하다. 물론 여자는 예외인데, 왜냐하면 그처럼 생겨가지고서야……. 한데 매춘부에게 가야겠다고 생각하다가도, 혹여 나쁜 취미에 빠지기라도 했다가는 피해를 입을지도 모를 일이었기 때문에 아마도 스스로 단념하고 말았을 것이라고 생각한다.

결국 페스트는 그에게 도움이 되었다. 페스트는 고독하지만 고독을 원치 않는 사람과 공범을 이룬다. 왜냐하면 코타르는 겉보기에도 분명 공범자이고, 심지어 기꺼이 즐기는 공범자이기 때문이다. 그는 눈에 들어오는 모든 것, 즉 미신들,

근거 없는 두려움들, 위험에 처한 영혼들의 예민한 반응들, 예를 들어서 페스트에 대해서 가능한 언급하지 않으려 하면서도 끊임없이 그것에 대해서 말하지 않을 수 없는 그들의 편집증적 증상이라든지, 전염병이 두통에서부터 시작된다는 사실을 안 이후로 머리가 조금 아프기만 해도 실성한 듯 정신을 못 차리고 창백해져 버린다든지, 신경질적이고 예민하고 한마디로 불안정한, 그래서 깜빡 잊은 것을 두고 무례함으로 뒤바꿔서는 버릇없다며 화를 내거나, 속옷 바지 단추 하나 잃어버린 것을 가지고도 몹시 상심하는 민감한 정서, 이 모든 것과의 공범자다.〉

타루는 저녁나절에 코타르와 함께 외출하는 일이 자주 있었다. 그러고 나서 그는 수첩에 석양이 질 무렵이나 어두컴컴한 밤이면 그들이 어떻게 어두운 군중들 속에 파묻혀 어깨와 어깨를 나란히 하고 군데군데 가로등이 비춰 주는 하얗고 검은색 무리 속에 휩쓸리며 페스트의 냉기를 막아 줄 열에 들뜬 즐거움으로 향하는 인간의 무리와 동행했는지를 기록했다. 이미 지난 몇 달 전 코타르가 공공장소에서 찾았던 사치와 여유 있는 삶, 꿈만 꾸고 있었지 만족할 수 없었던 것, 이를테면 광적인 향락에 이제는 온 주민이 빠져 있었다. 물가가 걷잡을 수 없이 치솟았지만 사람들이 이렇게까지 많은 돈을 탕진한 적은 일찍이 없었고, 거의 모두에게 생활필수품이 부족하던 시기에 사람들이 이렇게까지 사치품을 흥청망청 써댄 적은 없었다. 단지 실업 상태에서 비롯된 시간 때우기용 놀이는 늘어만 갔다. 이따금 타루와 코타르는 쌍쌍의 남녀들 가운데 무작위로 한 쌍을 골라서 제법 오랜 시간 동안 뒤쫓아 보기도 했는데, 예전에는 자신들의 관계를 감추려고 전전긍긍했던 그들이 이제는 서로 몸을 밀착시키고는 자신들을 둘러싼 군중은 쳐다보지도 않은 채 취기가 오른 듯 열렬한 도취 상태에 빠져 잠시 포즈를 취하듯 멍한 모습으로 도시 여기저기를 악착같이 배회하고 있었다. 코타르는 감동했다. 「아! 멋지지 않습니까!」 그러더니 큰 소리로 떠들어 대며 이런 식의 집단적 열기, 쩔그렁 소리를 내며 뿌려지는 엄청난 액수의 팁 그리고 코앞에서 벌어지는 정사의 한가운데서 꽃이 활짝 피어나듯 얼굴이 밝아졌다.

그렇지만 타루는 코타르의 태도에 못된 구석이라고는 거의 없다고 생각했다. 〈전 이미 다 겪어 봐서 잘 안다고요〉라는 코타르의 말에는 승리감보다 불행이 더 많이 묻어났다. 타루는 다음과 같이 기록하고 있다. 〈내 생각에 그자는 위로는 하늘에, 옆으로는 도시 성곽에 갇혀 버린 사람들을 사랑하기 시작하고 있다. 예를 들어서 그는 할 수만 있다면 상황이 그렇게까지 심각하지는 않다고 그들에게 설명이라도 할 것이다. 그가 나에게 이렇게 단언했다. 《저들의 얘기가 들리시죠? 페스트가 끝나면 나는 이런 걸 할 거라든지, 페스트가 지나면 나는 저런 걸 할 거라든지 말입니다. 그들은 잠자코 있지 못하고 인생을 망치고 있어요. 게다가 가지고 있는 특권도 알아차리지 못하고 있다니까요. 제가 말입니다, 예를 들어서 체포되고 나면 나는 이런 걸 할 거야, 라고 말할 수 있을까요? 체포는 하나의 시작이지 끝이 아니라고요. 반면에 페스트는……. 제 생각을 알고 싶으신가요? 저들은 될 대로 되라는 식으로 가만히 놔두지 않기 때문에 불행한 거라고요. 물론, 그냥 허투루 하는 말이 아닙니다.》〉

타루는 이어서 이렇게 덧붙이고 있었다. 〈실제로 허투루

하는 말은 아니다. 그는 오랑 시민들이 보여 주는 모순을 가감 없이 평가하고 있다. 그들은 서로를 가깝게 하는 따뜻한 인간애를 절실히 원하면서도 동시에 서로를 멀어지게 하는 경계심 때문에 선뜻 나아가지 못한다. 누구든 자기 이웃을 믿을 수 없고, 아무도 모르는 사이에 그 사람이 페스트균을 옮겨서 자신을 감염시킬 수 있다는 것을 너무나도 잘 알고 있었다. 코타르와 같이 누군가 사귀고 싶은 사람들이 있는데도 혹시 그들 속에 밀고자가 있지는 않을까 알아내기 위해 시간을 보낸 사람이라면 그런 기분을 이해할 수 있다. 페스트가 부지불식간에 그들 어깨에 손을 올려놓거나, 어쩌면 사람들이 여전히 무사하다는 사실에 기뻐하는 바로 그 순간 그렇게 하려고 준비하고 있을지도 모른다는 생각 속에서 살아가는 사람이라면 충분히 이해할 수 있다. 그는 공포의 와중에서, 물론 견딜 수 있는 한도 내에서 마음이 편안했다. 그러나 이 모든 것을 먼저 맛보았기 때문에 그는 이러한 불확실한 상황이 갖는 잔인함을 다른 사람들과 완전히 함께 느끼지는 못하리라고 나는 생각한다. 우리들, 아직은 페스트로 죽지 않은 우리들과 마찬가지로 그는 자신의 자유와 생명이 매일 무너져 내리기 직전에 있음을 충분히 자각하고 있다. 그러나 자신이 공포 속에서 산 만큼 다른 사람들에게도 공포를 맛볼 차례가 오는 것은 당연하다고 여기고도 있다. 더 정확히 말하자면, 공포는, 그가 오롯이 혼자서 겪던 때와 비교해서 감당하기가 조금은 수월해 보이는 것이다. 그가 잘못 생각하고 있는 것이 바로 이 점이며, 다른 사람들보다도 그가 이해하기 훨씬 더 어려운 사람인 이유도 바로 이 점 때문이다. 하지만, 어쨌든 바로 그렇기 때문에 우리가 이해

하고자 애써 볼 만한 사람이 다름 아닌 그이기도 하다.〉

마지막으로 타루의 수첩은 코타르와 페스트에 전염된 사람들에게 동시에 일어났던 기이한 사고방식을 한눈에 알 수 있도록 하는 어떤 일화로 끝난다. 그 이야기는 당시의 어려웠던 분위기를 거의 그대로 재현하고 있으며, 이 글을 쓰는 서술자가 중요성을 부여하는 이유 역시 바로 그 때문이다.

그들은 「오르페우스와 에우리디케」[18]를 공연하는 시립 오페라에 갔었다. 코타르가 타루를 초대한 것이다. 극단은 페스트가 시작되던 봄에 공연을 하고자 우리 도시에 와 있었다. 전염병 때문에 발이 묶이자 이 극단은 우리 도시의 오페라 극장 측과 합의하에 일주일에 한 번씩 공연을 하지 않을 수 없는 처지에 놓이게 되었다. 이렇게 해서 몇 달 전부터 매주 금요일마다 우리 도시의 극장에서는 아름다운 선율에 실린 오르페우스의 탄식과 무력하기만 한 에우리디케의 애원이 울려 퍼졌다. 한데 이 공연은 계속해서 관객들의 열화와 같은 성원을 받았고 여전히 막대한 수익을 올리고 있었다. 제일 비싼 좌석에 자리 잡은 코타르와 타루는 우리 시민들 가운데 가장 잘 차려입은 사람들로 터질 듯 가득 찬 1층 좌석들을 내려다보고 있었다. 속속 도착하는 사람들은 입장 시간을 놓치지 않으려 애쓰는 것 같았다. 오케스트라석에서 연주자들이 악기를 조율하는 동안 막이 내려진 무대 아래쪽으로 눈부신 조명이 비춰지자, 관객석 이 줄에서 저 줄로 움

18 그리스 신화에 나오는 오르페우스와 에우리디케의 비극적 사랑을 소재로 한 오스트리아 작곡가 글루크의 오페라. 1762년 초연된 이후, 테너를 주인공으로 하고 등장인물들을 새로이 보강하여 1887년 총 3막으로 재발표했다.

직이거나 우아하게 몸을 숙여 인사하는 사람들의 그림자가 점차 또렷해졌다. 나지막하게 울리는 대화 소리 속에서 사람들은 조금전까지 도시의 어두컴컴한 거리에서는 갖지 못했던 침착함을 되찾고 있었다. 사람들의 옷차림이 페스트를 몰아내고 있었다.

제1막 내내 오르페우스는 안정적으로 자신의 처지를 한탄했고, 튜닉을 입은 몇몇 여자들은 우아한 몸짓으로 그의 불행을 설명했으며, 아리에타 형식으로 사랑을 노래했다. 장내는 이에 점잖은 호응으로 반응했다. 제2막에서 아리아를 부를 차례가 되었을 때 오르페우스가 명부의 왕에게 자신을 불쌍히 여겨 달라고 호소하며 실제 곡에는 있지도 않는 비브라토를 가미해 가며 조금 지나치다 싶은 비장한 모습으로 노래한 사실을 알아차리는 사람은 거의 없었다. 자기 몸을 주체할 수 없는 듯 보이는 배우의 격렬한 몸짓은 가장 예리한 사람들이 보기에도 연기력을 한층 더 부각시키는 고도의 연출 효과로 보였다.

제3막에서 오르페우스와 에우리디케의 멋진 이중창이 시작되면서부터(에우리디케가 사랑하는 애인에게서 멀어져 가는 순간이었다) 예기치 못한 일로 장내는 술렁거렸다. 더욱이 가수는 관객의 이런 동요를 기다리기라도 했다는 듯이, 아니 더 정확하게 말한다면 객석에서 들려오는 웅성거리는 소리가 자신이 느끼고 있던 것을 확인시켜 주기라도 했다는 듯이, 바로 그 순간 고대 양식 의상을 입은 채 팔과 다리를 벌리고는 어기적거리듯 괴이한 모습으로 앞쪽을 향해 걸어 나오더니 무대 배경인 양들 우리 한복판에 쓰러져 버리고 말았다. 그 무대 배경은 단 한 순간도 극의 시대와 맞아 보였던 적이 없긴 했지만, 관객들이 보기에는 그때 처음으로 그야말로 끔찍하게 시대와 완전히 괴리되어 버렸다. 왜냐하면 그와 동시에 연주가 일순 멎었고 관객들은 자리에서 일어나 장내를 천천히, 처음에는 정숙하게 마치 예배가 끝난 교회에서 나오거나 빈소에서 문상을 마치고 나오듯이 여자들은 치마를 단정히 여미고 고개를 숙인 채로, 남자들은 동행한 여성들의 팔꿈치를 잡고 그녀들이 접이의자에 걸리지 않도록 신경을 쓰면서 빠져나가기 시작했기 때문이다. 그러나 조금씩 움직임이 바빠졌고 수군거림이 고함 소리로 변하더니, 일군의 사람들이 출구를 향해 일시에 몰려들어 북적거리다가 마침내는 고성을 내지르며 서로 떼밀기 시작했다. 자리에서 일어나기만 했던 코타르와 타루 둘만은 그대로 서서 당시 자신들이 살아가는 삶의 현장들 가운데 하나와 정면으로 마주하고 있었다. 무대 위에는 사지 마디마디가 따로 노는 광대의 모습을 하고 있는 페스트, 그리고 객석에는 붉은색 좌석 위로 내버려져 나뒹구는 부채들이며 레이스들과 같이 이제는 쓸모없는 사치스러움이 그것이었다.

랑베르는 9월 초순 며칠간을 리유 곁에서 열심히 일했다. 그는 단 하루 휴가를 청했었는데, 예의 그 젊은이들 두 명과 곤잘레스를 남자 고등학교 앞에서 만나야 하는 날이었다.

그날 정오 곤잘레스와 기자는 키가 작은 그 두 녀석이 웃으며 다가오는 것을 보았다. 그들은 일전에는 운이 없었지만 그런 건 예상해야 했었다고 말했다. 어쨌거나 그들은 이번 주 보초 당번이 아니었다. 다음 주까지 기다려야 했다. 그러면 이번에는 다시 해볼 수 있으리라는 얘기였다. 자기 생각도 그와 같다고 랑베르가 말했다. 그러자 곤잘레스가 오는 월요일로 약속을 하자고 제안했다. 하지만 이번에는 랑베르를 마르셀과 루이의 집에서 지내도록 하자고 했다. 「너하고 나하고 약속을 잡는 거야. 근데 만일 내가 그 자리에 안 나오거든, 너는 그냥 걔들 집으로 가라고. 걔들이 어디 사는지는 설명해 줄 테니까.」 그러나 바로 그때 마르셀인지 루이인지가 가장 간단한 것은 지금 즉시 친구를 데리고 자기들 집으로 가는 거라고 말했다. 그가 까다로운 사람이 아니라면 네 사람분의 먹을 것이 있다고도 했다. 그리고 그렇게 하면 그도 이해할 거라는 말이었다. 곤잘레스는 참 좋은 생각이라고 했고 그들은 항구를 향해 걸어 내려갔다.

마르셀과 루이는 마린느 거리 제일 변두리에서도 해안선에 면한 좁은 도로에 있는 검문소 근처에서 살고 있었다. 벽이 두껍고 창에는 페인트칠을 한 나무로 덧문이 달려 있으며, 가구 없이 어두운 방들만 있는 스페인풍의 자그마한 집이었다. 젊은이들의 어머니가 쌀밥을 대접했는데, 미소를 띤 얼굴에 주름이 가득한 스페인 노파였다. 시내에는 이미 쌀이 부족했는지라 곤잘레스는 깜짝 놀랐다. 「검문소 근처에서는 융통이 되죠.」 마르셀이 말했다. 랑베르가 잘 먹고 마셔 대자 곤잘레스는 진짜 친구라고 말했다. 하지만 사실 기자는 그러는 내내 앞으로 지내야 할 일주일만을 생각했을 뿐이었다.

한데 실제로 그는 2주를 기다려야 했다. 경비대원들 수를 줄일 양으로 보초 당번을 보름 간격으로 세웠기 때문이었다. 그래서 그 보름 동안 랑베르는 몸을 아끼지 않고 쉼 없이, 이를테면 두 눈 딱 감고 이른 새벽부터 밤 늦게까지 일했다. 늦은 밤이 되면 잠자리에 누워 곧바로 깊은 잠에 빠졌다. 한가로운 생활에서 이렇듯 진을 쏙 빼버리는 고된 일로의 갑작스러운 전환은 그를 꿈도 없고 기력도 없는 상태로 내몰다시피 했다. 그는 다가오는 탈출에 대해서 거의 말을 하지 않았다. 단 한 가지 주목할 만한 점이 있다면, 첫 주가 끝날 즈음 지난밤 완전히 취했었노라고 그가 의사에게 털어놓았다는 것이다. 술집에서 나오면서 그는 갑자기 사타구니가 부어오르고, 겨드랑이를 중심으로 팔이 제대로 움직이지 않는 것 같았다. 그 순간 취할 수 있었던 유일한 행동이란, 물론 그 점에 대해서 리유와 마찬가지로 그 역시 분별력 있는 행동은 아니었다는 데 의견을 같이했는데, 도시 높은 곳을 향해 달려가는 것이었고, 그러고는 바다가 내려다보이지는 않지만 하늘이 좀 더 잘 보이는 자그마한 광장에서 도시를 둘러싼 담 너머로 연인의 이름을 큰 소리로 부르는 것이었다. 집으로 돌아와 몸에 그 어떤 감염 증상도 없음을 발견하자, 자신의 이렇듯 돌발적인 발작이 그리 자랑스럽지는 않았다. 리유는 그런 행동을 충분히 이해한다며 이렇게 말했다. 「하긴, 누구든 그러고 싶을 때가 있죠.」

「오통 씨가 오늘 아침 선생님에 대해서 이야기하더군요.」 랑베르가 막 나가려는데 리유가 갑자기 한마디 했다. 「저한테 혹시 랑베르 씨를 아느냐고 물었어요. 그러더니 〈그 사람더러 밀수꾼 무리와 어울리지 말라고 하세요. 눈에 너무 띕니다〉라고 했어요.」

「그게 무슨 소리죠?」

「서둘러야 한다는 소리죠.」

「고맙습니다.」 의사와 악수를 하며 랑베르가 말했다.

문가에서 그가 갑자기 몸을 돌렸다. 리유는 페스트 이후 랑베르가 처음으로 미소 짓고 있다는 것을 알아차렸다.

「한데 선생님께서는 제가 떠나는 걸 어째서 막지 않으시나요? 그럴 방법이 있으신데도요.」

리유는 늘 하듯이 고개를 끄덕이며, 그거야 랑베르의 일이고 스스로 행복을 선택한 이상 자신은 딱히 반대할 이유가 없다고 말했다. 자신에게는 이 문제와 관련해서 무엇이 옳고 무엇이 그른지에 대해 판단할 능력이 없는 것 같다고도 했다.

「그러면서 제게 왜 서두르라고 하십니까?」

이번에는 리유가 미소를 지었다.

「어쩌면 저 역시도 행복을 찾아 무언가 하고 싶기 때문이겠죠.」

다음 날 그들은 더 이상 아무 말도 하지 않고 함께 일했다. 그다음 주 랑베르는 드디어 스페인풍 그 작은 집으로 짐을 옮겼다. 거실에다 그를 위한 침대 하나를 들여놓았다. 보초를 서는 젊은이들은 식사 때 집에 들어오지 않았고 더욱이 랑베르는 가능한 한 외출을 하지 말아 달라는 당부를 받았기에 대부분의 시간을 거실에서 혼자 지내거나 연세 많은 그들 어머니와 함께 대화를 나누곤 했다. 마른 편이고 활동적인 그녀는 늘 검은색 옷을 입었고, 갈색으로 그을린 얼굴에는 주름이 가득했으며, 완전히 백발인 머리는 매우 정갈했다. 말이 없는 노파는 랑베르를 바라보며 두 눈으로 미소만 지을 뿐이었다.

그러던 어느 날 그 노파가 랑베르에게 혹시 페스트균을 아내에게 옮길까 봐 두렵지 않느냐고 물었다. 그는 자신이 생각하기에 이건 놓쳐서는 안 될 기회이고, 따지고 보면 그런 위험은 사실상 극미한 데다가, 만약 이 도시에 그대로 남게 된다면 아내와 영원히 이별하게 될 위험이 있을지도 모른다고 했다.

「아내가 착한가 보죠?」 미소를 지으며 노파가 물었다.

「매우 착하답니다.」

「예쁘기도 하고요?」

「제 생각에는 그런데요.」

「아! 그래서 그러는 거군요.」 노파가 말했다.

랑베르는 곰곰이 생각을 해보았다. 물론 그래서 그러는 건 분명했지만, 오직 그렇기 때문이라고만은 할 수 없었다.

「선생은 자비로운 하느님을 믿지 않으시나요?」 매일 아침 미사에 출석하는 그녀가 물었다.

랑베르가 믿지 않는다고 시인하자 노파는 다시 한 번 그래서 그러는 거라고 말했다.

「그녀를 만나셔야 해요. 선생이 옳아요. 그마저 없다면 선생에게는 남는 것이란 도대체 무엇이겠어요?」

나머지 시간 동안 랑베르는 장식 없는 회벽들로 둘러싸인 방을 빙빙 돌다가 칸막이벽에 걸어 놓은 부채들을 만지작거리기도 하고, 식탁보에 장식으로 달아 놓은 술을 한 가닥씩 세어 보기도 했다. 저녁이 되자 청년들이 집으로 돌아왔다. 그들 역시 말이 많지 않았는데, 그나마 말을 하는 경우도 그저 아직은 때가 아니라는 얘기를 하기 위해서였다. 저녁 식사를 하고 나면 마르셀은 기타를 쳤고 그들은 아니스 술을 마시곤 했다. 랑베르는 늘 생각에 잠겨 있어 보였다.

수요일에 마르셀이 집에 들어오면서 〈내일 밤 자정이에요. 준비 단단히 하고 있으라고요〉라고 말했다. 그들과 함께 보초를 서는 두 사람 중 하나가 페스트에 걸려 버렸고, 평소 그자와 한방을 쓰던 다른 보초 한 명은 수용소에 격리되었다는 것이다. 그래서 2~3일간은 마르셀과 루이만 있게 될 예정이었다. 밤사이 그들은 마지막 세부 사항들을 준비해 둘 것이고, 다음 날이면 문제없을 거라고 했다. 랑베르는 고맙다고 했다. 「기쁜가요?」 그들의 어머니가 물었다. 그는 그렇다고 했지만 사실 딴생각을 하고 있었다.

다음 날 하늘에는 무겁게 구름이 끼었고, 습도가 높아 찌는 듯 무더웠다. 페스트에 대한 소식은 나빴다. 그렇지만 스페인 노파는 여전히 침착했다. 〈이 세상에는 원죄가 있답니다. 그러니 이리 되는 것도 당연하지요〉라고 말했다. 마르셀과 루이처럼 랑베르도 웃통을 다 벗고 있었다. 하지만 그가 무슨 수를 써도 어깨와 가슴 위로 땀이 줄줄 흘렀다. 덧문을 닫아 희미한 빛만 드리워진 집에서 그렇게 하고 있으니 그들의 구릿빛 상반신이 유약을 바른 듯 번들거렸다. 랑베르는 아무 말 없이 방을 빙빙 돌고만 있었다. 그러다가 오후 4시가 되자 갑자기 옷을 차려입더니 나갔다 오겠다고 했다.

「오늘 자정이니 조심해요, 준비는 다 되어 있으니.」 마르셀이 말했다.

랑베르는 의사의 집으로 갔다. 리유의 어머니는 랑베르에게 산동네 병원에 가면 리유를 찾을 수 있을 거라고 일러 주었다. 경비 초소 앞에는 예전과 같이 군중들이 모여 서성거리고 있었다. 「저리로 좀 비키세요!」 눈이 약간 튀어나온 경관 하나가 말했다. 「기다려 봐야 아무 소용 없습니다.」 웃옷까지 땀에 절은 그 경관이 이어 말했다. 다른 사람들 생각도 그와 같았지만, 살인적인 무더위에도 불구하고 별수 없이 그대로 있었다. 랑베르가 경관에게 통행증을 보여 주자, 그는 타루의 사무실을 손으로 가리켰다. 마당 쪽으로 나 있는 사무실 문 쪽에서 그는 사무실에서 나오던 파늘루 신부와 마주쳤다.

약제 냄새와 축축한 시트 냄새가 나고 흰색 페인트가 칠해진 지저분한 작은 방에서 타루는 검은색 나무로 된 책상에 앉아 셔츠 소매를 걷어붙인 채 팔뚝에 흘러내리는 땀을 손수건으로 닦고 있었다.

「아직도 여기에 있었군요?」 타루가 말했다.

「네, 리유 선생과 이야기를 좀 했으면 합니다.」

「그는 병실에 있어요. 한데 리유 없이도 해결되는 일이라면 좋겠는데요.」

「왜죠?」

「너무나 과로하고 있거든요. 가능한 한 일을 좀 덜어 주려고요.」

랑베르는 타루를 바라보았다. 그는 수척해져 있었다. 피로 때문에 눈빛과 표정이 흐릿했다. 다부진 어깨는 둥그렇게 움츠러들어 있었다. 노크 소리가 나더니 하얀색 마스크를 쓴 간호사가 들어왔다. 간호사는 타루의 책상에 진료 카드 한 뭉치를 놓더니 〈여섯입니다〉라고 말하고는 나가 버렸다. 타루는 기자를 한 번 쳐다본 다음 진료 카드들을 부채 모양으로 펼쳐 놓더니 그것을 가리켰다.

「멋진 카드들 아닙니까? 한데 그게 아니에요. 간밤에 사망한 사람들이거든요.」

그의 이마가 깊이 패어 있었다. 그는 진료 카드 다발을 다시 한데 모으고는 말했다. 「우리에게 남은 일이란 회계 절차뿐이랍니다.」

타루가 책상을 손으로 짚으며 자리에서 일어났다.

「곧 떠나시는 겁니까?」

「오늘 밤, 자정입니다.」

타루는 자신도 기쁘며, 몸조심을 해야 할 거라고 했다.

「진심으로 하는 말인가요?」

타루가 어깨를 으쓱해 보였다.

「내 나이쯤 되면 사람들은 결국 진심으로 말하게 됩니다. 거짓말을 한다는 건 너무 피곤한 일이거든요.」

「타루 씨, 죄송합니다만, 의사 선생님을 뵙고 싶습니다.」 기자가 말했다.

「압니다. 나보다 훨씬 더 인간적인 분이니까요. 자, 함께 가시죠.」

「그게 아닙니다.」 기자가 어렵사리 입을 떼더니 그만 자리에 멈춰 섰다.

타루는 그를 바라보다가 순간 미소를 지어 보였다.

그들은 좁다란 복도를 따라서 걸었는데, 벽이 밝은 초록색으로 칠해져 있어서 마치 수족관 안으로 빛이 넘실대는 것 같았다. 그림자들이 이상하게 움직이는 모습이 비쳐 보이는 이중 유리문 앞에 다다르기 직전에 타루는 벽장들로 벽을 도배한 듯한 아주 좁은 방 안으로 랑베르를 들여보냈다. 이어서 벽장들 가운데 하나를 열어 흡수성 거즈로 된 마스크 두 개를 꺼내더니 그중 하나를 랑베르에게 내밀며 쓰라고 했다. 그것이 쓸모가 있는지 기자가 묻자, 타루는 그런 것은 아니지만 다른 사람들에게 신뢰를 준다고 대답했다.

그들은 유리문을 밀어 열었다. 무척이나 넓은 공간이었는데, 계절에도 아랑곳없이 창문이란 창문은 완전히 닫혀 있었다. 벽 위쪽에서 실내 공기를 정화하는 장치들이 윙윙거렸고, 거기에 달려 있는 프로펠러 모양의 날개들이 두 줄로 나란히 놓인 잿빛 침대들 위에서 찌는 듯한 뿌연 공기를 휘젓고 있었지만 별 소용은 없는 듯했다. 여기저기에서 어렴풋이 날카로운 신음들이 그저 단조로운 울음소리 하나를 만들어 낼 뿐이었다. 유리창에 달린 창살 사이로 햇빛이 인정사정없이 쏟아져 내리는 가운데 흰옷을 입은 남자들이 천천히 움직이고 있었다. 질식할 것같이 더운 실내가 얼마나 불편했던지 랑베르는 신음하는 어떤 형체 위로 몸을 기울이고 있는 리유도 알아보지 못할 정도였다. 의사는 환자의 사타구니를 째고 있었는데, 간호사 두 명이 침대 양쪽 끝에서 벌려 놓은 환자의 다리를 단단히 누르고 있었다. 리유는 몸을 다시 일으켜 보조 간호사가 곁에서 받쳐 들고 있던 판 위에 수술 도구를 떨어뜨리고는, 잠시 우두커니 서서 누군가 붕대를 감아 주고 있는 그 환자를 물끄러미 바라보고 있었다.

「무슨 새로운 소식이라도 있나요?」 그가 곁으로 다가오는 타루에게 물었다.

「파늘루가 랑베르를 대신해서 격리 수용소 일을 맡아 하기로 했어요. 벌써 많은 일을 했더군요. 이제 남은 건 랑베르를 제외하고 제3 검역반을 다시 결성하는 겁니다.」

리유가 고개를 끄덕이며 동의했다.

「그리고 드디어 첫 조제약을 완성했답니다. 시험을 해보자는군요.」

「아! 그거 좋군요.」 리유가 말했다.

「마지막으로 여기 랑베르 씨가 와 있습니다.」

리유가 뒤돌아보았다. 기자를 알아보느라 마스크로 거의 가려지다시피 한 두 눈이 찌푸려졌다.

「여기에는 어쩐 일이죠? 지금쯤이면 다른 곳에 있어야 할 텐데요.」

타루가 오늘 밤 자정으로 약속이 잡혔다고 말하자 이어서 랑베르가 〈원칙적으로는〉이라고 덧붙였다.

그들 중 누구든 말을 할 때면 얇은 거즈로 된 마스크가 부풀어 올랐고, 입술이 닿는 부분은 축축해졌다. 그래서 마치 조각상들이 대화를 하는 듯 어딘지 모르게 비현실적인 장면을 자아내고 있었다.

「선생님께 드릴 말씀이 있습니다.」 랑베르가 말했다.

「괜찮으시다면 같이 나가시죠. 타루 씨의 사무실에서 좀 기다려 주세요.」

잠시 후 랑베르와 리유는 의사의 자동차 뒷좌석에 자리를 잡았다. 운전은 타루가 했다.

「휘발유가 얼마 남지 않았어요.」 그가 자동차 시동을 걸면서 말했다. 「내일부터 우리 모두 걸어다니는 겁니다.」

「의사 선생님.」 랑베르가 말을 꺼냈다. 「저는 떠나지 않습니다. 그리고 여러분과 함께 남아 있고 싶어요.」

타루는 잠자코 운전을 하고 있었다. 리유는 피로에서 헤어나오지 못하는 것 같았다.

「그렇다면, 그녀는요?」 리유가 나지막한 목소리로 물었다.

랑베르는 곰곰이 다시 한 번 생각해 보았는데, 자신이 생각하는 바가 옳다는 것에는 변함이 없지만, 만일 이곳을 떠난다면 부끄러울 것이라고 말했다. 이렇게 떠난다면 자신이 남겨 두고 온 그 여자를 사랑하는 데 있어서도 마음이 편치 않으리라는 얘기였다. 그러나 리유는 몸을 바로 세우면서 단호한 어조로 그건 어리석은 생각이며 행복을 택하는 것에 부끄러울 이유가 무엇이냐고 말했다.

「그렇습니다.」 랑베르가 말을 이었다. 「하지만 혼자서 행복하다면 부끄러울 수 있습니다.」

그때까지 잠자코 있던 타루는 고개를 돌리지 않은 채, 만약 랑베르가 남들과 함께 불행을 나눌 생각이라면 행복을 위한 시간은 앞으로 없을 것이라는 점을 지적했다. 선택을 해야 한다는 거였다.

「그게 아닙니다.」 랑베르가 말했다. 「저는 이곳에서 제가 늘 이방인이고 여러분과는 아무런 상관도 없다고 생각했어요. 하지만 겪을 만큼 겪고 보니 제가 원하든 원하지 않든 제가 여기 사람이라는 걸 알겠습니다. 이 사건은 우리 모두의 일입니다.」

아무도 대꾸를 하지 않자 랑베르는 초조한 듯했다.

「아니, 이미 잘 알고 계시지 않습니까? 그렇지 않다면 이 병원에서 도대체 무엇을 하자는 건가요? 그래서 두 분도 선택을 했고, 따라서 행복을 포기한 거 아닙니까?」

타루도 리유도 여전히 별다른 대답이 없었다. 의사의 집에 가까워질 때까지 침묵이 오랫동안 이어졌고, 마침내 자동차가 의사의 집에 닿았다. 랑베르가 한층 더 큰 목소리로 조금 전의 질문을 되풀이했다. 그러자 리유만이 그에게로 고개를 돌렸다. 그는 가까스로 몸을 일으키며 말했다.

「미안하군요, 랑베르. 무슨 말을 해야 할지 잘 모르겠어요. 원하신다면 우리와 함께 계속 있어요, 정 그리 원하신다면 말입니다.」

갑자기 자동차가 방향을 바꾸는 바람에 그는 입을 다물었다. 그러더니 정면을 응시하면서 말을 이었다.

「이 세상 그 무엇도 자신의 사랑에 등을 돌릴 만큼 가치 있는 건 없어요. 한데 저 역시 그렇게 했지요, 영문도 모르면서 말입니다.」

그는 쿠션에 몸을 깊숙이 묻어 버렸다.

「그건 사실입니다. 그게 다예요.」 그가 피곤한 기색으로 말했다. 「그 점을 잘 기억해 둡시다. 그리고 거기서 결론을 도출해 봅시다.」

「어떤 결론을 말인가요?」 랑베르가 물었다.

「아!」 리유가 말했다. 「병도 치료하면서 동시에 그것까지 알 수는 없어요. 그러니 되도록 빨리 병부터 치료합시다. 그것이 가장 시급합니다.」

자정이 되었을 때 타루와 리유는 랑베르가 검역을 맡게 된 어떤 동네의 약도를 그려 주고 있었고, 마침 그때 타루가 손목시계를 들여다보았다. 타루는 고개를 들다가 랑베르와 시선이 마주쳤다.

「미리 알려 주기는 한 겁니까?」

신문 기자는 시선을 돌렸다.

「몇 자 적어 전했습니다.」 그가 간신히 대답했다. 「두 분을 보러 오기 전에요.」

카스텔이 만든 혈청의 시험은 10월 하순에 있었다. 그것이 사실상 리유의 마지막 희망이었다. 또다시 실패할 경우 전염병이 자신의 영향력을 몇 달 더 연장시키든 혹은 특별한 이유 없이 갑자기 멈춰 버리든 상관없이 도시 전체는 결국 페스트의 변덕에 넘어가리라고 의사는 확신하고 있었다.

카스텔이 리유를 보러 왔던 바로 전날 오통 씨 아들이 병에 걸려 가족 모두가 격리소에 수용될 수밖에 없었다. 격리 시설에서 나온 지 채 얼마 되지 않았던 아이 어머니는 따라서 두 번째로 또다시 격리 수용되는 처지에 놓이게 되었다. 소정의 규칙을 존중하는 판사는 아들 몸에서 전염병의 증상을 발견하자마자 리유를 불렀다. 리유가 도착했을 때 아이의 아버지와 어머니는 침대 발치에 서 있었고, 막내딸은 멀찌감치 떨어져 있었다. 잠복기를 지나 쇠약기에 들어선 아이는 신음도 내지 않고 진찰하는 대로 몸을 내맡겼다. 고개를 들었을 때 의사는 판사의 시선, 그리고 판사 뒤쪽으로 손수건을 입에 댄 채 놀라서 눈을 휘둥그레 뜨고 의사의 일거수일투족을 지켜보는 아이 어머니의 창백한 얼굴과 마주쳤다.

「그거죠?」 판사가 차가운 목소리로 물었다.

「그렇습니다.」 리유가 아이를 다시 바라보면서 대답했다.

아이 어머니는 눈이 더 커졌지만 여전히 아무 말이 없었다. 판사도 잠자코 있다가 잠시 후 더 낮은 목소리로 말했다.

「그렇다면 선생님, 규정대로 해야겠습니다.」

리유는 여전히 손수건을 입에 대고 있는 아이 어머니와 시선을 마주치지 않으려 애썼다.

「얼마 안 걸릴 겁니다.」 그가 망설이면서 말했다. 「전화 한 통 했으면 합니다.」

오통 씨가 그를 안내하겠다고 했다. 그런데 의사는 아이 어머니를 향해 몸을 돌렸다.

「죄송합니다. 소지품을 좀 챙겨 주셔야겠습니다. 무엇인지는 아실 테죠.」

오통 씨 부인은 망연자실해 보였다. 그녀는 고개를 숙인 채 바닥만 바라보고 있었다.

「네.」 그녀가 고개를 끄덕였다. 「그러려던 참이에요.」

그들과 헤어지기 전 리유는 혹 무엇이든 필요하지는 않은지 물어보지 않을 수 없었다. 판사 아내는 여전히 말없이 그를 바라보고 있었다. 그러자 이번에는 판사가 시선을 돌렸다.

「없습니다.」 말을 꾹 참으려는 듯 침을 한 번 삼키더니 말했다. 「아무튼, 우리 애 좀 살려 주시오.」

초기에 그저 의례적인 형식에 불과했던 격리 수용소는 리유와 랑베르에 의해 매우 엄격하게 조직적으로 재편되었다. 특히 그들은 한 가족의 구성원들을 반드시 분리해서 격리시켜야 한다고 주장했었다. 만일 가족 구성원들 가운데 한 사람이 자기도 모르는 사이에 감염되었더라도 전염병이 번질 기회를 차단해야 한다는 것이었다. 리유가 판사에게 그러한 취지들을 설명하자 판사는 옳다고 했다. 그렇지만 그의 아내와 그가 서로 마주 보고 있자, 의사는 이 이별이 그들을 얼마나 당혹스럽게 하는지 느낄 수 있었다. 오통 씨 부인과 막내딸은 랑베르가 맡고 있는 격리 시설에 수용될 수 있었는데, 과거 호텔로 쓰이던 곳이었다. 그러나 예심 판사에게는 도청 당국이 도로 관리과에서 빌려 온 천막들을 가지고 시립 경기장에다 설치해 놓은 수용소 말고는 자리가 없었다. 리유가 죄송하다고 하자 오통 씨는 규칙이란 모두에게 똑같이 적용되며 그에 복종하는 것이 옳다고 말했다.

그 집 아들은 임시 병원으로 이송되어 침대 열 개가 구비되어 있는 옛 교실로 옮겨졌다. 약 스무 시간쯤 지난 끝에 리유는 아이의 증상이 절망적이라고 판단했다. 그 어린 몸이 아무런 저항도 못 하고 병균에게 잡아먹히고 있었다. 눈에 보일까 말까 할 정도로 아주 작지만 고통스러운 멍울들이 그 가냘픈 사지의 마디마디를 틀어막고 있었다. 이미 진 싸움이었다. 바로 그렇기 때문에 리유는 카스텔의 혈청을 그 아이 몸에 시험해 볼 생각을 했다. 그날 저녁, 식사 후 긴 시간에 걸쳐 접종을 실시했지만 그 어떤 반응도 얻어 내지 못했다. 이어서 새벽이 되자 모두가 중요한 이 실험에 평가를 내리기 위해 어린아이 곁으로 모여들었다.

아이는 마비 상태에서 벗어나 경련을 일으키듯이 침대 시트 안에서 몸을 뒤틀고 있었다. 의사 리유, 카스텔 그리고 타루는 새벽 네 시부터 아이 곁에서 병세의 진전 또는 휴지기를 하나하나 지켜보고 있었다. 서 있던 리유와는 달리 침대의 발치에 앉아 있던 카스텔은 겉으로는 침착한 모습을 유지하며 오래된 책 한 권을 읽고 있었다. 예전에 교실로 쓰이던 병실 안으로 햇살이 넓게 퍼져 감에 따라 다른 사람들이 도착했다. 우선 파늘루가 타루를 마주하고 침대 반대편으로 자리를 잡아 벽에 등을 기대고 섰다. 힘들어하는 표정이 얼굴에서 읽혔고, 더욱이 온몸을 바쳐 일했던 지난 며칠간의 피로가 붉게 상기된 그의 이마 위에 주름을 남겨 놓고 있었다. 다음으로 조제프 그랑이 도착했다. 아침 일곱 시였고, 시 직원은 숨을 헐떡거리며 미안하다고 했다. 자신은 잠시 머무를 수밖에 없는데, 혹시 무슨 확실한 것을 알게 됐느냐고 했다. 리유는 말없이 아이를 가리켰고, 아이는 일그러진 표정으로 눈을 감고 온 힘을 다해 이를 악물면서 몸은 꼼짝도 하지 않은 채, 천도 씌우지 않은 베개 위에다 좌우로 연신 고개를 돌리고 있었다. 실내 저 구석에 예전 그대로 걸려 있는 칠판에서 오래전 적어 놓은 방정식의 흔적들을 읽을 수 있을 정도로 날이 제법 밝았을 즈음 랑베르가 도착했다. 그는 바로 옆 침대의 발치에 등을 기대고 서서 담뱃갑을 꺼냈다. 하지만 아이를 한 번 바라보고 나서는 주머니에 도로 집어넣었다.

카스텔은 여전히 앉은 채 안경 너머로 리유를 바라보았다.

「아이 아버지로부터 무슨 소식이 있나요?」

「아니요.」 리유가 말했다. 「그는 격리 수용소에 있는걸요.」

의사는 아이가 누워 신음하고 있는 침대 팔걸이를 힘껏 쥐었다. 그는 어린 환자에게서 시선을 돌리지 않고 있었는데, 아이 몸이 갑자기 뻣뻣해지더니 다시 한 번 이를 악물고 사지를 천천히 사방으로 휘저으면서 허리가 휠 정도로 몸을 젖혔다. 군용 모포 아래 벌거벗은 어린 몸에서 솜털 냄새와 시큼한 땀 냄새가 났다. 아이는 조금씩 몸의 긴장을 풀고 팔다리를 침대 중앙으로 모았는데, 여전히 눈을 감고 입을 다문 채였지만 호흡은 더 빨라진 듯싶었다. 리유와 타루의 시선이 마주쳤지만, 타루는 고개를 돌렸다.

몇 달 전부터 무시무시한 공포가 사람들을 가리지 않고 있었던 터라, 그들은 죽어 가는 아이들을 이미 여러 차례 보아 왔었다. 하지만 그날 아침처럼 그렇게 시시각각 주의를 기울여 가며 고통을 지켜본 적은 없었다. 물론 그들은 죄 없는 아이들에게 가해지는 고통을 그 자체로 파렴치하고 말도 안 되는 일로 생각하지 않은 적이 단 한 번도 없었다. 하지만 적어도 그 전까지는 어찌 보면 추상적인 차원에서 분개하고 있었던 셈인데, 죄 없는 어린아이 하나가 그토록 오랫동안 고통 속에서 죽어 가는 모습을 똑바로 바라본 적은 전혀 없었기 때문이었다.

바로 그런 어린아이 하나가 마치 창자를 물려뜯기기라도 하는 듯 가냘픈 신음 소리를 내면서 다시 한 번 자기 몸을 구부렸다. 그렇게 한참을 웅크리고 있다가 자신의 홀쭉한 몸뚱아리가 휘몰아치는 페스트의 광풍에 접히고 뜨거운 숨을 계속 내쉴 때마다 찢어지기라도 한다는 듯 오한과 경련으로 몸을 떨었다. 돌풍이 지나고 나자 몸이 잠시 축 늘어졌고, 신열이 물러가는 듯 축축하고 독을 품은 모래사장 위에 거친 숨을 내쉬는 아이는 내처졌는데, 그곳에서의 휴식이란 이미 죽음을 닮아 있었다. 다시 한 번 타는 듯한 신열이 파도처럼 세 번째로 밀려들어 아이를 잠시 들어 올리자 아이는 몸을 움츠렸고, 자신을 태워 버릴 듯 타오르는 무시무시한 불길에 그만 침대 속으로 파고들었다가 담요를 걷어차며 미친 듯이 머리를 뒤흔들어 댔다. 눈꺼풀 밑에서 굵은 눈물이 방울방울 솟아 나와 납빛 얼굴로 흘러내리기 시작했고, 그렇게 한고비가 지나자 기진맥진해진 아이는 뼈가 훤히 드러나 보이는 다리와 꼬박 이틀 동안 살이 다 녹아내린 것 같은 두 팔에 경련을 일으키며 난장판이 되어 버린 침대에서 십자가에 매달린 듯한 괴이한 자세를 취했다.

타루가 몸을 굽혀 눈물과 땀으로 흠뻑 젖어 있는 그 작은 얼굴을 두툼한 손으로 닦아 주었다. 조금 전부터 카스텔은 책을 덮고 환자를 응시하고 있었다. 그는 무어라 말을 시작했지만 그 말을 끝내려면 헛기침을 하지 않을 수 없었는데, 목이 잠겼는지 소리가 갑자기 잘 나오지 않았기 때문이었다.

「리유, 오전에 있었던 일시적인 진정 기미도 보이지 않았나?」

리유는 없었다고 말했다. 하지만 아이가 일반적인 경우보다는 더 오래 저항하고 있다고도 했다. 파늘루 신부는 벽에 기댄 채 기운이 별로 없어 보였는데, 나지막한 소리로 이렇게 말했다.

「어차피 죽을 거라면, 더 오랫동안 고통을 겪는 걸 테지.」

리유가 갑자기 그를 향해 몸을 돌려 무언가 말을 하려고 입을 벌렸다가 자제하려고 애를 쓰는 모습이 역력했고, 그러고 나서는 시선을 아이에게로 다시 돌렸다.

방 안에 햇빛이 점차 퍼져 갔다. 다른 침대들 다섯 개에서는 불분명한 형체들이 뒤척거리며 마치 약속이라도 한 듯이 조심스럽게 신음 소리를 내고 있었다. 병실 반대편 저 끝에서 소리를 지르는 어떤 환자만이 고통스러워서라기보다는 몹시 놀란 듯한 짧은 탄성을 규칙적인 간격으로 내지르고 있었다. 심지어 환자들에게도 초기의 공포심은 더 이상 없는 것 같았다. 그들이 병을 받아들이는 태도에는 이제 일종의 상호 합의와도 같은 것이 있었다. 오직 그 어린아이만이 온 힘을 다해 몸부림치고 있었다. 이따금씩 리유는 딱히 필요해서라기보다는 무력한 부동의 자세에서 벗어날 요량으로 아이의 맥을 짚어 보곤 했는데, 눈을 감고 있으면 아이의 그 불안한 맥박이 솟구쳐 오르는 자신의 피와 뒤섞이는 것처럼 느껴졌다. 그러면 고통받는 아이와 하나가 되는 것 같았고, 아직 남아 있는 모든 힘을 아이에게 주려고 애를 썼다. 그러나 서로 다른 그들의 심장 박동은 잠시 하나로 모였다가도 어긋나 버렸고, 어린아이는 그만 그의 손에서 빠져나가 모든 노력은 수포로 돌아가는 것이었다. 그래서 결국 그는 가녀린 아이의 손목을 제자리에 놔두고 자기 위치로 돌아왔다.

회벽을 따라 햇빛이 분홍빛에서 노란빛으로 변하고 있었다. 유리창 너머로 오전의 열기가 이글거리기 시작했다. 그랑이 떠나며 다시 돌아오겠다고 말했지만 모두에게 겨우 들릴 정도였다. 다들 잠자코 지켜보고 있었다. 아이는 여전히 눈을 감고 있었지만 조금 진정된 것 같았다. 마치 짐승의 발톱처럼 되어 버린 두 손으로 아이가 천천히 침대 양쪽 가장자리에 고랑 같은 자국을 내고 있었다. 그 두 손이 다시 위쪽을 향해 무릎 가까이 담요를 살며시 긁는 듯하더니, 갑자기 아이는 다리를 접어 허벅지를 배 가까이로 가져다 댄 채 잠자코 있었다. 바로 그때 아이가 처음으로 눈을 떠 자기 앞에 있는 리유를 바라보았다. 잿빛 진흙을 뒤집어쓰고 이제는 완전히 굳어 버린 듯한 그 얼굴의 움푹 파인 곳에서 입이 열리더니, 기다릴 사이도 없이 외마디 비명이, 호흡으로 생기는 미묘한 변화도 없는 비명이 터져 나와 일순 병실 전체를 단조롭고도 음이 맞지 않는 저항으로 가득 채웠다. 그 비명은 도무지 사람이 내는 소리 같지 않았고, 그러다 보니 오히려 모든 인간들에게서 한꺼번에 쏟아져 나오는 비명 같았다. 리유는 이를 악물었고, 타루는 고개를 옆으로 돌렸다. 랑베르는 카스텔 가까이 침대로 몸을 바싹 갖다 댔고, 카스텔은 무릎 위에 펼쳐 놓았던 책을 그만 덮어 버렸다. 파늘루는 병으로 까맣게 타버린 그 입, 온갖 사람들의 비명이 가득 들어찬 아이의 그 입을 바라보고 있었다. 신부는 슬며시 무릎을 꿇고, 그 누구의 것도 아닌 저항의 비명이 계속되는 와중에 조금 쉰 듯하지만 또렷한 목소리로 〈주여, 이 어린것을 구하소서!〉라고 말했는데 이를 이상하게 생각한 사람은 아무도 없었다.

그러나 아이는 계속해서 비명을 질렀고, 주변 환자들도 동요하기 시작했다. 병실 반대편 끝에서 계속 소리를 지르던 환자도 다른 환자들이 점점 더 큰 소리로 신음을 내지르자 속도를 더 빨리하더니 급기야 진짜로 비명을 내지르고야 말았다. 병실 안에 흐느낌의 물결이 파도처럼 밀려와 부서지는 통에 파늘루의 기도가 묻혀 버렸고, 침대 난간을 꽉 쥐고 있던 리유는 피로와 굴욕감으로 제정신을 잃은 듯 눈을 감아 버렸다.

그가 두 눈을 다시 떴을 때, 곁에 타루가 와 있었다.

「나는 가봐야겠어요.」 리유가 말했다. 「더 이상 견딜 수가 없군요.」

그런데 갑자기 다른 환자들이 입을 다물었다. 의사는 순간적으로 아이의 비명 소리가 작아지고 있다는 것을 알았는데, 비명 소리는 서서히 작아지더니 급기야 뚝 그쳐 버리고 말았다. 아이 주변으로 신음 소리가, 이번에는 나지막하게 그리고 마치 지금 막 결판이 난 그 전투의 아득한 메아리와도 같이 다시 일어나고 있었다. 전투가 끝났기 때문이었다. 카스텔은 침대 반대편으로 가더니 이제 다 끝났다고 말했다. 아이는 입을 벌린 채 그러나 말없이, 갑자기 몸은 더 왜소해 보이고 얼굴 여기저기에 눈물 자국을 남긴 채로 흐트러진 시트의 옴폭 파인 곳에서 움직임이 없었다.

파늘루가 침대로 가까이 다가가서 신의 가호를 빌었다. 그런 다음 수단을 여미고 중앙 통로를 통해 병실을 나갔다.

「전부 다 새로 시작해야 할까요?」 타루가 카스텔에게 물었다.

늙은 의사가 고개를 끄덕였다.

「그래야겠지.」 그가 씁쓸한 미소를 지으며 말했다. 「어쨌거나 오래 견디기는 했군.」

그러나 리유는 이미 병실을 나가고 있었다. 걸음을 너무나 서두르는 데다 표정도 심상치가 않았기에 파늘루의 곁을 지나갈 때 신부는 그를 붙잡기 위해 팔을 뻗쳐야 했다.

「저기, 선생님!」 파늘루가 불렀다.

여전히 감정을 추스르지 못했다는 듯한 모습으로 리유는 몸을 돌리더니 거칠게 내뱉었다.

「아! 그 아이는 말이죠, 적어도 그 아이는 아무 죄가 없었다는 거 신부님도 잘 알고 계시죠?」

그러고 나서 다시 몸을 돌려 파늘루보다 먼저 건물을 나서더니 학교 운동장 저 구석까지 한걸음에 가버렸다. 그는 먼지 자욱한 작은 나무 두 그루 사이에 놓인 벤치에 앉아 이미 두 눈 안에까지 흘러내린 땀을 닦았다. 가슴을 짓이기는 듯한 지독한 응어리를 풀어 버리기 위해 계속해서 소리를 내지르고 싶었다. 더운 열기가 무화과나무 가지들 사이로 천천히 쏟아져 내리고 있었다. 파란 아침 하늘이 희끄무레한 얼룩 같은 것으로 순식간에 뒤덮여 대기를 더욱 답답하게 만들었다. 리유는 벤치에 털퍼덕 앉았다. 나뭇가지들이며 하늘을 바라보면서 천천히 숨을 고르며 조금씩 자신의 피로감을 삼키고 있었다.

「나에게 왜 그렇게 화를 내며 말을 했나요?」 뒤에서 목소리가 들려왔다. 「나에게도 그 상황은 견딜 수 없었었답니다.」

리유는 파늘루를 향해 몸을 돌렸다.

「그러겠지요.」 그가 말했다. 「용서해 주십시오. 피로는 사람을 어리석게 만들죠. 게다가 이 도시에서 저는 분노해야 한다는 것 말고는 아무 생각도 들지 않을 때가 있습니다.」

「이해합니다.」 파늘루가 낮은 목소리로 중얼거렸다. 「우리의 한계를 벗어나는 일이니 분노가 끓어오를 만합니다. 하지만 우리는 이해할 수 없는 것을 사랑해야 하는지도 모르죠.」

리유가 돌연 자리에서 일어났다. 그는 할 수 있는 한 모든 힘과 혼을 다해서 파늘루를 응시하다가 곧 고개를 좌우로 저었다.

「그렇지 않습니다, 신부님.」 그가 말했다. 「사랑에 대해서 저는 다른 생각을 가지고 있습니다. 그래서 말씀드리는데, 아이들이 고통을 당하는 이 세상을 저는 죽는 날까지 인정하지 않을 겁니다.」

파늘루의 얼굴로 당황한 기색이 스쳤다.

「아! 선생님!」 그가 한탄하듯 소리를 냈다. 「저는 지금 막 은총이 무엇인지를 알았습니다.」

그러나 리유는 벤치에 그만 털썩 주저앉아 버렸다. 피로가 다시 엄습해 오자 그는 더 부드러운 목소리로 대답했다.
「그게 바로 제가 가지고 있지 못한 겁니다. 저도 압니다. 하지만 지금 신부님과 이야기를 하고 싶지는 않군요. 우리는 신을 모욕하는 말이건 신에게 올리는 기도건 모든 것을 뛰어넘어서 우리를 하나로 묶어 주는 그 무언가를 위해 함께 일하고 있습니다. 중요한 건 그뿐입니다.」
파늘루가 리유 가까이에 와 앉았다. 그는 감동한 기색이었다.
「맞습니다.」 그가 말했다. 「선생도 인간의 구원을 위해서 일하고 계신 겁니다.」
리유는 애써 웃음을 지었다.
「인간의 구원이란 제게는 너무나 거창한 말이에요. 전 그렇게까지 깊이 생각하지는 않습니다. 제가 관심을 갖는 건 인간의 건강입니다. 무엇보다도 우선 건강이죠.」
파늘루가 머뭇거렸다.
「의사 선생님…….」
그러나 이내 말을 멈췄다. 신부의 이마로도 역시나 땀이 흘러내리기 시작했다. 〈안녕히 계세요〉라고 중얼거리며 자리에서 일어났을 때 두 눈은 반짝이고 있었다. 그가 자리를 뜨려고 하자 생각에 잠겨 있던 리유도 자리에서 일어나 그에게로 한 걸음 다가가 말했다.
「다시 한 번 용서를 구합니다. 그렇게 감정을 폭발시키는 일은 앞으로 다시는 없을 겁니다.」
파늘루는 그에게로 손을 내밀며 슬픈 목소리로 말했다.
「하지만 저는 선생님을 설득하지도 못했는걸요!」
「그게 무슨 상관인가요?」 리유가 말했다. 「제가 증오하는 건 다름 아닌 바로 죽음과 불행이라는 걸 잘 알고 계실 텐데요. 더군다나 신부님께서 원하시든 원하시지 않든 상관없이 우리는 모두 함께 그것들로 인해 고통을 겪고 있고 그것들에 맞서서 싸우고 있습니다.」

리유는 파늘루의 손을 붙잡고 있었다.

「보시다시피 하느님마저도 우리를 갈라놓을 수는 없습니다.」 그는 파늘루의 시선을 피하며 말했다.

파늘루는 보건대에 들어온 이후 페스트가 나타나는 장소들과 병원들을 떠나는 일이 없었다. 그는 보건대원들 사이에서 자신이 마땅히 있어야 한다고 생각한 곳, 즉 제일선에 자리를 잡고 있었다. 사람들이 죽어 나가는 장면의 연속이었다. 원칙적으로는 혈청이 그를 보호하고 있기는 했지만, 그렇다고 해서 목숨을 잃을지도 모른다는 우려가 그에게 완전히 낯선 것은 아니었다. 겉으로 보기에 그는 평정을 잃지 않고 있었다. 그러나 죽어 가는 한 아이의 모습을 오랜 시간 지켜 보았던 그날 이후로는 사람이 달라진 것 같았다. 점점 커지는 긴장감이 얼굴에 역력했다. 그러던 어느 날 그가 〈사제가 의사의 진찰을 받을 수 있는가?〉라는 주제로 요즘 짧은 논문을 하나 쓰고 있는 중이라며 미소까지 지으면서 리유에게 말했을 때, 의사는 파늘루가 말하고자 하는 것보다 훨씬 더 심각한 무엇이 있음을 직감했다. 리유가 논문 내용에 대해서 알고 싶다고 하자, 파늘루는 자신이 남자 신도들의 미사에서 설교를 한번 하게 되었다며, 그때 자신의 생각 가운데 몇 가지를 발표할 예정이라고 알려 주었다.

「의사 선생님이 오면 좋겠습니다. 주제가 선생에게 흥미로울 겁니다.」

바람이 세차게 불던 어느 날 신부는 두 번째 설교를 했다. 사실을 말하자면 미사에 참석한 사람들은 첫 번째 설교 때보다 적었다. 우리 시민들이 보기에 이런 종류의 행사는 더 이상 새로운 매력을 갖지 못했던 것이다. 우리 도시가 겪고 있는 어려운 상황에서 〈새로움〉이라는 단어 자체가 이미 그 의미를 상실한 지 오래였다. 더군다나 대부분의 사람들은 종교적 의무를 완전히 저버리거나 혹은 철저히 부도덕한 사생활을 종교적 의무와 조화시키지도 못하면서, 이치에 맞지 않는 미신적인 행동들로 일상의 종교 활동을 대신하고 있었다. 그들은 미사에 참석하기보다는 차라리 전염병으로부터 보호해 준다는 목걸이라든가 로크 성인의 모습을 담은 부적들을 기꺼이 지니고 다녔다.

한 예로 우리 시민들이 예언을 남발했다는 점을 들 수 있다. 사실 봄에는 이제나저제나 열병이 곧 끝나기를 기다리면서도 어느 누구도 전염병이 얼마나 지속될는지 물어보려 하지 않았다. 왜냐하면 아무도 그 기간을 확신할 수 없기 때문이었다. 그러나 하루 이틀 지나감에 따라 이 불행이 정말로 끝이 없을지도 모른다는 두려움이 퍼져 나가기 시작했고, 동시에 전염병 종식이 앞날에 대한 모든 희망의 대상이 되었다. 그래서 점성가들이나 성당의 성인들에게서 유래한 각종 예언들이 사람들 손에서 손으로 퍼져 나갔다. 시중 인쇄소들은 이와 같은 열띤 호응에서 한밑천 잡을 수 있다는 사실을 재빠르게 눈치챘고, 시중에 돌아다니던 문서들을 대량으로 찍어 유통시켰다. 대중의 호기심이 채워지지 않으리란 걸 알아차린 그들은 야사에서 얻어 낼 수 있는 이런 유형의 증거란 증거들을 죄다 시립 도서관에서 수집한 뒤 그에 관한 연구에 착수해 시중에 널리 퍼뜨렸다. 역사 속 예언들로 충분치 않은 경우에는 기자들에게 그런 종류의 글을 쓰도록 주문했는데, 기자들은 적어도 그 점에 관해서만큼은 지난 세기에 있었던 본보기만큼이나 능란한 재주를 보여 주었다.

이런 예언들 가운데 몇몇은 심지어 신문에 연재되기도 했고, 전염병만 아니었다면 신문 지면에서 볼 수 있었을 연애 수기 같은 글들 못지않은 호응을 얻었다. 예측들 중 몇몇은 괴이한 계산에 근거하고 있었는데, 그해 연도와 사망자 수 그리고 페스트가 일어난 이후 이미 지나간 개월 수 등으로 만들어지는 것이었다. 또 다른 것들은 역사상 대규모로 발생했던 페스트와의 비교를 통해서 (예언자들이 불변의 사실들이라고 명명한 바 있는) 유사점들을 밝혀내고, 앞서 말한 계산에 못지않은 괴이한 방법으로 현재의 시련과 연관된 가르침을 도출해 낸다고 주장하고 있었다. 그러나 대중들로부터 가장 인정받았던 것은 이론의 여지 없이 「요한의 묵시록」에나 나올 법한 어투로 일련의 사건들을 예고하는 것이었다. 그 사건들 하나하나는 우리 도시가 겪고 있는 사건일 수도 있었고, 복잡다단한 내용으로 인해 다른 모든 해석도 가능했다. 그런 이유로 사람들은 하루가 멀다 하고 노스트라다무스와 오딜 성녀[19]를 찾았고, 그것이 언제나 성과를 거두었음은 물론이다. 모든 예언들과 마찬가지로 종국에는 사람들을 안심시켜 준다는 점 때문이기도 했다. 오직 페스트만이 그렇지 않았다.

19 Sainte Odile(660~720). 장님으로 태어났으나, 세례 시 성유가 눈에 닿자 두 눈을 떴다는 프랑스 알자스 지방의 성녀.

이렇게 미신들이 우리 시민들에게 종교의 자리를 차지했고, 그런 이유로 파늘루의 설교가 있었던 교회는 단지 4분의 3이 채워졌을 뿐이었다. 설교가 있던 날 저녁 리유가 도착했을 때는 성당 입구 문틈으로 새어 들어온 한 줄기 바람이 청중들 사이를 마음껏 누비고 있었다. 리유는 춥고 적막이 흐르는 성당 안, 오로지 남자들로만 이루어진 청중들 한가운데 자리를 잡고 앉아서 신부가 설교대 위로 올라가는 모습을 보았다. 신부는 먼저보다는 더 부드럽고 신중한 목소리로 말했고, 그래서인지 청중들은 그가 무언가 주저하고 있음을 여러 차례 알아차렸다. 더 이상한 것은 그가 〈여러분〉이라고 말하지 않고, 이제는 〈우리들〉이라고 말하고 있다는 점이었다.

그렇지만 목소리는 서서히 단호해지고 있었다. 그는 이미 여러 달 전부터 페스트가 우리들과 함께하고 있으며, 따라서 우리 식탁 또는 우리가 사랑하는 사람들 머리맡에 와 앉아 있고, 우리 곁에서 활보하고, 일터에서는 우리가 오기를 기다리고 있는 그것을 수차례 보아 왔던 덕분에 우리가 페스트를 보다 더 잘 알게 된 지금, 그런 지금에야말로 우리는 페스트가 우리에게 끊임없이 말하고자 하는 바가 무엇인지를, 처음에는 너무나 경황이 없어서 제대로 듣지 못했을 수도 있는 그것을 어쩌면 훨씬 더 잘 받아들일 수 있을 것이라고 재차 강조하며 설교를 시작했다. 동일한 장소에서 이미 설교했었던 내용이 파늘루 신부 자신에게는 여전히 옳았고, 혹여 그렇지 않다면 적어도 그것이 그의 신념이었다. 그러나 아마도 어쩌면 누구나 흔히 그런 일을 겪기도 하고 그로 인해 가슴을 치기도 하지만, 당시 자신은 자비심이라고는 조금도 없이 그런 생각을 했었고 그래서 설교를 했다는 얘기였다. 그럼에도 불구하고 모든 일에 언제나 간직해 둘 만한 점이 있다는 사실은 진실이라고 말할 수 있었다. 가장 혹독한 시련은 기독교인들에게 여전히 은혜가 된다. 그래서 하는 말인데 기독교인이 당면한 문제에서 추구해야 하는 것이란 다름 아닌 자기 자신의 은혜이며, 그것이 어떤 모습인지, 그리고 어떻게 우리가 그것을 찾아낼 수 있는지를 깨달아야 한다는 것이다.

바로 그 순간 리유 주위 사람들이 앉은 의자의 팔걸이에 몸을 기대고 될 수 있는 한 편안하게 자리를 잡으려는 것 같았다. 가죽을 입힌 성당 입구 문들 중 하나가 가볍게 흔들렸다. 누군가 그것을 고정시키느라 수고를 했다. 리유는 이런 부산함에 주의가 산만해져서 파늘루 신부가 설교를 다시 시작하는데도 듣는 둥 마는 둥 하고 있었다. 신부는 페스트로 인해 벌어지는 상황의 원인이 무엇인지 알려고 노력할 필요는 없지만, 거기에서 배울 수 있는 것은 배우고자 노력해야 한다는 말을 하고 있는 것 같았다. 리유가 막연하게나마 이해한 바에 따르면, 신부의 생각에 따르면 설명할 것이 전혀 없다는 게 신부의 생각이었다. 그가 주의를 기울였던 부분은 세상에는 하느님의 시선으로 설명할 수 있는 것들과 그렇지 않은 것들이 있다고 파늘루가 힘주어 말할 때였다. 물론 세상에는 선과 악이 있고, 일반적으로 그것들을 구분 짓기란 쉽다. 그러나 악이라고 하는 것 안에서 문제가 시작된다. 예를 들어 필요해 보이는 악이 있고, 필요해 보이지 않는 악이 있다. 지옥에 떨어진 돈 후안과 한 어린아이의 죽음이 그것이다. 난봉꾼이 벼락을 맞아 죽는 것은 당연하지만 어린아이의 고통은 이해할 수 없는 것이기 때문이다. 그래서 한 아이의 고통과 고통이 수반하는 공포와 공포에서 찾아야 하는 이유들보다도 더 중요한 것은 이 땅 위에 아무것도 없다. 인생의 그 외 부분에서 하느님은 우리에게 모든 것을 용이하게 해주셨고, 종교는 그다지 기여한 바도 없다. 이제는 그와 반대로 하느님께서 우리를 막다른 골목에 놓으셨다. 그러니 우리는 페스트라는 장벽 아래 있는 것이며, 우리가 은혜를 찾아야 하는 곳은 다름 아닌 바로 그 장벽들이 만든 죽음의 그림자에서다. 심지어 파늘루 신부는 그 벽을 기어오르게 하는 알량한 이점들을 스스로 부여하는 것조차 거부하고 있었다. 그 아이를 기다리고 있는 영생의 환희가 그의 고통을 보상해 줄 수 있다고 말하는 것이 오히려 쉬운 일이겠지만, 진실을 말하자면 자신도 아는 바가 전혀 없다는 것이었다. 실제로 순간의 고통을 영원한 환희가 보상해 줄 거라고 어느 누가 감히 단언할 수 있겠는가? 몸소 자신의 육체와 자신의 영혼으로 고통을 겪으셨던 우리 주님을 모시는 기독교인은 결코 아닐 것이다. 그렇다, 신부 자신은 십자가가 상징하듯 사지를 찢는 듯한 고통을 피하지 않으며 한 아이의 고통과 마주한 채로 막다른 장벽의 바로 아래 그대로 머물러 있을 것이다. 그리고 그는 오늘 자신의 설교를 듣고 있는 사람들에게 두려움 없이 이렇게 말하고 싶다고 했다. 「형제 여러분, 드디어 때가 왔습니다. 전부 다 믿거나 전부 다 부정해야 합니다. 그런데 여러분 가운데 누가 감히 모든 것을 부정하겠습니까?」

신부가 이단자가 되어 가는구나, 리유가 생각한 것도 잠시 신부는 바로 말을 다시 시작했고 이와 같은 명령, 이런 순수한 요구야말로 기독교인이 입은 은혜라고 강력히 주장했다. 이는 또한 기독교인의 힘이기도 하다는 것이었다. 신부는 그가 말하고자 하는 힘에 과격한 무엇인가가 들어 있음을, 그래서 보다 관대하고 보다 전통적인 윤리관에 익숙한 많은 사람들에게 충격을 줄 수 있음을 잘 알고 있다고도 했다. 그러나 페스트 시대의 종교는 여느 때의 종교와 같을 수 없으며, 하느님께서 행복한 시절에는 영혼이 안식을 취하고 기뻐서 즐거워하기를 허락하고 심지어 원하기까지 하시지만, 극도의 불행에는 영혼이 과격해지기를 바라신다는 것이었다. 오늘 하느님께서는 자신의 피조물인 인간들에게 은총을 베푸시어 그들을 엄청난 불행에 처하도록 하셨고, 이제 그들은 그 안에서 〈전부 아니면 전무〉가 갖는 가장 위대한 힘을 찾아내고 받아들여야 한다는 것이었다.

지난 세기에 어떤 불경한 작자가 연옥이 존재하지 않는다고 주장하면서 자신이 교회의 비밀을 폭로했다고 우긴 적이 있었다. 그렇게 말함으로써 어중간한 것은 없으며 오로지 천국과 지옥만이 있을 뿐이기에 인간은 자신이 선택한 바에 따라 구원을 받거나 아니면 지옥에 떨어질 수밖에 없음을 암시한 것이었다. 파늘루의 말에 따르면 그것은 방종한 영혼 내부에서만 태어날 수 있는 이단이다. 왜냐하면 연옥이란 존재하기 때문이다. 하지만 분명 연옥이 지나치게 기대되지 말아야 하는 시대, 즉 사람들이 하찮은 죄에 대해 언급할 수 없는 시대가 있다는 것이었다. 그것이 무엇이든 상관없이 죄란 죽음을 의미하며, 무관심이란 죄가 된다고 했다. 전부 아니면 전무라는 것이었다.

파늘루가 말을 멈추자 그 순간 성당 문틈으로 하소연하

는 듯한 바람 소리가 리유에게 들렸는데, 점점 더 거세지는 것 같았다. 그런데 바로 그 순간 신부가 무조건적인 복종의 힘이란 흔히들 그것에 부여하듯이 협소한 의미로 이해될 수 없으며, 흔하디흔한 포기도 아니고, 심지어는 하기 힘든 겸손도 아니라고 말을 이었다. 그것은 굴복이되, 굴복하는 자가 동의하는 굴복이라는 것이었다. 물론 아이가 고통을 당한다는 것은 정신적으로나 정서적으로나 굴욕적이다. 그러나 그렇기 때문에 그 속으로 들어가야 한다고 했다. 또한 그렇기 때문에 파늘루는 자신이 말하고자 하는 것을 표현하기가 어렵다고 청중들에게 양해를 구하면서, 신이 이를 원하기 때문에 우리도 원해야 한다고 말했다. 그렇기 때문에 오로지 기독교인만이 절대로 몸을 사리지 않을 것이며, 모든 출구가 완전히 막혀 있다 하더라도 근본적인 선택이라는 가장 깊은 곳으로 나아가리라는 얘기였다. 자신은 모든 것을 부정하는 신세가 되지 않기 위해서라도 모든 것을 믿는 편을 선택할 것이다. 그리고 지금 이 순간에도 모든 성당에서 용감한 여성들이 멍울이 생기는 것은 인간의 육체가 그것을 통해 더러움을 내버리려는 자연스러운 방법임을 깨닫고 〈주여, 그에게 멍울을 주시옵소서〉라고 말하고 있듯이, 기독교인은 신의 뜻이라면 이해할 수 없다고 하더라도 자신을 내맡길 수 있어야 한다고 말했다. 〈그것은 이해하지만, 이것은 받아들일 수 없다〉라고 할 수는 없다는 것이었다. 우리에게 부여된 받아들일 수 없는 것의 한가운데로, 무엇보다도 우리 자신의 선택을 위해 뛰어들어야 한다고 했다. 어린아이들의 고통은 우리 모두가 매일 맛보아야만 하는 쓰디쓴 빵이지만, 그것이 없다면 우리의 영혼은 정신적 굶주림으로 죽고 말 것이라고 했다.

이때 파늘루 신부가 잠시 말을 쉴 때마다 따라 나오던 둔탁한 소음이 다시 들리기 시작하자 느닷없이 설교자는 청중을 대신해 묻는 투로 결국 무엇이 우리가 지켜야 할 처신이냐며 힘차게 말을 이었다. 자신은 사람들이 운명론이라는 무시무시한 단어를 내뱉으리라 확신한다는 것이었다. 하기야 거기에다가 단지 〈능동적인〉이라는 형용사를 붙이는 것을 허락해 준다면 자신은 그 용어를 마다하지 않을 거라고도 했다. 다시 한 번 말하지만 지난번에 언급한 바 있었던 아비시니아 기독교인들을 흉내 내서는 안 된다. 뿐만 아니라 신이 내리신 악에 맞서고자 하는 이교도들에게 페스트를 내리시라며 큰 목소리로 하늘을 향해 기원하면서 기독교인들의 보건대를 향해 자신들이 입고 있던 옷을 벗어 던지던 페르시아의 페스트 환자들을 흉내 낼 생각일랑 조금도 하지 말아야 한다. 하지만 반대로 지난 세기 전염병이 유행하던 때 병균이 잠복할 수 있는 축축하고 따뜻한 입술들과 접촉을 피하기 위해 핀셋으로 영성체 빵을 집어 주면서 영성체를 집전하던 카이로의 성직자들을 흉내 내어서도 안 된다. 페르시아의 페스트 환자들이나 성직자들이나 모두 마찬가지로 죄를 지었는데, 전자로 말하자면 아이의 고통은 고려하지 않았기 때문이고, 후자로 말하자면 반대로 고통에 대한 인간적인 두려움이 모든 것을 압도했기 때문이었다. 이 두 경우 모두 하느님의 목소리에 귀 기울이지 않았다는 점에서 문제의 핵심에서 벗어나 있었다. 또한 파늘루가 상기시키고자 하는 다른 예들이 있었다. 마르세유에서 있었던 대대적인 페스트에 대한 기록에 따르면, 메르시 수도원의 수도승 여든한 명 가운데 겨우 네 명만이 열병에서 살아남았으며, 그 네 명 중에서도 세 명은 도망쳤었다. 기록자들은 여기까지만 쓰고 있는데, 그 이상을 적는 것은 그들의 일이 아니었다. 하지만 기록을 읽으면서 파늘루 신부는 일흔일곱 구의 시체에도 불구하고, 게다가 무엇보다도 다른 동료 세 명의 본보기에도 불구하고 홀로 남아 있던 단 한 사람을 생각했다고 했다. 그는 설교대 가장자리를 주먹으로 내리치면서 소리쳤다. 「형제들이여, 우리는 남아 있는 그 한 사람이 되어야 합니다!」

재앙이라는 무질서 안에서 사회가 채택하는 예방책과 현명한 질서를 거부하자는 얘기가 아니었다. 무릎을 꿇고 모든 것을 포기해야 한다고 말하는 자칭 인간성 탐구자들에게 귀 기울이지 말아야 한다는 것이었다. 칠흑 같은 어둠 속에서도 조금씩 더듬거려 가면서 계속해서 앞으로 나아가고, 아울러 좋은 일을 하고자 계속해서 노력해야 한다는 것이었다. 그러나 그 밖에 것들에 대해서는, 심지어 아이들의 죽음에 대해서라도 행여 개인적인 방법을 찾지 말고 전적으로 신에게 모든 것을 맡겨야 한다는 것이었다.

여기서 파늘루 신부는 마르세유에 페스트가 유행했던 당시 벨죙스 주교[20]라는 높으신 분을 예로 들었다. 그가 전하는 이야기는 다음과 같았다. 전염병이 끝날 무렵 해야 할 소임을 다한 뒤 더 이상 어찌해 볼 도리가 없다는 데 생각이 미치자, 주교는 양식을 마련하고 자기 집에 틀어박혀 집을 벽으로 둘러 쌓아 막아 버리도록 했다. 그러자 그를 우상으로 삼았던 주민들은 극심한 고통에 처하게 되는 경우 나타날

20 L'évêque de belzunce(1670~1755). 페스트가 창궐한 마르세유(1720~1721)에서 주교였던 프랑스의 성직자.

수 있는 그런 뒤틀린 감정으로 주교에게 분노하여, 주교를 전염시키기 위해 그의 집 둘레에 시체를 쌓아 올리거나 심지어는 그를 보다 더 확실하게 파멸시키기 위해 그 집의 담 너머로 시체들을 집어 던지기까지 했다. 이렇게 해서 주교는 남아 있는 감정이라고는 오직 나약함뿐인 상태에서 자신이 죽음의 세계로부터 떨어져 나왔다고 생각했지만, 실제로는 시체들이 저 하늘에서 그의 머리 위로 떨어져 내리고 있었던 것이다. 따라서 우리 역시 페스트 치하에 섬이란 없다는 점을 명심해야 하는 것이다. 그렇다. 중간 지대는 없다. 파렴치한 사건도 응당 받아들이지 않으면 안 되는데, 왜냐하면 우리는 신을 증오하든가 아니면 사랑하든가 둘 중 하나를 선택해야 하기 때문이다. 그런데 누가 감히 신에 대한 증오를 선택하겠는가?

「나의 형제들이여…….」 마침내 파늘루는 결론을 내리겠다고 알리면서 이렇게 말했다. 「하느님의 사랑은 까다로운 사랑입니다. 그것은 자기 자신을 전적으로 내맡기고, 나라는 사람을 철저히 무시하는 것을 전제로 합니다. 그것만이 아이들의 고통과 죽음을 지울 수 있으며, 어쨌든 오로지 그 사랑만이 그것을 없어서는 안 될 것으로 만듭니다. 왜냐하면 그것을 이해한다는 것은 불가능하기 때문이고, 우리는 그것을 그저 원하기만 할 뿐이기 때문입니다. 자, 바로 이것이 제가 여러분과 함께 나누고자 했던 어려운 교훈입니다. 자, 인간이 보기에는 잔인한 바로 이것이 하느님이 보시기에 단호한 믿음이며, 이제 우리는 이것에 가까이 다가가야 합니다. 여기 이 끔찍한 상황과 우리는 어깨를 나란히 해야 합니다. 그 정상에서 모든 것이 하나 되고 동등해질 것이며, 허울뿐인 불의에서 진리가 샘처럼 솟아오를 것입니다. 이렇게 해서 프랑스 남부 지방의 수많은 성당에서는 페스트로 죽어 간 사람들이 수세기 전부터 성가대석 바닥에 깔아 놓은 돌 아래 잠들어 있으며, 사제들은 그들 무덤 바로 위에서 설교를 하고, 그들이 널리 전파하는 정신은 아이들도 한몫한 그 죽음의 유해로부터 솟아 나오는 것입니다.」

리유가 밖으로 나가자 거친 바람이 반쯤 열린 문 사이로 들이닥쳐 신자들의 얼굴을 정면으로 후려쳤다. 바람이 성당 안에 비 냄새, 그리고 비에 젖은 거리 냄새를 연이어 들여다 놓은 터라 그들은 성당 밖으로 나가기 전부터 거리의 모습을 짐작할 수 있었다. 의사 리유 앞으로는 그때 마침 성당에서 나오던 나이 든 신부와 젊은 부사제가 모자를 쥐고 있느라 애를 쓰고 있었다. 나이 든 신부는 그러면서도 연신 설교에 토를 달았다. 그는 파늘루 신부의 웅변술에 경의를 표하면서도, 신부가 제시했던 대담한 사고에 대해서는 우려를 나타냈다. 그가 내린 결론에 따르면 그 설교에는 전능함보다는 불안감이 더 많이 내포되어 있으며, 파늘루 신부 정도 되는 나이의 성직자란 불안해해서는 안 되는 법이라는 것이었다. 젊은 부사제는 바람을 피해 고개를 숙인 채 자신은 신부와 접촉이 많기 때문에 신부의 생각이 어떻게 변화해 가는지 잘 알고 있는데, 그의 논문은 훨씬 더 노골적이라 아마 교회 당국의 출판 허가를 받지 못할 것이라고 단언했다.

「그 신부의 생각이란 도대체 어떤 건가?」 늙은 신부가 물었다.

그들은 이미 교회 앞 광장에 와 있었고, 바람은 울부짖듯 불어 대며 그들을 에워싸서 젊은 부사제의 입을 막았다. 말을 할 수 있게 되자, 부사제는 단지 이렇게만 말했다.

「만일 신부가 의사의 진찰을 받는다면, 그 자체가 모순이라는 겁니다.」

파늘루의 연설을 전해 들은 타루는 전쟁 통에 두 눈이 빠져 버린 젊은이의 얼굴을 보고 나서 신앙을 잃은 어떤 신부를 알고 있다고 말했다.

「파늘루 말이 맞아요.」 타루가 말했다. 「죄 없는 자가 두 눈을 잃었을 때, 기독교 신자라면 신앙을 잃거나 혹은 두 눈을 잃는 것을 받아들여야 하는 거죠. 파늘루는 신앙을 잃고 싶지 않은 거고, 그는 끝까지 갈 겁니다. 그가 하려던 말이 바로 이거죠.」

이와 같은 타루의 관찰이 그 이후에 벌어진 불행한 사건들, 즉 파늘루의 행동이 주위 사람들에게 의아하게 보였던 시기의 그 불행한 사건들을 이해하도록 하는 데 얼마나 도움이 될 수 있을까? 그것은 각자가 판단할 일이다.

설교가 있고 며칠 후 파늘루는 사실 이사하느라 시간을 보냈다. 병세가 확산됨에 따라 시내에 이사가 끊이지를 않던 시기였다. 타루가 결국 자신이 머물던 호텔을 떠나 리유의 집에 머물게 되었듯이 신부 역시 교구에서 마련해 주었던 집을 떠나야 했고, 교회 신자이자 아직은 페스트로부터 무사한 나이 든 어떤 부인의 집에 머물러야 했다. 이사를 하는 동안 신부는 피로와 불안이 자신 안에서 점차 커지는 것을 느꼈다. 그 때문에 집주인인 부인으로부터 존경심을 잃고 말았다. 왜냐하면 부인이 그에게 오딜 성녀 예언이 맞는다며 신이 나서 떠들 때, 아마도 피곤한 탓이기도 했겠지만 신부가 살짝 귀찮다는 내색을 드러냈던 것이다. 이후 나이 든 이 부인으로부터 최소한의 중립적인 호의나마 얻어 내기 위해서 몇 가지 시도를 해보았지만 헛수고였다. 그는 안 좋은 인상을 주고 말았던 것이다. 그래서 매일 저녁 뜨개질한 레이스들이 치렁치렁 늘어져 있는 자기 방으로 자러 들어가기 전 그는 거실에 앉아 있는 부인의 등을 물끄러미 바라보아야 했고, 그러다 보면 어느새 뒤도 돌아보지 않고 쌀쌀맞게 던지는 〈안녕히 주무세요, 신부님〉이라는 인사를 마치 기념품처럼 얻어 내곤 했다. 그러던 어느 날 저녁 잠자리에 들려는 순간 신부는 골치가 아프고 며칠 전부터 몸속 어딘가에서 계속 자라나던 미열이 손목과 관자놀이로 마치 폭발하듯 쏟아져 나오는 것 같다고 느꼈다.

그 이후에 있었던 일은 그 여주인의 이야기를 통해 겨우 알 수 있었다. 아침에 그녀는 늘 그렇듯이 일찍 일어났다. 한참이 지나도 신부가 방에서 나오지 않자 놀란 그녀는 한동안 주저하다가 방문을 두드릴 결심을 했다. 그녀는 신부가 불면의 밤을 보내고 여전히 잠자리에 누워 있음을 알았다. 그는 숨이 막혀서 고통스러워하고 있었고, 얼굴이 평소보다 붉게 상기되어 있었다. 부인이 직접 한 말에 따르면, 의사를 부르자고 공손하게 제안했지만 신부는 그녀의 제안을 서운하다 싶을 정도로 매정하게 거절하더라는 것이었다. 그래서 그만 방에서 물러 나올 수밖에 없었는데, 잠시 후 신부가 부인에게 방으로 들어오라며 종을 울리고 나서 감정의 동요에 대해 사과하더니, 페스트일 리가 없으며 그런 증상은 전혀 보이지 않고 그저 일시적인 피로에 불과하다고 말했다. 그러자 나이 든 그 부인이 신부에게 점잖게 답하기를, 그런 종류의 걱정으로 제안을 드린 건 아니었고, 자신은 안위를 하느님께 맡겼으므로 개의치 않으나, 자신이 신부님의 건강에 일정 정도 책임이 있기 때문에 오로지 신부님의 건강을 염려할 뿐이라고 했다. 그러나 신부가 더 이상 아무 말도 하지 않자, 물론 그녀의 말을 믿는다면 그 부인은 할 수 있는 한 자신의 모든 임무를 다하려는 마음으로 의사를 오도록 하자고 다시 한 번 신부에게 제안했다. 신부는 또다시 거절하며 이번에는 이런저런 설명을 덧붙였는데, 그 늙은 부인으로서는 알아듣기 매우 어려웠다. 그녀가 그저 대충 이해한 바에 따르면, 사실 바로 그 점이 그녀에게는 이해할 수 없는 것이기도 했는데, 신부가 진찰을 거부하는 이유는 진찰받는다는 것이 자신의 소신에 어긋나기 때문이었다. 그래서 부인은 열이 나는 바람에 신부의 생각이 흐려졌다는 결론을 내렸고, 신부에게 따뜻한 차 한 잔을 가져다주는 것에 만족하고 말았다.

그 이후로 부인은 상황이 그녀에게 요구하는 의무 사항들을 매우 정확하게 완수하겠다고 마음을 단단히 먹고 두 시간마다 규칙적으로 환자를 들여다보았다. 무엇보다도 그녀를 가장 놀라게 했던 것은 신부가 줄곧 열에 들뜬 상태로 하루를 보냈다는 점이었다. 신부는 덮고 있던 이불을 걷어찼다가 다시 끌어당겼다가 하면서 땀에 젖은 이마에 손을 계속 갖다 대고, 연신 몸을 일으켜 세워 목구멍 속에서 무언가 뽑아내려는 듯 목을 쥐어짜며 마른기침을 하거나 아니면 그저 축축한 침만 내뱉느라 목이 찢어져라 애를 쓰고 있었다. 마치 목구멍 깊숙한 곳에서 솜뭉치들을 끄집어내느라 어려워하는 것 같았고, 그러느라 더욱더 숨 막혀 하고 있었다. 그렇게 발작을 한 다음에는 온몸으로 기진맥진하다는 신호를 내보이면서 뒤로 나자빠져 버렸다. 결국 그는 반쯤 몸을 일으켜 세우고 잠시 동안 좀 전의 난리법석보다 더 맹렬히 정면을 똑바로 응시하는 것이었다. 그러나 그 나이 든 부인은 의사를 불렀다가 혹여 환자를 언짢게 만드는 것은 아닌지 여전히 주저했다. 겉으로 보기에는 요란하더라도 그저 단순한 고열일 수도 있었다는 것이다.

그래도 오후에 부인은 신부에게 말을 걸어 보았는데, 대답으로 횡설수설하는 몇 마디를 들었을 뿐이었다. 그녀는 자신의 제안을 재차 되풀이했다. 하지만 그때 신부는 자리에서 일어나더니, 반쯤 목이 막혀 하면서도 의사를 원치 않노라고 또박또박 대답했다. 바로 그 순간 부인은 다음 날 아침까지 기다려 보고, 그때도 만일 신부의 상태가 나아지지 않는다면 랑스도크 통신사가 하루에도 10여 차례나 라디오를 통해서 되풀이하고 있는 전화번호로 전화를 하리라고 마음먹었다. 언제나 자신의 임무에 충실하던 그 부인은 밤사이에도 환자를 들여다보고 돌볼 생각을 하고 있었다. 그러나 저녁에 새로 차 한 잔을 신부에게 준 뒤에 잠시 눕는다고 했던 것이 그만 다음 날 새벽이 되어서야 눈을 뜨고 말았다. 부인은 신부의 방으로 달려갔다.

신부는 미동도 않고 누워 있었다. 그의 얼굴은 극도로 충혈되었던 전날과는 달리 납빛으로 변해 있었는데, 표정이 아직은 온전했기에 차이가 더욱더 확연히 드러났다. 신부는 침대 바로 위에 매달려 영롱한 빛을 발하는 여러 빛깔의 진주들로 이루어진 작은 전등갓에 시선을 고정하고 있었다. 노부인이 들어가자 그는 그녀에게로 고개를 돌렸다. 여주인의 말에 따르면 그 순간 그는 밤새도록 고통에 시달려 몸을 가눌 힘조차 없는 것 같았다. 부인이 그에게 몸이 좀 어떠냐고 물어보자 이상하리만치 시큰둥한 어투로 상태가 나쁘지만 의사는 필요하지 않고, 모든 것이 규정대로 이루어져야 하는 만큼 자신을 병원으로 이송하면 된다고 말했다. 소스라치게 놀란 그녀가 전화기로 달려갔다.

정오에 리유가 도착했다. 집주인의 이야기에 따르면 리유는 파늘루가 한 말이 맞으며 너무 늦은 것 같다고만 말했다. 신부는 여전히 시큰둥한 태도로 그를 맞이했다. 리유는 그를 진찰한 뒤 폐에 울혈과 호흡 곤란 증세가 있는 것 말고는 선(腺)페스트 또는 폐렴형 페스트의 주요 증상들 가운데 그 어떤 것도 찾아볼 수 없었다는 사실에 놀랐다. 어쨌든 맥박이 너무 약하고 전반적인 건강 상태가 너무나 걱정스러워서 살아날 가망은 거의 없었다.

「페스트의 주요한 증세는 전혀 없습니다.」 그가 파늘루에게 말했다. 「하지만, 의심 가는 부분이 있기는 합니다. 그래서 격리시켜야겠습니다.」

신부는 예의를 차리듯 야릇한 미소를 지었을 뿐 말은 없었다. 리유는 전화를 하러 방에서 나갔다가 다시 돌아와 신부를 바라보았다.

「제가 신부님 곁에 있겠습니다.」 그가 신부에게 부드럽게 말했다.

신부는 기운을 찾는 것 같았고, 온기 같은 것이 되살아나는 듯한 시선을 의사에게로 돌렸다. 그러고는 어렵사리 또박또박 말을 했는데, 슬픔에 잠겨 그렇게 말하는 것인지 아닌지는 알 길이 없었다.

「감사합니다.」 신부가 말했다. 「한데, 성직자들에겐 친구가 없지요. 모든 것을 신에게 맡겼으니까요.」

그는 침대 머리맡에 놓여 있던 십자가를 달라고 하더니 그것을 손에 쥐자 시선을 돌려 그것을 바라보았다.

병원에서 파늘루는 입도 뻥끗하지 않았다. 그는 자신에게 가하는 모든 치료에 마치 자신이 물건인 듯 자기 자신을 내맡겼지만, 십자가만은 계속해서 손에 쥐고 있었다. 한편 신부의 증세는 여전히 불분명했다. 의문이 리유의 머릿속에서 끊이지 않았다. 페스트이거나 페스트가 아니거나 둘 중 하나였다. 더군다나 얼마 전부터 페스트는 예측을 따돌리는 데 재미를 붙인 것 같았다. 그러나 파늘루의 경우 이러한 불확실성은 그리 중요하지 않았음이 향후 드러났다.

열이 높아졌다. 기침은 점점 더 거칠어지며 하루 종일 환자를 괴롭혔다. 마침내 저녁이 되자 신부는 자신의 숨통을 막고 있던 솜뭉치 같은 것을 토해 냈다. 그것은 새빨간 색이었다. 열이 오르는 와중에도 파늘루는 시큰둥한 시선을 유지하고 있었고, 그다음 날 침대 밖으로 몸이 반쯤 엎어진 채 죽어 있는 그를 사람들이 발견했을 때도 그의 눈에서 그 어떤 표정도 찾아볼 수 없었다. 그의 진찰 카드에는 이렇게 기록되었다. 〈병명 미상.〉

그해 만성절[21]은 여느 때와는 달랐다. 물론 날씨는 예년과 같았다. 날씨가 갑자기 변하더니 늦더위가 선선한 기온에 자리를 급히 물려줘 버렸다. 다른 해에도 그랬듯이 이제는 차가운 바람이 계속해서 불고 있었다. 거대한 구름들이 떼를 지어 하늘 저 끝에서 이 끝으로 흘러가면서 집들 위로 그늘을 드리웠고, 그 구름들이 지나가고 나면 11월 하늘의 황금색 차가운 빛이 비쳤다. 레인코트를 입은 사람들이 처음 눈에 띄기 시작했다. 고무를 입혀서 번들거리는 천이 놀랄 만큼 눈에 많이 띄었다. 사실 2백여 년 전 프랑스 남부 지방에 대규모 페스트가 유행했을 때 의사들이 안전을 위해 기름 먹인 천으로 옷을 해 입었다는 이야기를 신문들이 다룬 바 있었다. 상점들은 그런 기사들을 이용해서 한물간 재고 상품들을 팔아 치우는 데 성공했고 그 덕분에 각자는 면역력을 갖게 되기를 기대하고 있었다.

그러나 이렇듯 계절적인 온갖 현상들도 무덤을 찾는 사람들이 없다는 사실을 잊게 할 수는 없었다. 예년 같았으면 전

21 11월 1일. 그리스도교의 모든 성인을 기념하는 축일로 선조들 무덤을 찾는 전통이 있다.

차들은 은은한 국화꽃 향기로 가득 차고, 부인네들의 행렬은 친지들이 묻혀 있는 장소로 이어져 무덤을 꽃으로 장식하곤 했다. 만성절은 사람들이 고인의 곁으로 가서 오랫동안 그를 잊은 채 찾지 않은 죄를 만회하고자 애를 쓰는 날이었다. 그러나 이번 해에는 어느 누구도 더 이상 망자들을 생각하려 하지 않았다. 아니, 사실을 말하자면 이미 지나치리만치 그 생각뿐이었다. 그러니 회한과 우수에 가득 차서 그들을 찾아볼 상황이 더 이상 아니었다. 망자들은 1년에 단 하루 사람들이 변명하러 찾아가는 그런 버려진 존재들이 더 이상 아니었다. 그들은 사람들이 잊어버리고 싶은 침입자들이었다. 바로 그렇기 때문에 그해 만성절은 이를테면 적당히 넘어가게 됐다. 코타르는 매일매일이 만성절이라고 말하곤 했는데, 타루가 느끼기에 코타르의 표현은 점점 더 비아냥거리는 투로 변하고 있었다.

더군다나 실제로도 페스트라는 환희의 불꽃은 화장터의 소각 시설에서 언제나 가장 크고 열정적으로 타올랐다. 사실 사망자 수가 하루가 다르게 증가했던 것은 아니었다. 그러나 페스트가 절정기에 편안하게 자리를 잡고 앉아서 마치 일 잘하는 행정 관리처럼 자신이 매일매일 행하는 살인에 정확성과 일관성을 부여하는 것 같았다. 전문가들의 식견에 따르면 원칙적으로 볼 때 그것은 좋은 징조였다. 계속해서 위로 치닫기만 하던 페스트의 상승 곡선이 이제는 오랫동안 그대로 유지되고 있었기 때문에, 예를 들어 리샤르와 같은 의사에게는 완전히 고무적인 현상으로 보였다. 〈좋은 거죠, 훌륭한 그래프입니다〉라고 리샤르는 말했다. 그의 추론에 따르면 병세는 소위 안정기라는 시기에 도달했다는 것이었다. 따라서 이제부터는 쇠퇴하는 길밖에 없다는 얘기였다. 그는 그 공을 다시 한 번 카스텔의 혈청으로 돌렸는데, 실제로 그 혈청이 예상치 못했던 성공을 거둔 지 채 얼마 되지 않은 터이기도 했다. 노의사 카스텔도 이를 부인하지는 않았지만 전염병의 역사를 보면 예기치 못한 돌발적인 상황들도 무시할 수 없는 만큼 그 무엇도 미리 장담할 수는 없다고 생각했다. 오래전부터 민심이 안정되기를 기대해 왔지만 페스트가 도무지 그 방법을 제공하지 않자 도청은 의사들의 의견을 듣기 위해 회의를 개최할 것을 제안했는데, 그때 마침 의사 리샤르마저 그만 페스트로, 더구나 전염병의 증상이 안정세를 유지한 바로 그 시기에 사망하고 말았다.

충격적이라 아니할 수 없으며 더욱이 그 어떤 확신도 기대할 수 없는 이러한 상황에 처하자, 행정 당국은 낙관론을 수용하던 초기만큼이나 일관성 없는 태도를 보이며 비관론으로 돌아섰다. 카스텔로 말하자면 자신이 할 수 있는 한 공을 들여 가며 혈청을 마련하는 데 몰두하고 있었다. 아무튼 병원이나 검역소로 변경되지 않은 공공장소란 더 이상 한 군데도 없었고 그래서 말인데, 도청 건물이 아직 그대로인 것은 사람들이 모일 수 있는 장소 하나 정도는 남겨 두어야 했기 때문이다. 그러나 대체로 그 시기에 페스트가 비교적 변동 없이 교착 상태를 유지하고 있었기 때문에, 리유가 준비해 둔 조직 체계가 많아진 일로 당황한 적은 한 번도 없었다. 의사들과 보조원들이 기진맥진할 정도로 애를 쓰고 있는 것은 사실이었지만 그렇다고 해서 한층 더 가중된 노력을 염두에 두어야 하는 상황은 아니었다. 그들은 오로지 규칙적으로, 이렇게 말해도 괜찮다면 초인적인 그 일들을 꾸준히 계속해야만 했다. 이미 모습을 드러낸 폐렴형 페스트의 전염은 마치 바람이 사람들의 가슴속에 불을 붙여 놓고 활활 타오르도록 하듯이 이제는 우리 도시 사방에서 기하급수적으로 퍼져 나가고 있었다. 환자들은 피를 토하다가 훨씬 더 빨리 죽어 갔다. 이렇듯 전염병의 새로운 양상으로 인해 감염의 위험은 이제 더욱 커질 가능성이 충분했다. 사실 그 점에 관해서 전문가들은 계속 이견을 보이고 있었다. 어쨌든 더욱더 안전을 기하기 위해 보건대원들은 언제나 소독 처리한 얇은 천으로 된 마스크를 착용한 상태에서 호흡을 했다. 언뜻 보기에는 전염병이 확산되어야 분명했을 터였다. 그러나 선(腺)페스트 증상은 감소되고 있었기에 마치 저울이 수평을 유지하는 듯한 상황이 이어졌다.

시간이 경과함에 따라 식량 보급이 난항을 겪게 되면서 이전과는 또 다른 불안 요인들이 등장하기 시작했다. 거기에 투기까지 가세하자 생활필수품이라 할 수 있는 식료품들은 일반 시장에서 점차 찾아보기 힘들게 되거나 엄청난 가격으로 등장하곤 했다. 그래서 가난한 가정들은 매우 힘든 상황에 처했고, 반면에 부유한 집안에서는 부족한 것이 거의 없었다. 페스트가 자신의 일에 쏟아붓는 무소불위의 공정함으로 인해서 우리 시민들에게 평등 의식을 고취시켰을 수도 있었겠으나, 이와는 반대로 극단적이고 만성화된 이기주의로 말미암아 사람들 마음속에 부당하다는 감정만을 더욱더 첨예하게 만들었다. 물론 죽음이라는 빈틈없는 평등이 남아 있기는 했으나, 그것은 어느 누구도 원하지 않았다. 그리하여 이렇듯 굶주림에 허덕이는 가난한 사람들은 예전보다 한층 더 향수에 젖은 채 살기 편하고 먹을 것이 비싸지 않은 주변 도시들과 이웃 시골 마을들을 동경했다. 물론 말도 안 되는 이야기지만 충분히 먹여 살릴 수 없을 바에야 자신들이 도시를 떠날 수 있도록 해줘야 하지 않느냐는 심정이었다. 상황이 그러하다 보니 결국엔 구호 하나가 사방으로 퍼져 나갔는데, 도시를 에워싼 담벽에 나붙기도 했고 때로는 지사가 지나가는 길에다 대고 누군가 소리를 질러 대기도 했다. 〈빵이 아니면 공기를 달라!〉 빈정거리는 듯한 이 문구는 몇몇 시위의 시작을 알리는 신호가 되었지만, 곧 진압되고 말았다. 그러나 심각성은 누구도 부정할 수 없었다.

물론 신문은 그들에게 내려진 낙관적인 보도 지침에 무조건적으로 복종했다. 신문들을 읽어 보면 당시 상황을 한마디로 표현하는 말은 다름 아니라 시민들이 보여 주는 〈냉철함과 침착함의 감동적인 모범〉이었다. 하지만 자기 울타리 안에 틀어박혀 있는 듯한 도시, 그래서 아무것도 감출 수 없는 도시에서 공동체가 보여 주는 〈모범〉에 속는 사람은 하나도 없었다. 그리고 그 침착함과 냉철함에 대한 올바른 개념을 갖기 위해서라면 행정 당국이 마련했던 예방 격리소라든가 격리 수용소에 일단 한번 들어가 보는 것만으로도 충분했다. 본 기록의 서술자는 다른 곳에 있어야 했기에 사실 그곳들을 잘 알지 못했다. 그 때문에 여기에 타루의 경험담을 인용할 수밖에 없다.

실제로 타루는 랑베르와 함께 시립 운동장에 설치된 수용소에 갔었던 일을 자신의 수첩에 기록하고 있다. 운동장은 사실상 도시 외곽 문 근처에 있어서 한쪽은 전차들이 지나다니는 거리에, 다른 한쪽은 우리 도시가 자리 잡은 고지대 끝까지 펼쳐져 있는 허허벌판에 접하고 있었다. 그 운동장은 원래도 높다란 콘크리트 벽으로 둘러싸여 있었고, 탈출을 막기 위해서라면 사방으로 나 있는 출입구에 보초병을 세워 두는 것만으로 충분했다. 동시에 그 벽은 외부 사람들이 호기심으로 격리 시설에 수용된 불행한 이들을 귀찮게 하는 것을 막아 주고 있기도 했다. 그러나 반대로 수용소에 수감된 이들은 하루 종일 보이지도 않는 전차가 지나다니는 소리를 들어야 하는 처지였고, 그러다 보니 전차 소리와 함께 보다 더 큰 웅성거림이 들릴 때면 출근 시간인지 퇴근 시간인지 맞혀 보곤 했다. 그렇게 해서 그들은 자신들을 내다 버린 세상이 채 몇 미터도 떨어져 있지 않은 곳에서 계속되고 있었지만 운동장의 콘크리트 담장이 세상을 둘로 나누고 있다 보니 마치 이 두 세상이 두 개의 서로 다른 혹성에 있는 것보다 어쩌면 훨씬 더 서로에게 낯선 곳이라는 사실을 알게 되었다.

타루와 랑베르가 운동장 쪽으로 가기로 한 날은 어느 일요일 오후였다. 축구 선수인 곤잘레스가 그들과 동행했는데, 랑베르가 그를 다시 찾아내 결국 운동장 감시를 교대로 맡아 보는 일을 수락하도록 만들었던 것이다. 랑베르는 수용소 책임자에게 그를 소개해야 했다. 책임자들을 만나자 곤잘레스는 페스트가 발생하기 전만 하더라도 자신이 시합을 앞두고 유니폼을 입고 있을 시간이라고 말했다. 한데 운동장들이 강제로 점거된 지금은 더 이상 가능하지 않아서 자신이 완전히 쓸모없는 사람처럼 느껴지고, 또 그렇게 보이기까지 하는 것 같다고 했다. 다른 이유들도 있었지만 바로 그 점 때문에 그는 주말에만 일을 한다는 조건으로 감독관 일을 맡기로 했다. 하늘은 구름에 반쯤 덮여 있었고 곤잘레스는 대수롭지 않지만 애석하다는 듯이, 비도 오지 않고 덥지도 않은 이런 날씨가 한판의 멋진 경기에 가장 적합하다고 한마디 했다. 그러고는 탈의실 파스 냄새며, 무너질 듯 가득 찬 관중석이며, 황토색 땅바닥 위에 펼쳐지는 원색 운동복이며, 하프 타임 때 먹는 레몬이나 바싹 마른 목구멍을 마치 바늘 수천 개로 콕콕 쏘는 듯 시원한 레몬수 같은 것들을 기억나는 대로 떠올렸다. 게다가 타루는 그 축구 선수가 파헤쳐진 변두리 길들을 따라 이동하는 내내 발에 닿는 돌이라는 돌은 연신 발로 걷어찼다고 적고 있다. 곤잘레스는 그 돌들을 한 번에 정확히 하수구로 집어넣으려 애를 썼는데, 그러다가 성공이라도 하면 〈1대 0〉이라고 소리를 질렀다. 담배를 다 피우고 나서는, 꽁초를 자기 앞에다 뱉고 그것이 땅에 떨어지기도 전에 허공에서 발로 재빨리 차냈다. 경기장 가까이에서 놀고 있던 어린아이들이 지나가던 그들을 향해 공을 보내자, 곤잘레스는 몸을 움직여 정확히 차 아이들에게 돌려보내기도 했다.

마침내 그들은 경기장으로 들어갔다. 관중석은 사람들로 가득 차 있었다. 경기장 바닥은 붉은색 천막들 수백 개로 뒤덮여 있었는데 그 안의 이불이며 보따리 따위가 멀리서도 보였다. 관중석은 몹시 덥거나 비가 오는 날씨에 수용자들이 피신할 수 있도록 그대로 놔두었다. 다만 해가 지면 그들은 천막으로 되돌아가야 했다. 관중석 아래에는 새로 설치한 샤워 시설과 과거 선수들의 탈의실을 개조한 사무실과 의무실이 있었다. 수용자들 대부분은 관중석에 자리를 차지하고 있었다. 다른 사람들은 운동장 양쪽 끝에서 서성거렸다. 몇몇은 자기네 천막 입구에 쪼그리고 앉아 멍한 시선으로 사방을 두리번거렸다. 관중석에 퍼져 앉아 있는 많은 이들은 무언가를 기다리는 듯했다.

「저들은 낮에 뭘 하나요?」 타루가 랑베르에게 물었다.

「아무것도 안 하죠.」

사실상 거의 모든 사람들이 빈손에 팔은 축 늘어뜨린 채로 있었다. 이렇듯 거대한 무리를 이루고 있는 사람들은 모두 이상하리만치 조용했다.

「이곳에서 처음 며칠은 상대방 말소리도 제대로 안 들릴 지경이었습니다.」 랑베르가 말했다. 「그런데 하루 이틀 지날수록 점점 말수가 적어지더군요.」

타루의 수첩에 의하면 타루는 그들을 이해할 수 있었는데, 초기에 그들은 천막 안에 발 디딜 틈도 없이 빽빽하게 모여 파리가 날아다니는 소리를 듣거나 몸을 긁적거리며 시간을 보내다가 친절하게 자기 말을 들어 주는 사람이라도 만나면 큰 소리로 분노나 공포를 떠들어 댔고, 타루는 그런 모습을 바라보곤 했었기 때문이다. 그러나 수용소가 초만원이 된 다음부터 친절하게 말을 들어 주는 사람들은 점차 줄어들고, 결국 입을 다물고 서로를 경계할 수밖에 없게 되었다. 실제로 일종의 경계심과도 같은 것이 번쩍거리는 회색빛 하늘에서 붉은색 수용소 위로 쏟아져 내리고 있었다.

그랬다. 그들은 모두 경계하는 표정이었다. 사람들이 그들을 다른 사람들과 강제로 격리시켰으니 이유가 전혀 없지도 않았다. 그래서인지 그들은 이유를 찾으면서도 두려워하는 얼굴을 하고 있었다. 타루가 바라보는 사람들은 하나같이 생기 잃은 멍한 눈으로 자신들의 일상을 이루던 무언가와의 너무나 전반적이라 할 수 있는 이별 때문에 괴로워하는 것 같았다. 그렇다고 항상 죽음만 생각하고 있을 수도 없는 노릇이었으므로, 아무 생각도 하지 않았다. 휴가 중인 셈이었다. 타루는 이렇게 적고 있다. 〈하지만 가장 나쁜 것은 그들이 잊힌 사람들이었다는 것, 그들 역시 그 사실을 알고 있었다는 것이다. 그들을 알던 사람들은 다른 생각을 하느라 그들을 잊어버렸는데, 충분히 이해할 수 있는 일이다. 그들을 사랑하는 사람들로 말하자면, 그들을 수용소에서 끄집어내기 위해 계획을 세우고 단계를 밟느라 고생을 해야 했기에 마찬가지로 그들을 잊어버렸다. 수용소에서 끄집어내는 일에 급급하다 보니 정작 끄집어낼 사람은 더 이상 생각하지 않는 것이다. 그 역시 당연한 일이다. 그러다가 결국 사람들은 설령 불행 중에서도 가장 극심한 불행에 처한다 하더라도 진정으로 다른 사람을 생각한다는 것이 불가능하다는 사실을 깨닫게 된다. 왜냐하면 실제로 누군가를 생각한다는 것은 집안일이라든지 날아다니는 파리나 때마다 먹는 식사며 심지어 가려움 따위까지, 이를테면 다른 것에는 조금도 관심을 돌리지 않고 매 순간 그것 하나만을 생각한다는 것이다. 하지만 파리들이나 어딘지 가려운 경우는 언제든 있다. 그래서 산다는 건 힘든 일이다. 더구나 그들은 그런 사실을 잘 알고 있다.〉

관리자가 그들에게로 다시 오더니 오통 씨가 보고 싶어 한다고 전했다. 그는 곤잘레스를 자기 사무실로 데려다 주고 나서 관중석 한켠으로 그들을 데리고 갔는데, 오통 씨는 멀찌감치 떨어져 앉아 있다가 손을 들어 그들을 맞았다. 그는 여전히 같은 옷차림이었고, 빳빳하게 세운 상의 깃도 그대로였다. 타루가 새로 발견한 것이 있다면, 관자놀이 위쪽으로 곤두선 머리털이 더 비죽 솟아 있고 구두끈 한쪽이 풀려 있었다는 사실뿐이다. 판사는 피곤한 듯 보였고, 그래서인지 단 한 번도 상대방을 정면으로 바라보지 않았다. 그는 그들을 만나서 기쁘고 리유에게 신세를 졌으니 대신 감사를 전해 달라고 했다.

두 사람은 잠자코 있었다.

「필립이 너무 고생하지 않았기를 바랍니다.」 잠시 후에 판사가 말했다.

타루는 그때 처음 그 사람의 입에서 아들 이름을 들었고, 무언가 변했음을 깨달았다. 해가 지평선으로 기울고, 구름 두 개 사이로 햇빛이 비스듬히 관중석으로 들어와 그들 세 명의 얼굴을 금빛으로 물들이고 있었다.

「안 그랬습니다.」 타루가 대답했다. 「그래요, 고통은 정말 겪지 않았습니다.」

그들이 자리를 뜨고 난 다음에도 판사는 햇빛이 쏟아지는 곳을 계속 바라보고 있었다.

그들이 곤잘레스에게 잘 있으라는 인사를 하려고 가보니 그는 감시 배치도를 들여다보고 있었다. 축구 선수는 웃으며 그들과 악수했다.

「적어도 탈의실은 알아보겠군. 그게 어디야.」 그가 말했다.

잠시 후 소장이 타루와 랑베르를 배웅하고 있을 때 엄청나게 큰 기계 소리 같은 잡음이 관중석으로부터 들려왔다. 그러더니 한창 좋던 시절에는 경기 결과를 알리거나 출전한 선수단을 소개하는 데 쓰이던 확성기에서 저녁 식사를 배급받도록 수용자들은 각자 천막으로 돌아가야 한다는 콧소리 섞인 목소리가 들려왔다. 사람들은 천천히 관중석을 떠나 발을 질질 끌며 천막으로 되돌아갔다. 그들이 모두 제자리로 돌아가자, 기차역에서 볼 법한 자그마한 전기 차 두 대가 천막들 사이를 지나다니면서 커다란 냄비를 옮겼다. 사람들은 팔을 길게 뻗어 국자 두 개를 냄비 두 개에 담갔다가 끄집어내서는 식판 두 개에 쏟아부었다. 전기 차는 다시 움직이기 시작했다. 다음 천막에서도 그런 식으로 되풀이되고 있었다.

「과학적이군요.」 타루가 소장에게 말했다.

「네.」 소장은 그들과 악수를 하며 만족스럽다는 듯 대답했다. 「과학적이죠.」

이미 석양이 깔리고 하늘은 훤히 모습을 드러냈다. 부드럽고 신선한 한 줄기 빛이 수용소를 가득 비추고 있었다. 평화로운 저녁 시간 여기저기에서 수저며 접시 부딪치는 소리가 들려왔다. 박쥐들이 천막 바로 위로 날아오르더니 일순간 사라져 버렸다. 도시 성벽 저 너머에서 전차 한 대가 선로를 변경하려는 듯 큰 소리를 내고 있었다.

「판사가 안됐어.」 경기장 문을 나서며 타루가 중얼거렸다. 「그 양반을 위해서 뭔가 좀 해야겠는데. 한데 판사를 도대체 어떻게 돕는다?」

우리 시에는 이 같은 격리 수용소가 몇 군데 더 있었지만, 이 글을 쓰고 있는 본인은 조심스러운 마음에, 그리고 다른 사람을 거치지 않고 직접 얻은 정보가 부족하기 때문에 더 이상은 언급할 수가 없다. 단, 분명히 말할 수 있는 것은 이러한 수용소들이 존재했다는 것, 거기에서 나는 사람 냄새, 해가 질 무렵이면 들리는 무지막지한 확성기 소리, 담 저편의 알 수 없는 어떤 것, 그리고 내버려진 그곳에 대한 두려움이 우리 시민들의 마음을 무겁게 짓누르고 있었고 모두의 정신적 혼란과 불안감을 한층 가중시키고 있었다는 것이다. 행정 당국과의 마찰과 충돌 또한 더욱 증가하고 있었다.

그렇지만 11월 말이 되자 아침 날씨가 매우 추워졌다. 억수같이 퍼붓는 비로 인해 거리는 말끔해졌고 마치 청소를 한 듯 반짝이는 길 위로 구름 한 점 없는 하늘이 그대로 모습을 드러냈다. 한풀 꺾인 태양은 매일 아침 도시 위로 눈부시게 차가운 햇살을 퍼뜨렸다. 하지만 저녁때가 되면 반대로 공기가 다시 훈훈해졌다. 타루가 의사 리유에게 자기 속마음을 조금씩 털어놓고자 했던 바로 그 순간이었다.

어느 날 밤 10시경 길고 고단한 하루를 보낸 뒤 타루는 늙은 천식 환자에게 저녁 왕진을 가는 리유를 따라나섰다. 하늘은 구시가지의 집들 위에서 부드럽게 빛을 발하고 있었다. 가벼운 바람이 어두워져 가는 거리들 사이로 불어왔다. 고요한 거리를 뒤로한 두 사람은 그 집에 도착하자마자 노인의 수다와 마주했다. 노인은 그들에게 맘에 들지 않는 점이 있다는 둥, 덕 보는 건 늘 같은 놈들이라는 둥, 위험한 일을 하다가는 결국 화를 입고 만다는 둥, 이런 식으로 가다가는 어쩌면 — 바로 그 순간 손을 비벼 대며 — 소동이 있을 거라는 둥 떠들어 댔다. 의사가 진료를 하는 동안에도 노인은 쉬지 않고 계속해서 세상사에 불평을 해댔다.

누군가 걸어다니는 소리가 바로 위층에서 들렸다. 무슨 일인지 타루가 궁금해한다는 걸 알아차린 늙은 아내가 이웃집 여자들이 옥상에 나와 있기 때문이라고 설명했다. 그러면서 그 위에는 멋진 전망이 펼쳐지는 데다, 집집마다 있는 옥상들 한쪽 면이 대개는 서로 닿아 있어서 이 동네 여자들은 집 밖에 나가지 않고서도 서로 남의 집에 갈 수 있다고 알려주었다.

「그렇다니까요.」 노인이 말했다. 「그러니 한번 올라가 보시죠. 그 위에는 공기가 좋지요.」

그들이 올라가 보니 옥상에는 아무도 없고 의자 세 개만 놓여 있었다. 한쪽으로는 시야가 닿는 가장 먼 곳에 평평한 지붕들이 눈에 들어올 뿐이었고, 그 끝은 어두컴컴하고 울퉁불퉁한 돌무더기를 등지고 있어서 언덕이 시작하는 곳임을 알 수 있었다. 다른 쪽으로는 두어 개 길이 나 있고 눈에 잘 보이지 않는 항구 너머로 수평선이 내려다보였는데, 그곳에는 하늘과 바다가 눈에 보일 듯 말 듯 요동치며 뒤섞이고 있었다. 깎아지른 듯한 언덕이 있으리라 짐작되는 곳 너머로 어디서부터 시작되었는지 알 수 없는 어렴풋한 한 줄기 빛이 규칙적으로 나타났다가는 사라지기를 반복했다. 해협의 등대가 지난봄부터 다른 항구로 방향을 바꾸는 선박들을 위해 계속해서 불을 비추고 있었던 것이다. 바람에 씻겨 윤기가 흐르는 하늘에는 맑은 별들이 반짝이고, 멀리 등대가 비추는 불빛이 거기에 언뜻언뜻 회색빛을 간간이 섞었다. 가벼운 산들바람이 향료와 흙냄새를 가져다주었다. 완전무결한 침묵이 감돌고 있었다.

「날씨가 좋군요.」 리유가 자리에 앉으며 말했다. 「마치 이곳에는 페스트가 단 한 번도 올라오지 않은 것 같네요.」

타루는 그에게 등을 돌린 채 바다를 바라보고 있었다.

「그렇네요.」 잠시 후에 그가 말했다. 「날씨가 좋군요.」

타루는 의사 곁으로 와 앉더니 그를 주의 깊게 바라보았다. 희미한 빛이 세 차례 하늘에 나타났다. 거리 안쪽 깊은 곳으로부터 설거지를 하며 부딪치는 그릇 소리가 그들에게까지 올라왔다. 집 안에서 문 닫히는 소리가 들렸다.

「리유!」 타루가 꾸밈없는 어조로 말했다. 「제가 어떤 사람인지 단 한 번도 알려고 하지 않았죠? 저에게 우정을 느끼십니까?」

「네, 선생에게 우정을 느끼고 있습니다.」 의사가 대답했다. 「하지만 이제까지 우리에겐 시간이 없었죠.」

「좋습니다. 그렇다면 다행이군요. 지금 이 순간을 우정을 나누는 시간으로 하면 어떨까요?」

대답 대신 리유가 그에게 미소를 지었다.

「자, 그러면…….」

멀리 어떤 길에선가 자동차 한 대가 축축한 도로를 미끄러지며 지나가는 것 같았다. 자동차가 멀어지자, 이어서 그 뒤 멀리서부터 들려오는 알 수 없는 고함이 다시 한 번 침묵을 깨뜨렸다. 그런 다음 침묵은 하늘과 그 하늘에 떠 있는 별의 무게를 고스란히 담아서 자기 무게로 삼더니 두 사람 위로 다시 내려앉았다. 리유는 타루와 마주한 채 의자 깊숙이 몸을 묻고 있었고, 타루는 자리에서 일어나 옥상의 난간에 걸터앉았다. 그런 타루의 모습이 마치 어떤 거대한 형체를 오려서 하늘에다 붙여 놓은 것만 같았다. 그는 오랫동안 말을 했는데, 다음은 그가 당시 했던 말 대부분을 옮겨 적은 것이다.

간단히 말하자면 리유, 나는 이 도시와 이 전염병을 알기 훨씬 전부터 이미 페스트로 고통을 겪고 있었습니다. 그건 내가 다른 모든 사람들과 마찬가지라는 말입니다. 하지만 그런 사실을 알지 못하거나 혹은 그런 상태에 있으면서도 괜찮다고 생각하는 사람들도 있고, 그러한 사실을 알고 나서 거기서 나오고 싶어 하는 사람들도 있죠. 나는 항상 거기에서 빠져나오고 싶었습니다.

젊었을 때 난 내게 죄가 없다는 생각을 하며 살았어요. 달리 말하자면 생각이란 것 자체를 아예 하지 않고 살았던 거죠. 나는 고민으로 괴로워하는 부류도 아니었고, 적당한 시기에 사회생활도 시작했습니다. 모든 것이 성공적이었습니다. 머리 쓰는 일에서도 문제가 없었고 여자들과의 관계에서야 최고였지요. 혹 무언가 걱정거리라도 생길라치면 어느새 사라져 버리더군요. 그러던 어느 날 생각을 곰곰이 해보기 시작했답니다. 이제는…….

미리 얘기를 좀 하자면 나는 선생님처럼 가난하지는 않았어요. 아버지는 차장 검사였는데, 그만하면 괜찮은 위치지요. 그렇지만 워낙 호인이시다 보니 그런 티는 별로 내지 않으셨습니다. 어머니는 소박하고 겸손한 분이셨어요. 나는 변함없이 그분을 사랑해 왔지만, 그것에 대해서는 더 이상 말하지 않는 편이 좋겠습니다. 아버지는 나를 사랑으로 대했습니다. 그래서 그분이 나를 이해하려 애쓰셨다고 충분히 믿을 수 있습니다. 지금 생각해 보면 아버지가 밖에서 바람을 피우셨던 것이 틀림없지만, 뭐 그렇다고 해서 그 부분에 대해 분노심을 갖거나 하는 건 전혀 아닙니다. 그분은 모든 면에 있어서 자신이 마땅히 해야 할 일을 그 어느 누구와도 충돌하지 않고 하시는 분이었어요. 간단히 말하자면 그다지 독창적인 인물은 아니었지만 돌아가시고 난 지금 제가 깨달은 것이 있다면, 성인처럼 사셨던 것은 아니지만 그렇다고 나쁜 사람도 아니셨다는 겁니다. 그 양반은 중도를 지켰다, 뭐 그런 거고, 게다가 사람들은 그런 유형의 인물에게 흔히 평균치 이상의 애정, 그러니까 한결같은 애정을 느끼죠.

그렇지만 그분에게는 한 가지 특이한 점이 있었어요. 그분이 머리맡에 늘 두고 읽는 책이 기차 시간표였다는 겁니다. 여행을 해서 그런 게 아니었는데, 사실 그분은 휴가 때 자기 명의의 작은 소유지가 있는 프랑스 브르타뉴 지방에나 가는 정도였거든요. 그런데 그 양반은 심지어 파리와 베를린을 잇는 노선의 출발과 도착 시각들이며, 리옹에서 출발해서 바르샤바까지 가려면 어디에서 몇 시에 갈

아타야 한다든지, 누군가 임의로 언급한 수도들 사이 거리가 몇 킬로미터인지까지도 정확하게 말할 수 있었습니다. 브리앙송에서 샤모니까지 어떻게 가는지 말할 수 있나요? 역장이라도 쩔쩔맬 겁니다. 제 아버지는 끄떡없으셨죠. 거의 매일 저녁 그 분야에 관해 풍부한 지식을 쌓기 위해 노력하셨고, 그것에 대해 아주 자랑스러워하셨어요. 나도 무척 재미있어 했기 때문에 자주 질문을 했지요. 기차 시간표에서 아버지의 대답을 확인하고, 그 양반이 틀리지 않았다는 걸 알게 되는 게 너무 즐거워 자주 질문을 던지곤 했다니까요. 이 대수롭지 않은 연습 덕분에 우리 둘 사이의 관계가 단단해졌는데, 왜냐하면 제가 그 양반의 열의를 높이 평가한 청중 가운데 한 사람이 되어 드렸기 때문이죠. 그 당시 저는 철도에 관한 그와 같은 해박함이 다른 어떤 것만큼이나 가치가 있다고 생각했었습니다.

내가 말이 너무 많아서 그 양반에게 너무 과도한 중요성을 부여하지는 않는지 걱정이군요. 결론부터 말하자면 그분은 내 결심에 단지 간접적인 영향만을 주셨거든요. 기껏해야 나에게 어떤 기회를 마련해 주셨을 뿐이죠. 내가 열일곱 살이었을 때 아버지가 당신의 논고를 들으러 오라고 하시더군요. 중죄 재판소에서 진행되는 중대한 사건이었는데, 필경 아버지는 당신의 가장 멋진 모습을 보여 줄 수 있으리라 생각하셨던 겁니다. 또한 그런 의식은 아직 어린 아들의 상상력을 자극하는 데 적합했기에, 당신이 선택한 길로 나를 입문시킬 수 있으리라 기대하셨던 것 같아요. 저는 보러 가겠다고 했는데, 그게 아버지를 기쁘게 해드리기 때문이었고, 저 또한 아버지가 가족을 대할 때와는 다른 모습으로 어떻게 말씀하시고 어떻게 행동하실지 직접 보고 듣고 싶었기 때문이기도 했던 거죠. 그것 말고 다른 생각은 전혀 없었어요. 당시 저에게 법정에서 일어나는 일이란 대혁명 기념일인 7월 14일 열병식이나 상장 수여식과 마찬가지로 자연스럽고 피할 수 없는 것으로 여겨졌답니다. 지극히 추상적인 생각을 가지고 있었던 것인데, 신경 쓰이지 않았지요.

그렇지만 내가 그날의 기억으로 지니고 있는 장면 단 하나란 죄인의 모습뿐입니다. 그가 실제로 죄인이었다고 지금도 생각하고 있지만, 그건 그다지 중요하지 않아요. 서른 줄에 들어선 빨간 머리털에 키 작고 초라한 그 남자는 전부 다 인정하려고 마음을 단단히 먹은 듯 보였고, 자신이 저지른 일과 자신에게 앞으로 가해질 일에 어찌나 겁을 먹고 있어 보이던지 제 눈에는 어느새 그 사람 말고 다른 어느 누구도 들어오지 않았습니다. 그 사람은 너무도 강렬한 빛에 잔뜩 겁을 먹은 부엉이 같았어요. 그가 맨 넥타이 매듭은 셔츠 깃이 만나는 정가운데에서 벗어나 있었지요. 한 손의 손톱만 깨물고 있었는데, 오른손이었고…….
아무튼 자세한 말은 않겠습니다. 하지만 그가 살아 있는 사람이었다는 것만은 아시겠죠.

한데 말이죠, 그때 문득 내가 그를 〈피고인〉이라고 하는 편리한 범주에서만 생각하고 있다는 사실을 깨달았습니다. 그 순간 내게 아버지는 관심 밖이었다고까지 말씀드릴 순 없지만, 무엇인가 배를 쥐어짜고 있는 듯해서 그 피고인 말고는 주의를 전혀 기울일 수 없었습니다. 제대로 듣고 있지도 않았던 데다, 살아 있는 사람 하나를 죽이려고 한다는 것이 느껴지자 파도와 같은 엄청난 충동이 일어나서 나를 그의 곁으로 무작정 이끄는 것 같았답니다. 내가 정말 정신을 차렸을 땐 아버지의 논고가 시작되면서부터였습니다.

붉은색 법복으로 갈아입어 호인도 아니고 다정해 보이지도 않는 아버지의 입에서 무지막지한 말들이 우글거리고 있다가 마치 뱀처럼 끊임없이 쏟아져 나오고 있었습니다. 그러다 저는 아버지가 사회의 이름으로 그 사람의 죽음을 요구한다는 것과, 심지어 그 사람의 목을 자르라고 요구한다는 것을 알아들었습니다. 사실을 말하자면 아버지는 이렇게 말했을 뿐이에요. 〈저 머리는 땅에 떨어져야 합니다.〉 하지만 뭐 큰 차이 없었죠. 게다가 실제로 결국엔 같은 말이었는데, 아버지는 그자의 목을 얻어 내고야 말았으니까요. 다만 당시 직접 그 일을 한 사람은 아버지가 아니었을 뿐입니다. 그러고 나서 그 사건이 종결될 때까지 지켜본 나는 그 불행한 사람에 대해 아버지는 도저히 느껴 보지도 못하셨을 만큼 아찔한 친밀감을 느꼈습니다. 그렇지만 그 양반은 관례에 따라 사람들이 정중하게 최후의 순간이라고 부르는 것에, 아니 살인 중에서도 가장 비열하다고 이름 붙여야 하는 것에 참석해야 했습니다.

바로 그날부터 나는 「철도 시간 안내서」만 봐도 구역질이 났습니다. 바로 그날부터 나는 정의니, 사형 선고니, 사형 집행이니 하는 것에 무서우리만치 관심을 가졌고, 아버지가 살해 현장에 이미 수차례 참석했으며 그런 날들은 다름이 아니라 아버지가 일찍 일어나시던 아침이었다는 것을 확인하고는 현기증을 느꼈습니다. 그랬지요, 그런 경우에 당신의 자명종 태엽을 감아 놓곤 하셨으니까요. 어머니께는 감히 그 이야기를 못 했지만, 당시 어머니를 좀 더 살펴보니 두 분 사이에 더 이상 아무것도 존재하지 않으며, 어머니는 체념한 채 생활하고 계시다는 것을 알 수 있었습니다. 당시 말투를 그대로 옮기자면, 바로 그 점이 내가 어머니를 용서하는 데 도움이 되었습니다. 시간이 흐른 뒤에야 어머니가 용서받을 일이 하나도 없다는 사실을 알았지요. 그분은 결혼하기 전까지 늘 가난했었고, 가난이 어머니에게 체념을 가르쳐 준 것이니까요.

그러고 얼마 지나지 않아 내가 집을 뛰쳐나왔다고 말하리라 짐작하시겠지만 그러지는 않았어요. 몇 달, 그러니까 거의 1년은 계속 집에 있었습니다. 하지만 내 마음은 병들어 있었어요. 그러던 어느 날 저녁 아버지는 아침에 일찍 일어나야 한다며 당신 자명종이 어디 있는지 물었죠. 그날 밤 나는 한잠도 못 잤답니다. 다음 날 아버지가 집에 돌아오셨을 때 나는 이미 집을 나가고 없었어요. 그런데 아버지가 곧바로 나를 찾도록 했고, 나는 직접 그분을 뵈러 가 별다른 변명 없이 침착하게 나를 강제로 돌아오게 한다면 자살해 버리겠다고 했습니다. 원래 온순한 분인지라 결국 받아들이고 말았고, 혼자서 벌어먹고 살아간다는 것이 얼마나 어리석은지에 관해(그분은 그런 식으로 내 행동을 이해하셨는데 나는 그런 오해를 풀려고 하지 않았습니다) 일장 연설과 수천 가지 충고를 하시더니, 마음속에서 우러나오는 진심 어린 눈물을 억누르시더군요. 그러고서 제법 오랜 시간이 흐른 후 나는 정기적으로 어머니를 뵈러 집에 들르곤 했었는데, 그때 아버지도 만났어요. 그 양반에게는 그런 관계로 충분했던 것 같습니다. 나로서는 아버지에게 원한이 전혀 없었고, 단지 마음 한구석에 슬픔 같은 것이 있었을 뿐입니다. 아버지가 돌아가셨을 때 어머니를 모시고 함께 살았고, 만약 어머니마저도 돌아가지 않으셨다면 여전히 그랬을 겁니다.

내가 너무 오랫동안 서두 부분을 붙잡고 늘어진 이유는 그것이 사실상 모든 것의 시작이기 때문입니다. 이제부터는 좀 더 속도를 내겠습니다. 열여덟 살에 안락한 생활에서 벗어나자, 나는 가난을 알았습니다. 먹고살기 위해 수천의 직업을 전전했지요. 그런대로 성공한 편이었어요. 하지만 내가 관심을 가진 것은 사형 선고였습니다. 그 빨간 머리 부엉이 씨와 결판을 짓고 싶었던 거죠. 결론적으로 말해서 나는 이른바 정치라는 것에 관여했습니다. 페스트 환자가 되고 싶지 않았던 거죠, 뭐 다른 말이 더 필요하겠습니까. 내가 살아가는 사회가 사형 선고를 기반으로 세워져 있기에 그 사회와 투쟁함으로써 살인 행위와 투쟁하겠다고 생각한 겁니다. 나는 그렇게 믿었고, 다른 사람들도 나에게 그렇다고 말했고, 결론적으로 그것은 대체로 옳았습니다. 그래서 내가 좋아하고, 그 마음이 변하지 않는 사람들과 함께 일을 시작했습니다. 오랫동안 그 일에 관여했고 유럽 여러 나라들 가운데 나와 함께 투쟁하지 않은 나라는 없었습니다. 그 이야기는 그만하죠.

물론 경우에 따라서 우리들도 사형 선고를 내린다는 것을 잘 알고 있습니다. 하기야 누군가는 그 따위 몇 사람들의 죽음이란 사람을 죽이지 않는 세상으로 나아가기 위해 필요하다고 말하기도 했어요. 어떤 의미에서는 그것도 맞는 말이라고 할 수 있지만, 어쨌든 나로서는 그런 종류의 진실을 주장할 수 없었던 것 같아요. 내가 갈팡질팡하고 있었다는 건 분명합니다. 그렇지만 나는 그 부엉이 씨를 생각했고, 그 생각은 계속됐어요. 사형 집행을 실제로 보았던 날(그건 헝가리에서였습니다)까지 말이에요. 어린아이였던 나에게 강한 충격을 주었던 것과 똑같은 현기증이 어른이 된 나의 두 눈을 캄캄하게 하더군요.

사람을 총살하는 장면을 단 한 번이라도 본 적 있나요? 물론 못 봤을 겁니다, 당연하죠. 그런 건 대체로 초대로 이루어지고 청중은 사전에 선별되니까요. 그 결과 선생님의 지식은 판화나 책에서 다루는 내용에 국한되어 있는 거죠. 눈가리개, 말뚝 그리고 멀찌감치 떨어져 있는 병사들 몇몇. 한데 말이죠, 천만에요, 그런 것이 아니랍니다. 총살 집행자들 무리가 생각과는 달리 사형수로부터 고작 150센티미터 떨어져 자리 잡고 있다는 걸 아세요? 만일 사형수가 앞으로 두 걸음만 내디딘다면 총부리가 사형수의 가슴에 부딪치게 된다는 건요? 그렇게 가까운 거리에서 총살 집행자들이 심장 근처로 화력을 집중하면, 그 엄청나게 큰 탄환들 전부로 인해서 거기 주먹이 들어갈 정도의 구멍 하나가 만들어진다는 걸 아십니까? 모르실 겁니다. 그런 건 아무도 이야기하지 않는 자세한 내용들이니 선생님은 모르는 거죠. 인간의 수면은 페스트 환자들 목숨보다 신성하니까요. 선량한 사람들의 수면을 방해하지 말아야 하는 겁니다. 그러려면 어느 정도 위선적인 취미가 필요할 텐데, 그런 취미란 괜한 고집을 부리지 않는 데 있다는 사실은 누구나 알죠. 하지만 저는 말이죠, 그때 이후로 제대로 잠을 자지 못했습니다. 위선적인 취미가 제게 남아 여전히 고집을 부리고 있었던 거예요. 달리 말하자면, 계속 그 생각만 하고 지냈던 겁니다.

그 오랜 세월 동안, 마음을 다 바쳐 페스트와 투쟁한다고 생각했던 바로 그 오랜 세월 동안 내가 끊임없이 페스트를 앓아 왔다는 사실을 그제야 알았습니다. 내가 수천 명의 죽음에 간접적으로나마 동의했었다는 것, 숙명적으로 그런 죽음을 야기했던 행동들과 원칙들을 바람직하다고 생각함으로써 그 죽음을 부추겼다는 것을 알았어요. 다른 사람들은 그런 것으로 마음 상해 하거나, 적어도 스스럼없이 그런 이야기를 꺼내는 일은 절대로 없어요. 한데 나는 그야말로 슬픔에 목이 메이는 것 같았습니다. 그들과 함께 있으면서도 혼자였던 거죠. 내가 가진 양심의 가책들을 설명할 기회가 올 때마다 그들은 무엇이 문제의 핵심인지를 심사숙고해야 한다고 말하곤 했고, 종종 감동적인 이유들을 제시하며 내가 아무리 씹어도 넘기지 못하는 것을 그냥 삼켜 버리도록 만들었습니다. 하지만 나는 이렇게 대꾸했죠. 그 고귀한 페스트 환자들, 붉은 법복을 걸치고 있는 사람들도 마찬가지로 그런 경우에 훌륭한 이유들을 가지고 있으며, 따라서 만일 별 볼 일 없는 페스트 환자들이 내세운 불가항력이라는 이유와 필연성을 내가 인정한다면, 결국 거물급들의 요구도 거부할 수 없을 것이라고 말입니다. 그들은 나에게 붉은 법복을 입은 자들이 옳다고 인정하는 최적의 방법이란 그들에게 사형 선고를 전적으로 맡기는 것임을 환기시켰습니다. 하지만 당시 내 생각은 만일 사람들이 일단 양보하고 나면 계속해서

양보하지 않을 이유를 찾을 수 없다는 거였죠. 오늘날에는 누가 누가 제일 많이 죽이나 하는 식이니, 역사는 제가 옳았다고 인정하는 것 같아요. 누구나 할 것 없이 살인이라는 광란에 빠져 있고, 그렇기 때문에 그들도 달리 어쩔 도리가 없는 것이죠.

어쨌든 내가 할 일이란 이치를 따지고 드는 것이 아니었습니다. 내 문제는 빨간 머리 부엉이, 미처 예상하지 못했던 지저분한 그 경험, 그러니까 페스트균에 전염된 그 더러운 입들이 사슬에 매여 있는 한 사람에게 죽을 것이라는 선고를 내리고, 이어서 그자가 두 눈을 뜬 채 살해당하게 될 날을 기다리며 수많은 고뇌의 밤들을 보내도록 한 뒤에, 실제로 그가 죽도록 모든 절차들을 조정하는 그런 더러운 경험이었던 겁니다. 문제는 다름 아니라 가슴에 뚫린 그 구멍이었습니다. 그래서 이렇게 생각했어요. 잠자코 지켜보면서 최소한 나로서는 그 역겨운 도살 행위에 대해서 단 하나라도, 아시겠습니까, 단 하나라도 옳다고 인정하는 일은 결코 없을 것이라고요. 그렇습니다, 좀 더 분명히 사리를 분별할 수 있을 때까지 맹목적일 정도로 완고히 고집을 버리지 않기로 했던 것이죠.

그 이후로 내 마음은 변하지 않았습니다. 부끄러움을 안 지는 오래됩니다. 직접적으로는 아니었다고 할지라도, 또한 아무리 선의를 가지고 있었다고는 할지라도, 내 차례가 되었을 때 나 역시 살인자였다는 사실에 죽을 만큼 부끄러웠답니다. 시간이 흐르면서 알게 된 것이 있다면, 다른 사람들보다 더 좋은 사람들조차 누군가를 죽이거나 누군가가 죽어 가는 것을 막을 수 없으며, 그 이유는 그들이 살고 있는 세상의 섭리가 이미 그렇기 때문이고, 누군가를 죽도록 만드는 위험을 무릅쓰지 않고서는 이 세상에서 우리가 몸 한 번 움직이는 것도 마음대로 할 수가 없기 때문입니다. 그렇습니다, 나는 우리 모두가 페스트에 처해 있음을 깨닫고 계속 부끄럽게 생각했어요, 그래서 마음의 평화를 잃어버린 것입니다. 나는 모든 사람들을 이해하고자 노력하며, 또 어느 누구에게도 치명적인 적이 되지 않으려고 애를 쓰면서 지금도 여전히 평화를 찾고 있어요. 내가 아는 것이라고는 오로지 더 이상 페스트 환자가 되지 않기 위해서는 마땅히 해야 할 바를 한다는 것, 그리고 바로 그것만이 우리들로 하여금 평화를 희망하도록 한다는 것, 만약 그렇지 않다면 적어도 편안한 죽음이라도 기대할 수 있도록 한다는 것입니다. 바로 그것이야말로 인간의 시름을 덜어 주며, 인간을 구하지는 못하더라도 최소한 가급적 나쁜 짓을 덜 끼치며, 심지어는 이따금씩이라도 약간의 선을 행할 수 있는 겁니다. 그래서 나는 직접적으로든 간접적으로든 상관없이, 좋은 이유에서건 나쁜 이유에서건 상관없이, 사람을 죽이거나 또는 사람들이 누군가를 죽이는 상황을 정당화하는 모든 것을 거부하기로 결심한 것입니다.

바로 그런 이유 때문에 선생님 편에서 어떻게든 이 병과 싸워야 한다는 것 말고 이번 전염병에서 내가 배운 것이라고는 아직 아무것도 없습니다. 단언하건대 내가 확실히 아는 것은(그렇습니다, 잘 아시다시피 나는 인생 만사를 두루 알고 있지요) 각자 자신 안에 페스트를 가지고 있다는 건데, 왜냐하면 실제로 아무도, 이 세상 어느 누구도 그것으로부터 무사하지 않으니까요. 또한 잠시 방심한 사이에 다른 사람 낯짝에 대고 숨을 내뱉어서 그자에게 병균이 들러붙도록 만들지 않으려면 늘 자기 자신을 제대로 단속해야 한다는 겁니다. 지극히 자연스러운 것이 바로 병균이기 때문입니다. 그 나머지 것들, 예를 들어 건강함, 성실함, 순수함 등은 이를테면 의지, 그러니까 결코 멈춰서는 안 되는 의지의 산물이죠. 존경받을 만한 사람, 즉 어느 누구에게도 거의 병균을 옮기지 않는 사람이란 되도록 마음이 해이해지지 않는 사람을 말합니다. 그런데 마음이 결코 해이해지지 않기 위해서는 그만한 의지와 긴장이 필요하단 말이죠! 그래요, 페스트 환자가 된다는 건 정말 지긋지긋한 일이니까요. 하지만 그렇게 되지 않으려는 것은 한층 더 골치 아픈 일이죠. 그래서 사람들은 너 나 할 것 없이 자신의 피곤한 모습을 기꺼이 드러내 보이는데, 그 이유야 오늘날 모두들 조금씩은 페스트 환자니까요. 하지만 바로 그런 이유로 이제 페스트 환자 노릇을 그만두려는 몇몇은 극도의 피곤을 경험하고 있고, 그런 상태에서 그들을 해방시켜 주는 것은 죽음 말고는 아무것도 없을 겁니다.

그러다 보니 알게 된 사실은 이 세상을 위해서 나는 아무 쓸모가 없다는 것, 그리고 살인을 단념한 그 순간부터 나는 돌이킬 수 없는 유배를 선고받았다는 겁니다. 역사를 만드는 사람은 내가 아닌 다른 사람들이죠. 내가 그 사람들을 판단할 수 없으리라는 걸 나도 압니다. 분별력 있는 살인자가 되기 위해 내게는 부족한 자질이 있습니다. 우월감은 아닙니다. 아무튼 이제 나는 본래 그대로의 자신이 되기로 했고, 겸손을 배웠습니다. 이 세상에는 재앙과 희생자들이 있으며, 가능한 한 재앙과 한편이기를 거부해야 한다고 나는 말하는 거뿐입니다. 어쩌면 조금 단순하다고 보실지도 모릅니다만, 그리고 나 역시 단순한지 아닌지 잘 모르지만, 옳다는 것은 알고 있습니다. 나는 너무나도 많은 이론들을 접해서 머리가 돌아 버릴 지경이었어요. 그 이론들이라는 것은 다른 사람들의 머리를 충분히 돌게 만들어서 그들로 하여금 살인에 동의하도록 할 정도였답니다. 그래서 나는 인간들의 모든 불행이란 그들이 분명한 언어를 사용하지 않는 데서 비롯된다는 것을 알게 됐어요. 따라서 나는 정도를 걷기 위해 분명히 말하고 행동할 결심을 했습니다. 결론적으로 재앙과 희생자들이 있다고 말할 뿐, 그 이상은 아무 말 하지 않는다는 겁니다. 그렇게 함으로써 만약 내가 재앙 그 자체가 된다 하더라도, 나는 그것의 동조자는 아닙니다. 나는 죄 없는 살인자가 되고자 노력하는 겁니다. 보시다시피 이건 그리 대단한 야심이 아닙니다.

물론 세 번째 범주, 진정한 의사들이라는 범주가 있어야겠지만, 그것은 흔하지도 않고 아마도 어려운 일일 겁니다. 그래서 그 어떤 경우에도 희생자들 편에 서서 피해를 최대한 줄이기로 결심한 겁니다. 희생자들 틈에서 적어도 나는 어떻게든 이 세 번째 범주, 즉 마음의 평화에 이를 수 있는지를 찾을 수 있다는 겁니다.

이야기를 끝맺으면서 타루는 한쪽 다리를 흔들다가 옥상 바닥을 발로 가볍게 쳤다. 잠시 침묵이 흐르자 의사는 살짝 몸을 일으켜 마음의 평화에 이르기 위해 선택해야 하는 길이 어떤 것인지 생각해 본 적이 있느냐고 물었다.

「그럼요, 공감이지요.」

구급차 두 대의 사이렌 소리가 멀리서 울려 왔다. 조금 전만 해도 분명치 않던 아우성이 도시의 경계, 돌 많은 언덕 근처에서 하나로 모이고 있었다. 그와 동시에 무슨 폭발음 같은 것이 들려왔다. 그러고는 다시 조용해졌다. 리유는 등대 불빛이 두 번 깜박거리는 것을 세고 있었다. 산들바람이 보다 더 강해지는가 싶더니, 동시에 소금 냄새를 실은 바람이 바다로부터 불어왔다. 이제는 바닷가 절벽에 부딪치는 파도의 둔탁한 숨소리가 또렷이 들렸다.

「결국, 제 관심사는 말이죠…….」 타루가 솔직하게 말했다. 「어떻게 하면 성인이 되는지를 아는 것입니다.」

「아니, 하느님은 믿지 않으면서 말인가요?」

「바로 그겁니다. 신 없이 성인일 수 있는가, 바로 그것이 오늘날 제가 아는 단 하나의 구체적인 문제입니다.」

아우성이 들려오던 곳으로부터 갑자기 거대한 불빛이 희미하게 솟아오르더니, 어렴풋한 함성이 바람의 흐름을 거슬러 올라가며 두 사람에게까지 들려왔다. 불빛은 곧이어 잦아들며 멀리 보이는 옥상들 가장자리로 불그스름한 빛깔만을 남겼다. 바람이 그친 뒤에도 사람들 함성이 분명히 들려왔고, 사격 소리와 군중의 아우성이 이어졌다. 타루는 자리에서 일어나 잠자코 귀를 기울였다. 더 이상 아무 소리도 들리지 않았다.

「시 문에서 또다시 충돌이 있었나 보네요.」

「이제는 끝난 모양입니다.」 리유가 말했다.

타루는 충돌은 결코 끝나지 않으며 여전히 희생자가 생길 것인데, 왜냐하면 피할 수 없기 때문이라고 중얼거렸다.

「어쩌면 그럴지도 모르죠.」 의사가 대답했다. 「그렇지만 말이죠, 나는 성인들보다는 패배자들에게 더 많은 연대 의식을 느낍니다. 나는 영웅주의라든가 성스러움 따위에는 취미가 없는 것 같습니다. 제가 관심을 갖는 것은 인간이 된다는 겁니다.」

「그래요, 우리는 같은 것을 추구하고 있어요, 하지만 제가 야심이 덜한 것이죠.」

리유는 타루가 농담을 한다고 생각하며 그를 바라보았다. 그러나 하늘에서부터 쏟아져 내려오는 흐릿한 빛줄기 속에서 타루의 얼굴은 애처롭고도 진지해 보였다. 바람이 다시 불기 시작했고, 리유는 빰에 미지근한 기운을 느꼈다. 타루는 (생각을 털어 버리려는 듯) 몸을 흔들더니 말했다.

「우리가 우정을 위해서 무엇을 해야 할지 아십니까?」

「원하는 것이 있다면 그것으로 하죠.」 리유가 말했다.

「해수욕을 하는 겁니다. 앞으로 성인이 될 사람에게 그 정도라면 품위 있는 즐거움입니다.」

리유는 미소를 짓고 있었다.

「우리가 가진 통행증으로 방파제까지 갈 수 있습니다. 어쨌거나 페스트만 겪으면서 살아간다는 것은 너무 바보 같아요. 물론 사람이란 희생자들을 위해서 투쟁해야죠. 하지만 더 이상 그 무엇도 사랑하지 않는다면 투쟁은 뭐하러 하는 겁니까?」

「맞아요.」 리유가 말했다. 「자, 갑시다.」

잠시 후 자동차는 항구 철책 앞에 멈췄다. 달이 떠 있었다.

은은한 빛이 감도는 하늘이 창백한 그늘을 사방에 퍼뜨렸다. 그들 뒤로 도시가 만을 따라 마치 계단을 이루듯 가지런히 줄지어 있었고, 그곳으로부터 후덥지근하고 마치 병에 걸린 사람의 뜨거운 입김과도 같은 바람이 불어와 그들을 바다로 밀어내는 듯했다. 신분증을 보여 주자 보초는 꽤 오랫동안 그것들을 훑어보았다. 이어 그들은 그곳을 지나 큼직한 술통들로 뒤덮인 중앙 분리대를 가로질러 포도주 냄새와 생선 비린내가 진동하는 가운데 방파제를 향해 방향을 틀었다. 그곳에 도착한 지 얼마 되지도 않아 요오드 냄새며 해초 냄새가 바다가 멀지 않았음을 알리고 있었다. 곧이어 바닷소리가 들렸다.

바다는 거대한 돌무더기들로 이루어진 방파제 발치에서 조용히 휘파람 소리를 내듯 철썩거렸다. 방파제로 올라가자 벨벳처럼 짙고 부드럽게 윤기가 흘러 마치 짐승 같은 바다가 그들 앞에 모습을 드러냈다. 그들은 먼바다를 향하고 있는 바위에 자리를 잡았다. 바닷물은 부풀어 오르다가 천천히 다시 가라앉기를 계속했다. 이렇듯 평온한 바다의 숨소리를 따라서 기름칠을 한 듯 광택이 나는 그림자들이 수면 위로 나타났다가 사라지곤 했다. 그들 앞에 펼쳐진 밤은 끝이 없었다. 손가락 밑면으로 바위들 표면이 울퉁불퉁하다고 느끼면서 리유는 야릇한 행복감으로 벅찼다. 타루에게로 고개를 돌리자 진지하고 침착한 친구의 얼굴에서 그 무엇도, 심지어 살인마저도 잊지 않는 바로 그 똑같은 행복을 감지할 수 있었다.

그들은 옷을 벗었다. 리유가 먼저 뛰어들었다. 처음에는 차갑던 물이 수면 위로 올라오자 미지근하게 느껴졌다. 얼마간 평형을 하다 보니 그날 저녁 바다는 여러 달 동안 쌓여 왔던 대지의 열기를 받아 따뜻한 가을 바닷물을 그대로 간직하고 있음을 알 수 있었다. 그는 일정한 속도로 수영을 하며 앞으로 나아갔다. 발차기를 할 때마다 뒤로는 포말이 남았고, 두 팔을 타고 흘러내린 물줄기가 다리에 들러붙으려는 듯했다. 무언가 물속으로 무겁게 떨어지는 소리로 타루가 물에 뛰어들었다는 것을 알았다. 리유는 별들과 달로 가득 찬 하늘을 향해 반듯이 누워 움직이지 않은 채 있었다. 그는 오랫동안 호흡을 가다듬었다. 그러자 바닷물을 가르는 소리가 점점 더 또렷하게, 밤의 정적과 고독을 가르며 이상하리만치 또렷하게 들려왔다. 타루가 가까이 오자 곧이어 그의 숨소리가 들렸다. 리유는 몸을 돌려 친구와 같은 속도로 나란히 헤엄을 쳤다. 타루가 그보다도 훨씬 더 힘차게 앞으로 나아갔기 때문에 그는 속도를 더 내야 했다. 얼마간 그들은 똑같은 속도로 둘이서 똑같이 힘차게 세상을 저 멀리 뒤로 하고, 도시와 페스트로부터 완전히 벗어나 앞으로 나아갔다. 리유가 먼저 멈추었고, 그런 다음 그들은 천천히 되돌아왔다. 다만 도중에 한순간 그들은 얼음처럼 차가운 물살에 휩쓸렸다. 바다의 기습에 호되게 당한 그들은 아무 말 없이 서둘러 속도를 냈다.

다시 옷을 입고 나서 말 한마디 하지 않은 채 그곳을 떠났다. 하지만 두 사람 모두 똑같은 마음이었고, 그날 밤의 추억은 감미로웠다. 멀리 페스트의 보초병이 보일 무렵 리유는 타루도 자신과 똑같이 생각하고 있음을 알 수 있었다. 조금 전까지 전염병이 자신들을 잊고 있어서 좋았는데 이제는 또다시 시작해야 했다.

그렇다, 또다시 시작해야 했고 페스트는 그 누구든 오랜 시간 잊는 법이 없었다. 12월 내내 페스트는 우리 시민들 가슴에 타올랐고, 화장터를 환하게 밝혔고, 빈손뿐인 허깨비들로 수용소들을 가득 채웠으며, 어쨌든 진득하게 느릿느릿 전진했다. 추운 날들이 이어지면 전염병이 수그러들 것이라고 행정 당국은 기대했지만, 페스트는 겨울 초엽의 혹한을 거치며 계속해서 위세를 떨치고 있었다. 아직 더 기다려야 했다. 하지만 사람들이란 너무 기다리다 보면 결국엔 더 이상 기대도 하지 않는 법이라, 우리 도시 전체는 미래 없이 살아가고 있었다.

의사의 경우, 그에게 마련되었던 평화와 우정의 그 덧없는 한순간은 다음 날을 기약할 수 없었다. 병원 한 곳을 더 열었던 탓에 리유가 얼굴을 마주하는 사람들이라고는 환자들뿐이었다. 그렇지만 그는 병세의 현 상황에서 페스트가 점차 폐렴형으로 자리를 굳혀 가는 반면, 환자들은 의사에게 협조적인 경향을 보인다는 점에 주목했다. 극도의 허탈에 빠지거나 터무니없는 행동들을 아무렇지도 않게 해대던 초기 모습과는 달리 환자들은 자신들에게 유익한 것이 무엇인지에 관해서 좀 더 올바른 생각들을 해나가는 것 같았고, 자신들에게 가장 도움이 될 수 있는 것을 요구하고 있었다. 그들은 계속해서 마실 것을 요구했고, 그런 다음에는 너 나 할 것 없이 따뜻하게 해주기를 원했다. 의사에게 피곤하기는 매한가지였으나, 그래도 그런 경우라면 덜 외롭다는 생각이었다.

12월 말쯤 리유는 아직도 격리 수용소에 머물고 있던 예심 판사 오통 씨로부터 편지를 한 통 받았다. 격리 수용 기간이 지났는데도 행정 당국이 그가 입소한 날짜를 다시 찾아내지 못하여 자신을 부당하게 수용소에 그대로 붙잡아 두고 있다는 내용이었다. 얼마 전 수용소에서 나온 아내가 도청에 항의했지만, 그녀의 청원 따위는 제대로 수리되지도 않았으며, 오히려 착오란 결코 있을 수 없다는 말을 들었을 뿐이라는 것이었다. 리유는 랑베르에게 가보라고 했고, 얼마 지나지 않아 오통 씨의 방문을 받았다. 실제로 착오가 있었기 때문에 리유도 적잖이 화가 났다. 그러나 수척해져 버린 오통 씨는 힘없이 손을 들어 보이고는 단어 하나하나에 힘을 주어 가며, 누구든 실수할 수 있다고 말했다. 의사는 무언가 달라졌다고만 생각했다.

「판사님, 이제 무얼 하실 계획이신지요? 처리해야 할 서류들이 판사님을 기다리고 있겠군요.」 리유가 말했다.

「아니, 그렇지 않습니다.」 예심 판사가 말했다. 「휴가를 얻고 싶군요.」

「그래요, 좀 쉬셔야죠.」

「그게 아니라, 저는 수용소로 다시 돌아가고 싶습니다.」

리유는 놀랐다.

「아니, 이제 막 나오시는 길 아닙니까.」

「제 얘기를 오해하셨군요. 그 수용소에 행정직 자원봉사자들이 있다고 들었습니다.」

예심 판사는 시선을 어디로 두어야 할지 모르겠다는 듯 둥근 눈을 이리저리 돌리다가 솟아오른 머리털 한쪽을 평평하게 하려 애를 썼다…….

「이해하시겠지만, 뭔가 할 일이 있을 것 같아서 말입니다. 게다가, 이렇게 말하는 게 좀 어처구니없는 것 같긴 하지만, 제 어린 아들 녀석과 떨어져 있다는 생각도 덜할 것 같고요.」

리유가 그를 바라보았다. 어디 흠간 곳 하나 없이 엄격한 그 두 눈에 돌연 온유함이 자리 잡는다는 것은 있을 수 없는 일이었다. 하지만 오통 씨의 눈은 마치 안개가 끼듯 흐려지면서, 금속과도 같은 맑은 빛이 사라져 버리고 말았다.

「당연히, 제가 알아봐 드리겠습니다, 그리 원하시니 말입니다.」 리유가 말했다.

의사는 실제로 그 일을 맡아 해결했고, 페스트에 신음하는 도시의 일상은 크리스마스가 될 때까지 제 속도를 따라 계속 흘러가고 있었다. 타루는 침착한 성품을 유지하며 가는 곳마다 항상 효과적으로 능력을 발휘했다. 랑베르는 예전 그 젊은 보초병들 두 명 덕분에 아내와 비밀리에 편지를 주고받는 방법을 마련해 두었다고 의사에게 털어놓았다. 이따금씩 편지를 받는다고 했다. 그러면서 리유에게 그 방법을 이용해 볼 것을 권했고, 리유는 그러겠노라 했다. 여러 달 만에 처음으로 편지를 쓰자니 여간 힘이 드는 게 아니었다. 무슨 말을 해야 할지 잊어버렸던 것이다. 편지는 떠났다. 답장이 오는 데까지 시간이 걸렸다. 한편 코타르는 호황을 누렸고, 여기저기 벌인 자잘한 투기들은 그를 부자로 만들고 있었다. 그랑으로 말하자면 연말 명절 기간이 그에게는 도움이 되지 않는 것 같았다.

그해 크리스마스는 성서의 축일이라기보다는 오히려 지옥에서의 명절과도 같았다. 조명 없이 텅 빈 상점들이며, 진열장 속 모형 초콜릿, 알맹이 없는 선물 상자들, 침울한 얼굴들을 가득 실은 전차, 그 무엇도 예전 크리스마스를 상기시키지는 못했다. 부자건 가난한 사람이건 모두가 한데 모이던 이 명절에 이제는 몇몇 특권층들이나 거금을 들여 손에 넣을 수 있는 물건이기에 부끄러운 듯 덩그러니 놓인 오락거리들을 위한 것 말고는 먼지 쌓인 가게 뒷방 구석에 다른 자리란 더 이상 없었다. 성당들은 하느님을 향한 감사 기도보다 탄식으로 가득 채워졌다. 우중충하고 얼어붙어 버린 우리 도시에는 몇몇 아이들만이 아직 자신들이 어떤 위험에 직면해 있는지도 모르는 채 뛰놀고 있었다. 그러나 그 누구도 감히 그 아이들에게 인류의 고통만큼이나 오래되고 떠오르는 희망만큼이나 새로운 선물들을 한가득 짊어진 그 옛날의 신이 찾아오신다는 것을 감히 알려 주지 못했다. 모든 사람들 마음속에는 너무나 늙고 기력을 다해 버린 희망, 사람들로 하여금 그냥 그대로 죽지도 못하게 만드는 희망, 그저 바보같이 끈질기기만 할 뿐인 그런 희망밖에는 아무것도 남아 있지 않았다.

그 전날 그랑은 약속 장소에 나오지 않았다. 걱정이 된 리유는 아침 일찍 그의 집에 들렀지만 그를 만나지 못했다. 걱정스러운 소식은 곧 모두에게 전달됐다. 11시경 랑베르가 병원에 와서 끔찍한 몰골로 거리를 헤매는 그랑의 모습을 멀리서 보았노라고 알려 주었다. 그런데 그를 그만 놓치고 말았다는 것이었다. 의사와 타루는 차로 그랑을 찾으러 나섰다.

정오에, 얼어붙을 것 같은 추운 시각 차에서 내린 리유는 나무를 조악하게 깎아 대충 만든 장난감들로 가득한 상점 진열장 유리에 몸을 갖다 붙이다시피 한 그랑을 멀리서 발견했다. 늙은 그 하급 공무원의 얼굴에 눈물이 계속해서 흘러내리고 있었다. 그 눈물이 리유의 마음을 뒤흔들었다. 그 눈물의 의미를 이해하기 때문이었고, 자신도 목구멍 깊숙한 곳으로부터 그것을 느끼고 있기 때문이었다. 크리스마스 때 어느 상점 앞에 있던 그 불행한 남자의 약혼과, 그 남자에게 안기며 더 바랄 것이 없다고 말하는 잔느를 리유도 기억해 내고 있었던 것이다. 그 길고 긴 세월의 깊은 곳으로부터 이렇듯 미쳐 돌아가는 현실의 한복판까지 잔느의 해맑은 음성이 그랑에게로 울려오고 있었던 것이 분명했다. 리유는 울고 있는 그 노인이 바로 그 순간 무엇을 생각하고 있는지 알았고, 자신 또한 그와 마찬가지로 사랑이 없는 이 세상은 마치 죽은 세상과 다를 바 없으며 사람들은 감옥이니 노동이니 패기니 하는 것들에 지쳐 버린 나머지 어떤 존재의 얼굴을 구하고 그 온유함에 마치 처음으로 눈뜨듯 경탄의 마음을 간절히 원하는 때가 언젠가는 반드시 찾아오는 법이라고 생각했다.

한데 그랑이 진열장 유리에 비친 리유를 알아보았다. 그는 눈물을 채 그치지도 않고서 몸을 돌려 유리에 등을 기대고는 리유가 다가오는 것을 바라보았다.

「아! 선생님, 아! 선생님.」 그가 되풀이했다.

말이 차마 나오지 않았지만 대답을 하기 위해 리유는 고개를 끄덕거렸다. 이렇듯 가슴을 에는 절망은 그의 것이기도 했고, 바로 그 순간 심장을 쥐어짜는 듯한 그것은 모두가 겪고 있는 고통을 마주한 사람에게 치솟는 엄청난 분노이기도 했다.

「그래요, 그랑 씨.」 리유가 말했다.

「그녀에게 편지 한 장 쓸 시간을 갖고 싶었습니다. 그녀가 알았으면 해서요……. 그리고 그녀가 후회 없이 행복할 수 있도록 말입니다…….」

거의 강제적이다 싶게 리유는 그랑이 앞을 향해 걷도록 했다. 상대방은 끌려가다시피 몸을 내맡기면서도 말끝을 흐리며 연신 중얼거리고 있었다.

「너무 오래전부터 이렇게 끌어왔어요. 될 대로 되라지 하는 마음이 생기는 건 당연하다니까요, 어쩔 도리가 없어요. 아, 선생님! 이러면 제가 마치 침착한 사람인 것 같죠. 하지만 말이죠, 그저 보통으로 보이기 위해서 무지막지한 노력이 필요했답니다. 그런데 말이죠, 그런데 이제는 말이죠, 너무 힘이 드네요.」

그는 정신 나간 눈을 하고 사지를 부르르 떨면서 그만 자리에 멈춰 서버렸다. 리유가 그의 손을 잡았다. 열이 나는 듯 뜨거웠다.

「그만 들어가셔야죠.」

그러나 그랑은 손을 빼고 몇 걸음 뛰어가더니 멈춰 서서는 두 팔을 벌린 채 앞으로 뒤로 휘청거리기 시작했다. 그는 제자리에서 빙빙 돌다가 얼음처럼 차가운 인도에 쓰러졌는데, 얼굴은 여전히 계속 흐르는 눈물로 뒤범벅이 되어 있었다. 지나가던 사람들이 멀리서 바라보다가 갑자기 멈춰서 더 이상 감히 다가오지 못하고 있었다. 리유가 팔을 뻗어 노인을 일으키지 않을 수 없었다.

그랑은 이제 자기 침대에 누운 채 숨도 제대로 쉬지 못하고 있었다. 이미 폐가 감염된 상태였다. 리유는 곰곰이 생각했다. 시의 말단 공무원인 그에게는 가족이 없다. 그를 병원으로 보낸다 한들 무슨 소용이 있겠는가? 어쨌거나 그랑을 돌보는 사람은 타루와 그가 전부일 텐데…….

피부는 혈색 없이 파리한 데다 눈빛은 흐릿한 채 그랑은 베개에 머리를 푹 파묻고 있었다. 그는 타루가 나무 궤짝의 부서진 조각들로 벽난로에다가 지펴 놓은 가느다란 불길을 물끄러미 바라보았다. 「상태가 좋지 않아요.」 그랑이 말했다. 불길에 휩싸인 듯한 폐 깊은 곳으로부터 탁탁 소리를 내며 무언가 타는 듯한 이상한 소리가 새어 나와 그가 말을 할 때마다 동행하는 것 같았다. 리유는 그에게 말을 하지 말라고 권하고 다시 오겠노라고 했다. 환자에게서 야릇한 미소가 퍼져 나오며, 동시에 자애로움이라고 할 수 있는 무언가가 얼굴에 떠올랐다. 그는 가까스로 눈짓을 했다. 「만일 내가 병이 나으면 말이죠, 모자를 벗고 경의를 표해야겠죠, 선생님!」 그러나 곧이어 그는 극도의 탈진 상태에 빠지고 말았다.

몇 시간 후 리유와 타루가 다시 돌아왔을 때 환자는 침대에 반쯤 몸을 일으킨 채 있었는데, 리유는 그를 조금씩 소진시키고 있는 재앙의 진전을 그의 얼굴에서 읽고는 겁이 났다. 그러나 그는 의식이 더 또렷해진 듯 곧바로 서랍에 넣어 둔 원고를 자신에게 가져다 달라고 공허한 목소리로 청했다. 타루가 원고들을 그에게 주자 그는 그것들을 쳐다보지도 않고 꼭 껴안더니, 곧이어 의사에게 내밀면서 좀 읽어 달라는 몸짓을 했다. 대략 50여 페이지에 달하는 짧은 원고였다. 의사는 몇 장 넘겨 보다가 한 장 한 장마다 똑같은 문장이 수없이 다시 베껴지고 고쳐지고 덧붙여지거나 지워져 있다는 것을 알았다. 계속해서 5월 달이니 말을 타는 여인이니 불로뉴 숲의 오솔길이니 하는 말들이 서로 대결 양상을 띄거나, 서로 다른 여러 방식으로 배열되어 있었다. 그 작업은 이런저런 설명들도 담고 있었는데, 어떤 때는 과도하리만치 길었고 문맥상 변형도 찾아볼 수 있었다. 마지막 페이지의 끝에는 정성 들인 손 글씨로, 〈나의 사랑스러운 잔느, 오늘 크리스마스……〉라는 글이 쓰여 있었는데, 아직 잉크도 채 마르지 않았고, 그 위에는 마지막 문장이 정성스러운 글씨체로 적혀 있었다. 〈읽어 주세요〉라고 그랑이 말했다. 그래서 리유는 읽어 내려갔다.

「5월의 어느 화창한 아침에 날렵한 모습으로 말을 타는 여인이 호화로운 밤색 암말에 올라탄 채 꽃들 사이로 숲의 오솔길을 달리고 있었다…….」

「그건가?」 노인이 열에 들뜬 목소리로 말했다.

리유는 차마 고개를 들어 그를 바라볼 수가 없었다.

「맞아요!」 그가 흥분하며 말했다. 「제가 잘 압니다. 〈화창한〉, 〈화창한〉, 그건 적절한 단어가 아니었어요.」

리유는 이불 위에 놓인 그의 손을 잡았다.

「절 좀 내버려 두세요, 선생님. 전 이제 시간이 없을 테니까요…….」

그랑은 가슴 통증으로 고통스러워하다가 갑자기 소리를 질렀다.

「그걸 태워 버리세요!」

의사가 주저했지만 그랑은 자신의 청을 너무나 공격적인 말투로 되풀이했고 더욱이 그 목소리에 어찌나 고통이 배어 있던지 리유는 거의 꺼져 가는 불 속에 원고 뭉치들을 던졌다. 방이 갑자기 환하게 밝아졌고, 순간이나마 온기로 따뜻해졌다. 의사가 환자 곁으로 돌아왔을 때 그는 등을 돌리고 있었는데, 얼굴이 벽에 거의 닿을 정도였다. 타루는 그런 상황에는 관심이 없다는 듯 창밖을 내다보고 있었다. 리유가 혈청 주사를 놓은 뒤 그랑이 밤을 넘기지 못할 것이라고 타루에게 말하자 그는 남아 있겠다고 자청했다. 의사는 그러라고 했다.

그랑이 죽을 것이라는 생각이 밤새도록 리유의 머릿속을 떠나지 않고 괴롭혔다. 그러나 다음 날 아침 리유가 발견한 그랑은 침대 위에 앉아 타루와 이야기를 나누고 있었다. 열은 사라지고 없었다. 다만 환자는 전반적으로 지쳐 있는 상태였을 뿐이었다.

「아! 선생님.」 그랑이 말했다. 「제가 잘못했습니다. 하지만 다시 시작할 겁니다. 다 기억하고 있거든요. 두고 보세요…….」

「기다려 봅시다.」 리유가 타루에게 말했다.

그러나 정오가 되어도 아무런 변화가 없었다. 저녁이 되자 그랑이 회복기에 접어들었음을 확인할 수 있었다. 리유는 이런 회복을 전혀 이해할 수 없었다.

그렇지만 이와 거의 같은 시기에 리유에게 어떤 여자 환자가 도착했고, 그는 증상을 절망적이라 판단해서 그녀가 병원에 도착하자마자 격리시켰었다. 그 젊은 여성은 정신이 혼미해 연신 헛소리를 해댔고 폐렴형 페스트의 모든 증세들을 보이고 있었다. 그러나 다음 날 아침이 되자 그녀의 체온이 내려가 있었다. 의사는 그랑의 경우와 마찬가지로 아침나절의 일시적인 진정 상태가 나타났다고 믿었는데, 그때까지의 경험에 비추어 보면 그것은 오히려 나쁜 징조라고 볼 수 있었다. 그렇지만 정오가 되어도 열은 다시 오르지 않았다. 저녁때가 되자 겨우 2 내지 3부 정도 올라갔을 뿐이었고, 다음날 아침이 되자 열은 말끔히 사라져 버렸다. 그 젊은 여성은 기력이 없기는 했지만 침대에 누워 편안하게 호흡을 했다. 리유는 타루에게 그녀가 모든 관례를 깨고 살아났다고 말했다. 그러나 일주일간 의사의 관할 구역 환자들 가운데 그와 유사한 사례가 네 건이나 생겼다.

같은 주 주말 늙은 천식 환자는 대단히 흥분한 듯 온갖 부산을 떨면서 의사와 타루를 맞이했다.

「됐어요.」 그가 말했다. 「그것들이 다시 나옵니다.」

「뭐가요?」

「뭐긴요! 쥐들이죠!」

4월 이래로 죽은 쥐는 단 한 마리도 눈에 띄지 않았었다.

「그렇다면 이제 새로 시작되는 건가요?」 타루가 리유에게 물었다.

노인이 만족스럽다는 듯 두 손을 비볐다.

「그녀석들이 뛰어다니는 걸 봐야 한다니까요. 즐거운 일이지요.」

노인은 살아 있는 쥐 두 마리가 길로 난 문을 통해 집으로 들어오는 것을 보았다는 것이었다. 그의 이웃 사람들 몇몇이 자기네들 집에도 그것들이 출몰했다며 알려 주었다고도 했다. 집집마다 서까래 위에서는 몇 달 전부터 잊고 살았던 그 녀석들의 소란 피우는 소리가 다시 들리기 시작했다. 리유는 매주 초에 있었던 종합 통계 발표를 기다렸다. 통계 결과는 병세의 후퇴를 그대로 드러내고 있었다.

# 제5부

이렇듯 전염병의 예기치 못한 갑작스러운 후퇴에도 불구하고 우리 시민들은 선뜻 기뻐하지 않았다. 지난 몇 달간의 시간이 자유에 대한 욕망을 키우면서도 그들에게 신중함을 가르쳐 주었고, 그럼으로써 전염병이 불원간 끝날 것이라는 기대를 점점 버리도록 만들었기 때문이다. 그렇지만 이 새로운 소식이 모두의 입에서 입으로 전해지면서 터놓고 말하지는 못하지만 사람들 마음속 깊은 곳에서부터 커다란 희망이 살아 움직이고 있었다. 나머지 모든 것은 부차적인 문제로 여겨졌다. 통계 수치가 내려가고 있다는 이렇듯 엄청난 사실 앞에서 새로 페스트에 걸린 환자들은 별 중요성을 띠지 못했다. 공공연히 드러내지는 않았지만 건강하던 시절을 조심스럽게 기대하고 있다는 징조들 가운데 하나는, 다름 아니라 그때부터 우리 시민들이 페스트 이후의 삶을 어떻게 다시 준비할지에 대해 무관심한 태도를 유지하면서도 기꺼이 대화를 나누고 있었다는 점이다.

이전 생활의 편리함을 단번에 되찾지는 못할 것이며, 다시 만들어 세우는 일보다 때려 부수는 일이 더 쉽다는 데 모두가 동의하고 있었다. 다만 식량 보급 그 자체만은 조금 개선

될 수 있을 것이며, 그럴 경우 가장 심각한 걱정거리는 덜 수 있으리라고 전망했다. 그러나 이렇듯 별반 중요하지 않은 의견들의 밑바탕에는 사실 엄청난 희망이 마치 고삐 풀린 짐승처럼 날뛰고 있었고 그 정도가 너무나 심하다 보니 우리 시민들도 이따금씩 그러한 사실을 자각할 때가 있었는데, 그럴 때면 그들은 어쨌거나 해방의 날이 오늘내일 오지는 않는다며 서둘러 단정적으로 말했다.

하기야 페스트는 실제로 오늘내일 멈추지 않았다. 그러나 겉보기에는 사람들이 상식적인 수준에서 기대했었던 것보다 훨씬 빨리 약해지고 있었다. 정월 초순 며칠간은 추위가 유례없이 맹위를 떨치며 자리를 잡고 도시의 하늘에 그대로 얼어붙어 있는 것 같았다. 그렇지만 하늘이 그때만큼 푸르렀던 적은 없었다. 며칠 내내 줄곧 결코 변치 않을 듯 차갑게 얼어붙은 그 얼음의 찬란함으로 인해서 우리 도시는 쏟아져 내리는 빛에 가득 잠겨 있는 듯했다. 이렇듯 공기가 말끔히 정화된 가운데 3주 연속으로 사망자 수치가 하락했고, 길게 늘어놓은 시체들의 수가 조금씩 줄어감에 따라 페스트의 힘이 다 소멸되는 것 같았다. 페스트는 수개월 동안 축적해 두었던 자신의 힘을 짧은 기간 동안 거의 모두 잃어버렸다. 그랑이나 혹은 리유의 환자였던 젊은 여성처럼 거의 다 잡았던 먹잇감을 놓쳐 버린다든지, 어떤 동네들에서는 완전히 사라졌지만 또 다른 어떤 동네들에서는 이틀이나 사흘 동안 심화된다든지, 월요일에는 희생자들의 수를 배로 늘렸다가 수요일이 되자 거의 대부분이 달아나 버리게 내버려 둔다든지 하는 식이었다. 숨을 헐떡거리거나 허둥지둥 서둘러 대는 그 꼴을 보자니 전염병은 짜증과 싫증을 내며 스스로 와해되고 있는 것 같았고, 자기 자신에 대한 지배력뿐 아니라 동시에 자신의 힘이었던 무지막지한 능력마저도 상실한 듯 보였다. 여태껏 번번이 고배를 마셔 왔던 카스텔의 혈청이 갑자기 일련의 성공률을 기록하고 있었다. 의사들이 취한 조치들 하나하나가 예전에는 아무런 성과도 가져다주지 못했었지만, 갑자기 확실한 실효를 거두는 것으로 드러났다. 이번에는 페스트가 쫓기는 짐승 꼴이 된 듯했고, 예상치 못한 페스트의 취약성은 여태껏 전염병과 대결하고 있었던 맥 빠진 부대의 사기를 북돋는 듯했다. 이따금씩 병세가 다시 완강해짐에 따라서, 이를테면 막무가내로 반격이라도 하려는 양 완쾌될 것으로 기대됐던 환자들 두어 명을 빼앗아 가기도 했다. 그들은 페스트에는 운이 없었던지, 희망의 절정에서 페스트에게 목숨을 빼앗긴 이들이다. 오통 판사가 바로 그러한 경우였는데, 그는 격리 수용소를 떠나야 했다. 실제로 타루는 그가 운이 없었다고 말했지만, 그것이 판사의 죽음을 두고 하는 말인지 아니면 판사의 인생을 두고 하는 말인지는 누구도 알 수 없었다. 그러나 전반적으로 전염병은 방어선 전체에 걸쳐 퇴각하고 있었고, 도청의 공식 발표는 처음에는 조심스레 겉으로 드러내지 못하는 희망을 낳았지만 마침내는 승리가 확실하며 전염병이 그들의 진영들을 버리고 퇴각하고 있음을 시민들의 마음에 강하게 심어 주었다. 그러나 그것이 과연 승리인지 아닌지는 단언하기 어려운 상황이었다. 그저 사람들은 전염병이 왔을 때 그러했듯이 또 그렇게 떠나는 것 같다고 인정하지 않을 수 없었다. 전염병에 대한 대응 전략은 변하지 않았는데, 과거에는 효과가 없었지만 그래도 이제는 외관상으로나마 운이 따르는 것처럼 보였기 때문이다.

그저 전염병이 제풀에 힘을 잃었거나 어쩌면 자신의 목적을 달성한 다음 후퇴하는 것인지도 모른다는 인상을 가지게 되었던 것뿐이다. 어쨌거나 전염병의 역할은 이미 끝난 것과 같았다.

그럼에도 불구하고 시내에서는 아직도 변한 것은 전혀 없다는 생각이었다. 낮에는 언제나 조용한 거리를 저녁이 되면 예전과 같은 군중들이, 그러나 대부분 코트 차림에 목도리를 두른 군중들이 뒤덮었다. 영화관들과 카페들은 변함이 없었다. 그러나 좀 더 가까이에서 바라보면, 사람들의 표정이 한층 부드러워졌고 이따금씩 미소를 짓고 있음을 포착할 수 있었다. 그런 순간은 이제껏 어느 누구도 거리에서 웃지 않았다는 사실을 확인하는 기회가 되기도 했다. 실제로 여러 달 전부터 우리 시를 에워싸고 있던 장막 어딘가가 이제 막 갈라져 틈새가 만들어졌고, 매주 월요일에 라디오에서 나오는 정보들을 듣다 보니 그 찢어진 틈새가 점차 커져서 급기야 그것 덕분에 숨통이 트이게 되리라는 확신이 들었던 것이다. 그러나 아직은 효과가 너무나 미미한 안도감에 불과했기에 겉으로 드러내 놓고 말할 성질은 아니었다. 그렇지만 기차가 떠났다느니 선박이 도착했다느니 또는 자동차 운행이 다시 허가될 거라느니 하는 소식들을 이전에 들었다면 의심만 가졌을 테지만, 1월 중순에 발표한다면 아무도 놀라지 않았을 것이다. 물론 그것이 그다지 대단한 일은 아니었는지도 모른다. 그러나 이렇듯 미묘한 차이는 우리 시민들이 희망으로 나아가는 과정에서 실제로 굉장한 진전을 이루어 냈음을 의미했다. 더욱이 가장 보잘것없는 희망이 실현 가능한 것으로 변모하기 시작하는 바로 그 순간부터 페스트의 실질적인 군림은 이미 끝났다고 말할 수 있었다.

그렇기는 하지만 1월 한 달 내내 우리 시민들은 모순되는 반응을 보이고 있었다. 정확하게 말해서 그들은 흥분과 의기소침이 번갈아 연이어 나타나는 시기를 보내고 있었다. 그러한 이유로 통계 수치가 가장 희망적이던 바로 그 시기, 과거에 없던 새로운 탈출 시도가 자행되었다. 이러한 사실은 당국을 대단히 놀라게 했으며 감시 초소들도 마찬가지였는데, 대부분 탈출에 성공했기 때문이었다. 사실 그 시기에 탈출했던 사람들은 본능적인 감정에 굴복했다. 어떤 사람들에게 페스트는 깊은 회의주의를 심어 두었고, 그들은 그것을 제거하지 못했다. 희망이 그들에게 더 이상 영향력을 발휘하지 못했던 것이다. 심지어 페스트의 시대가 다 끝나 가던 바로 그 시기에도 그들은 여전히 페스트의 원칙에 따라 살아가고 있었다. 그들은 사건의 추이에 뒤처져 있었다. 또 다른 이들, 특히나 그때까지 사랑하는 사람들과 헤어진 채 살아가던 이들에게서 찾아볼 수 있는 현상이 있었는데, 그들은 오랜 시간 감금당하고 낙담한 채 시간을 보내다가 희망의 바람이 일기 시작하자마자 그만 열의와 초조감에 불이 붙어 자제력을 완전히 상실해 버렸다. 도착 지점이 너무나 가까운 시점에서 그들은 어쩌면 죽을 수도 있다거나 소중히 여기는 사람을 다시는 못 만날지도 모른다는 생각, 즉 이렇듯 길고 긴 고통의 세월이 아무런 보상도 해주지 못할 것이라는 생각에 공포에 휩싸였다. 여러 달 동안 감옥에 갇힌 채 유배 생활을 보내면서도 그 깊이를 알 길이 없는 인내심을 발휘하며 기다림 속에서 견뎌 왔던 그들이건만, 이렇게 희망이 느닷없이 나타나자 두려움과 절망에도 끄떡없던 것들이 그만 무너져 버렸다. 페스트의 움직임을 끝까지 따라갈 수 없게 되자, 페스트보다도 앞서 가려고 정신이 나간 사람들처럼 서둘러 댔던 것이다.

더욱이 바로 같은 시기에 낙관주의를 담은 조짐들이 자연스럽게 나타났다. 예를 들면 물가의 현저한 하락이 포착되었던 것도 바로 그 시기에 일어난 일 가운데 하나였다. 순전히 경제적 관점에서 본다면, 이러한 변동은 설명할 수 없었다. 곤란한 상황은 여전했고 검역 절차는 도시 진입 문에서 유지되어 온 지 이미 오래였기에, 식량 보급이 개선되기란 요원했다. 따라서 마치 페스트가 퇴각하면서 사방으로 파급 효과를 일으키기라도 한다는 듯 사람들은 순전히 심리적 상황에 직면해 있었다. 이와 동시에 예전에 함께 살아가던 사람들, 그러다가 전염병 때문에 헤어져 살 수밖에 없었던 사람들에게까지도 낙관주의가 퍼져 갔다. 우리 도시의 수도원 두 곳이 다시 제자리를 잡아 가기 시작했고, 공동체 생활도 다시 할 수 있게 되었다. 군인들의 경우도 마찬가지였는데, 그들은 비어 있던 병사로 다시 소집됐고, 병영에서 정상적인 부대 생활을 시작했다. 이런 자잘한 사건들이 크나큰 징조였다.

1월 25일까지 주민들은 이렇듯 은근한 흥분 속에서 지냈다. 바로 그 주에 통계 수치가 현저히 낮아지자 도청 당국은 의사 협회와 논의를 거친 뒤에 전염병 진행이 저지당했다고 볼 수 있다는 발표를 했다. 그런데 공식 성명에서는 신중을 기하려는 마음에 시민들이 전폭적으로 동의하리라 확신하며, 시 진입 문들은 앞으로도 2주간 더 봉쇄한 채 유지될 것이며 예방 조치들은 한 달 동안 그대로 지속될 것이라고 덧붙였다. 아울러 이 시기 동안 위기 상황이 재발할 조짐이 조금이라도 보일 경우 〈현 상태가 유지되어야 함은 물론 모든 조치들은 그 이상으로 연장되어야 한다〉는 내용이었다. 그러나 모두가 이러한 추가적인 사안들은 형식일 뿐 크게 중요하지 않다는 데 의견의 일치를 보았고, 1월 25일 저녁에는 열의에 들뜬 흥분 상태가 도시를 가득 채웠다. 도지사는 대중의 희열에 동조할 목적으로 전염병이 없던 시절과 마찬가지로 거리 조명들을 정상화하라는 지시를 내렸다. 그러자 차고 맑은 하늘을 위로 하고 우리 시민들은 떠들썩하게 웃으면서 무리를 지어 불이 환하게 밝혀진 거리로 쏟아져 나왔다.

물론 많은 집들에 덧문은 여전히 닫힌 상태였고, 어떤 가정들은 다른 가정들이 환호성으로 가득하던 밤을 침묵 속에서 보냈다. 그러나 이처럼 상중에 있는 많은 사람들의 경우도, 가족들 가운데 누군가를 빼앗기게 될지도 모른다는 불안감이 드디어 사라졌기 때문이건 혹은 자신들 목숨이 위협받고 있지는 않나 하는 위기감에서 벗어났기 때문이건 상관없이, 안도감은 마찬가지로 깊었다고 할 수 있다. 반면에 모두의 기쁨으로부터 멀찌감치 떨어져 있어야 했던 가족들은 이론의 여지 없이 바로 그 순간 병원에서 페스트와 대결하고 있는 환자를 둔 가족들, 그래서 격리 수용소나 집에서 다른 사람들에게 재앙이 끝났듯이 자신들에게도 끝나기를 고대하고 있는 사람들이었다. 그들 역시 희망을 품고 있었던 것은 사실이다. 하지만 희망을 비상용으로 간직해 두려 했고, 권리를 실제로 갖기 전까지 꺼내 쓰지 않으려 버텼다. 따라서 모두가 기쁨에 환호하는 가운데 빈사의 고통과 환희의 중간 지점에서 이렇듯 막연한 기다림, 이렇듯 말없이 지새우는 밤이란 그들에게 더욱더 잔인한 것 같았다.

그러나 이러한 예외적인 일들이 다른 사람들의 만족감을 조금이라도 앗아 가지는 않았다. 물론 페스트는 아직도 끝나지 않은 상태였고, 그 사실을 입증이라도 할 것 같았다. 그렇지만 이미 수주일 전부터 모든 사람들의 마음속에는 기차들이 기적 소리를 내며 끝없이 펼쳐진 선로 위를 떠나고 있었고, 선박들은 햇살이 일렁이는 바다를 가르며 나아가고 있었다. 그다음 날 사람들의 마음이 좀 더 진정된다면 의심이 되살아날지도 모를 일이었다. 그러나 지금으로서는 우리 도시 전체가 요동치고 있었고, 돌덩어리처럼 뿌리를 단단히 박아 두었던 어둡고 요지부동의 폐쇄된 장소를 벗어나, 마침내 생존자들을 가득 싣고서 드디어 앞으로 나아가기 시작했다. 그날 저녁 타루와 리유, 랑베르와 다른 사람들은 군중 틈에서 함께 걸었고, 그들 역시 자신들의 발걸음이 땅에 닿지 않는 것 같은 느낌을 받았다. 대로를 벗어난 후 제법 시간이 흐른 뒤에도 여전히 타루와 리유의 귀에는 환희의 함성이 뒤따라오듯 들려왔고, 심지어 인적 없는 골목길에서 덧문이 닫힌 창문을 따라 걷고 있던 순간에도 그랬다. 피곤 때문이었는지 덧문들 너머로 여전히 계속되는 고통, 그리고 그보다 좀 더 멀리 떨어져 거리를 가득 메운 기쁨을 그들은 서로 떼어 놓고 생각할 수 없었다. 머지않은 해방은 웃음과 눈물로 뒤범벅인 얼굴을 하고 있었다.

웅성거리는 소리가 더 크고 더 밝게 울려 퍼지는 순간 타루가 멈춰 섰다. 어두운 인도 위를 어떤 형체 하나가 날렵하게 달려가고 있었다. 고양이였다. 지난봄 이후로 처음 보는 광경이었다. 그 녀석은 잠시 길 한복판에서 그대로 있다가 망설이듯 한쪽 발을 핥더니 재빨리 그 발을 제 오른쪽 귀에다가 문지르고는 아무 소리도 내지 않고 다시 몸을 움직여 어둠 속으로 사라져 버렸다. 타루는 미소를 지었다. 키 작은 그 노인도 기뻐하리라는 것이었다.

그러나 페스트가 물러나며 자신이 기어 나왔던 어딘지 모를 굴속으로 소리 없이 되돌아가던 그 무렵, 우리 시에서 적어도 한 사람은 망연자실했다. 타루의 수첩에 따르면 그는 코타르였다.

사실을 말하자면 그의 수첩은 통계 수치가 하락하기 시작할 때부터 상당 부분 이상해지고 있다. 피곤 때문인지 어쨌든 글씨는 읽기 힘들어지고, 하나의 주제에서 다른 주제로 화제가 너무 자주 바뀌며 무엇보다 처음으로 객관성을 상실하고 개인적인 견해에 자리를 내주고 있다. 예를 들어 코타르에 관한 제법 긴 대목 도중에 고양이들과 함께 있었던 그 노인에 관한 짧은 기록을 발견할 수 있다. 타루의 말을 믿는다면 페스트는 타루가 그 노인에게 갖는 호기심을 조금도 앗아 가지 못했는데, 노인은 전염병이 일어난 후에도 줄곧 전처럼 그의 관심을 끌었기 때문이다. 하지만 유감스럽게도 그는 더 이상 노인에게 신경을 쓸 수 없었는데, 노인에 대한 호의에 문제가 있어서는 아니었다. 왜냐하면 그가 노인을 다시 보려고 애를 썼으니 말이다. 1월 25일 저녁 이후 며칠 뒤 타루는 좁다란 길모퉁이에 우두커니 서 있었다. 고양이들은 예전과 다름없이 양지바른 곳에서 몸을 녹이고 있었다. 그러나 노인의 집 덧문은 어김없이 굳게 닫힌 채였다. 그 이후 며칠 동안 계속 타루 눈에 덧문은 단 한 번도 열린 적이 없었다. 그래서 그는 다음과 같이 야릇한 결론을 내렸다. 그 키 작은 노인의 기분이 몹시 상했거나 혹은 죽었으며, 만일 기분이 상했다면 그건 자신이 옳다고 믿었지만 페스트가 자신에게 손해를 입혔기 때문이라는 것이고, 그렇지 않고 만일 그가 죽었다면 천식을 앓는 그 노인 환자에게도 그랬듯이, 혹시 성인은 아니었는지 그 노인에 관해서도 생각해 볼 필요가 있다는 것이었다. 실제로 성인이라고 생각하지는 않았지만, 노인의 경우 어떤 〈증거〉가 있다고 평가했다. 수첩에는 다음과 같이 적혀 있다. 〈어쩌면 우리는 성스러움의 근사치까지만 도달할 수 있다. 그렇다면 겸손하고 자애로운 악마주의로 만족해야 할지도 모른다.〉

수첩에는 코타르에 관한 관찰들과 여전히 뒤섞여 있는 단상들이 종종 이리저리 흩어진 채 산만하게 담겨 있다. 그 가운데 일부는 현재 회복기에 있지만 마치 아무 일도 없었다는 듯 다시 일을 시작한 그랑에 관한 것들이고, 또 다른 일부는 의사 리유의 어머니에 대한 언급이다. 그가 리유의 집에서 함께 살게 된 연유로 두 사람 간에 오고간 몇 차례 대화, 나이 지긋한 부인의 태도, 그 미소, 페스트에 관한 그녀의 생각 등이 자세히 적혀 있다. 특히나 자신을 내세우지 않는 모습이라든지, 간결한 문장들로 모든 것을 설명해 내곤 하는 말솜씨라든지, 조용한 길을 향해 난 어떤 창가에 대해 보이는 특별하다 싶은 애착이라든지, 그래서 저녁이면 몸을 약간 꼿꼿이 세우고 두 손을 가지런히 한 채 주의 깊은 시선으로 바로 그 창가에 앉아 있곤 한다든지, 그러면 황혼이 방 안 가득히 들어와 어스름한 빛 속에서 가만히 앉아 있는 그녀를 짙은 그림자 하나로 만들었다가 어스름한 그 빛이 점차 짙어짐에 따라서 잠자코 앉아 있던 그 부동의 윤곽을 풀어 헤쳐 마침내 용해시켜 버린다든지, 이 방에서 저 방으로 언제나 사뿐히 이동하는 모습이라든지, 타루 앞에서 단 한 번도 분명하게 드러내 보인 적은 없지만 모든 행동이나 모든 언사에서 미약하나마 그 빛을 가늠해 볼 수 있는 선량함이라든지, 마지막으로 타루가 적은 바에 따르면 부인은 고심하지 않아도 모든 것을 다 알고 있었고, 그래서 그토록 짙은 어둠과 침묵 속에 있을지언정 그 어떤 빛이라 할지라도, 심지어 그것이 페스트의 그것이라고 할지라도 초연한 모습을 유지할 수 있다고 여러 차례 강조하듯 쓰고 있었다. 그런데 이때부터 글씨체가 마치 기운이 모자라는 듯 이상한 증상들을 드러내고 있었다. 그 뒤에 이어지는 문장들은 읽기가 어려웠는데, 마치 기운이 이렇게까지 달린다는 사실을 새삼 입증이라도 하려는 듯 처음으로 개인적인 글이 기록되어 있었다. 〈내 어머니 역시 그러하셨다. 나는 자신을 내세우지 않는 그런 어머니의 모습을 사랑했고, 언제나 내가 다시 찾아가 만나고 싶던 사람은 바로 나의 어머니였다. 돌아가신 지가 8년 전이라는 말을 할 수가 없다. 어머니는 예전보다 그저 조금 더 자신을 드러내지 않으신 것뿐이고, 내가 뒤돌아봤을 때는 이미 그곳에 계시지 않았다.〉

그러나 코타르에 관한 이야기로 돌아와야 한다. 통계 수치가 떨어진 이후로 코타르는 이런저런 이유를 대면서 여러 차례 리유를 찾아왔다. 그런데 사실 매번 그는 리유에게 전염병의 진행 상황에 대한 예측을 물었다. 「그냥 이런 식으로 예고도 없이 단번에 멈추는 게 가능하리라고 생각하십니까?」 그 점에 관해서 그는 믿을 수 없다는 입장이거나, 그렇지 않다면 적어도 회의적이라는 의사를 밝혔다. 하지만 동일한 질문들을 자꾸 되풀이하는 것을 보면 신념이 그다지 강하지는 않았다. 1월 중순이 되자 리유는 상당히 낙관적인 태도로 대답을 했다. 그런데 매번 그 대답들은 코타르를 기쁘게 해주기는커녕, 그때그때 달라지긴 하지만 결국 따지고 보면 불쾌함에서 의기소침에 이르는 변화무쌍한 반응들을 일으켰다. 그렇기 때문에 리유는 통계 수치상 드러나는 낙관적인 지표들에도 불구하고 아직은 섣불리 승리를 장담하지 않는 편이 낫겠다고 얘기할 지경이었다.

「그러니까 다시 말하자면…….」 코타르가 사태를 전망하듯 말했다. 「아무것도 알 수 없다, 따라서 오늘내일 다시 시작될 수도 있다, 뭐 그런 건가요?」

「그렇죠. 회복 속도가 더욱 빨라질 수 있듯이 그것도 가능합니다.」

모두에게 불안감을 불러일으키는 이와 같은 불확실함은 코타르를 눈에 띄게 진정시켜 주었고, 얼마 지나지 않아 타루가 보는 앞에서 자기 동네 상인들과 대화를 하던 중 그는 리유의 견해를 널리 퍼뜨리고자 애를 썼다. 사실 굳이 애를 쓸 필요는 없었다. 첫 승리의 열기가 채 사라지기도 전에 많은 사람들 머릿속에서는 어떤 의구심 하나가 되살아나 도청 발표가 불러일으킨 흥분 상태의 뒤를 따르고 있었기 때문이다. 코타르는 이렇듯 불안해하는 군중의 모습에서 안도감을 느끼곤 했다. 그렇지 않을 때면 의기소침해하기도 했다. 「그래요.」 그가 타루에게 말했다. 「결국엔 도시 문들이 열리고 말겠죠. 그러면 두고 보십시오, 다들 저를 붙잡아 가도록 내버려 둘 거예요.」

1월 25일까지 모두들 그의 상태가 불안정하다는 사실을 눈치챘다. 동네 사람들이며 아는 사람들로부터 호의를 얻으려 며칠씩이나 그렇게 애를 쓰더니, 이제는 그들을 정면으로 반박하고 나서는 것이었다. 적어도 겉으로 보기에 당시 그는 세상과 담을 쌓고 있는 듯했고, 얼마 지나지 않아 야만인처럼 생활하기 시작했다. 식당에서도, 극장에서도, 그가 좋아하던 카페에서도 더 이상 그를 볼 수 없었다. 그렇지만 전염병이 유행하기 전, 그러니까 화려함 없이 절제만 있던 당시 생활로 되돌아갈 수 있을 것 같지는 않았다. 그는 자기 아파트에 완전히 틀어박혀 살면서 이웃 식당에서 식사를 주문해 먹곤 했다. 오직 저녁때가 되면 아무도 눈치채지 못하게 몰래 외출해서 필요한 물건들을 산 다음, 가게에서 뛰쳐나와 인적 없는 거리 속으로 재빨리 사라졌다. 당시 타루가 그를 만났을 때 그저 외마디 말밖에는 들을 수 없었다. 그러던 어느 날 느닷없이 사교적인 그를 볼 수 있었는데, 페스트에 대해서 장황하게 늘어놓으며 다른 사람들의 의견을 부추기고 저녁마다 파도처럼 밀려드는 군중 속에 파묻혀 뽐내듯 우쭐거리고 있었다.

도청의 발표가 있던 날 코타르는 종적도 없이 완전히 사라져 버렸다. 이틀 뒤 타루는 길거리를 헤매고 있는 그를 만났다. 코타르는 교외까지 같이 가달라고 청했다. 하루 일과로 유난히도 피곤했던 타루는 주저했지만 상대는 막무가내였다. 코타르는 몹시 흥분한 듯 사방으로 이리저리 몸을 움직여 대며 큰 소리로 마구 떠들어 대고 있었다. 그는 길동무에게 도청의 발표가 실제로 페스트에 마침표를 찍는 것이라 생각하는지 물었다. 타루가 보기에 행정적 담화문 그 자체가 물론 재앙을 멈추도록 하지는 않지만, 뜻밖의 일이 일어나지 않고서야 전염병이 끝나 간다고 충분히 생각할 수 있다고 했다.

「그렇겠죠.」 코타르가 말했다. 「뜻밖의 일이 일어나지 않고서야 그렇겠죠. 한데 뜻밖의 일이란 늘 있는 법이거든요.」

타루는 도시로 진입하는 문을 개방하는 데 2주의 시간적 여유를 둠으로써 도청이 어느 정도는 예기치 못한 경우를 대비해 두고 있다는 점을 상기시켰다.

「그것 참 잘됐군요.」 여전히 침울하고 불안에 사로잡힌 듯이 코타르가 말했다. 「일이 굴러가는 꼴을 보아서는 괜한 헛소리를 한 셈일 수도 있어요.」

타루는 그럴 수도 있겠다고 하면서도 머지않아 도시 문이 열려서 정상적인 생활로 복귀하게 될 일을 마음속으로 준비하고 있는 편이 더 나을 거라고 했다.

「그렇다고 칩시다.」 코타르가 말했다. 「그렇다고 치자고요. 한데 정상적인 생활로의 복귀란 무엇을 두고 하는 말인가요?」

「영화관 최신작들이죠.」 타루가 웃으며 말했다.

하지만 코타르는 웃지 않았다. 그는 페스트가 이 도시에 그 어떤 변화도 일으키지 않을지, 그리고 모든 일이 예전처럼, 그러니까 마치 아무 일도 없었다는 듯 다시 시작될 수 있는지 알고 싶어 했다. 타루는 페스트가 이 도시를 변화시킬 수도 있고 변화시키지 못할 수도 있으며, 시민들이 가장 바라는 바야 물론 아무 일도 없었다는 듯 지금도 또 앞으로도 살아가는 것이라고 말하며, 따라서 어떤 의미에서는 아무것도 변하지 않을 테지만 또 다른 의미에서 보자면, 사람이란 가능한 모든 의지를 발휘한다고 할지라도 전부 다 잊을 수는 없기에 페스트는 적어도 사람들 마음속에 상흔을 남길 것이라 생각한다고 대답했다. 그러자 그 키 작은 연금 생활자는 자신은 사람들 마음 따위는 관심이 없고, 관심을 쓴다고 하더라도 그런 것에는 제일 나중에나 할 것이라고 단호히 잘라 말했다. 그가 관심을 기울이는 것은 도시의 구성 조직 자체가 변화하지는 않을는지, 가령 모든 부서들이 과거에 그랬듯이 동일하게 기능을 할는지 아는 것이라고 했다. 타루는 자신이 그 부분에 대해서 아는 바가 전혀 없다고 인정할 수밖에 없었다. 그렇지만 전염병이 유행하던 시기에 마비 상태에 놓였던 모든 부서들이 다시 정상 가동하려면 어려움이 적지 않으리라 생각한다고 덧붙였다. 엄청난 양의 새로운 문제들이 제기될 테고, 그렇다면 적어도 예전 부서들의 재편이 요구되리라 예상해 볼 수 있다는 얘기였다.

「아!」 코타르가 말했다. 「맞아요, 그럴 수 있습니다. 모두가 전부 다시 시작해야 할 겁니다.」

두 산책객은 코타르의 집 가까이에 이르렀다. 코타르는 활기를 되찾았고 낙관적으로 생각하려 애쓰는 듯했다. 아무것도 없는 상태에서 다시 시작하기 위해 과거를 모두 지워 버리고 다시 살아 보려고 활기를 되찾는 도시를 상상하고 있었다.

「그럼요.」 타루가 말했다. 「어쨌거나 선생을 위해서도 상황이 아마 더 나아질 겁니다. 어떤 의미로든지 새 삶이 시작되는 것이니까요.」

그들은 문 앞에서 악수를 나누었다.

「선생 말이 맞습니다.」 코타르는 점점 더 흥분하고 있었다. 「아무것도 없는 상태에서 다시 시작한다는 것, 그건 참 좋은 것 같네요.」

그런데 어두컴컴한 복도에서 두 남자가 불쑥 나타났다. 저놈들은 뭐하러 왔는지 모르겠다는 동행인의 말소리를 타루가 제대로 들을 새도 없이 그놈들, 그러니까 사복 경찰처럼 보이는 그 사내들은 코타르에게 이름이 틀림없이 코타르가 맞는지 물었고, 그러자 코타르는 무거운 탄식과도 같은 소리를 내지르며 잽싸게 몸을 돌려 버리는 통에 그 사내들이나 타루나 어떻게 손을 써볼 겨를도 없었다. 어둠 속으로 내빼 버렸던 것인데, 놀라움이 가시자 타루는 사내들 두 명에게 무슨 일인지 물었다. 그들은 신중하고 공손한 태도로 조사할 일이 있다고 말하더니, 코타르가 사라진 방향으로 태연히 가버렸다.

타루는 집으로 돌아와서 당시 상황을 옮겨 적고는 곧이어 자신의 피로감을 기록했다(글씨체가 그것을 충분히 입증하고 있다). 아직도 해야 할 일이 많지만 그렇다고 만일에 대비하지 않아도 된다는 뜻은 아니라면서, 그래서 하는 말인데 과연 자신은 준비가 돼 있는지 자문하고 있었다. 끝으로 낮이든 밤이든 한 인간이 비겁해지는 때가 있기 마련이며, 자신이 두려워하는 것은 오로지 그 순간뿐이라는 말을 대답 대신 적어 놓았다. 그의 기록은 거기에서 끝나 있다.

그로부터 이틀이 지난 후, 그러니까 도시 문들이 열리기 며칠 전 의사 리유는 자신이 기다리던 전보가 와 있지나 않을까 싶어 정오에 집으로 돌아왔다. 당시 그의 하루하루는 페스트가 가장 극심하던 시기만큼이나 고되었지만, 앞으로 도래할 해방의 순간에 대한 기대감이 피곤함을 말끔히 씻어 버렸다. 이제 그는 희망을 품기 시작했고, 그 때문에 기뻐하고 있었다. 의지력을 계속해서 굳건히 할 수도, 그것을 끊임없이 단련시킬 수도 없는 노릇이고 보면 투쟁을 위해 버들가지 묶듯 한 다발 엮어 놓은 긴장감들이 폭발하듯 마침내 풀어 헤쳐진다는 것은 분명 하나의 행복이었다. 만일 기다리던 전보 역시 기분 좋은 것이라면 리유는 다시 시작할 수 있을 것이다. 더욱이 그는 모두가 새롭게 다시 시작해야 한다는 생각이었다.

수위실 앞을 지나는데 새로 온 수위가 유리창에 얼굴을 들이대고 그를 향해 웃었다. 계단을 오르면서 리유는 계속된 피로와 궁핍한 생활로 인해 초췌한 자신의 얼굴을 다시 보았다.

그렇다, 추상적 관념이 끝나면 다시 시작할 것이고, 운이 좀 따른다면……. 그러나 그가 문을 열고 집으로 들어선 바로 그 순간, 어머니가 그를 맞이하러 나와서 타루 씨가 몸이 좋지 않다고 알렸다. 아침에 일어나기는 했지만 외출할 기력이 없어 지금 막 자리에 다시 누웠다는 것이었다. 리유의 어머니는 불안해하고 있었다.

「아마 별일 아닐 겁니다.」 아들이 말했다.

타루는 대자로 누워 있었는데, 머리는 베개에 무겁게 파묻혀 있었고 두꺼운 이불 밑으로 건장한 가슴이 윤곽을 드러냈다. 열이 나고 머리가 아파 괴로워하고 있었다. 그는 리유에게 증세가 분명치는 않지만 페스트의 그것일 수도 있다고 말했다.

「정확히 말할 수 있는 건 아직 아무것도 없어요.」 진찰을 마친 리유가 말했다.

하지만 타루는 심한 갈증으로 고통스러워했다. 복도에서 의사는 어머니에게 페스트의 시작일 수도 있다고 말했다.

「이런!」 그녀가 말했다. 「말도 안 돼, 이제 와서 어떻게 그럴 수가!」

그러고는 곧 말을 이었다.

「베르나르, 우리가 보살피자꾸나.」

리유는 생각에 잠겼다가 말했다.

「제게는 그렇게 할 권한이 없어요. 하지만 도시 진입문이 곧 열릴 거예요. 어머니만 여기 안 계시다면야, 저를 위해 행사하는 첫 번째 권한이었을 것이 분명합니다.」

「베르나르…….」 그녀가 말했다. 「우리 둘 다 데리고 있으렴. 내가 새로 예방 주사를 맞은 지 얼마 안 되었다는 걸 잘 알지 않니?」

의사는 타루도 주사를 맞았지만, 어쩌면 너무 피곤해서 마지막에 혈청 주사를 놓는다는 것을 그만 잊어버렸고, 아울러 몇 가지 주의 사항들을 소홀히 한 것 같다고 했다.

리유는 이미 진찰실로 향하고 있었다. 그가 방으로 돌아왔을 때 타루는 그의 손에 들린 엄청난 양의 혈청 주사약들을 보고 말했다.

「아! 바로 그건가요.」

「확실치는 않지만 어쨌든 예방하는 겁니다.」

타루는 대답 대신 팔을 내밀어 자신이 다른 환자들에게 놓았던 끝없이 이어지는 주사를 참고 맞았다.

「오늘 저녁에 봅시다.」 이렇게 말하고 나서 리유는 타루를 똑바로 바라보았다.

「격리 수용은 어떻게 되는 건가요?」

「페스트인지 아닌지 전혀 확실하지 않습니다.」

타루는 애써 웃어 보였다.

「혈청 주사를 놓으면서 동시에 격리 수용 지시를 내리지 않는 것은 처음 봅니다.」

리유가 시선을 돌리며 말했다.

「어머니와 나, 우리가 돌볼 겁니다. 이곳이 더 좋을 거예요.」

타루는 입을 다물었고, 혈청 주사들을 정리하던 의사는 그가 무슨 말을 하면 바로 돌아설 생각으로 잠시 기다렸다. 그러다가 결국엔 침대 쪽으로 향했다. 환자가 그를 바라보고 있었다. 얼굴엔 피곤한 기색이 역력했지만 회색빛 두 눈동자는 편안해 보였다. 리유가 미소를 지어 보였다.

「가능하면 푹 좀 자도록 해보시죠. 잠시 후에 다시 올 테니까요.」

방문 앞에 다다르자 그를 부르는 타루의 목소리가 들렸다. 그가 타루를 향해 몸을 돌렸다.

그런데 타루는 막상 자신이 해야 할 말을 입 밖으로 표현하지 못하고 버둥거리는 것 같았다.

「리유!」 마침내 그가 또박또박 말했다. 「나에게 사실 그대로 말해 줘야 합니다. 내게는 그것이 필요해요.」

「약속하죠.」

상대방의 큼직한 얼굴이 미소로 살짝 일그러졌다.

「고맙습니다. 저는 죽고 싶지 않아요. 그래서 싸울 겁니다. 하지만 지는 싸움이라면 멋지게 마무리 짓고 싶습니다.」

리유가 몸을 숙여 그의 어깨를 감싸 안았다.

「그럴 수는 없지요. 성인이 되려면 살아야지요. 맞서 싸우세요.」

그날 하루 혹독했던 추위는 조금 수그러들었지만, 오후가 되자 격렬한 소나기와 우박이 그 자리를 대신했다. 땅거미가 질 무렵 하늘이 조금 개는 것 같았으나 추위는 살을 에는 듯 더욱 심해졌다. 리유는 저녁이 되어서야 집에 돌아왔다. 외투도 벗지 않은 채 그는 친구의 방으로 들어갔다. 어머니가 뜨개질을 하고 있었다. 타루는 자리에서 조금도 움직이지 않은 것 같았지만, 열 때문에 허옇게 되어 버린 입술만은 그가 지금 견뎌 내고 있는 투쟁이 무엇인지 말해 주고 있었다.

「그래, 좀 어떤가요?」 의사가 물었다.

타루는 침대 밖으로 건장한 어깨를 조금 으쓱해 보였다.

「그게 말입니다…….」 그가 말했다. 「지는 싸움이네요.」

의사는 그에게로 몸을 굽혔다. 열이 펄펄 끓는 살갗 아래에 멍울들이 서로 매여 단단해져 있었고, 가슴팍은 저 깊은 지하 대장간에서 흘러나오는 온갖 소리들을 내리누르는 것 같았다. 기이하게도 타루는 두 가지 증세들을 동시에 보이고 있었다. 리유는 몸을 일으켜 세우면서 혈청이 제대로 효력을 발휘하기에는 아직 충분한 시간을 갖지 못했다고 말했다. 하지만 타루의 목구멍 속에서 무언가 뜨거운 것이 파도처럼 쏟아져 나와 그가 가까스로 전하려던 몇 마디 말마저 휩쓸어 버렸다.

저녁 식사 후 리유와 어머니는 환자 곁에 자리를 잡았다. 환자에게 그 밤은 싸움으로 시작되고 있었고, 리유는 페스트의 화신과 벌이는 이 혹독한 싸움이 새벽까지 계속될 수도 있음을 알고 있었다. 타루의 건장한 어깨와 넓은 가슴은 그가 지닌 가장 훌륭한 무기가 아니었다. 그보다 오히려 잠시 전 리유가 주삿바늘로 뽑아낸 피, 그리고 그 핏속에 있는 영혼보다 더 깊은 무엇, 그 어떤 과학의 힘으로도 밝힐 수 없는 그 무엇이 그가 지닌 가장 훌륭한 무기였다. 그리고 리유는 친구가 싸우는 모습을 그저 바라보고만 있어야 했다. 그가 하려던 것, 예를 들어서 화농을 유발시킨다든지 강심제를 주사한다든지 하는 일 따위는 몇 달을 두고 실패를 거듭했기에 결과가 어떨지 이미 가늠할 수 있었다. 사실상 리유의 유일한 임무란, 흔히 자극을 받고서야 비로소 움직이는 우연이라는 것에 기회를 줘보는 것뿐이었다. 바로 그 우연이 움직여야 했다. 왜냐하면 리유는 자신을 좌절시키는 페스트의 얼굴과 마주하고 있기 때문이었다. 다시 한 번 더 그것은 상대가 세운 전략들을 무력화시키는 데 열중하고 있었고, 전혀 예상치 못했던 곳에 나타나는가 하면 이미 자리를 잡고 있는 듯 보였던 곳에서 사라져 버렸다. 다시 한 번 더 그것은 뒤흔들어 놓느라 열심이었다.

타루는 꼼짝도 하지 않은 채 싸우고 있었다. 밤사이 전염병의 공격 때마다 단 한 번도 동요하지 않고, 단지 온몸으로 입을 굳게 다문 채 싸울 뿐이었다. 그는 단 한 번도 말을 꺼내지 않고 단 한 순간도 방심해서는 안 된다는 것을 자신의 방식으로 인정하고 있었다. 리유는 오로지 친구의 눈을 통해서, 차례로 떴다가 감았다가 하면서 눈꺼풀을 더 세게 닫거나 반대로 긴장을 풀고 무언가를 뚫어지게 응시하는가 싶더니 자신과 어머니에게로 시선을 돌리는 친구의 눈을 통해서 전투의 단계를 뒤쫓고 있을 뿐이었다. 의사가 그 시선과 마주칠 때면 타루는 미소를 짓느라 무척 애를 썼다.

갑자기 거리에서 급히 뛰어가는 발소리가 들렸다. 마치 멀리서 으르렁거리는 짐승 소리에 달아나는 것 같았는데, 그 으르렁 소리는 조금씩 가까워지더니 마침내 온 거리를 빗줄기로 가득 채웠다. 비가 계속 내리더니 빗줄기는 곧 우박이 되어 거리 위로 쏟아져 내리며 산산이 부서졌다. 창문을 가린 큼직한 커튼들이 바람에 일렁였다. 어두운 방에서 리유는 비에 잠시 정신을 팔았다가 침대 머리맡 램프 불빛으로 환하게 밝혀진 타루의 얼굴을 다시 응시했다. 어머니는 이따금씩 고개를 들어 환자를 살피면서도 계속해서 뜨개질을 하고 있었다. 의사는 해야 할 모든 것을 다 한 셈이었다. 비가 그치자 방에는 침묵이 짙게 깔렸고, 모습을 드러내지 않는 전쟁의 소리 없는 소란만이 가득했다. 수면 부족으로 신경이 날카로워질 대로 날카로워진 의사는 페스트가 기승을 부리던 내내 자신을 따라다니던 그 휘파람 소리가 부드럽게 규칙적으로 흐르며 적막의 마지막 경계선에서 들려오고 있다는 착각에 빠졌다. 그는 어머니에게 그만 가서 주무시라는 신호를 보냈다. 어머니는 고개를 흔들며 거절하더니, 두 눈을 반짝이며 뜨개바늘 끝으로 코가 맞는지 찬찬히 살펴보았다. 리유는 자리에서 일어나 환자에게 물을 좀 먹이고는 다시 돌아와 앉았다.

잠시 비가 멈춘 틈을 타서 행인들이 거리를 황급히 지나가고 있었다. 그들의 발소리가 점점 줄어들며 멀어져 갔다. 느지막이 산책 나온 사람들로 가득하고 구급차 사이렌 소리가 들리지 않는 이 밤이 예전 밤들과 흡사하다는 사실을 의사는 그제야 처음으로 깨달았다. 페스트에서 해방된 밤이었다. 그리고 전염병은 추위, 햇빛 그리고 군중에게 쫓겨나 도시의 어둡고 후미진 구석에 간신히 몸을 피해 있다가 이 따뜻한 방으로 숨어 들어와 무기력한 타루의 몸에다 대고 최후의 공격을 퍼부어 대고 있었다. 이제 재앙은 더 이상 우리 도시의 하늘을 휘저어 대지 않았다. 재앙은 바로 이 방의 무거운 공기 속에서 부드럽게 휘파람 소리를 내고 있었다. 벌써 몇 시간 전부터 리유 귀에 들리는 소리가 바로 그것이었다. 이번에도 역시 그것이 스스로 멈추기를, 여기서도 마찬가지로 페스트가 스스로 패자임을 선언하기를 기다리고만 있어야 했다.

새벽이 되기까지 채 얼마 남지 않은 시각에 리유는 어머니를 향해 몸을 기울이며 말했다.

「8시에 저와 교대하시려면 좀 주무셔야 할 겁니다. 자리에 눕기 전에 눈 소독을 하세요.」

어머니는 자리에서 일어나 뜨개질거리를 챙겨서 침대로 다가갔다. 타루는 이미 얼마 전부터 눈을 감고 있었다. 강인해 보이는 이마로 진땀이 흘러 머리카락이 동그랗게 엉겨 붙어 있었다. 어머니가 한숨을 쉬자 환자는 눈을 떴다. 자신을 굽어보는 온화한 얼굴을 보고 타루는 열이 연신 오르내리는 와중에도 꿋꿋하게 다시 미소를 지었다. 하지만 이내 두 눈은 감기고 말았다. 혼자 남게 되자 리유는 어머니가 앉았던 안락의자에 가서 앉았다. 거리는 조용했고 이제는 정적만이 가득했다. 아침의 한기가 방에 감돌기 시작하고 있었다.

의사는 깜빡 잠이 들었다가 새벽녘에 지나가는 웬 자동차 소리에 깨어났다. 그는 오한을 느끼는 듯 몸을 부르르 떨었고, 이어서 타루를 바라보고는 병세가 잠시나마 가라앉아 잠이 들었음을 확인했다. 나무와 쇠로 된 마차 바퀴 소리가 멀리서 들려오고 있었다. 창밖을 내다보니 아직도 어두운 밤이었다. 의사가 침대로 다가가자 타루는 여전히 잠 속에 있는 듯 멍한 눈으로 그를 바라보았다.

「잠을 좀 잤죠? 아닌가요?」 리유가 물었다.

「잤습니다.」

「숨쉬기는 좀 좋아졌나요?」.

「조금은요. 그런데 그게 어떤 의미가 있는 건가요?」

「아니요, 타루. 아무런 의미도 없어요. 아침이면 나타나는 일시적인 현상이란 건 나만큼이나 잘 알잖아요.」

타루가 수긍했다.

「고맙네요. 언제나 제게 정확히 말씀해 주셔야 합니다.」

리유는 침대 발치에 앉았다. 그는 환자의 다리를, 마치 석관에 장식된 조각의 사지처럼 길고 단단히 굳어 버린 환자의 다리를 바로 곁에서 느낄 수 있었다. 타루는 더 거칠게 숨을 몰아쉬고 있었다.

「열이 다시 나는 모양입니다, 그렇죠, 리유?」 그가 숨을 헐떡거리며 말했다.

「네, 하지만 정오면 결정이 날 겁니다.」

타루는 힘을 비축하려는 듯 두 눈을 감았다. 지친 기색이 얼굴에 역력했다. 그는 자기 안 어느 깊숙한 곳에서 이미 뒤끓고 있는 열이 치솟아 오르기를 기다리고 있었다. 눈을 떴을 때 그의 시선은 뿌옇게 흐려져 있었다. 그 시선은 고개를 숙여 자신을 굽어보는 리유를 발견하고서야 밝아졌다.

「좀 마셔요.」 리유가 말했다.

타루는 물을 마시고 고개를 축 떨어뜨렸다.

「너무 길군요.」 그가 말했다.

리유가 그의 팔을 잡았지만 타루는 시선을 돌린 채 아무런 기척도 하지 않았다. 그런데 갑자기 그의 몸속에 있는 일종의 둑 같은 것이 무너지기라도 한 듯, 순식간에 이마까지 열이 확연히 올랐다. 타루의 시선이 의사에게로 다시 향하자 의사는 긴장한 얼굴로 기운을 북돋웠다. 타루는 다시 한 번 미소를 지어 보려 애썼지만 굳게 다문 턱뼈와 허옇게 인 침 따위로 마치 시멘트를 바른 듯 단단히 굳어 버린 입술 밖으로 나오지 못했다. 그럼에도 굳은 표정의 얼굴에서도 두 눈만은 여전히 의기양양하게 빛나고 있었다.

7시가 되자 리유의 어머니가 방으로 들어왔다. 의사는 진찰실로 돌아가 병원에 전화를 해서 자신을 대신할 사람을 구했다. 그는 진료 일정도 미루기로 하고, 진찰실의 환자용 침대에 잠시 누웠다가 금세 일어나서 방으로 돌아왔다. 타루는 리유의 어머니 쪽으로 고개를 돌리고 있었다. 그는 자기 바로 곁에서 두 손을 다리 위에 가지런히 모은 채 의자에 앉아 있는, 마치 실물이 축소되어 버린 듯한 그 자그마한 그림자를 바라보고 있었다. 그가 그 그림자를 너무나 열심히 바라보는 바람에 리유의 어머니는 손가락 하나를 그의 입술에 갖다 대고는 자리에서 일어나 침대 머리맡에 있는 램프를 껐다. 하지만 커튼 뒤편으로 햇살이 빠르게 스며들어 얼마 지나지 않아 환자 얼굴의 윤곽이 어둠 속에서 모습을 드러내자, 그가 자신을 계속 바라보고 있다는 것을 알 수 있었다. 그녀는 몸을 굽혀서 베개를 바로잡아 주고는 몸을 일으키다가, 축축해져 한데 엉겨붙은 머리카락 위로 손을 잠시 얹었다. 그러자 멀리서 들릴 듯 말 듯한 목소리 하나가 그녀에게 고맙다며, 이제는 다 괜찮다고 말하는 것이었다. 그녀가 자리에 다시 앉았을 때, 타루는 두 눈을 감고 있었다. 입술은 굳게 다물고 있었지만 피곤이 역력한 얼굴 위로 다시 미소가 감도는 듯 보였다.

정오가 되자 열은 절정에 달했다. 폐에서부터 올라오는 기침이 환자의 몸을 뒤흔들자 그는 그저 무력하게 피를 토할 뿐이었다. 림프샘은 더 이상 부어오르지 않았다. 그러나 없어지지 않고 여전히 그대로, 마치 쇠로 된 나사들이 관절의 오목한 마디마디에 단단히 박혀 있는 것처럼 그대로였고, 그렇기 때문에 리유는 그것들을 째내기란 불가능하다고 판단했다. 타루는 아직까지는 고열과 기침 사이사이마다 이따금씩 벗들을 바라보았다. 하지만 곧이어 두 눈꺼풀이 열리는 횟수가 점점 줄어들었고, 처참한 그의 얼굴을 비추던 빛은 때마침 더욱 흐려졌다. 그의 몸이 폭풍우에 경련을 일으키며 요동치더니 빛마저 서서히 사라지고, 타루는 격랑의 깊은 한가운데에서 천천히 표류하고 있었다. 이제 리유 앞에는 생명력 없는 어떤 가면과도 같은 것이 있을 뿐이었고, 미소는 이미 사라지고 없었다. 그와 너무나도 가까웠던 한 인간의 형상이 이렇게 창끝에 찔리고, 인간이 상상할 수 없는 악의 불구덩이에서 불태워지고, 하늘이 내린 증오로 가득 찬 바람에 온몸이 꺾이고 휘어져 그가 보는 바로 앞에서 페스트라는 강물에 가라앉고 있었지만, 이 난파를 막기 위해 할 수 있는 일이란 아무것도 없었다. 빈손에 비통한 마음뿐, 무기도 없고 대책도 없이 또다시 이렇듯 참담한 패배 앞에서 그는 그저 강 저편에 그대로 있어야 했다. 그리고 결국엔 자신의 무기력을 한탄하는 눈물이 그만 앞을 가려 느닷없이 벽을 향해 몸을 돌린 타루가 자기 몸 안 어디선가 가장 중요한 현 하나가 툭 끊어지기라도 한 듯 공허한 신음 소리를 내며 숨을 거두는 모습도 바라보지 못하고 말았다.

그 이후 밤은 투쟁의 밤이 아니라 침묵의 그것이었다. 세상으로부터 외따로 떨어진 듯한 이 방에서 이제는 수의를 입고 있는 시신을 내려다보며 리유는 벌써 여러 날 전 그 어느 밤 옥상에 올라 저 아래로 페스트를 굽어보며 도시 출입문에 대한 공격이 있고 난 직후에 느꼈던 그 놀라운 적막이 감돌고 있다고 생각했다. 이미 그때도 그는 죽어 가는 사람들을 그냥 내버려 둘 수밖에 없었던 병원 침대들 위로 감돌던 침묵을 생각했다. 사방이 똑같은 중단이었고, 똑같이 장엄한 휴식이었고, 전투 뒤에 따라오는 한결같이 똑같은 진정 국면이었다. 그것은 패배가 만든 침묵이었다. 하지만 바로 그 순간 자신의 친구를 에워싸고 있는 침묵에 대해서 말하자면, 그 침묵은 너무나도 견고하고 페스트로부터 해방된 도시와 거리들의 침묵과 너무나도 같았기에, 리유는 그것이 결국 전쟁에 마침표를 찍고 평화를 단지 치유할 길 없는 상처로 만드는 돌이킬 수 없는 패배라고 생각하지 않을 수 없었다. 타루가 마침내 평화를 찾았는지 의사는 알 수 없었다. 하지만 아들을 잃은 어머니에게 혹은 친구를 땅에 묻어 본 적 있는 사람에게 휴전이란 더 이상 아무 의미가 없는 것과 마찬가지로, 적어도 그 순간만큼은 자신에게 실현 가능한 평화란 결코 없으리라는 것을 알게 되었다고 믿었다.

밖은 여전히 추운 밤이었고 얼음장처럼 맑은 하늘에는 별들이 얼어붙어 있는 것 같았다. 어둠이 반쯤 내려앉은 방에서도 유리창을 밀어붙이는 한기, 북극의 밤이 크게 숨 한 번 내쉰듯한 한기를 느낄 수 있었다. 침대 곁에는 어머니가 여느 때와 다름없이 늘 한결같은 모습으로 오른편 머리맡에 있는 램프 불빛을 받으며 앉아 있었다. 리유는 불빛으로부터 멀찌감치 떨어져서 방 한복판에 놓인 의자에 앉아 잠자코 있었다. 아내에 대한 생각이 머릿속에 떠오르곤 했지만 그럴 때마다 애써 외면했다.

밤이 되면서 지나가는 사람들의 발소리가 차가운 밤하늘에 선명하게 울려 퍼졌다.

「알아볼 건 다 한 거니?」 어머니가 말했다.

「네, 전화를 했어요.」

그렇게 해서 그들은 말없이 밤샘을 시작했다. 어머니는 이따금 아들을 바라보았다. 어머니가 자신을 바라보고 있다는 것을 알고 놀랄 때마다 그는 어머니에게 미소를 지어 보였다. 밤이면 들리는 친근한 소리들이 거리에서 연이어 들려왔다. 아직 공식적인 허가는 없었지만 많은 차량들이 다시 운행되고 있었다. 차들은 도로를 핥듯이 빠른 속도로 지나가며 사라졌다가는 다시 나타나곤 했다. 사람들 말소리, 이름을 부르는 소리, 이어지는 침묵, 말발굽 소리, 삐걱거리며 커브를 도는 두 대의 전차 소리, 분명치 않게 웅성거리는 소리들 그리고 또다시 밤의 숨소리.

「베르나르?」

「네.」

「피곤하지 않니?」

「괜찮습니다.」

리유는 어머니의 생각을, 그리고 지금 이 순간 어머니가 자신을 사랑하고 있음을 알 수 있었다. 그러나 한 인간을 사랑한다는 것이 그렇게 대단치 않거나, 아니면 적어도 하나의 사랑이란 그 표현을 찾을 수 있을 만큼 충분히 강하지 않다는 것 또한 알고 있었다. 그렇기에 어머니와 그는 언제나 말없이 서로를 사랑할 것이다. 그러다가 때가 되면 그녀는 — 아니면 그는 — 살아 있는 내내 자신의 애정을 한 치도 드러내지 못한 채 죽을 것이다. 마찬가지로 그가 타루 바로 곁에 살았음에도 우정의 시간을 실제로 갖지도 못한 채 그날 저녁 타루는 그렇게 죽어 버렸다. 타루는 스스로 말했듯이 싸움에서 진 것이었다. 하지만 도대체 리유가 이긴 것은 무엇이란 말인가? 그는 단지 페스트를 경험했고 추억한다는 사실을, 우정을 경험했고 추억한다는 사실을, 인간의 정을 알게 되었고 언젠가는 추억해야 한다는 사실만을 얻었을 뿐이었다. 인간이 페스트와 인생이라는 싸움에서 얻을 수 있는 모든 것은 그것을 깨달았다는 것과 그것을 기억한다는 것뿐이다. 어쩌면 그것이 바로 타루가 말한 바 있었던 싸움에서 이긴다는 것이었는지도 모른다!

다시 한 번 자동차 한 대가 지나갔고 리유의 어머니는 의자에 그대로 앉아 (잠을 쫓으려는 듯) 몸을 살짝 움직였다. 리유가 어머니를 보며 미소 지었다. 그녀는 아들을 향해 자신은 피곤하지 않다고 말하고, 곧이어 이렇게 덧붙였다.

「너 산으로 쉬러 가야 할 게다. 거기 말이야.」

「그래야겠죠.」

그렇다, 그는 거기에서 휴식을 가질 것이다. 안 될 이유가 없지 않은가? 그 또한 기억을 위한 구실이 될 것이다. 하지만 싸움에서 이긴다는 것이 바로 이런 것이라면, 자신이 아는 것과 추억만을 가지고 희망을 잃은 채 살아갈 뿐이라면 얼마나 힘든 일이겠는가. 타루는 어쩌면 이렇게 살아왔고, 그래서 환상 없는 삶이 불모지와 다를 바 없음을 잘 알고 있었던 것이다. 희망이 없이는 평화도 없기에, 따라서 그게 누가 되었든 다른 사람을 단죄할 권리란 인간에게 없다고 생각하면서도, 그렇지만 어느 누구든 단죄하지 않을 수 없으며 심지어 희생자들이 때로는 가해자의 입장에 처할 수도 있음을 알고 있었던 타루는 고통과 모순 속에서 살면서 희망은 전혀 알지 못했다. 바로 그랬기 때문에 그가 신성함을 추구했고, 인간들에 대한 봉사에서 마음의 평화를 찾으려 했던 것일까? 사실 리유는 아무것도 알지 못했으며, 그런 것은 그렇게 중요하지도 않았다. 그가 간직하게 될 타루의 유일한 모습이란 핸들을 양손으로 완전히 움켜쥐고 운전하던 한 남자이거나, 이제는 미동도 없이 누워 있는 이 건장한 육체일 뿐이다. 생명의 온기와 죽음의 모습, 거기에 바로 배움이 있었다.

의사 리유가 아내의 임종을 알리는 전갈을 담담하게 받아들였던 것도 바로 그 때문이다. 그는 진찰실에 있었다. 어머니가 뛰다시피 들어와 전보 하나를 전해 주고 배달부에게 팁을 주려고 나갔다. 그녀가 다시 돌아왔을 때 아들은 전보를 펼쳐 손에 들고 있었다. 그녀가 바라보았지만 그는 창문 저편 항구 위로 떠오르는 찬란한 아침만 뚫어져라 쳐다보고 있었다.

「베르나르!」 어머니가 말했다.

의사는 멍한 표정으로 어머니를 바라보았다.

「전보는?」 그녀가 물었다.

「그거예요. 일주일 전이라는군요.」 의사가 정신을 차린 듯 대답했다.

어머니는 창으로 고개를 돌렸다. 의사는 아무 말도 하지 않았다. 잠시 후 그는 어머니에게 울지 말라고 말하며, 자신은 이미 예상하고 있었지만 어쨌거나 견디기 힘들다고 했다. 그렇게 말하면서 고통이 그리 새삼스럽지도 않다는 사실을 깨달았다. 여러 달 전부터, 특히나 이틀 전부터 똑같은 아픔이 계속되고 있었다.

2월의 어느 화창한 아침 동이 틀 무렵 도청의 공식 발표와 라디오와 신문사, 그리고 시민들이 환호하며 축하하는 가운데 드디어 도시의 문들이 열렸다. 서술자에게 남은 것이 있다면 비록 그 자신이 거기에 완전히 합류할 자유가 없는 사람들에 속하긴 했지만, 도시 문들이 열린 후 이어진 환희의 시간들을 기록하는 일이다.

성대한 축하 행사가 낮에는 물론 밤에도 열렸다. 동시에 역에서는 기차들이 연기를 뿜어 대기 시작했고, 그러는 동안 머나먼 바다를 항해한 선박들은 이미 우리 시 항구를 향해 뱃머리를 돌리며, 마치 생이별로 괴로워하던 모든 사람들에게 이날이 역사적인 재회의 날임을 그들 식으로 마음껏 표현하는 것 같았다.

너무나 많은 우리 시민들의 마음속에 자리 잡고 있던 이별의 감정이 어떻게 변할 수 있었는지 이제는 쉽게 상상할 수 있을 것이다. 하루 종일 우리 도시로 들어온 열차들은 도시를 출발한 기차들 못지 않게 많은 승객들을 싣고 있었다. 모두들 지난 2주의 유예 기간 동안 도청의 결정이 마지막 순간에 취소되는 것은 아닌지 불안해하면서도 바로 오늘을 위해서 좌석을 예약해 두었던 것이다. 심지어 여행객들 가운데 몇몇 사람들은 우리 도시에 도착하는 순간까지도 불안을 완전히 버리지 못하고 있었는데, 왜냐하면 자신들과 매우 가까운 사람들의 생사는 어느 정도 알고 있었지만 그 밖의 다른 사람들이라든가 도시 자체에 대해서는 전혀 알지 못했기 때문이고, 그래서 특히나 우리 시에 대해서는 잔뜩 긴장한 얼굴을 내비쳤다. 그나마도 그 오랜 시간 동안 열정이 완전히 소진되지는 않았던 사람들에게나 해당하는 얘기였지만 말이다.

열정에 사로잡힌 사람들은 사실 자신들의 고정 관념에 빠져 있었다. 그들에게는 단 하나만이 달라졌을 뿐이었다. 바로 시간이라는 것, 유배가 지속된 그 몇 달 동안 어서 빨리 흐르라고 밀어붙이고 싶었던, 더욱더 서두르라고 성화를 부렸던 그 시간을, 우리 도시가 눈에 들어오고 기차가 정거장 앞에서 제동을 걸기 시작하자마자, 반대로 속도를 늦추어 움직이지 못하게 붙잡고 싶어 했다. 그들의 사랑을 생각해 본다면야 잃어버린 게 분명한 그 몇 달 동안의 세월이 마음 속에 무언가 막연하면서도 동시에 격렬한 감정을 일으켰고, 환희의 순간들이 기다림의 그것보다 곱절은 더디게 흘러가야만 한다는 일종의 보상을 막연하게나마 요구하게끔 했던 것이다. 그리고 방에서나 플랫폼에서 그들을 기다리고 있던 사람들은 랑베르 — 그의 아내는 벌써 몇 주 전부터 소식을 듣고 제때 도착하기 위해 필요한 모든 절차를 밟았었다 — 와 마찬가지로 똑같은 초조와 똑같은 혼란을 느끼고 있었다. 지난 몇 달 동안 페스트가 추상적인 차원으로 축소시켜 버렸던 그 사랑과 그 애정을 든든하게 지켜 주던 존재, 실재

하는 바로 그 존재와 맞대면하는 순간을 랑베르는 온몸을 떨면서 기다리고 있었다.

그는 도시 밖으로 단번에 뛰쳐나가서 사랑하는 그녀를 만나러 곧장 달려가고 싶었던 전염병 초기의 자신으로 돌아가고 싶었을지도 모른다. 하지만 그는 이제 더 이상 가능하지 않다는 것을 알고 있었다. 그는 달라졌고, 페스트가 그의 마음에 포기를 심어 넣었던 터라, 온 힘을 다해서 부정하려고 애를 썼음에도 불구하고 그것은 막연한 불안감으로 그 마음 속에서 계속되고 있었다. 어떤 의미에서는 페스트가 너무나 갑작스레 끝나 버렸다는 느낌이 들어 그저 어안이 벙벙했다. 행복은 전속력으로 다가오고 있었고, 그 순간은 예상보다 빨리 진행되고 있었다. 랑베르는 결국 모든 것을 단번에 보상받을 것이며, 환희란 음미할 새도 없이 마치 불에 데는 것과도 같으리라 깨닫고 있었다.

게다가 다소 차이는 있었겠지만 모두가 랑베르와 다를 바 없었기 때문에 그들에 대해서 말하지 않을 수 없다. 자신들의 개인 생활을 다시 시작하는 플랫폼에서 그들은 서로 눈짓과 미소를 보내며 아직은 그들만의 공동체 의식을 나누고 있었다. 그러나 연기를 뿜어 대는 기차가 보이자마자, 그들이 가지고 있던 유배의 감정은 소나기처럼 정신을 차릴 수 없을 정도로 쏟아져 내리는 형언할 길 없는 벅찬 기쁨으로 인해 순식간에 꺼져 버리고 말았다. 열차가 멈추고, 잊어버린 지 이미 오래된 살아 있는 육체들을 삼켜 버릴 듯 서로 탐욕스럽게 끌어안는 바로 그 순간, 대부분 기차역의 바로 이 플랫폼에서 시작되었던 한없이 길고 긴 이별들은 너무나도 빨리 끝나 버리고 말았다. 랑베르는 자신을 향해 달려오는 형체를 제대로 바라볼 겨를도 없었는데, 그녀는 이미 그의 품 안으로 거의 엎어지듯 뛰어들었기 때문이었다. 그래서 그는 그녀를 품 안에 가득 안은 채 친숙한 머리카락밖에 보이지 않는 그녀의 머리를 자기 몸에 끌어당기고, 현재의 행복에서 오는지 아니면 너무나 오랫동안 억눌려 왔던 어떤 고통에서 나오는지 알 수 없는 눈물을 흘리며, 그 눈물 때문에라도 자기 어깨에 파묻혀 있는 얼굴이 그렇게도 꿈꿔 왔던 바로 그 얼굴인지 아니면 다른 여인의 얼굴인지조차 확인할 수 없었다. 의심이 옳았는지는 잠시 후에 알게 될 것이었다. 그 순간만큼은 그 역시 페스트가 오든지 가든지 상관없이 인간의 마음이란 전혀 변치 않는다는 것을 실제로 믿는 듯 보이는 주변의 다른 모든 사람들처럼 행동하고 싶었다.

그들은 서로 꼭 껴안은 채 자기들 이외의 세상에는 관심도 없고, 겉보기에는 페스트에 승리해 의기양양해하며 다른 그 어떤 비참한 현실에 대해서도, 예를 들어 같은 기차를 타고 오긴 했지만 아무도 마중을 나오지 않은 사람들, 오랜 무소식이 이미 마음속에 그 싹을 키워 두고 있었던 불안의 실체가 무엇인지 집에 가서 받아들일 마음의 준비를 하고 있는 그런 사람들에 대해서 아랑곳하지 않으며 각자 집으로 돌아갔다. 이제 동반자라고는 너무나 생생한 고통밖에는 남지 않은 이들에게, 그 순간 곁에 없는 사람에 대한 추억에 빠져 있는 또 다른 사람들에게 사정은 완전히 달랐다. 그들에게 이별의 감정은 절정에 달했다. 이름도 모를 어느 구덩이 속에 내팽개쳐져 있거나, 아니면 유해들의 잿더미 속에 뒤섞여 버린 누군가와 함께 기쁨이란 기쁨은 모조리 잃어버린 그들에게, 그 누군가의 어머니이고 남편이며 연인인 그들에게 페스트는 아직도 계속되고 있었다.

하지만 과연 누가 그런 고독을 생각이나 했을까? 정오가 되자 태양은 아침부터 창공에서 맞서 싸우던 차가운 공기를 제압했고, 마치 고정되어 있는 듯한 햇빛을 우리 도시 위로 쉴 새 없이 쏟아붓고 있었다. 하루가 고스란히 멈춰 선 것 같았다. 산꼭대기 망루에 있는 대포들이 꿈쩍도 하지 않는 하늘을 향해서 쉴 새 없이 천둥 같은 소리를 내고 있었다. 도시 전체가 밖으로 쏟아져 나와 고통의 시간은 이미 끝났지만 망각의 시간은 아직 시작되기도 전 이 숨 막힐 듯 벅찬 순간을 환호하며 맞이하고 있었다.

사람들은 광장마다 쏟아져 나와서 춤을 추었다. 단 하루 만에 교통량이 현저하게 증가했고, 차량들 수가 훨씬 많아져 사람들의 차지가 되어 버린 길을 간신히 빠져나가고 있었다. 우리 도시의 모든 종들은 오후 내내 기세 좋게 울렸고, 그 종소리가 햇빛이 넘실대고 화창하게 맑은 하늘을 온통 채웠다. 실제로 성당들마다 감사 미사를 올리고 있었다. 그러나 동시에 축제가 한창인 장소들에서는 사람들로 터질 듯했고, 카페들에서는 다음 날을 걱정할 필요 없이 남아 있던 마지막 술들을 아낌없이 내놓았다. 계산대 앞에는 너 나 할 것 없이 흥분한 사람들 무리가 밀려들었고, 그들 중에 쌍을 이룬 수많은 남녀들은 자신들이 구경거리가 되든 말든 아랑곳없이 부둥켜안고 있었다. 모두가 소리를 지르며 큰 소리로 웃었다. 각자 자신의 영혼을 등잔 심지처럼 조금만 빼놓은 채로 조심스럽게 지내 왔던 지난 몇 달 동안 비축해 두었던 생명력을 마치 자신들이 살아남은 기념일이 바로 오늘이라는 듯 마음껏 즐기고 있었다. 다음 날이면 늘 그렇듯이 예전과 다를 바 없는 생활이 조심스럽게 다시 시작될 테지만, 지금으로서는 각지에서 몰려든 사람들이 서로 팔꿈치를 마주 대고 형제애를 나누고 있었다. 죽음 앞에서 실현되지 못했던 평등이 해방의 환희 속에서 단 몇 시간이나마 이루어지고 있었다.

그러나 이렇듯 흔해 빠진 감정의 분출이 전부는 아니었다. 오후가 끝나 갈 무렵 랑베르와 어깨를 나란히 하며 거리를 가득 메웠던 사람들은 조금 더 미묘한 행복감을 덤덤한 겉모습 아래 감추는 경우가 많았다. 실제로 수많은 연인과 가족들은 겉보기에 그저 평화로운 산책객들일 뿐이었다. 그러나 사실 그들 가운데 대부분은 자신들이 고통을 겪었던 이곳저곳을 다니며 조심스럽게 순례를 하고 있었다. 이제 막 우리 도시에 도착한 사람들에게 페스트의 흔적이 분명히 보이거나 혹은 감추어져 있는 곳들, 그 역사의 흔적들을 보여 주고 있었다. 어떤 경우에는 페스트의 시대에 많은 것을 직접 목격한 사람으로서 안내자 노릇을 하는 데 그치거나 혹은 공포심을 불러일으키지 않도록 주의하며 당시의 위험에 대해 늘어놓았다. 그런 즐거움이야 대수롭지 않은 것이었다. 하지만 다른 경우에 그것은 오히려 가슴 설레는 여정이었는데, 어떤 사람은 그만 추억이 지닌 감미로운 불안감에 빠진 채 자신의 연인에게 이렇게 말하는 것이었다. 「그때, 바로 이곳에서 나는 너를 간절히 원했지만, 넌 여기 없었어.」 이렇듯 어떤 상념에 사로잡힌 채 길을 걷는 사람들이 눈에 자주 띄었다. 그들은 길을 따라 걷다가 소란의 한복판에서 귓속말을 하며 속내를 털어놓느라 작은 섬을 만드는 것 같았다. 진정한 해방을 알리는 것은 네거리마다 나와 있는 악단들이라기보다 바로 그들이었다. 왜냐하면 말도 없이 기쁨에 취해서 서로를 꼭 껴안고 있는 연인들은 행복을 누리는 승리감과 행복이 공평하지 않다는 사실을 조금도 감추려 하지 않은 채 난리법석의 한가운데에서 페스트가 이제 완전히 물러났고 공포의 시대가 종말을 고했다는 것을 분명하게 보여 주고 있었기 때문이다. 인간을 살해하는 것이 파리들을 죽이는 것만큼이나 흔한 일이던 그 미쳐 버린 세상을, 분명히 드러난 그 야만성을, 철저히 계산된 그 광란을, 그 밖에는 모두 오로지 구역질 나는 자유뿐이던 현재라는 그 감옥을, 죽지 못해 살아가던 모두를 아연실색하게 만들었던 그 죽음의 냄새를, 그들은 명백한 사실임에도 불구하고 태연하게 부정하고 있었고 그렇게 그들은 결국 자신이 얼이 빠져 살아가던 바로 그 사람들이었다는 것을, 그래서 우리의 일부는 매일매일 화장터 아궁이 앞에 쌓였다가 기름이 잔뜩 낀 연기로 사라져 버리고, 그러는 동안 다른 한 무리는 무력감과 공포의 사슬에 매여 자기 차례를 기다리고 있었다는 것을 부정하고 있었다.

어쨌든 그것이 바로 그날 오후가 거의 끝나 갈 무렵 도시 변두리 방면으로 가기 위해 성당 종소리, 대포 소리, 음악 소리 그리고 귀를 멍멍하게 할 정도로 시끄러운 아우성을 헤치며 혼자 길을 걷고 있던 리유의 눈에 무엇보다 먼저 들어왔다. 그의 일은 계속되고 있었는데, 하기야 환자들에게 휴가란 없으니 말이다. 도시로 쏟아져 내리는 화창한 햇살을 받으며 예전과 다름없이 고기 굽는 냄새며 아니스 술 냄새가 퍼지고 있었다. 주변에서는 행복한 얼굴들이 고개를 쳐들어 하늘을 마주하고 있었다. 남자들과 여자들은 얼굴이 벌겋게 달아 오른 채, 흥분을 주체하지 못하고 들떠서 소리를 지르며 서로서로 부둥켜안고 있었다. 그렇다. 페스트는 공포와 함께 끝났고, 그래서 서로 얽히고설킨 저 팔들은 페스트란 실제로 유배와 생이별이었음을 말해 주고 있었다.

지난 몇 달 동안 지나가는 행인들의 얼굴에서 읽을 수 있었던 그 익숙한 표정에 리유는 처음으로 이름을 붙일 수 있었다. 이제는 그저 주변을 바라보는 것만으로도 충분했다. 페스트가 끝나 가던 무렵 비참하고 궁핍한 생활로 인해 그 모든 사람들은 이미 오래전부터 그들이 맡아 오던 역할, 그러니까 고향을 등진 사람들의 역할을 가장하고 있었다. 처음에는 그들의 표정이 그랬고, 이제는 그들이 입고 있는 옷이, 고향은 멀리 있고 곁에는 아무것도 없다는 것을 말하고 있었다. 페스트가 도시 문을 다 닫아 버리도록 했던 때부터 그들은 오로지 이별 안에서만 살았고, 모든 것을 잊게 해주는 인간의 체온으로부터 멀리 떨어져 지내 왔다. 정도의 차이야 있겠지만 도시 구석구석에서 그 남자들과 그 여자들은 모두에게 같은 것은 아닐지라도 모두에게 한결같이 불가능한 어떤 만남을 열망해 왔다. 그들 가운데 대부분은 곁에 없는 무언가를 향해서 육체의 온기라든가, 애정이라든가 아니면 습관을 자신들의 온 힘을 다해 갈망했었다. 그중 몇몇은 대부분의 경우 자기도 모르는 사이에 사람들의 우정이 미치지 않는 곳에 있다는 사실, 다시 말해서 편지나 기차나 선박과 같은 우정의 일상적인 수단들로도 더 이상 그들을 만날 수조차 없다는 사실에 고통스러워했다. 드물기는 했지만 그 밖의 사람들은, 어쩌면 타루와 같이 스스로도 무어라 분명하게 규정할 수는 없지만 자신들에게 유일하게 바람직한 것으로 보이는 그 무엇과의 만남을 간절히 원했었다. 그리고 그들은 그 무엇을 부를 이름을 달리 찾지 못한 채 이따금 평화라고 부르곤 했다.

리유는 계속해서 걸었다. 앞으로 나아갈수록 주변의 군중이 점차 불어났고 소란도 심해져, 가고자 하는 도시 변두리는 그만큼이나 더 뒷걸음치는 것 같았다. 그는 차츰차츰 이 울부짖는 듯한 거대한 집단과 하나가 되어 갔다. 그러자 그들의 외침을 점점 더 잘 알아들을 수 있었는데, 적어도 그 일부는 바로 리유 자신의 외침이기도 했다. 그렇다. 모두가 육체적으로는 물론이고 정신적으로도 이렇듯 힘든 휴가, 치유할 길 없는 유배, 결코 해소되지 못할 갈증으로 고통을 겪었던 것이다. 산더미처럼 쌓인 시신, 구급차들의 사이렌 소리, 운명이라 부를 수밖에 없는 것이 주는 경고, 두려움으로 인한 끈질긴 답보 상태, 마음속에서 치밀어 오르는 반항, 이 모든 것들 사이에서도 분명치는 않지만 어떤 거대한 소리 하나가 결코 멈추지 않으며 공포에 사로잡힌 사람들에게 경각심을 불러일으키려는 듯 진정한 고향을 찾아야 한다고 말하고 있었던 것이다. 그들 모두에게 진정한 고향이란 질식할 듯한 이 도시의 담 저편에 있었다. 고향은 언덕 위 저 향기 가득한 덤불숲에, 저 바다에, 자유로운 고장과 사랑의 무게 안에 있었다. 그래서 그들은 바로 그 고향을 향해, 바로 그 행복을 향해 돌아가기를 원했을 뿐 다른 모든 것들에는 눈길도 주지 않고 등을 돌리고 싶었던 것이다.

유배 생활과 만남의 열망에 어떤 의미가 들어 있는지 리유는 전혀 알지 못했다. 사방에서 떠밀고 말을 걸어오는 사람들 틈에서도 계속 걸으며 점차 덜 붐비는 길로 접어들었고,

이런 것들에 의미가 있다거나 없다거나 하는 것은 중요하지 않으며 다만 사람들의 희망에 답이 될 수 있는 것이 무언지만은 알아볼 필요가 있다고 생각했다.

이제부터 그는 답이 무엇인지 알게 될 터였고, 인적이 거의 없는 변두리에 들어서자마자 보다 더 확실하게 알 수 있었다. 대단치 않은 스스로에 대해 만족스러워하면서 오로지 사랑의 보금자리로 돌아가기만을 갈망하고 있던 사람들은 원하던 것을 얻기도 했다. 물론, 그들 가운데 몇몇은 기다리던 사람을 잃은 채 외롭게 시내를 계속 걷고 있었다. 두 번 이별하지 않았던 이들은 오히려 다행스러운 사람들이었으니, 전염병이 닥치기 전부터 자신들의 사랑을 완전히 단단하게 세우지 못했었고, 그래서 서로를 원수 같은 애인이라고 부르기로 약속하고 도장까지 찍은 괴로운 합의문을 여러 해 동안 맹목적으로 붙잡고 지내던 사람들도 있었기 때문이다. 그들로 말하자면 리유 자신이 그랬듯이 경솔하게도 시간에 의지했던 것이다. 그들은 영원히 이별하고 말았다. 하지만 다른 사람들, 예를 들어 리유로부터 〈용기를 내세요, 지금이야말로 정신 바짝 차려야 합니다〉라는 말을 바로 그날 아침 헤어지면서 들었던 랑베르와 같은 사람들은 자신들이 잃어버렸다고 믿었던 사람을 망설임 없이 되찾을 수 있었다. 적어도 얼마간 그들은 행복할 것이다. 사람들이 언제나 절실히 원할 수 있는 어떤 것, 그래서 가끔은 손에 쥘 수도 있는 무언가가 있다면, 그것은 바로 인간의 애정임을 이제 그들은 알게 된 것이다.

반대로 인간에게 귀 기울이지 않고 자신들이 상상할 수조차 없는 무언가에 호소하던 모든 사람들은 어떤 대답도 얻지 못했다. 타루는 스스로도 말한 바 있었던 불가능한 그 평화에 도달한 듯 보였지만, 죽음 안에서, 그러니까 평화가 그에게 아무런 쓸모도 없어져 버리고 난 뒤에야 비로소 평화를 찾았다. 그와는 달리, 저물어 가는 석양의 노을을 받으며 온 힘을 다해 서로 부둥켜안고 정신없이 서로를 마주보는 다른 사람들, 리유가 집집마다 현관 너머로 얼핏 볼 수 있었던 그 사람들이 바라던 것을 손에 넣을 수 있었다면, 자신들의 의지에 달려 있는 단 하나만을 그들이 원했기 때문이었다. 그래서 리유는 그랑과 코타르가 살고 있는 거리로 접어들면서 인간만으로, 그리고 인간이 가지고 있는 보잘것없으나 경이로운 사랑만으로 충분한 사람들에게는 이따금씩 기쁨이라는 보상이 주어지는 것이 마땅하다고 생각했다.

이 연대기도 그 끝에 다다랐다. 의사 베르나르 리유는 이제 자신이 바로 이 글을 쓴 사람임을 고백하고자 한다. 그러나 마지막 사건들을 열거하기에 앞서 왜 이런 일을 했는지 최소한 이유를 설명하고, 자신이 공정한 증인의 논조를 한결같이 유지하고자 노력했다는 점만이라도 납득시키고자 한다. 페스트가 발생한 기간 내내 그의 직업은 그로 하여금 시민들 거의 대부분을 만나서 그들의 소회를 기록할 수 있도록 해주었다. 따라서 그는 자신이 보고 들었던 것을 알리는 데 있어 제법 유리한 입장에 있었다. 그러나 그는 신중하게 자제력을 발휘하여 그 일을 수행하기를 원했다. 일반적으로 자신이 볼 수 있었던 것보다도 더 많은 것들을 기록하지 않으려, 페스트를 함께 겪었던 동지들이 마음속에 품지도 않았던 어떤 것들을 억지로 만들어 내지 않으려, 아울러 우연이나 불행으로 인해서 그의 손에 들어왔던 자료들만을 이용하려 노력했다.

이를테면 어떤 범죄 사건이 일어나서 그 일에 대해 증언하기 위해 출석한 것이라고도 볼 수 있기 때문에, 선의의 증인이 마땅히 지켜야 할 조심성 있는 자세를 분명히 유지했다.

그러나 동시에 양심의 원칙에 따라서 그는 기꺼이 희생자의 편에 섰고, 그가 살고 있는 도시의 시민들이기도 한 그들과 그들 모두가 가지고 있는 유일한 확신들, 즉 사랑과 고통과 유배라는 것 안에서 그들과 함께 있기를 원했다. 그렇기 때문에 오랑 시민들이 느끼는 불안들 가운데 그 어느 하나도 그가 함께하지 않은 적이 없었고, 그 어떤 상황도 그의 불안이 아닌 것이 없었다.

신뢰할 수 있는 증인이기 위해서 그는 무엇보다 특히 증명서들과 문서들, 그리고 소문들을 인용해야 했다. 그러나 그가 개인적으로 마음속에 품고 있었던 말들, 예를 들어서 자신의 기대라든가 시련이라든가 하는 것들에 대해서는 조금도 말하지 않아야 했다. 혹 그가 그것들을 이용했었다면 단지 자신과 같은 도시에서 살고 있는 이들을 이해하거나 그들의 이해를 구하기 위함이었을 뿐이고, 대부분의 경우 그들이 어렴풋하게만 알고 있는 것에 가능한 한 또렷한 윤곽을 부여하기 위함이었다. 사실 이러한 이성적 노력은 그에게 별로 힘든 일이 아니었다. 페스트 환자들 수천 명의 목소리 가운데 자신의 고백 또한 여과 없이 담아 보고 싶다는 생각에 직면했을 때 그가 그렇게 하지 않았던 것은, 그의 고통 가운데 어느 것 하나도 동시에 다른 사람의 고통이 아닌 것이 없었으며, 그렇게까지 누구나 홀로 고통을 겪는 세상에서 그러한 사실은 오히려 다행이라고 생각했기 때문이다. 단연코 그는 모두를 위해서 말을 해야 했다.

그러나 우리 도시의 시민들 가운데 의사 리유가 변호할 수 없는 한 사람이 있다. 언젠가 타루가 리유에게 실제로 이렇게 말한 바 있는 바로 그 사람이다. 「그가 저지른 단 하나의 진정한 범죄란 말이죠, 어린이들이며 어른들을 죽이는 것에 대해서 마음속으로 인정했다는 것입니다. 그 밖의 것에 대해서야 저는 이해합니다. 하지만 이건 말이죠, 마지못해 억지로 용서하는 거랍니다.」 따라서 본 기록이 그 무심한 성품, 다시 말해서 고독한 마음을 지녔던 그에 관한 기록으로 끝나는 것은 당연하다.

축제로 시끌벅적한 대로변을 빠져나와 그랑과 코타르가 살고 있는 길로 접어들었을 때 의사 리유는 경찰들이 쳐놓은 바리케이드 때문에 가던 길을 멈춰야 했다. 생각지도 못했던 일이었다. 멀리서 들려오는 떠들썩한 축제 소리 때문에 그 동네는 더더욱 고요한 것 같았고, 그래서 그는 그곳이 마치 사막만큼이나 적막하다고 생각했다. 그는 신분증을 꺼내 보였다.

「안 됩니다, 의사 선생님.」 경관이 말했다. 「어떤 미친놈이 사람들 무리를 향해서 총질을 하고 있어요. 그런데 여기 좀 계셔 보십시오. 도움을 주실 수 있겠군요.」

마침 그때 리유는 자기 쪽으로 다가오는 그랑을 보았다. 그랑도 마찬가지로 아는 바가 전혀 없었다. 사람들이 그를 지나가지 못하게 했고, 자신이 사는 집 건물에서 총소리가 났다는 것이었다. 멀리서 보니 과연 싸늘하게 저물어 가는 태양의 마지막 빛에 금빛으로 물들어 있는 건물 전면이 보였다. 그 주변으로 널찍한 빈 공간이 그들이 서 있는 바로 맞은편 인도까지 펼쳐져 마치 금을 그어 놓은 듯 그 경계가 또렷했는데, 그 도로 한복판에 놓인 모자 하나와 더러운 헝겊 조각이 눈에 분명히 들어왔다. 리유와 그랑은 아주 멀리, 그러니까 길 저 건너편에 자신들을 가로막고 있는 것과 나란히 경찰들의 차단 선을 볼 수 있었고, 그 뒤편으로는 이리저리 허둥지둥 오가는 동네 사람들의 모습이 보였다. 자세히 살펴보니 문제의 건물과 마주 보고 있는 건물들의 문 안쪽마다 경찰들이 몸을 웅크린 채 손에는 권총을 쥐고 있었다. 건물의 덧문들이란 덧문들은 죄다 닫혀 있었다. 3층 덧문들 가운데 하나만 반쯤 떨어진 채 간신히 매달려 있는 것 같았다. 거리는 쥐 죽은 듯 조용했다. 소리라고는 시내에서 마치 파편들처럼 흩어져 들려오는 음악뿐이었다.

그러던 어느 순간 문제의 집 맞은편 건물들 중 한 곳에서 총성이 두 번 울리고 예의 떨어질 듯 반쯤 간신히 매달려 있던 덧문에서 파편들이 사방으로 튀었다. 그러고는 다시 잠잠해졌다. 그날 하루 종일 소란을 겪고 난 후인데다가 멀리서 보고 있자니 이런 상황은 리유에게 어딘지 모르게 더욱더 비현실적으로 느껴졌다.

「코타르 집 창문이네요.」 갑자기 그랑이 몹시 흥분하며 말했다. 「한데 코타르는 도망가 버렸는데.」

「총은 왜 쏘는 겁니까?」 리유가 경관에게 물었다.

「그자의 주위를 딴 데로 돌리는 겁니다. 필요한 장비들을 실은 차를 기다리는 중이기도 하고, 또 그자가 건물 안으로 진입하려는 사람들에게 총을 쏘아 대니까요. 경관 한 사람이 총에 맞았어요.」

「그 사람은 왜 쏜답니까?」

「그거야 모르죠. 사람들이 길에서 즐기고 있었는데, 처음 한 방 쐈을 때는 무슨 영문인지도 몰랐답니다. 두 번째 총소리가 났을 때야 비명이 터지고, 부상자가 나오고, 그제야 다들 도망을 친 겁니다. 미친놈인 거죠, 뭐.」

다시 잠잠해지자 1분 1분이 지루하게 흘렀다. 그러다 갑자기 길 건너편에서 리유로서는 정말 오랜만에 처음 보는 개 한 마리가 튀어나왔다. 지저분한 스페인산 스패니얼로 주인이 필경 이제까지 숨겨 두고 있었음에 분명한 그 개는 건물들 벽을 따라서 종종걸음으로 뛰어가다가 문제의 그 건물 문 가까이에 이르자 잠시 머뭇거리더니 엉덩이를 깔고 주저앉고는 몸에 있는 벼룩들을 잡기 위해 뒤로 나자빠져 버렸다. 경찰들이 수차례 호각을 불며 개를 불렀지만, 개는 고개를 들더니 도로를 가로지르기로 결심이라도 한 듯 어슬렁거리며 길에 떨어져 있던 모자로 가서는 킁킁거리며 냄새를 맡는 것이었다. 바로 그 순간 3층 창문에서 총소리가 들리는가 싶더니 개는 길가에 고꾸라져 납작하게 뻗어 버린 채 네발을 격렬하게 뒤흔들며 몇 차례 제법 길게 경련을 일으킨 후 결국 옆으로 쓰러져 버렸다. 이에 화답이라도 하듯이 대여섯 발의 총성이 바로 앞 건물들 문에서 울리며 이번에는 덧문을 한 차례 더 부스러뜨렸다. 다시 조용해졌다. 태양이 조금 더 기울자 그늘이 코타르 방 창문으로 가까워졌다. 자동차 멈추는 소리들이 의사 뒤편 길에서 나직이 울렸다.

「저기들 오는군요.」 경관이 말했다.

그들 뒤쪽에서 경찰들이 밧줄과 사다리 하나, 그리고 기름 먹인 천으로 싸인 옆으로 길쭉한 보따리 두 개를 짊어지고 나타났다. 그들은 그랑이 사는 건물 맞은편, 집들로 빼곡한 구역을 에워싸고 있는 골목으로 들어갔다. 잠시 후에 누구든 그 집들 문에서 모종의 움직임이 있음을 보지 않고서도 감지할 수 있었다. 모두가 잠자코 기다렸다. 개는 더 이상 움직이지 않았는데, 마치 짙은 물웅덩이 속에 잠겨 있는 것 같았다.

경찰들이 점거한 집들 창문에서부터 갑자기 기관총 집중 포화가 시작됐다. 사격이 계속되는 동안 다시 한 번 목표물이 된 그 덧문은 이번에는 그야말로 산산이 부서져 그저 시커멓게만 보이는 공간을 드러냈는데, 리유와 그랑이 서 있는 곳에서는 아무것도 제대로 볼 수가 없었다. 연속 사격이 멈추자 또 다른 기관총이 다른 각도에서, 그러니까 좀 더 멀리 있는 집에서 일제 사격을 시작했다. 탄환들이 네모난 창문으로 들어간 것이 분명했는데, 그중 한 방으로 벽돌 파편이 튀었다. 바로 그 순간 경찰 세 명이 도로를 날렵하게 가로지르더니 건물 출입문으로 쏜살같이 들어갔다. 거의 동시에 다른 세 명도 그 안으로 뛰어 들어갔고 기관총 집중 포화도 멎었다. 또다시 기다려야 했다. 건물 안에서 두 번의 폭발음이 아득하게 울려 퍼졌다. 그런 다음 무언가 요란스러운 소리가 점점 커지더니, 건물 안에서 셔츠 바람에 연신 고래고래 소리를 질러 대는 웬 자그마한 남자가 질질 끌려서 나온다기보다는 난작거리며 들려서 나오는 모습이 보였다. 마치 기적이라도 일어난 듯 꼭꼭 닫아걸어 두었던 덧문들이 죄다 열리며 창문들마다 호기심에 가득 찬 사람들로 가득했고, 다른 한편에서는 집집에서 수많은 사람들이 떼를 지어 쏟아져 나와 바리케이드 앞으로 몰려들고 있었다. 잠시 후 도로 한복판에는 그제야 두 발을 땅에 딛고 서서 두 팔을 뒤로 한 채 경찰에게 잡혀 있는 그 작달막한 사내가 보였다. 그는 고래고래 소리를 지르고 있었다. 경관 한 사람이 그에게 다가가더니 침착한 태도로 열과 성을 다해 있는 힘껏 두 차례 후려쳤다.

「코타르군요.」 그랑이 중얼거렸다. 「미쳐 버렸나 봅니다.」

코타르는 자리에 쓰러졌다. 꼼짝 못하고 땅바닥에 쓰러져 있는 그를 향해 경찰은 발길질을 해댔다. 이어서 일군의 사람들이 어수선하게 이리저리 움직이는가 싶더니 의사와 그의 나이 든 친구 쪽으로 이동했다.

「비키세요.」 경찰이 말했다.

그 사람들이 자기 앞으로 지나갈 때 리유는 고개를 돌렸다.

그랑과 의사는 석양을 뒤로한 채 자리를 떴다. 방금 전 사건이 마치 무기력하게 잠들어 있던 도시를 한바탕 뒤흔들어 놓기라도 한 듯 열의에 들뜬 군중이 웅성거리며 떠드는 소리가 그 외진 거리를 가득 채웠다. 집 앞에 이르자 그랑은 의사에게 작별 인사를 했다. 일을 하러 가려는 것이었다. 하지만 계단을 막 올라가려다가 말고 그는 자신이 잔에게 편지를 썼고 이제는 마음이 편안하다고 말했다. 그리고 예전 그 문장을 처음부터 다시 시작했다고도 했다. 〈제가 말이죠, 형용사란 형용사는 죄다 없애 버렸습니다〉라고 그는 말했다.

그런 다음 장난기 어린 웃음을 지으며 모자를 벗고 정중하게 고개를 숙였다. 그러나 리유는 온통 코타르 생각뿐이었고, 코타르의 얼굴을 짓뭉개 놓던 그 주먹의 둔탁한 소리는 천식에 걸린 노인 집으로 향하던 내내 그를 계속 따라왔다. 죄인을 생각하는 것이 고인을 생각하는 것보다 어쩌면 더 괴로운 일이었는지도 모른다.

리유가 나이 든 그 환자 집에 도착했을 때는 어두운 밤이 이미 하늘을 온통 삼켜 버리고 난 후였다. 방에는 멀리서 아득하게 자유의 함성이 들려왔고, 노인네는 한쪽에서 여느 때와 다름없이 콩을 옮겨 담는 일을 계속하고 있었다.

「즐거워하는 것도 당연합니다.」 그가 말했다. 「세상이 굴러가려면 그런 것도 다 필요한 게죠. 한데 동료 되시는 분은 말입니다, 선생님, 어떻게 됐나요?」

폭발음들이 그들이 있는 곳까지 들려왔지만, 그것은 평화로운 소리였다. 아이들이 터뜨리는 폭죽이었다.

「죽었습니다.」 의사는 거친 소리를 내는 노인의 가슴에 청진기를 가져다 대면서 말했다.

「이런!」 노인은 놀라서 말을 잇지 못하겠다는 듯 소리쳤다.

「페스트였어요.」 리유가 덧붙였다.

「그랬군요.」 잠시 후 노인은 받아들일 수밖에 없다는 듯 한마디 하더니 말을 이었다. 「제일 좋은 사람들이 늘 먼저 떠나 버립디다. 인생이란 그런 거죠. 한데 말이죠, 그 양반은 자신이 뭘 원하는지를 알고 있는 사람이었어요.」

「무슨 말씀이신지요?」 의사가 청진기를 집어 넣으면서 물었다.

「별다른 근거는 없습니다. 그 양반은 쓸데없는 말은 하지 않더군요. 아무튼 저는 그 친구분이 좋았습니다. 뭐, 그냥 그랬다는 겁니다. 남들은 이렇게 말하죠. 〈페스트야. 우리가 페스트를 견뎌 냈다니까.〉 자칫하다간 이건 뭐 훈장이라도 달라고 할 겁니다. 한데 말입니다, 페스트란 대체 무언가요? 인생인 거죠, 바로 그거죠, 뭐.」

「훈증 요법을 규칙적으로 하셔야 합니다.」

「오! 그런 걱정일랑 마세요. 저는 살날이 아직 많이 남았지요. 다른 사람들 죽는 걸 죄다 지켜볼 거라니까요. 전 말이죠, 어떻게 살아야 하는지를 안답니다.」

그의 말에 화답이라도 하듯 멀리서 환희의 외침이 들려왔다. 의사는 방 한가운데 멈춰 섰다.

「옥상에 올라가도 폐가 되지 않을까요?」

「그야 괜찮고말고요. 저 위에서 사람들을 좀 보고 싶으신 게죠, 좋으실 대로 하세요. 한데 말이죠, 늘 같은 사람들이랍니다.」

리유는 계단 쪽으로 걸음을 옮겼다.

「한데 선생님, 페스트로 죽은 사람들을 기리는 기념물을 세운다는 게 정말인가요?」

「신문에서 그러더군요. 기념비나 동판이 될 거라고요.」

「내 그럴 줄 알았다니까. 게다가 연설들도 있겠군요.」

그 영감은 숨이 차 연신 헐떡거리면서도 계속 웃어 댔다.

「지금 이곳에서도 들리는 것 같군요. 이렇게 말입니다. 〈고인들의 숭고한 어쩌고…….〉 그런 다음에는 식사들 하러 가시겠죠.」

리유는 이미 계단을 오르고 있었다.

차가운 하늘이 사람 사는 집들 위로 드넓게 펼쳐져 번득이고 있었고, 산등성이 가까이 보이는 별들은 마치 부싯돌처럼 단단해 보였다. 그 밤은 타루와 함께 페스트를 잊으려고 이 옥상에 올라왔던 바로 그날 밤과 별반 다르지 않았다. 바다는 그때보다도 더 요란스럽게 해안가 절벽 아래서 물결치고 있었다. 가을의 미지근한 훈풍이 가져다주는 소금기 밴 바람은 사라지고 가벼운 공기가 마치 제자리에 멈춰 서 있는 듯했다. 도시로부터 들려오는 웅성거리는 소리가 파도 소리와 한데 어우러져 건물 옥상 바로 아래서 부딪치듯 계속 울려 퍼지고 있었다. 그러나 이 밤은 해방의 밤이지 저항의 밤은 아니었다. 저 멀리 검붉은 밤은 환하게 빛나는 대로변과 광장들이 어디에 있는지 가르쳐 주고 있었다. 이제 해방을 맞이한 이 밤에 욕망은 고삐 풀린 짐승과도 같았고, 리유에게까지 다가오는 그것은 다름 아닌 바로 그 욕망이 울부짖는 소리였다.

어두컴컴한 항구로부터 공식 축하연의 첫 불꽃이 솟아올랐다. 도시는 어렴풋이 들리는 길고 긴 함성으로 그것을 반겼다. 리유가 한때 사랑했었고 이제는 곁에 없는 사람들, 코타르, 타루, 그리고 그녀, 고인이거나 죄인인 그들 모두를 사람들은 이미 잊어버리고 있었다. 노인 말이 옳았다. 사람들은 늘 똑같았다. 하지만 바로 그것이 그들의 힘이고 그들의 순진함이기도 하기에, 바로 이곳에서 리유는 모든 고뇌를 뒤로하고 그들과 하나 됨을 느끼고 있었다. 사람들 함성이 더 고조되고 더 오래 이어져 리유가 서 있는 옥상 발치까지 울려 퍼지는 가운데, 온갖 빛깔 꽃다발 같은 불꽃들이 점점 더 그 수를 더해 가며 하늘 높이 솟아 오르는 것을 바라보면서 의사 리유는 침묵하는 사람들 무리에 끼고 싶지 않아서, 그리고 페스트에 희생당한 사람들 편에서 증언하기 위해서, 그들이 감내해야 했던 불의와 폭력에 대한 기억 하나만이라도 남겨 두기 위해서, 그리고 사람들이 재앙 한가운데서 배우는 것, 즉 인간에게는 경멸보다 감동할 점이 더 많다는 사실만이라도 말하기 위해서 지금 여기서 끝을 맺으려는 이 글을 쓰기로 결심했다.

하지만 그럼에도 불구하고 그는 이 기록이 완전한 승리의 기록이 될 수 없음을 잘 알고 있었다. 이 글은 완수해 내야 했던 것, 아울러 성인이 될 수도 없고 그렇다고 재앙을 용납할 수도 없기에 그 대신 의사가 되려 애를 쓰려는 모든 사람들이 개인적인 고통에도 불구하고 공포와 공포의 지칠 줄 모르는 무기에 맞서 또다시 완수해야만 할 바에 대한 증언일 뿐이었다.

도시로부터 들려오는 환희의 함성에 귀를 기울이면서 리유는 이 기쁨이 언제든 위협받을 수 있다는 생각을 하고 있었다. 왜냐하면 이렇듯 기뻐하는 군중이 모르는 사실, 즉 책에서 알 수 있듯이 페스트균은 결코 죽지도 않고 사라져 버리지도 않으며, 가구들이며 이불이며 오래된 행주 같은 것들 속에서 수십 년 동안 잠든 채 지내거나 침실, 지하 창고, 트렁크, 손수건 심지어 쓸데없는 서류들 나부랭이 속에서 인내심을 가지고 때를 기다리다가, 인간들에게 불행도 주고 교훈도 주려고 저 쥐들을 잠에서 깨워 어느 행복한 도시 안에다 내몰고 죽게 하는 날이 언젠가 다시 오리라는 사실을 알고 있었기 때문이다.

역자 해설

# 부조리의 미학, 반항의 윤리

환자의 살이 썩어 검게 되기 때문에 흔히 흑사병이라고도 하는 페스트는 원래 야생 설치류들 사이에 퍼지는 돌림병이었으나, 페스트균에 감염된 쥐들에 기생하는 벼룩을 통해 인간에게 전염되었다. 동서양을 막론하고 사람들이 마을을 이루어 공동체 생활을 영위해 나감에 따라 전염병의 발생은 피할 수 없었겠지만, 그 어떤 전염병보다 페스트로 인한 피해는 재난의 차원을 넘어 재앙으로 역사에 각인되었다. 예를 들어 서양 문화권이 전하는 바에 따르면 1347년에서 1352년 사이 프랑스를 비롯한 유럽 전역에 출몰한 페스트로 당시 인구의 절반가량이 사망했고, 급격한 인구 손실로 인한 노동력의 감소는 중세 유럽 사회의 기반을 이루던 봉건 체제를 뿌리부터 뒤흔들어 놓았으며, 이후 페스트 창궐 이전의 인구를 되찾는 데까지 약 2백여 년의 세월이 필요했다. 더욱이 19세기 후반에 들어서야 미약하게나마 치료법이 발견되었다는 사실은 동서양을 막론하고 예방이 불가능했던 페스트가 오랜 세월 인간에게 얼마나 위협적인 전염병이었는지, 또한 일단 발병하면 그저 속수무책 당할 수밖에 없었기에 인류 역사의 가장 치명적인 전염병이자 모든 전염병들의 대명

사이며 원인을 알 길 없는 재앙의 상징이었음을 짐작하게끔 한다.

그런 이유로 프랑스어에는 〈누군가를(또는 무언가를) 페스트처럼 극도로 증오하다*Haïr quelqu'un(ou quelque chose) comme la peste*〉라든가, 〈무언가를 페스트처럼 경계하다*Se garder de quelque chose comme la peste*〉 등의 표현이 지금도 남아 있으며, 참을 수 없이 역한 냄새를 의미하기도 하는데 이유가 무엇 때문인지는 굳이 설명할 필요가 없을 것이다. 또한 매우 포악하고 악질적인 사람, 심술궂고 성질이 나쁜 여자, 장난이 심하고 말을 듣지 않아 다루기 힘든 계집아이를 가리키는 데 쓰이기도 해서, 〈진짜 조그만 악질 페스트로군*C'est une vraie petite peste!*〉이라든가, 〈저 계집애는 정말 페스트라니까*Est-elle peste, cette petite gamine!*〉와 같은 예문들을 사전에서 확인할 수 있다. 한편 해로운 상황이 벌어지는 경우, 무슨 수를 써서든지 자리를 떠나라는 의미의 〈페스트라도 되는 듯 누군가를(또는 무언가를) 피해 도망치다*Fuir quelqu'un(ou quelque chose) comme la peste*〉라는 예문은 페스트라는 엄청난 재앙 앞에서 무력한 인간이 할 수 있는 일이란 고작 달아나는 것뿐이었음을 단적으로 시사한다. 실제로 중세 시대 페스트가 발병한 곳에서 어김없이 울려 퍼졌다는 라틴어, 〈키토*Cito*, 롱게*Longe*, 타르데*Tarde*〉란 페스트가 발병할 조짐이 보이면 어떻게든 그곳을 〈빨리*Vite*〉 떠나, 어디든 〈멀리*Loin*〉 가서, 거기서 되도록 〈오래*Longtemps*〉 머무르라는 다급한 위험 신호와도 같았다.

그런데 만약 페스트를 피해 재빨리 도망칠 수 없다면 어떻게 될까. 어디든 멀리 갈 수도 없고, 다른 곳으로 피신해서 되도록 오래 머물기는커녕 전염병의 전파를 막기 위해 외부로의 이동이 차단된 곳에 갇혀 오도 가도 못하는 처지에 놓이게 된다면. 그래서 그런 감옥 같은 현실이 전염병의 희생자가 될지도 모른다는 두려움으로 가득 차고, 돌이킬 수 없는 과거의 기억이 손에 잡힐 듯 생생한 만큼이나 어느새 분명한 현실로 다가오는 죽음과 마주해야 한다면…… 상상조차 하기 싫어 몸이 움츠려들고 생각도 하기 싫어 머리를 뒤흔들게 되는 끔찍한 상황, 악재가 겹겹이 쌓여 행운의 여신이 불어넣는 입김이 다다를 한 치의 틈새조차도 없는 비극의 현장, 〈말도 안 돼〉라고 탄식하게 되는 이러한 부조리한 현실이 알베르 카뮈가 『페스트』에서 독자들에게 펼쳐 보이는 사건의 무대이다. 카뮈의 첫 소설이라 할 수 있는 『이방인』이 부조리한 상황의 개인에게 초점을 맞추고 있다면, 약 10여 년간의 구상과 집필 끝에 탄생한 『페스트』는 죽음을 예고하는 전염병의 출몰로 폐쇄된 도시, 부조리라는 덫에 걸려 신음하는 도시 전체가 소설의 이해를 위해 무엇보다도 중요한 상징적 의미를 가진다.

카뮈는 〈알제리 해안에 위치한 그저 그런 프랑스의 도청 소재지에 불과한〉 도시 오랑이 제2차 세계 대전 당시 나치 점령하에 탄압받았던 프랑스를 상징하며, 등장인물 타루와 리유를 주축으로 하는 보건대는 레지스탕스 운동, 즉 항독 저항 운동을 의미한다고 언급한 바 있다.[1] 작가의 해설이 없더라도 환자의 가족들이 의무적으로 40일간 머무르도록 마련된 『페스트』의 격리 수용소는 제2차 세계 대전을 배경으

1 알베르 카뮈, 『롤랑 바르트에게 보내는 편지』, 희곡·소설·단편, 플레야드 총서, 갈리마르, 1967, 1973면.

로 한 영화에서 볼 수 있는 유대인 수용소를 연상시키고, 희생자들의 수가 증가함에 따라 궁여지책으로 마련된 화장터, 그리고 그곳까지 연결돼 운행하는 기차 역시 인류의 역사에서 인간이 동족인 인간에게 다른 민족이라는 이유로 가했던 어쩌면 가장 극악한 범죄를 떠올리게 하는 데 부족함이 없다. 페스트라는 가공할 적은 무지막지한 폭력을 휘두르며 수많은 사람들을 전쟁의 화마로 몰아넣었던 나치 전체주의를 상징한다고 볼 수 있다. 그러나 카뮈도 언급한 바 있듯이, 한 권의 소설 작품에는 다양한 해석을 낳을 수 있는 무수히 많은 가능성들이 동시에 내포돼 있다. 유한한 인간의 근원적 고독에 대한 작가의 깊은 통찰은 전염병의 발병으로 외부와 차단돼 고립된 도시 오랑의 모습과 그곳에 갇혀 지낼 수밖에 없는 사람들의 일상을 예리하게 해부하면서 마치 병균처럼 퍼져 나가는 악의 미미한 흔적까지도 낱낱이 기록하고 있다. 과장도 축소도 없는 카뮈의 정직한 글쓰기는 특정한 시공간적 배경을 초월해서 인간의 존엄성을 모독하는 모든 형태의 폭력들, 다시 말해 절망과 굴욕을 당연시하고, 두려움의 비겁한 자기 방어일 뿐인 분열과 대립을 조장하며, 죽음을 재촉하고 영원한 이별을 강요하는 폭력들을 철저히 고발한다.

카뮈는 작가의 길로 들어선 초기부터 집필하고자 하는 글의 주제와 형식에 관해 확고한 계획을 세워 놓았고, 그에 관해 여러 차례 밝힌 바 있었다. 『이방인』이 〈부조리〉 또는 〈부정(否定)〉의 주제를 대표하는 소설이며, 『페스트』는 〈반항〉 또는 〈긍정(肯定)〉의 주제에 해당하는 작품이다.[2] 그러나 두 작품 모두에서 〈부조리〉란 인식의 출발이 된다. 『이방인』의

뫼르소가 어이없는 살인으로 형을 언도받았다면, 『페스트』에서 오랑의 주민들은 마치 영문도 모르는 어떤 범죄로 형을 선고받고 감옥이 되어 버린 도시 안에 갇혀 언제 들이닥칠지 모르는 형 집행을 기다리고 있어야 하는 처지에 놓여 있다. 하지만 『이방인』에서 볼 수 있듯이 죽음이라는 부조리한 경험을 계기로 폭발하듯 분출되는 인생에 대한 예찬과 삶의 강한 긍정은 정작 〈반항〉과 〈긍정〉을 주제로 하는 소설 『페스트』의 어디에서도 찾아볼 수가 없다. 성벽에 둘러싸인 도시 오랑에서 살아 있는 모든 것들은 화살처럼 쏟아져 내리는 햇볕의 공격을 받거나, 우울한 진공 상태에서 부유하거나, 고요하고 차가운 저 어둠 속 깊은 어딘가에 잠겨 있다. 수인(囚人)의 신세가 되어 버린 그들에게서 〈반항〉과 〈긍정〉을 찾기란 쉬운 일이 아니다. 절망하지 않기 위해 희망마저 버린 사람들은 순응이라는 얄팍한 안도감을 위안으로 삼고 살아가며, 자신들에게 닥친 시련을 거부하며 아직도 선택의 여지가 남아 있다고 믿는 사람들은 인내심을 버리는 순간 페스트의 질서 속에서 어떤 식으로든 희생자가 될 것이다. 『페스트』는 분명 힘든 소설이다. 지루함보다 더한 무력감이 페스트의 공격과 퇴각 사이에 점철되어 있고, 고조되는 긴장감은 극적인 타개책의 등장을 위한 포석이 아닌 끊임없이 반복되는 상황들에 기인한다. 그러나, 그럼에도 불구하고, 아니 바로 그렇기 때문에 〈긍정〉으로의 전환, 페스트의 질서를 무너뜨릴 사고의 전복은 재앙의 연대기인 소설 『페스트』를

2 알베르 카뮈, 『반항하는 인간에 대한 해설』, 에세이, 플레아드 총서, 갈리마르, 1965, 1610면. 알베르 카뮈, 『작가노트 2*Carnets II*』, 1947, 갈리마르, 201면.

읽어 가는 독자의 몫이다. 그렇다면 독자들은 〈긍정〉의 가능성을 어디에서 찾아야 하는가. 카뮈가 말하는 〈반항〉의 의미는 무엇인가.

우선, 소설에 등장하는 위생 보건대에서 그 가능성을 찾을 수 있을 것이다. 『이방인』에서 부조리에 맞선 개인의 고독한 반항은 『페스트』에 이르러 투쟁을 함께해야 하는 공동체에 대한 인식으로 성장한다. 『이방인』에서 고독한 개인의 외로운 외침은 『페스트』에서 연대와 참여, 결속과 공동체 의식의 필요성으로 확대된 것이다. 따라서 타루가 제안해 결성되는 보건대는 서로 돕고 의지하는 공동체의 이상적인 모형으로 그려질 수도 있었을 것이다. 그러나 일반적인 기대와는 달리 『페스트』를 읽다 보면 보건대의 활약상은 소설에서 큰 비중을 차지하지 않으며, 페스트는 〈왔을 때 그러했듯이 또 그렇게 떠나는 것 같다〉라고 기록되어 있다. 그들의 활동은 페스트를 몰아내는 데 있어 결정적이라 할 수 있기보다는 방역, 소독, 기록, 도표 작성, 통계, 환자들의 이송 그리고 매장을 보다 더 효율적으로 진행시키기 위한 일련의 업무에 해당한다. 그 일들로 인해 그들의 생명이 위협받는 것은 사실이나, 서술자는 보건대를 용감한 사람들의 영웅적 활동으로 소개하기보다 재앙이 닥쳤을 때 누구든 당연히 해야 할 일로 설명함으로써 보건대의 의미를 의도적으로 축소시키려 한다. 뿐만 아니라 보건대원들 사이의 특별한 결속이나 요란한 우정 또한 다루어지지 않는다. 보건대 활동에 참여하는 등장인물들 사이의 우정은 〈우리가 그때 그곳에 함께 있었다〉라는 추억을 나눌 수 있는 것만으로 충분한 듯 보인다. 함께 있다는 것. 고독하지만*solitaire* 연대하는*solidaire* 〈우리〉의 자각.

이별과 상처, 좌절과 절망이 지배 이데올로기가 된 곳에서 〈우리〉의 실현, 그것이 바로 『페스트』에서 보건대가 갖는 진정한 의미일 것이다. 마치 차갑고 어두운 물 위로 던져진 돌 하나가 원을 그리며 퍼져 나가 더욱 커다란 파문을 일으키듯이, 보건대가 없다면 거대한 돌덩어리와도 같은 침묵의 공간인 도시 오랑은 죽음과 어둠의 그림자 속에 묻혀 있을 뿐이다. 도시는 페스트의 질서 속으로, 영원한 이별을 강요하는 세계로 가라앉아 버리고 마는 것이다.

따라서 고독한 개인들에서 연대하는 〈우리〉로 나아가기 위해 보건대의 존재만으로 충분하다면, 너무나 순진한 사고일 것이다. 바로 그렇기 때문에 카뮈는 서술자인 의사 리유의 목소리를 빌어 보건대의 역할을 과장하지 않겠다는 의도를 분명히 하는 것인지도 모른다. 카뮈가 『페스트』에 담아내는 이야기들은 수많은 사람들이 각자의 마음속에 품고 있는 페스트라 할 수 있으며, 이것은 독자들에게 〈긍정〉으로의 전환을 위한 자기 성찰의 계기가 될 것이다. 카뮈는 서술자 리유의 기록을 빌어 페스트로 신음하는 오랑 주민들에게, 강제로 생이별당한 사람들에게, 그리고 무의미할 것 같은 일상의 장면들에 거울을 비춘다. 악에 대항하는 투쟁을 영웅시하지도 않고, 성장에 양분이 된다는 이유로 고통을 미화하지도 않으면서, 작가는 괴롭고 부끄럽지만 고통의 시기에 우리가 들여다봐야 하는 우리 자신에 대한 관찰과 기록을 멈추지 않는다. 거대 담론, 거대 악이 아니라 일상에 파편처럼 흩어져 있어 눈에 보이지도 않는 그 미세한 악을 카뮈는 포착하고 있다. 전통적인 비극에서처럼 코러스가 화음을 넣은 합창의 형식으로 〈우리 모두가 함께 있다〉라고 노래 부르는 동안, 작가의 예리한 해부가 가해지는 무대 위의 수많은 무명 또는 유명의 사람들은 각자 자신 안에 지니고 있는 페스트를 드러내 보인다. 보건대의 활동을 영웅적으로 치장하지 않음으로써 악의 위력을 지나치게 과장할 위험과 분명한 선을 긋는 이 소설은, 거대 담론이 사라지고 거대 악마저 모습을 숨긴 우리의 일상을 보여 주고 있으며, 너무나 평범하고 보잘것없고 진부한 인물들은 친근한 누군가이거나 우리 자신의 모습과 흡사하다.

정의감을 이기적으로 해석하는 사람들. 자신의 범죄에 논리적 당위성을 찾으려는 사람들. 공감을 두려워하며 끊임없이 자기 방어에 열중하는 사람들. 겉도는 말들, 어긋나는 만남. 원망의 대상이 될 과녁을 찾아 계속해서 화살을 쏟아 대는 사람들, 그리고 그것을 찾지 못해 빠져드는 상실감. 그래서 우울하고 그래서 더욱 무력해지는 세상. 그 어떤 가치도 인정할 수 없기 때문에, 그곳에서의 〈악덕과 미덕은 그저 우연이거나 변덕〉일 테고, 〈행동의 지침이 될 지고의 가치〉가 없으므로 옳고 그른 것도 없고 선도 악도 아닌 〈가장 효율적인 것, 다시 말하자면 가장 강한 것이 규범이 되어 버려 세상은 결국 주인과 노예로 나뉘게 될 것이다〉.[3] 그런 세상에서 벌어지는 일이란 일상이 되다시피 한 죽음, 죽음을 방조하고 죽음을 조장하는 모든 형태로 만연한 폭력이 아니겠는가. 『페스트』에서 카뮈가 말하는 〈반항〉이란 성인이 될 수도 없고 그렇다고 재앙을 용납할 수도 없기에 희생자들의 편에서 피해를 최대한 줄이기로 결심한 사람들, 페스트의 창궐로

3 알베르 카뮈, 『반항하는 인간』, 에세이, 플레야드 총서, 갈리마르, 1965, 415면.

유배당한 자들의 도시 오랑에서 영원한 이별을 조금이라도 줄여 보기 위해서 나선 사람들, 〈우리가 존재하기〉 위해 지극히 당연하고 당면한 일을 해나가는 보건대의 활동이다. 이별의 아픔 속에서도 〈타인의 생명, 어떤 경우에도 절대로 부정될 수 없는 바로 이 제일 처음의 것〉[4]을 지키고자 한 사람들. 보건대의 활동은 평범하지만 부조리의 시대에 버리지 말아야 하는 가치, 인간이 인간이기에 지켜야 하는 〈긍정〉과 〈반항〉을 상징한다.

〈증오받은 자〉 오디세우스처럼 위협하는 괴물들과 유혹하는 요정들을 피해 사방에 산재한 난관을 극복하고 험난한 여정을 포기하지도 도망치지도 않으며 고향 땅 이타카로 돌아가려면, 현대의 신화, 영웅 없는 거대한 벽화의 등장인물들인 우리는 〈나는 반항한다, 고로 우리가 존재한다*Je me révolte, donc nous sommes*〉[5]라는 카뮈의 명제를 아로새겨야 할지도 모른다. 어쩌면 그때만이 〈행복한 도시〉, 언제든 또다시 출몰할지 모르는 페스트로 위태롭지만, 무고한 〈희생자도 사형 집행인도 없는*Ni victimes ni bourreaux*〉[6] 〈행복한 도시〉가 우리 앞에 조금이라도 가까이 모습을 드러낼 것이다.

최윤주

4 위의 책, 417면.

5 위의 책, 432면.

6 알베르 카뮈, 『희생자도 사형 집행인도 없는』, 에세이, 플레이아드 총서, 갈리마르, 1965, 331~352면.

# 『페스트』 줄거리

결말을 미리 알고 싶지 않은 독자들은 나중에 읽어 주시기 바랍니다.

1947년 발표된 알베르 카뮈의 장편 소설 『페스트』는 전통 비극의 특징을 소설의 구성 요소로 삼고 있다. 우선 17~18세기 고전주의 비극 작품이 일반적으로 5막으로 구성되어 있듯이 페스트는 모두 5부로 이루어져 있으며, 8장으로 나뉜 제1부의 첫 번째 장은 프롤로그, 즉 본격적으로 연극이 시작되기에 앞서 작품의 내용, 배경 그리고 작가의 의도 등을 설명하는 서막에 해당한다. 그리고 제5부의 마지막 장은 에필로그, 즉 폐막사로 사건이 종결된 이후 이야기의 전달을 담당한 서술자가 자신이 누구인지를 밝히고 서사적 미래를 덧붙임으로써 한 편의 극은 끝났지만 새로운 이야기를 전망하는 열린 구조로 끝맺음 한다. 또한 소설의 중앙부를 차지하며 무더위와 전염병이 맹위를 떨치는 시기에 해당하는 제3부는 장으로 나눠지 않아 전염병의 심각성과 긴장감을 소설의 외적 형식에서부터 가중시키는데, 3부를 중심으로 제1부와 제2부는 예상치 못한 살인적 전염병의 출현과 발병 과정을 담고 있으며, 제4부와 제5부는 안정기에 접어든 전염병이 결국 물러나는 과정에 해당한다. 출몰이 그랬듯이 소멸의 원인 역시 알 수 없는 전염병 페스트가 소설 진행 과정 내내 단 하나의 중심 사건이 되며, 도시 진입 문의 봉쇄와 개방을 좌우한다. 따라서 소설의 배경 역시 페스트가 창궐하는 오랑으로 한정된다. 보다 상세한 줄거리를 위해 제1부에서 제5부까지 사건의 전개 과정을 연대기 순으로 짚어 가보도록 한다.

### 제1부

194X년 4월 16일 의사 리유는 자신이 사는 건물 층계참에서 죽은 쥐 한 마리를 발견하고 수위인 미셸 노인에게 사실을 알린다. 수위는 못된 장난이라고 일축하지만 다음 날 의사는 변두리 동네부터 왕진을 시작하면서 죽은 쥐들을 더 많이 발견한다. 같은 날 정오 리유는 이웃 도시로 요양을 떠나는 아내를 역까지 배웅하는데, 그곳에서 우연히 마주친 예심 판사 오통 씨와 대화를 나누며 도시 전체가 죽은 쥐들 얘기로 뒤숭숭하다는 사실을 확인한다. 그날 오후 파리의 유명한 신문사 소속 기자라는 레이몽 랑베르가 아랍인들의 생활 환경을 조사하기 위해 도움을 청하러 리유를 찾아오지만, 철저한 조사와 고발을 전제로 하지 않는 기사 작성에는 도움을 줄 수 없다며 의사는 거절한다. 곧이어 왕진을 가려 진찰실을 나온 리유는 몇 주 전부터 오랑에 머무는 장 타루와 건물 계단에서 우연히 만나 죽은 쥐들의 출몰을 놓고 잠시 대화를 나눈다. 요양 떠난 며느리를 대신하기 위해 리유의 어머니가 18일 도착한다. 한편, 미셸 노인은 수척해 보이고, 이후 며칠간 상황이 더욱 악화되더니 급기야 25일 하루 동안 죽은 쥐 6,231마리가 수거된 데 이어, 28일 8천 마리의

죽은 쥐가 수거됐음을 통신사가 전한다. 도시에 불안감이 고조된다. 그러나 곧이어 죽은 쥐들의 숫자가 현저하게 줄어든다. 거리는 다시 깨끗해지고 도시는 기이한 사건에서 벗어났다는 안도의 한숨을 쉬기 시작한다. 그런데 수위 미셸 노인이 의문의 병에 걸려 고통을 겪다가 리유의 노력에도 불구하고 30일 사망하고 만다. 그와 비슷한 시기에 리유는 과거 자신의 환자였던 시청 말단 직원 그랑으로부터 전화를 받는다. 그는 자살하려던 이웃 코타르를 구할 수 있었고 의사에게 진료를 부탁한 것이다. 한편 서술자는 타루의 노트를 인용하며 당시 오랑에서 벌어지던 사소한 일들을 소개하기도 한다. 미셸 노인의 죽음 이후 이유를 알 수 없는 사망자들의 수가 증가한다. 리유는 전염의 위험을 이유로 들어 오랑 의사회 회장인 리샤르에게 도 차원의 대응책을 요구한다. 나이 많은 의사 카스텔이 리유의 의견에 동조한다. 〈페스트〉라는 병명이 처음으로 언급된다. 리유의 주장으로 도청에 보건 위원회가 소집된다. 그는 도시 안에 더 많은 희생자들이 생기지 않도록 적절한 예방 조치를 서둘러 취해야 한다는 점을 강조한다. 회의 다음 날 당국은 여러 조치들을 발표하며 시민들을 안심시키지만, 열병은 더욱 확산된다. 결국 시 당국은 전염병의 위험을 자각하고 도시를 폐쇄한다.

### 제2부

모두 9장으로 나뉘어 있다. 당국이 페스트 발병을 공포한 직후 도시가 갑자기 폐쇄되자 오랑 시민들은 불안감과 두려움에 빠진다. 외부와 편지를 주고받을 수도 없는 그들에게 단 몇 줄의 전보만이 허락된다. 도시의 폐쇄로 유배당한 사람들이 돼버린 그들은 세상의 모든 수인들과 망명객들의 고통을 느끼며 쓸모없는 기억만을 붙잡고 살아가야 하는 처지에 놓인다. 하지만 오랑 시민들이 전염병을 현실로 냉정하게 받아들였다고는 볼 수는 없는데, 영화관들은 사람들로 만원을 이루고 카페들은 술을 마셔 대는 손님들로 장사진을 이룬다. 오랑 시민들은 물질적인 즐거움이나 쾌락에 빠져 감금 상태로 인한 불편함과 어려움들을 어떻게든 보상받으려 애를 쓴다. 도시 진입 문이 폐쇄된 지 3주 후에 기자 랑베르가 리유를 찾아와 고향이 아닌 오랑에 갇혀 버린 안타까운 처지를 호소하며 폐쇄된 도시에서 나갈 수 있도록 건강 증명서를 작성해 달라는 요청을 한다. 리유는 그의 청을 들어줄 수 없음을 분명히 하면서도, 사랑하는 사람을 만나기 위해 도시를 떠나려는 랑베르를 충분히 이해한다며 그와의 대화에 귀를 기울인다. 하지만 랑베르는 리유가 도시 폐쇄에 결정적인 영향을 끼쳤으며, 따라서 그가 추상적인 관념 속에서 살고 있을 뿐이라며 비난한다. 그러나 당시 리유는 임시 병원 세 곳의 책임자로서 매일같이 죽어 가는 환자들을 대하며 지내고 있다. 한편 지난 4월 알 수 없는 이유로 자살을 시도했던 코타르는 시민들 모두가 겪는 불행을 바라보며 만족감을 느끼는 듯 보이고, 시청의 말단 직원 그랑은 어떤 책을 집필하는 일에 꾸준히 몰두하는데, 사실 그는 첫 문장을 끊임없이 새로 쓰고 지우기를 반복할 뿐이다. 6월 말경 오랑 시민들로부터 존경받는 학자이자 신부인 파늘루가 페스트는 신이 내린 벌이라고 재앙에 의미를 부여하면서 깊이 반성할 기회를 삼으라는 취지의 설교를 한다. 설교 직후인 6월 말이 되자 여름이 본격적으로 시작되고 더위와 함께 상황은 더욱 심각해진다. 그러던 어느 날 타루가 리유를 찾아와 자원봉사대를 만들자는 제안을 한다. 리유는 흔쾌히 수락하면서도 그 일로 타루의 목숨이 위험할지도 모른다는 사실을 환기시키고, 타루는 불가항력적인 전염병 앞에서 리유가 맡은 바 사명을 다하며 투쟁을 멈추지 않는 이유를 알고자 한다. 그들 사이에는 인간에 대한 이해와 페스트를 극복하고자 하는 공동의 연대 의식에서 비롯된 우정이 자리잡기 시작한다. 한편 서술자는 타루가 조직한 보건대의 역할을 과장하지 않겠다는 의도를 분명히 하는데, 이유는 너무나 당연한 일이기 때문이며, 보건대의 활동을 칭송함으로써 악에 대해 간접적이고도 강력한 찬사를 우회적으로 표하는 결과를 초래하지 않겠다는 생각에서이다. 서술자가 생각하는 영웅이란 지극히 평범하고, 시청일뿐 아니라 자신의 비밀스런 글쓰기에 꾸준히 몰두하면서도 보건대의 자질구레한 업무들, 통계, 카드 정리 등에 묵묵히 자신의 몫을 톡톡히 해내는 그랑이다. 늙은 의사 카스텔은 혈청 제조에 몰두한다. 도시를 빠져나갈 궁리로 거리를 헤매고 다니던 랑베르는 코타르를 통해서 비밀 조직과 거래를 시작하지만, 생각처럼 진척이 없자 일이 성사될 때까지라는 조건 아래 보건대 활동에 합류한다.

**제3부**

8월의 한복판에 이르자 전염병의 위력은 배가된다. 개인의 운명은 더 이상 없고 페스트라는 집단의 역사와 모두가 똑같이 느끼는 감정들만이 존재할 뿐이다. 더욱이 이제까지 변두리 지역에서 더 많은 희생자를 내던 페스트가 도시 중심가에 자리를 잡은 듯 보인다. 당국은 페스트뿐 아니라 반란,

방화, 폭동, 봉기, 약탈, 강탈 등을 진압해야 하는 상황에 놓인다. 한편 희생자들의 수가 증가하자, 시신들을 서둘러 구덩이에 파묻게 되는 일이 벌어진다. 초기 장례식의 특징이란 신속함이다. 모든 형식들이 간소화되었고 대개의 경우 의식은 생략된다. 효율적이어야 한다는 이유로 모든 것이 희생된 것이다. 하지만 결국 공동묘지의 자리 부족으로 화장터를 사용하게 되고, 시민들은 불행이 일상이 돼버린 재앙의 민낯과 마주하게 된다. 모두가 자포자기 상태에 처한다. 그들은 기억도 없고 미래의 희망도 잃은 채 현재라는 순간 속에서 무기력하게 허우적거리고 있을 뿐이다.

### 제4부

모두 7장으로 나뉘어 있으며, 9월부터 12월까지의 시기에 해당한다. 페스트는 9월과 10월 내내 답보 상태를 유지한다. 그러나 보건대 대원들은 더 이상 감당할 수 없을 정도로 피로한 상태이다. 반면 코타르만은 지치지도 낙담하지도 않은 채 과거 자신이 겪던 괴로움을 이제는 모두가 경험하고 있다며 만족해한다. 타루는 코타르의 초정으로 시립 오페라 극장에서 오르페우스와 에우리디케 공연을 관람한다. 페스트가 시작되기 직전 공연을 위해 오랑에 머물던 극단이 일주일에 한 번씩 공연을 하고 있던 것이다. 그날의 오페라 공연은 오르페우스 역의 배우가 무대 위에서 페스트에 전염된 듯 갑자기 쓰러지자 서둘러 끝나 버린다. 한편 랑베르는 9월 초순 며칠간을 리유 곁에서 열심히 일한 뒤에 검문소 근처로 거처를 옮겨 탈출의 기회를 노린다. 하지만 결국 그는 마지막 순간 탈출을 포기하고 리유와 타루의 곁에 남아 싸우기로 마음을 먹는다. 10월 하순 오통 판사의 어린 아들이 전염병에 감염돼 살아날 가망이 희박하자 카스텔이 새로 만든 혈청의 시험 대상이 된다. 아이는 모두가 바라보는 앞에서 고통으로 괴로워하다가 죽어 간다. 리유는 아이의 죽음으로 감정이 격해진 나머지 파늘루 신부와 흥분해서 대화를 나누는데, 신부는 그 이후로 사람이 달라진 듯 보인다. 그는 자신의 강론에 리유를 초청해서 신을 전부 믿거나 그렇지 못하다면 전부 부정해야 한다는 설교를 함으로써 우려를 산다. 그는 종교적인 신념으로 쌓아 올린 성벽에 스스로 갇혀 고독 속에 숨어 들어간 듯 보인다. 그래서인지 교구에서 마련한 독실한 신자인 노부인의 집에서 머물게 되었을 때, 그는 그만 그 부인의 신뢰를 잃고 만다. 파늘루는 이름을 알 수 없는 병으로 괴로워하다가 죽고 만다. 11월 초 만성절을 맞아 오랑 시민들은 고인들을 생각할 여유도 없이 지낸다. 안정기에 자리를 잡은 듯 보였던 페스트가 폐렴형으로 전환하자, 희생자들이 기하급수적으로 늘어난 것이다. 더욱이 식량 보급이 더욱더 어려워지자 페스트가 행하는 무소불위의 공정함에도 불구하고 부유한 가정과 그렇지 않은 가정 사이의 삶의 격차는 더욱 커지고, 시민들 사이에 이기주의는 만성화된다. 어느 날 밤 타루는 왕진을 가는 리유를 따라나서 자신의 과거를 털어놓는다. 예심 판사이던 아버지의 권유로 중죄 재판을 구경하게 되었던 날을 회상하며, 사형 선고를 내리시던 아버지에게 그 날 이후로 갖기 시작한 반감, 누군가의 죽음을 요구하는 사회에 대해 느낀 환멸감을 토로한다. 그는 오래 전부터 수천 명의 죽음에 간접적으로 동의해 왔다는 사실을 깨닫게 되었다며 자신이 페스트를 앓아 왔음을 고백한다. 마음의 평화를 잃어버린 이후 그는 어느 누구에게도 치명적인 적이 되지 않고자, 다시 말해서 재앙과 한편이기를 거부하고자 노력하고 있다고 리유에게 말한다. 신이 없이 세상에서 어떻게 성인이 될 수 있는가가 타루의 문제이다. 반면 리유의 관심은 영웅주의나 성스러움이 아니라 오로지 사람에게로 향한다. 타루와 리유는 우정을 나누는 의식으로 바다에서 수영을 한다. 12월 말쯤 오통 판사가 행정 당국의 실수로 부당하게 수용소에 여전히 머물러 있다는 사실을 리유에게 알리며 조치를 취해 주기를 요청하는데, 수용소에서 나오자마자 그는 자원봉사를 위해 수용소행을 다시 자처해 모두를 놀라게 한다. 아들의 죽음이 그를 다른 사람으로 만들어 버린 것이다. 한편 랑베르는 자신의 탈출 모의에 가담했던 검문소의 젊은 보초병들 덕분으로 파리의 아내와 서신 왕래를 한다며, 의사에게도 그 방법으로 아내와 소식을 나누기를 권유하고, 코타르는 여기저기 벌인 자잘한 투기들로 호황을 누린다. 하지만 그해 크리스마스는 그랑 노인을 유난히 외롭게 만들더니 갑자기 사라져 모두를 걱정시키는데, 결국 그는 페스트에 감염되고 만다. 그러나 리유와 타루가 직접 보살핀 그랑은 새로운 혈청 덕분으로 병에서 치유된다. 살아 움직이는 쥐들이 눈에 띄기 시작한다.

### 제5부

모두 5장으로 나뉘어 있는 제5부는 전염병이 후퇴하는 조짐들로 시작한다. 시민들은 선뜻 기뻐하지 않으면서도 마음 속 깊은 곳에서 희망을 품기 시작한다. 하지만 3주 연속으로 사망자 수치가 하락하던 바로 그 시기에 과거에 없던 탈출의 시도가 자행되기도 한다. 그러나 낙관론이 점차 자리를 잡아 가면서 수도원과 군부대도 다시 소집된다. 시민들은 이제 드디어 페스트 이전으로 돌아간다는 은근한 흥분 속에서 지내고, 도청은 도시 진입 문을 다시 열 때까지 2주간의 시간적인 여유를 두겠다는 발표를 하기에 이른다. 그러나 단 한 사람, 코타르만은 망연자실한 상태에 있다. 그는 페스트 이전으로 돌아가 자신이 저지른 범죄에 대해서 경찰 조사가 재개된다는 사실이 두려운 것이다. 아니나 다를까 어느 날 타루는 코타르를 그의 집에까지 데려다 주다가 사복 경찰처럼 보이는 사내들이 나타나 코타르가 도망치는 광경을 목격한다. 그로부터 이틀이 지난 후, 다시 말해서 도시 진입 문이 열리기 불과 며칠 전 어느 날 정오, 리유는 집에 돌아갔다가 자신의 집에서 머무는 타루가 페스트에 걸려 있음을 발견한다. 재앙이 퇴보하기 시작한 바로 그 순간 전염병은 마지막 희생자들을 잡아들인다. 우선은 자원봉사를 하던 판사 오통이고, 이어서 타루가 빈사의 상태에 빠져 사경을 헤매다 결국 리유 곁에서 죽는다. 비극은 거기에서 끝나지 않는다. 다음 날 리유는 아내의 사망을 전하는 전보를 받는다. 2월의 어느 화창한 날 아침 마침내 도시의 진입 문이 열린다. 오랑 시민들은 자유를 되찾고 감격에 겨워 기쁨을 만끽한다. 서술자는 환희의 시간들을 기록할 임무 역시 있음을 밝히며, 랑베르를 비롯한 수많은 사람들의 감격적인 해후를 기록한다. 마지막 장인 제5장 에필로그에서 서술자는 자신이 의사 리유임을 밝힌다. 그는 사건을 객관적으로 서술하기 위해서 공정한 증인의 논조를 유지하고자 노력했다는 사실, 다시 말해서 어떤 범죄 사건이 일어나 증언하기 위해서 출석했다고도 볼 수 있기 때문에 선의의 증인이 마땅히 지켜야 할 조심성 있는 자세를 유지했다고 기록한다. 그러나 그는 자신이 변호할 수 없는 유일한 사람이 있다고 말하는데, 그는 코타르이다. 석양이 지는 거리를 뒤로하고 천식 환자 노인 집으로 왕진을 가던 길에 리유는 코타르와 그랑이 사는 동네를 지나다가, 코타르가 자기 집에서 거리의 사람들을 향해 무차별적으로 총을 쏘아 댔고, 경찰들에게 결국 체포돼 끌려가는 광경을 보게 된다. 자신만이 불행하다고 생각한 코타르는 불특정 다수를 상대로 불행을 퍼뜨리려 한 것이다. 리유는 천식 환자 집의 옥상에 올라가서 자신의 기록이 완전한 승리의 기록이 될 수 없음을 인정한다. 그의 기록은 개인적인 고통에도 불구하고 모든 사람들이 공포와 재앙에 맞서 완수해야만 하는 무엇인가에 대한 증언일 뿐인 것이다. 그는 도시로부터 들려오는 함성에 귀를 기울이면서도 페스트균은 완전히 사라지지 않고 언젠가 다시 돌아오리라는 사실을 잘 알고 있기에 이 기쁨이 언제든 위협받을 수 있다는 전망으로 연대기를 끝낸다.

# 알베르 카뮈 연보

**1913년** 출생 11월 7일 알제리 콘스탄틴도(道) 소재 몽도비에서 프랑스계 이민 가정 출신 아버지 뤼시엥 오귀스트 카뮈Lucien Auguste Camus와 스페인계 이민 가정 출신 어머니 카트린 엘렌 생테스Catherine Hélène Sintès의 차남으로 태어남. 아버지는 몽도비 근처 포도 재배 경작지 관리인이었고 청각 장애자인 어머니는 글을 읽고 쓸 줄 몰랐음.

**1914년** 1세 제1차 세계 대전 발발. 8월 알제리 보병대에 입대한 아버지 뤼시엥 카뮈 9월 마른Marne 전투에서 머리에 포탄을 맞고 실명해 10월 11일 사망. 어머니 카트린은 두 아들을 데리고 자신의 어머니 마리 카르도나생테즈Marie Cardona-Sintès가 사는 알제도(道) 서민 동네 벨쿠르Belcourt로 이주. 가정부로 일하는 카뮈의 어머니를 대신해서 성격이 억세고 강압적인 외할머니가 아이들 가정 교육을 담당.

**1918년** 5세 오므라Aumerat가 소재 공립 초등학교 입학. 어린 카뮈의 영특함을 눈여겨본 교사 루이 제르멩Louis Germain이 방과 후 무료 수업을 해주었고, 이후 졸업을 앞둔 카뮈를 중등학교 장학생 시험 응시자 명단에 등록함. 손자가 일찌감치 돈을 벌기를 바랐던 할머니의 의심과 경계가 있었지만, 루이 제르멩 교사는 카뮈 집에 직접 방문하여 할머니와 어머니를 설득함. 카뮈는 작가로 성공한 이후 루이 제르멩 교사에 대한 깊은 감사를 잊지 않았으며, 1957년 노벨 문학상 수상 연설을 그에게 헌정함.

**1923년** 10세 프랑스의 중등학교 리세lycée에 장학생으로 입학.

**1930년** 17세 알제 대학 입학. 대학 축구팀에서 골키퍼로 활약. 그러나 12월 폐결핵 첫 발병.

**1932년** 19세 잡지 『남방*Sud*』에 네 편의 글을 발표. 문과반에서 장 그르니에를 사상적 스승으로 만남.

**1933년** 20세 1월 히틀러 권력 장악. 앙리 바르뷔스와 로맹 롤랑에 의해 주도된 암스테르담-폴레이엘 반 파쇼 운동에 가입하여 투쟁.

**1934년** 21세 6월 시몬 이에와 결혼. 장 그르니에의 권유와 스페인의 정치 상황에 대한 그 자신의 관심으로 공산당에 가입. 이슬람교도들을 상대로 선전 활동 맡음.

**1935년** 22세 공산당 탈퇴. 아르바이트를 하면서도 무이자 신용 대부로 알제 대학에서 철학 공부를 계속하는 동시에 작품 『안과 겉*L'envers et l'endroit*』을 쓰기 시작함.

**1936년** 23세 철학부 고등 교육 졸업 논문 작성. 플로텡Plotin과 성 아우구스티노Saint-Auguste를 통해서 가톨릭과 헬레니즘의 연관성을 다룬 논문으로 제목은 〈신플라톤주의와 기독교의 형이상학〉. 알제 대학 졸업. 첫 결혼 파경. 몇몇 친구들과 함께 〈노동 극장〉을 창단하고 사회주의자를 위한 작품을 집필하기 시작함. 희곡 「아스튀리의 반란Révolte dans les Asturies」을 집필했으나 상연이 금지됨. 알제 라디오 극단에 배우로 고용됨.

**1937년** 24세 「알제 레퓌블리캥Alger Républicain」 신문 기자로 취직. 『안과 겉』 간행. 건강상의 이유로 교수 자격 획득 단념. 미발표 원고 『행복한 죽음*La mort heureuse*』 집필.

**1938년** 25세 토픽, 서평, 논설을 맡는 등 다양한 활동을 함. 특히 알제리 중요 정치 재판의 진상을 소상히 밝히는 일에 전념함. 「칼리굴라Caligula」 집필. 부조리에 관한 시론을 구상하며 『이방인*L'étranger*』 집필에 필요한 자료 수집.

**1939년** 26세 오디지오, 로블레스 등과 함께 『바닷가*Rivages*』라는 잡지 창간. 앙드레 말로와 만남. 『결혼*Noces*』 간행.

**1940년** 27세 수학 교사이자 피아니스트인 프랑신 포르와 재혼. 아내 프랑신을 사랑하지만 결혼 제도에 극렬히 반대한 카뮈의 결혼 생활은 순탄치 못함. 『파리 수아르*Paris-Soir*』지 입사. 5월 소설 『이방인』 탈고. 『시지프의 신화*Le mythe de Sisyphe*』 전반부 집필. 10월 리옹 거주.

**1941년** 28세 1월 오랑으로 돌아와 사립학교에서 교편을 잡음. 2월 『시지프의 신화』 탈고. 소설 『페스트*La peste*』 준비.

**1942년** 29세 봄에 각혈이 심해져 여름에 프랑스 남동부 오트 루아르 Haute-Loire 도(道) 샹봉 쉬르 리뇽Chambon-sur-Lignom에서 요양. 7월 소설 『이방인』 간행. 10월 『시지프의 신화』 간행. 잠시 알제리의 오랑으로 돌아감.

**1943년** 30세 갈리마르 출판사 심사위원. 『시지프의 신화』 간행.

**1944년** 31세 사르트르Jean Paul Sartre와 만남. 파스칼 피아Pascal Pia와 함께 레지스탕스 신문 「콩바Combat」 편집 및 운영.

**1945년** 32세 8월 프랑스 편집인으로서는 드물게 히로시마 원자폭탄 사용에 대한 반대를 주장하는 논설을 실음. 9월 쌍둥이 자녀 장과 카트린 출생. 「칼리굴라」 상연, 대성공. 『반항하는 인간*L'homme révolté*』의 출발점이 되는 〈반항론〉 발표.

**1946년** 33세 연초 미국 방문. 과거 공산당에 가입했던 경력으로 인해 보안 부서 등지에서 환대를 받지 못했으나, 대학생들로부터 열광적인 환영을 받음. 『페스트』를 어렵게 탈고.

**1947년** 34세 전후에 「콩바」가 상업적 성격을 지니게 되자 사임함. 6월 『페스트』 출간. 즉각적인 호평. 프랑스 남부 보클뤼즈Vaucluse 도(道) 루르마랭Lourmarin 근교에서 여름을 보냄. 프랑스 철학자 메를로 퐁티 Merleau-Ponty와 정치 문제를 놓고 토론하던 중 의견 차이로 결별.

**1948년** 35세 프라하에 군사 혁명. 알제리 여행. 10월 장 루이 바로와 함께 쓴 「계엄령L'état de siège」을 상연했으나 실패.

**1949년** 36세 3월 사형 선고를 받은 그리스 공산주의자들 구명을 위한 호소문 발표. 6~8월 남미 여행. 이 여행으로 이미 허약하던 건강 상태가 더욱 악화되어 『반항하는 인간』을 집필하면서 자신의 작품에 대해 성찰하는 기간을 가짐. 12월 15일 연극 「정의의 사람들」 초연 관람.

**1950년** 37세 6월 『시사평론*Actuelles*』 제1권 간행. 프랑스 남부 도시 그라스Grasse 근교 카브리Cabris에서 얼마간 휴양. 프랑스 북동부 보주Voges 산에서 여름을 보냄. 파리 6구 마담Madame 가로 이사.

**1951년** 38세 10월 『반항하는 인간』 발표. 공산주의에 반대하는 작품의 내용으로 이후 1년여 넘는 논쟁이 벌어졌으며, 사르트르를 비롯한 좌파 지식인들과 멀어지기 시작함.

**1952년** 39세 8월 사르트르와 결별. 레카미에 극장 운영 신청.

**1953년** 40세 6월 『시사평론』 제2권 간행.

**1954년** 41세 11월 이탈리아 여행. 알제리 독립 전쟁 발발. 정전 협정을 위해 노력함. 『여름*L'Été*』 간행.

**1955년** 42세 3월 디노 부차티Dino Buzzati의 『흥미 있는 경우*Un cas intéressant*』 각색. 5월 그리스 여행. 6월 1953년 창간된 프랑스 시사 잡지 『렉스프레스*l'Express*』에 참여.

**1956년** 43세 알제리 여행. 1월 알제리 독립 전쟁 휴전 주장. 동향인들로부터 비판을 받음. 2월 『렉스프레스』 활동 중단. 9월 20일 자신이 각색한 「어떤 수녀를 위한 진혼곡Requiem for a Nun」 상연, 성공. 5월 소설 『전락*La chute*』 간행. 『여름』의 속편으로 『축제*La fête*』의 집필 구상. 폴란드의 노동자 파업 분쇄와 소비에트 연방의 헝가리 반란 진압을 비판함.

**1957년** 44세 3월 소설 『적지와 왕국*L'exil et le royaume*』 간행. 6월 로페 데 베가Lope de Vega의 『올메도의 기사*El Caballero de Olmedo*』 각색. 「칼리굴라」 재상연. 10월 노벨 문학상 수상.

**1958년** 45세 2월 노벨상 수상 연설문 『스웨덴 연설*Discours de Suède*』 출간. 3월 『안과 겉』 서문을 새로 작성하여 재출판. 6월 『시사평론』 제3권 출판. 알제리 사태의 원인 그리고 해결책 등을 모색하는 이 책은 당시 프랑스 언론으로부터 철저히 외면당함. 건강 악화. 6월 그리스 여행. 11월 여름을 보내곤 하던 루르마랭에 저택 구입.

**1959년** 46세 1월 30일 도스또예프스끼의 『악령*Besi*』을 각색, 연출하여 상연. 그해 내내 건강 악화로 어렵게 작업을 이어갔으나, 11월 루르마랭에서 건강을 되찾아 가며 『최초의 인간*Le premier homme*』 집필에 몰두.

**1960년** 47세 1월 4일 미셸 갈리마르의 승용차에 동승, 몽트로 근교 빌블르뱅에서 교통사고로 영면.

열린책들 세계문학 229 **페스트**

**옮긴이 최윤주** 서울에서 태어나 성심여자대학교 불어불문학과 및 동 대학원을 졸업하고 프랑스 파리 7대학에서 알베르 카뮈 연구로 문학 박사 학위를 받았다. 현재 가톨릭대학교 및 한불 문화 재단에서 강의하고 있다. 학위 논문은 「부조리의 미학, 반항의 윤리 – 알베르 카뮈 작품의 〈불안함〉과 〈낯섦〉」이며, 한국어 논문으로는 「알베르 카뮈의 『이방인』 연구 – 〈반대 오이디푸스〉에서 〈반(反) 오이디푸스〉로」가 있다. 옮긴 책으로는 로제 다둔의 『폭력: 폭력적 인간에 대하여』, 앙드레 말로의 『정복자들』 등이 있다.

**지은이** 알베르 카뮈 **옮긴이** 최윤주 **발행인** 홍예빈 · 홍유진
**발행처** 주식회사 열린책들 **주소** 경기도 파주시 문발로 253 파주출판도시
**전화** 031-955-4000 **팩스** 031-955-4004 **홈페이지** www.openbooks.co.kr

**ISBN** 978-89-329-1229-5 04860 **ISBN** 978-89-329-1499-2 (세트)
**발행일** 2014년 11월 20일 세계문학판 1쇄 2024년 1월 20일 세계문학판 14쇄

이 도서의 국립중앙도서관 출판예정도서목록(CIP)은 서지정보유통지원시스템 홈페이지(http://seoji.nl.go.kr)와 국가자료공동목록시스템(http://www.nl.go.kr/kolisnet)에서 이용하실 수 있습니다.(CIP제어번호 : CIP2014029449)

# 열린책들 세계문학
## Open Books World Literature

001 **죄와 벌** 표도르 도스또예프스끼 장편소설 | 홍대화 옮김 | 전2권 | 각 408, 512면

003 **최초의 인간** 알베르 카뮈 장편소설 | 김화영 옮김 | 392면

004 **소설** 제임스 미치너 장편소설 | 윤희기 옮김 | 전2권 | 각 280, 368면

006 **개를 데리고 다니는 부인** 안똔 체호프 소설선집 | 오종우 옮김 | 368면

007 **우주 만화** 이탈로 칼비노 단편집 | 김운찬 옮김 | 416면

008 **댈러웨이 부인** 버지니아 울프 장편소설 | 최애리 옮김 | 296면

009 **어머니** 막심 고리끼 장편소설 | 최윤락 옮김 | 544면

010 **변신** 프란츠 카프카 중단편집 | 홍성광 옮김 | 464면

011 **전도서에 바치는 장미** 로저 젤라즈니 중단편집 | 김상훈 옮김 | 432면

012 **대위의 딸** 알렉산드르 뿌쉬낀 장편소설 | 석영중 옮김 | 240면

013 **바다의 침묵** 베르코르 소설선집 | 이상해 옮김 | 256면

014 **원수들, 사랑 이야기** 아이작 싱어 장편소설 | 김진준 옮김 | 320면

015 **백치** 표도르 도스또예프스끼 장편소설 | 김근식 옮김 | 전2권 | 각 504, 528면

017 **1984년** 조지 오웰 장편소설 | 박경서 옮김 | 392면

019 **이상한 나라의 앨리스** 루이스 캐럴 환상동화 | 머빈 피크 그림 | 최용준 옮김 | 336면

020 **베네치아에서의 죽음** 토마스 만 중단편집 | 홍성광 옮김 | 432면

021 **그리스인 조르바** 니코스 카잔차키스 장편소설 | 이윤기 옮김 | 488면

022 **벚꽃 동산** 안똔 체호프 희곡선집 | 오종우 옮김 | 336면

023 **연애 소설 읽는 노인** 루이스 세풀베다 장편소설 | 정창 옮김 | 192면

024 **젊은 사자들** 어윈 쇼 장편소설 | 정영문 옮김 | 전2권 | 각 416, 408면

026 **젊은 베르테르의 슬픔** 요한 볼프강 폰 괴테 장편소설 | 김인순 옮김 | 240면

027 **시라노** 에드몽 로스탕 희곡 | 이상해 옮김 | 256면

028 **전망 좋은 방** E. M. 포스터 장편소설 | 고정아 옮김 | 352면

029 **까라마조프 씨네 형제들** 표도르 도스또예프스끼 장편소설 | 이대우 옮김 | 전3권 | 각 496, 496, 460면

032 **프랑스 중위의 여자** 존 파울즈 장편소설 | 김석희 옮김 | 전2권 | 각 344면

034 **소립자** 미셸 우엘벡 장편소설 | 이세욱 옮김 | 448면

035 **영혼의 자서전** 니코스 카잔차키스 자서전 | 안정효 옮김 | 전2권 | 각 352, 408면

037 **우리들** 예브게니 자먀찐 장편소설 | 석영중 옮김 | 320면

038 **뉴욕 3부작** 폴 오스터 장편소설 | 황보석 옮김 | 480면

039 **닥터 지바고** 보리스 파스테르나크 장편소설 | 홍대화 옮김 | 전2권 | 각 480, 592면

041 **고리오 영감** 오노레 드 발자크 장편소설 | 임희근 옮김 | 456면

042 **뿌리** 알렉스 헤일리 장편소설 | 안정효 옮김 | 전2권 | 각 400, 448면

044 **백년보다 긴 하루** 친기즈 아이뜨마또프 장편소설 | 황보석 옮김 | 560면

045 **최후의 세계** 크리스토프 란스마이어 장편소설 | 장희권 옮김 | 264면

046 **추운 나라에서 돌아온 스파이** 존 르카레 장편소설 | 김석희 옮김 | 368면

047 **산도칸 – 몸프라쳄의 호랑이** 에밀리오 살가리 장편소설 | 유향란 옮김 | 428면

048 **기적의 시대** 보리슬라프 페키치 장편소설 | 이윤기 옮김 | 560면

049 **그리고 죽음** 짐 크레이스 장편소설 | 김석희 옮김 | 224면

050 **세설** 다니자키 준이치로 장편소설 | 송태욱 옮김 | 전2권 | 각 480면

052 **세상이 끝날 때까지 아직 10억 년** 스뜨루가츠끼 형제 장편소설 | 석영중 옮김 | 224면

053 **동물 농장** 조지 오웰 장편소설 | 박경서 옮김 | 208면

054 **캉디드 혹은 낙관주의** 볼테르 장편소설 | 이봉지 옮김 | 232면

055 **도적 떼** 프리드리히 폰 실러 희곡 | 김인순 옮김 | 264면

056 **플로베르의 앵무새** 줄리언 반스 장편소설 | 신재실 옮김 | 320면

057 **악령** 표도르 도스또예프스끼 장편소설 | 박혜경 옮김 | 전3권 | 각 328, 408, 528면

060 **의심스러운 싸움** 존 스타인벡 장편소설 | 윤희기 옮김 | 340면

061 **몽유병자들** 헤르만 브로흐 장편소설 | 김경연 옮김 | 전2권 | 각 568, 544면

063 **몰타의 매** 대실 해밋 장편소설 | 고정아 옮김 | 304면

064 **마야꼬프스끼 선집** 블라지미르 마야꼬프스끼 선집 | 석영중 옮김 | 384면

065 **드라큘라** 브램 스토커 장편소설 | 이세욱 옮김 | 전2권 | 각 340, 344면

067 **서부 전선 이상 없다** 에리히 마리아 레마르크 장편소설 | 홍성광 옮김 | 336면

068 **적과 흑** 스탕달 장편소설 | 임미경 옮김 | 전2권 | 각 432, 368면

070 **지상에서 영원으로** 제임스 존스 장편소설 | 이종인 옮김 | 전3권 | 각 396, 380, 496면

073 **파우스트** 요한 볼프강 폰 괴테 희곡 | 김인순 옮김 | 568면

074 **쾌걸 조로** 존스턴 매컬리 장편소설 | 김훈 옮김 | 316면

075 **거장과 마르가리따** 미하일 불가꼬프 장편소설 | 홍대화 옮김 | 전2권 | 각 364, 328면

077 **순수의 시대** 이디스 워튼 장편소설 | 고정아 옮김 | 448면

078 **검의 대가** 아르투로 페레스 레베르테 장편소설 | 김수진 옮김 | 384면

120 **알코올** 기욤 아폴리네르 시집 | 황현산 옮김 | 352면
121 **지하로부터의 수기** 표도르 도스또예프스끼 장편소설 | 계동준 옮김 | 256면
122 **어느 작가의 오후** 페터 한트케 중편소설 | 홍성광 옮김 | 160면
123 **아저씨의 꿈** 표도르 도스또예프스끼 장편소설 | 박종소 옮김 | 312면
124 **네또츠까 네즈바노바** 표도르 도스또예프스끼 장편소설 | 박재만 옮김 | 316면
125 **곤두박질** 마이클 프레인 장편소설 | 최용준 옮김 | 528면
126 **백야 외** 표도르 도스또예프스끼 소설선집 | 석영중 외 옮김 | 408면
127 **살라미나의 병사들** 하비에르 세르카스 장편소설 | 김창민 옮김 | 304면
128 **뻬쩨르부르그 연대기 외** 표도르 도스또예프스끼 소설선집 | 이항재 옮김 | 296면
129 **상처받은 사람들** 표도르 도스또예프스끼 장편소설 | 윤우섭 옮김 | 전2권 | 각 296, 392면
131 **악어 외** 표도르 도스또예프스끼 소설선집 | 박혜경 외 옮김 | 312면
132 **허클베리 핀의 모험** 마크 트웨인 장편소설 | 윤교찬 옮김 | 416면
133 **부활** 레프 똘스또이 장편소설 | 이대우 옮김 | 전2권 | 각 308, 416면
135 **보물섬** 로버트 루이스 스티븐슨 장편소설 | 머빈 피크 그림 | 최용준 옮김 | 360면
136 **천일야화** 앙투안 갈랑 엮음 | 임호경 옮김 | 전6권 | 각 336, 328, 372, 392, 344, 320면
142 **아버지와 아들** 이반 뚜르게네프 장편소설 | 이상원 옮김 | 328면
143 **오만과 편견** 제인 오스틴 장편소설 | 원유경 옮김 | 480면
144 **천로 역정** 존 버니언 우화소설 | 이동일 옮김 | 432면
145 **대주교에게 죽음이 오다** 윌라 캐더 장편소설 | 윤명옥 옮김 | 352면
146 **권력과 영광** 그레이엄 그린 장편소설 | 김연수 옮김 | 384면
147 **80일간의 세계 일주** 쥘 베른 장편소설 | 고정아 옮김 | 352면
148 **바람과 함께 사라지다** 마거릿 미첼 장편소설 | 안정효 옮김 | 전3권 | 각 616, 640, 640면
151 **기탄잘리** 라빈드라나트 타고르 시집 | 장경렬 옮김 | 224면
152 **도리언 그레이의 초상** 오스카 와일드 장편소설 | 윤희기 옮김 | 384면
153 **레우코와의 대화** 체사레 파베세 희곡소설 | 김운찬 옮김 | 280면
154 **햄릿** 윌리엄 셰익스피어 희곡 | 박우수 옮김 | 256면
155 **맥베스** 윌리엄 셰익스피어 희곡 | 권오숙 옮김 | 176면
156 **아들과 연인** 데이비드 허버트 로런스 장편소설 | 최희섭 옮김 | 전2권 | 각 464, 432면
158 **그리고 아무 말도 하지 않았다** 하인리히 뵐 장편소설 | 홍성광 옮김 | 272면
159 **미덕의 불운** 싸드 장편소설 | 이형식 옮김 | 248면
160 **프랑켄슈타인** 메리 W. 셸리 장편소설 | 오숙은 옮김 | 320면

161 **위대한 개츠비** 프랜시스 스콧 피츠제럴드 장편소설 | 한애경 옮김 | 280면
162 **아Q정전** 루쉰 중단편집 | 김태성 옮김 | 320면
163 **로빈슨 크루소** 대니얼 디포 장편소설 | 류경희 옮김 | 456면
164 **타임머신** 허버트 조지 웰스 소설선집 | 김석희 옮김 | 304면
165 **제인 에어** 샬럿 브론테 장편소설 | 이미선 옮김 | 전2권 | 각 392, 384면
167 **풀잎** 월트 휘트먼 시집 | 허현숙 옮김 | 280면
168 **표류자들의 집** 기예르모 로살레스 장편소설 | 최유정 옮김 | 216면
169 **배빗** 싱클레어 루이스 장편소설 | 이종인 옮김 | 520면
170 **이토록 긴 편지** 마리아마 바 장편소설 | 백선희 옮김 | 192면
171 **느릅나무 아래 욕망** 유진 오닐 희곡 | 손동호 옮김 | 168면
172 **이방인** 알베르 카뮈 장편소설 | 김예령 옮김 | 208면
173 **미라마르** 나기브 마푸즈 장편소설 | 허진 옮김 | 288면
174 **지킬 박사와 하이드 씨** 로버트 루이스 스티븐슨 소설선집 | 조영학 옮김 | 320면
175 **루진** 이반 뚜르게네프 장편소설 | 이항재 옮김 | 264면
176 **피그말리온** 조지 버나드 쇼 희곡 | 김소임 옮김 | 256면
177 **목로주점** 에밀 졸라 장편소설 | 유기환 옮김 | 전2권 | 각 336면
179 **엠마** 제인 오스틴 장편소설 | 이미애 옮김 | 전2권 | 각 336, 360면
181 **비숍 살인 사건** S. S. 밴 다인 장편소설 | 최인자 옮김 | 464면
182 **우신예찬** 에라스무스 풍자문 | 김남우 옮김 | 296면
183 **하자르 사전** 밀로라드 파비치 장편소설 | 신현철 옮김 | 488면
184 **테스** 토머스 하디 장편소설 | 김문숙 옮김 | 전2권 | 각 392, 336면
186 **투명 인간** 허버트 조지 웰스 장편소설 | 김석희 옮김 | 288면
187 **93년** 빅토르 위고 장편소설 | 이형식 옮김 | 전2권 | 각 288, 360면
189 **젊은 예술가의 초상** 제임스 조이스 장편소설 | 성은애 옮김 | 384면
190 **소네트집** 윌리엄 셰익스피어 연작시집 | 박우수 옮김 | 200면
191 **메뚜기의 날** 너새니얼 웨스트 장편소설 | 김진준 옮김 | 280면
192 **나사의 회전** 헨리 제임스 중편소설 | 이승은 옮김 | 256면
193 **오셀로** 윌리엄 셰익스피어 희곡 | 권오숙 옮김 | 216면
194 **소송** 프란츠 카프카 장편소설 | 김재혁 옮김 | 376면
195 **나의 안토니아** 윌라 캐더 장편소설 | 전경자 옮김 | 368면
196 **자성록** 마르쿠스 아우렐리우스 명상록 | 박민수 옮김 | 240면

197 **오레스테이아** 아이스킬로스 비극 | 두행숙 옮김 | 336면

198 **노인과 바다** 어니스트 헤밍웨이 소설선집 | 이종인 옮김 | 320면

199 **무기여 잘 있거라** 어니스트 헤밍웨이 장편소설 | 이종인 옮김 | 464면

200 **서푼짜리 오페라** 베르톨트 브레히트 희곡선집 | 이은희 옮김 | 320면

201 **리어 왕** 윌리엄 셰익스피어 희곡 | 박우수 옮김 | 224면

202 **주홍 글자** 너새니얼 호손 장편소설 | 곽영미 옮김 | 360면

203 **모히칸족의 최후** 제임스 페니모어 쿠퍼 장편소설 | 이나경 옮김 | 512면

204 **곤충 극장** 카렐 차페크 희곡선집 | 김선형 옮김 | 360면

205 **누구를 위하여 종은 울리나** 어니스트 헤밍웨이 장편소설 | 이종인 옮김 | 전2권 | 각 416, 400면

207 **타르튀프** 몰리에르 희곡선집 | 신은영 옮김 | 416면

208 **유토피아** 토머스 모어 소설 | 전경자 옮김 | 288면

209 **인간과 초인** 조지 버나드 쇼 희곡 | 이후지 옮김 | 320면

210 **페드르와 이폴리트** 장 라신 희곡 | 신정아 옮김 | 200면

211 **말테의 수기** 라이너 마리아 릴케 장편소설 | 안문영 옮김 | 320면

212 **등대로** 버지니아 울프 장편소설 | 최애리 옮김 | 328면

213 **개의 심장** 미하일 불가꼬프 중편소설집 | 정연호 옮김 | 352면

214 **모비 딕** 허먼 멜빌 장편소설 | 강수정 옮김 | 전2권 | 각 464, 488면

216 **더블린 사람들** 제임스 조이스 단편소설집 | 이강훈 옮김 | 336면

217 **마의 산** 토마스 만 장편소설 | 윤순식 옮김 | 전3권 | 각 496, 488, 512면

220 **비극의 탄생** 프리드리히 니체 | 김남우 옮김 | 320면

221 **위대한 유산** 찰스 디킨스 장편소설 | 류경희 옮김 | 전2권 | 각 432, 448면

223 **사람은 무엇으로 사는가** 레프 똘스또이 소설선집 | 윤새라 옮김 | 464면

224 **자살 클럽** 로버트 루이스 스티븐슨 소설선집 | 임종기 옮김 | 272면

225 **채털리 부인의 연인** 데이비드 허버트 로런스 장편소설 | 이미선 옮김 | 전2권 | 각 336, 328면

227 **데미안** 헤르만 헤세 장편소설 | 김인순 옮김 | 264면

228 **두이노의 비가** 라이너 마리아 릴케 시선집 | 손재준 옮김 | 504면

229 **페스트** 알베르 카뮈 장편소설 | 최윤주 옮김 | 432면

230 **여인의 초상** 헨리 제임스 장편소설 | 정상준 옮김 | 전2권 | 각 520, 544면

232 **성** 프란츠 카프카 장편소설 | 이재황 옮김 | 560면

233 **차라투스트라는 이렇게 말했다** 프리드리히 니체 산문시 | 김인순 옮김 | 464면

234 **노래의 책** 하인리히 하이네 시집 | 이재영 옮김 | 384면